されど罪人は竜と踊る V

そして、楽園はあまりに永く

俺もアナピヤの双眸の方向に倣った。ギギナも、ニルギンも見つめていた。
山の方向を。その向こうにあるメトレーヤを。
楽園の住人

厳しい詰問の声を女の背に投げつけ、近づいていくウィニャ。
高い踵の靴を履いていたことを後悔しながらも、距離をつめていく
交差する天秤

されど罪人は竜と踊るV

そして、楽園はあまりに永く

浅井ラボ

角川文庫 13443

口絵・本文イラスト　宮城
口絵・本文デザイン　中デザイン事務所

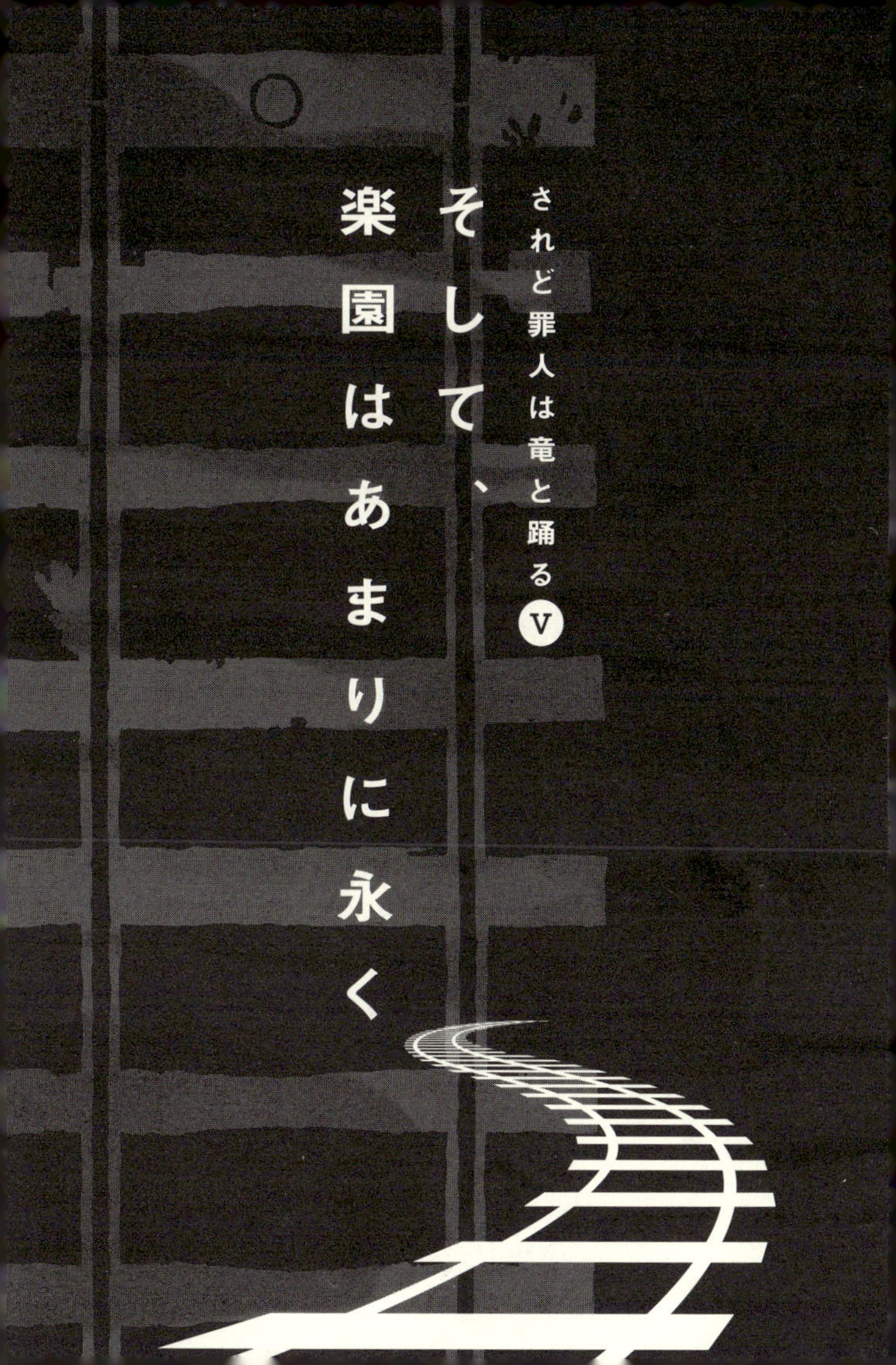
されど罪人は竜と踊るⅤ
そして、
楽園はあまりに永く

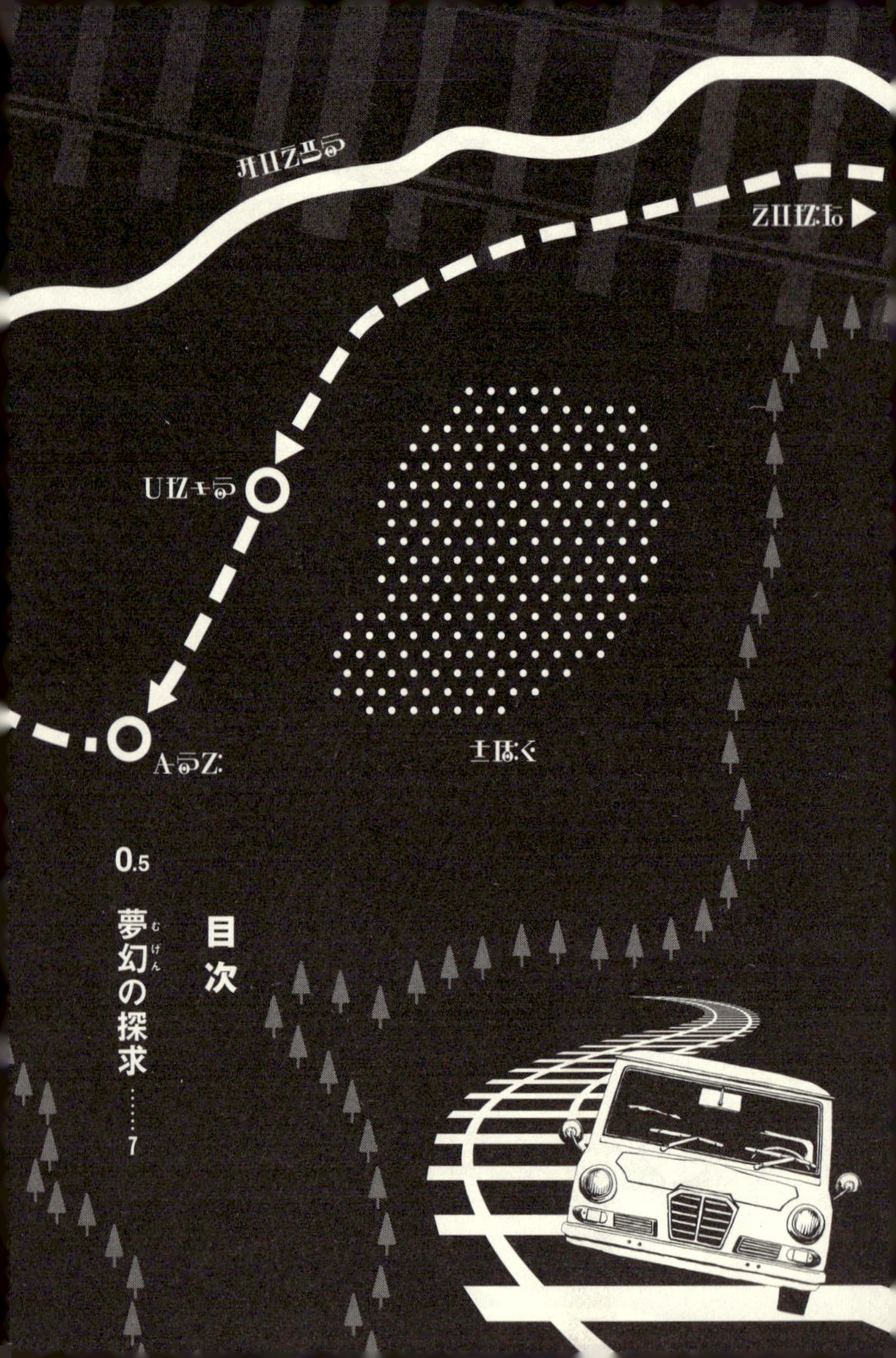

目次

CAST

ガユス…………………もと貴族の攻性咒式士──「俺」
ギギナ…………………ドラッケン族の攻性咒式士。「俺」の相棒
ジヴーニャ……………ガユスの恋人
アナピヤ………………ガユスが預かることになった少女
ニルギン………………旅先で知り合う研究員
ユラヴィカ……………ドラッケン族の咒式士
メルツァール…………仮面の老咒式士
チェデック……………ランドック人の咒式士
バモーゾ………………蟲つかいの咒式士
アインフュンフ………柩の咒式士
依頼主…………………５人の咒式士を操る謎の声
ダズルク
グィデト }…………咒式査問官

0.5 夢幻《むげん》の探求

私は考えていた。トリトメス・ギスク・レドラン呪式医学博士《じゆしき》として、考えねばならないからだ。

白い研究室で、自らの肉体を眺《なが》めていた。長年に亘《わた》って酷使《こくし》してきた体は、皺《しわ》が寄り、疲《つか》れ切っていた。

そろそろ老化対策に手を着けねばならない。

老化現象は、細胞《さいぼう》の増殖《ぞうしょく》時に染色体末端《まったん》の複製が完全ではないのが原因だ。テロメア反復配列の損耗《そんもう》を修復し、転写限界をなくせばいい。心筋の結合組織硬化《こうか》の原因となるブドウ糖のグリコシル化を除去、細胞を老いさせる活性酸素を分解する。

原子単位で配列制御《せいぎょ》する呪式だからこそ、今でもある程度は可能だ。単に技術的問題で、いつかは不老に近くなるだろう。それこそ千年の命も。

問題の一つは、一度完成された脳は、後は死滅《しめつ》していくだけで、寿命《じゅみょう》はせいぜいが百四十年。脳の組織を入れ替《か》えたり、思考と記憶《きおく》を記録媒体《ばいたい》に移植する方法をとるにしても、それはもはや本人とはいえない。

その問題は、反則技《はんそくわざ》で解決されている。千年以上の寿命を誇《ほこ》る、竜《りゅう》という実例を利用するだけだ。

だが、最大の問題が残っている。人間を真の楽園に導くための力、それをどう作りあげるか。技術的限界は時間が解決するだろうが、素材の容量が問題だ。だとしたら、何よりも第一に、そう、素材を探さねばならない。

単なる善人の善意では、苦難によって挫《ざ》折《せつ》する。ならばこの世を越《こ》えたもの、神の御《み》使《つか》いのような存在によってしか、個々の楽園はなしえない。

だからこそ私の研究が、力が必要なのだと確信する。

私の想《おも》いを断《た》ち切るように、炸裂音《さくれつおん》とともに扉《とびら》が破《は》砕《さい》された。鋼色《はがねいろ》の鎧《よろい》の群れが現れ、駆《か》けおりてくるのが見えた。

私を包囲したのは、銀の重装鎧に身を包み、魔杖剣《まじょうけん》や魔杖槍《そう》を抱《かか》えた武装査問官たちだった。

「これが人間のやることか……」

研究室を見回した一人が、兜《かぶと》の下で苦々しげに吐《は》き捨てた。視線の先には、擬《ぎ》人《じん》や脳がたゆたう水槽《すいそう》があった。

憤怒《ふんぬ》の気を立ちのぼらせる銀色の列から、黒背広の男の二人組が一歩を踏《ふ》みだす。堂々とした恰幅《かっぷく》と髭《ひげ》を生やした上級査問官が、厳粛《げんしゅく》な面《おも》持ちで書類を掲《かか》げる。

「トリトメス・ギスク・レドラン被《ひ》告《こく》の、二十三の国際咒式法違《じゅしきほうい》反《はん》、七十五の咒式法抵触《ていしょく》。そして殺人罪は、事前調査と現場接収により明々白々。罪状に一片《いっぺん》の疑いの余地もないことを宣言・確認《かくにん》する」

　上級査問官の横の痩《や》せた副官が、書面を提示する。

　私は身動きひとつせず、上級査問官の言葉に耳を傾《かたむ》けていた。

「呪式士《じゅしきし》最高諮問《しもん》法院は、施設《しせつ》と関係資料の完全破壊《はかい》を決定。関係者とギルフォイル被告の控《こう》訴《そ》も上告も認めず、連行に反抗《はんこう》すれば即時《そくじ》の死刑執行《しけいしっこう》を行うことを合わせて通告する」

　朗々とした宣告が終了《しゅうりょう》し、中級査問官が書面を戻《もど》す。

「君たちには……」

　私は続けられなかった。あまりにも退屈《たいくつ》だったからだ。その様子を見て、査問官たちの瞳《ひとみ》に残酷《ざんこく》な焔《ほのお》が灯《とも》る。

「反抗の意志ありとみなす」

　それは、あらかじめ決められた手順。猟犬《りょうけん》の狩《か》りが覆《くつがえ》るはずがなかったのだ。

「それでは、即時死刑執行せよ！」

　宣告とともに包囲網《ほういもう》が狭《せば》まり、円の内部に干戈《かんか》が突《つ》き出される。白衣に包まれた私の体を、十数本の剣槍が貫《つらぬ》く。

「君たちには……」

　見上げた私の鼻先に、上級査問官の魔杖剣が突きつけられた。

「愛は分からない……」

　白刃の切っ先に宿るのは、トリニトロトルエンの組成式。爆裂呪式《ばくれつじゅしき》が発動、轟音《ごうおん》を従えた爆《ばく》風《ふう》で私の首から上が吹《ふ》き飛ばされ、肉体が消失した。

私は予定どおりの死を受け入れた。

私の名はトリトメス。ベギンレイムの意志を継《つ》ぐ者。

私は考えていた。ギルフォイル・アガイア・フェンサード咒式《じゅしき》脳科学博士として、考えねばならないからだ。

量子頭脳とシリコーンと人工培養細胞《ばいようさいぼう》からなる人形。長い睫《まつげ》毛に産毛《うぶげ》まで、完全に再現することは簡単だ。

そう、擬人の基本技術はすでに完成している。

だが、まだまだ改良の余地は大きい。遠隔《えんかく》操作や模倣《もほう》動作、指示式で決まりきった行動ができるだけでは、まだまだ目標には遥《はる》かに遠い。

予想どおりに動く人形など、退屈だ。

自らの予測に従って事態が動くのはいいが、退屈ほど恐《おそ》ろしいものはない。それだけは絶対に避《さ》けねばならない。退屈とは、精神の死だからだ。

私の、いや私たちの目標はただ一つ。

我らの手で世界中に愛を与《あた》え、楽園に到達《とうたつ》すること。

それだけが望みなのだ。

思考の間にも、炎《ほのお》が研究室を舐《な》めつくしていた。

眼前の〈擬人《クンスツ》〉も猛火《もうか》に包まれていく。瞼《まぶた》が溶《と》け崩《くず》れ、眼球が剝《む》きだしになる。人工皮膚《ひふ》が燃え、人工筋肉と強化骨格が覗《のぞ》く。何とも無惨《むざん》な姿だった。

眺《なが》めている私の白衣にも、当然のように火炎《かえん》が燃えうつっている。肌《はだ》が焼け、肉を焦《こ》がしていくのが分かる。私の今の状態も、擬人と似たような姿だろう。

呪式《じゆしき》査問官たちは、相変わらず私の研究を理解する気はないらしい。私と私の研究を燃やしつくす気なのだ。

六十年では……、いや、いくら時を重ねようと人は何も変わらないし、理解しあえない。好《こう》悪《お》というそれぞれの世界観があるように、それぞれの楽園が必要なのだ。〈傀儡師《くぐつし》〉と呼ばれようと、どんな迫害《はくがい》を受けようと、私の手段以外に楽園を呼びこむことは不可能なのだ。

燃え盛《さか》る炎が、ついに私の全身を包んだ。痛みに叫《さけ》ぼうと呼吸をすると、喉《のど》と気管を火炎の奔流《ほんりゅう》が灼《や》き、肺に熱気が進入してくる。体の奥から灼きつくされていく感覚。

続いて眼球が高熱で凝固《ぎょうこ》し、視界が消える。すべての肌が溶け、肉は激痛しか伝えない。ついに私の体は、生命活動を維持《いじ》できなくなった。

私は予定どおりの死を受け入れた。

私の名はギルフォイル。ベギンレイムの意志を継ぐ者。

9 夏の午後に

君の肉と骨、心と魂《たましい》。そのすべてに冷徹《れいてつ》な値札がつけられていく。
君が全部でいくらの商品なのか、市場が決めていく。それは残酷なほど
に正確な天秤《てんびん》で、誰《だれ》一人として逃《に》がさない。
さて、君の肉と魂はおいくら?
ジグムント・ヴァーレンハイト「魂の市場価格とその暴落」皇暦《こうれき》四
八八年

朝日はいつものように昇《のぼ》り、夏の陽差《ひざ》しを大地に投げかけていた。

白色光は、廃屋《はいおく》の壁《かべ》を、人影《ひとかげ》の絶えたアスファルトを、俺たちを漂白《ひょうはく》していた。

「アナピヤ、スープを零《こぼ》さない、それにエルヴィンは猫《ねこ》だから焼いた肉を無理に口に入れない。ニルギンは無理なら箸《はし》を使わない。ギギナ、手摑《てづか》みで食うなっ!」

食事している三人に、俺の注意が乱れ飛ぶ。

ベルガの町から離《はな》れた俺たちは、一路メトレーヤを目指していたが、辺境によくある廃街に

逗留《とうりゅう》していた。誰も住まない廃屋の庇《ひさし》の下で、俺たちは昼食を摂《と》っている。

「ガユス、うるさいぞ」

興味なさそうな目をしながら、ギギナが焼いた砂蜥蜴《すなとかげ》の太股《ふともも》に歯を立て、皮を引き剝《は》がしていく。現れた桃色《ももいろ》の肉を、肉食獣《にくしょくじゅう》のように齧《かじ》る。滴《したた》る肉汁《にくじゅう》の向こうには、ニルギンが嫌悪《けんお》感を露《あらわ》にしている顔があった。

食事を終えると、ギギナとニルギンが補給地のソボス村への道を、地図で検討しはじめる。

「だから、こっちの道が安全で良いかと想像します」

「私は危険度が高い方が楽しい」

あの二人の間で、会話が成立しているのかは不明だ。俺は黙々《もくもく》と片付けをする。

「ガユス、あたしも片付けのお手伝いしたい」

俺の側《そば》に、アナピヤが寄ってきていた。少女の腕《うで》の中では、黒猫のエルヴィンが迷惑《めいわく》そうな細い瞳孔《どうこう》を並べていた。

「じゃ、そこらで腕を回して換気《かんき》してくれ。全力で」

「うん」と素直《すなお》な返事とともに、アナピヤが腕を回そうとし、止まった。

「いや、屋外だし、そもそも手で換気って、間違いまくった宗教の修業みたいだし」

「じゃ、そこらで奇声《きせい》を発して走り回っていてくれ」

「いや、遠回しに見えて、実は露骨《ろこつ》に邪魔《じゃま》だと言われると、何かすっごくせつない」

拗《す》ねたように、アナピヤが地面に尻《しり》を落とし、足先で文字を大地に記していく。

呪《のろ》いの絵文字にしか見えないアナピヤの作品の傍《かたわ》らで、俺は片付けをしていく。ついでに自らの内面を分析《ぶんせき》し、検証してみる。

結論。昨夜のジヴとの別れは、俺の内面に何も引き起こさなかったようだ。

料理は手際《てぎわ》よく作れるし、冗句《ジョーク》は冴《さ》えない。いつもの俺と何も変わらない。至極《しごく》冷静、静かな湖のような心境だった。

意外に平気な自分に驚《おどろ》いた。知らない間に、俺の心は強くなっていたらしい。

いや、俺にかぎってそんな成長が起こった訳はない。いい年した人間が成長などしたら、逆に笑える。

経験から言うと、一時的な感情の麻痺《まひ》といった方が正しいかもしれない。

事態を受け入れていないため、正しい現状認識《にんしき》ができていない。だんだんと現実を認識しはじめた時、昨夜のような落ちこみでは済まないはずだ。

物理的な胸の痛みと一時的な平静。夢の中にまで現れる後悔《こうかい》と納得《なっとく》したふり。繰《く》り返し訪《おとず》れるそれは、業火《ごうか》となって心身を苛《さいな》む。

そうなった時を考えると気が重くなる。なるべく別のことに没頭《ぼっとう》していた方がいい。

「それじゃガユス。そろそろ呪式《じゅしき》の使い方を教えて」

俺が片付けおえるのを見計らって、アナピヤが声をかけてきた。

「守られるばかりなのは、あたしの流儀《りゅうぎ》じゃない。あたしはお姫《ひめ》様って柄《がら》じゃないし」

俺の顔を覗《のぞ》きこむアナピヤの目は、どこまでも真剣《しんけん》だった。

「いきなり咒式《じゅしき》で戦えるわけはないけど、何もしないのは耐《た》えられない。ガユスとギギナの負担を少しでも軽くしたいの」

俺は無言で魔杖剣《まじょうけん》ヨルガを引き抜《ぬ》く。

白々とした八〇二ミリメルトルの刀身《とうしん》が、陽光を反射する。柄《つか》を回転させて逆手に持ち、アナピヤに向ける。

少女は緊張《きんちょう》した面《おも》持ちで魔杖剣を受け取り、柄を右手で握《にぎ》りこんでいく。

刀身だけで二五三五グラムルの重みを支えきれず、切っ先が地面につきそうになる前に、アナピヤが両手で保持する。可愛《かわい》らしい唇《くちびる》を嚙《か》みしめて、少女が重さに耐える。

刃《やいば》を掲《かか》げていくアナピヤの背後に回り、柄を握って震《ふる》える小さな両手に、俺の両手を添《そ》えてやる。

触《ふ》れあうアナピヤの背中と手の熱が、俺の体へと伝わってくる。どこかで感じた熱だったが、思い出せない。

「まずは、アナピヤ自身の能力特性を判別しよう。最終的な組成式は俺が組むから、君は咒力《じゅりょく》を練っていくんだ」

呼吸を整えるアナピヤに合わせて、精神を同調させていく。

アナピヤの意識の海の底で、咒力の波紋《はもん》が広がっていくのを感じる。

小さな波紋は小波になり、小波は波濤《はとう》となる。天へと吹《ふ》き荒《あ》れる嵐《あらし》となって爆発《ばくはつ》し、俺の意識を吹き飛ばしそうになる。それは、抱《かか》える俺が恐怖《きょうふ》を抱《いだ》くほどの強力な咒力。

以前シタールで起こった、アナピヤの無目的な力の再現だった。

強大な咒力《じゅりょく》の狂乱《きょうらん》に、ギギナとニルギンが振《ふ》り返る。俺は大丈夫《だいじょうぶ》だと視線で合図して、アナピヤに優《やさ》しく語りかける。

「落ちつくんだアナピヤ。咒力は制御《せいぎょ》できる。そう、君の力だからだ」

「できないよっ！」

少女の悲鳴に自身の咒力が反応して、百億頭の荒馬《あらうま》のように刀身が跳《は》ねる。

「大丈夫だアナピヤ。まずは、量子世界の基本単位、六・六二六〇七五五四〇に負の一〇の三四乗J・sという、作用量子定数hを感じるんだ」

無目的な力の暴走が、少女自身を食いつくそうとしていた。

子守歌《こもりうた》を聞かせるように、俺は優しく語りかける。

「厳密に言おう。万有《ばんゆう》引力定数と真空中の光速度と作用量子定数から導かれる基本単位、一辺の長さが一・六一六〇掛《か》ける一〇の負の三五乗メルトルである立方体に、二・一七六七掛ける一〇の負の八乗キログラムルに等しい質量を持たせた高密度の物質を感じろ」

俺の言葉で、アナピヤが集中する。

「それは量子効果によって、作用量子定数などの基本物理定数をも変異させた時空領域を、限定的につくりだす。これがすべての咒式《じゅしき》の根本原理だ。それを知覚しなさい」

大渦《たいか》となって荒《あ》れ狂《くる》う咒力が、徐々《じょじょ》に収まっていくのが感じられた。静けさと激しさをともなった咒力が、アナピヤ自身に知覚される。

俺の励《はげ》ましに従ったアナピヤにより、力の方向を揃《そろ》えられ、収束していく咒力《じゅりょく》。

「そうだ、よくできた。質量とは、素粒子《そりゅうし》と質量起源粒子の相互《そうご》作用によってもたらされる。宝珠《ほうじゅ》の超《ちょう》演算と咒式《じゅしき》組成式によって、波動関数の崩壊《ほうかい》を制御しろ」

俺の指示により、アナピヤが宝珠と同調しはじめる。量子演算機の無限に近い計算力が、膨大な数式を構築していく。

「さらに素粒子と質量起源粒子の相互作用に干渉《かんしょう》し、素粒子の質量を増加させ、素粒子一個分程度の大きさの作用量子定数密度の領域を作る。それは、光が素粒子一個分の距離《きょり》を進むのにも満たない、極微《ごくび》の時間の操作だ」

統合され制御された力は、アナピヤの意志の支配下にあった。

そしてアナピヤの咒力による観測効果が、世界を改変していく。

「咒式とは、簡単に言えば、世界の決まりごとに従うフリをしながら、裏で舌を出して一部を改変することにすぎない。物質の存在自体に仕組まれた陥穽《かんせい》を、騙《だま》し裏切り、そして支配するんだっ！」

咒弾《じゅだん》内部では、高い圧力で原子構造を歪《ゆが》め、密度を増やした重元素粒子が、作用量子定数密度の発生を助けるために蠢《うごめ》きだす。

刀身の咒化《じゅか》金属が咒力に反応し、力を増幅《ぞうふく》していく。

切っ先に咒印《じゅいん》組成式が紡《つむ》がれ、奔騰《ほんとう》する力が使い手の合図を待っている。

アナピヤの咒式が、ついに完成した。

「後は、組成式にその力を乗せて、そして解放する！」

俺の指示とともに、アナピヤが引き金を絞《しぼ》る。

ついに咒力《じゅりょく》の波濤が放たれる。

巨大《きょだい》な力は、粗雑《そざつ》な指令のためか、そのほとんどが散乱。俺には分からない未知の方向へと消えていく。

だが、その内の一つの流れが、前方の空間で結実。水素と炭素原子がつながった六角環《かん》が形成された。

「凄《すご》い、出来たっ！」

アナピヤの歓喜《かんき》の叫《さけ》びと同時に、作用量子定数と波動関数への干渉が崩《くず》れた。六角環は硝子《ガラス》が砕《くだ》けるように散り、夏の大気へ溶《と》けていった。

「今の見たっ!?　魔法《まほう》みたいっ！」

振り返ったアナピヤ。白い歯を見せ、太陽に向から向日葵《ひまわり》のように微笑《ほほえ》む。眩《まぶ》しさに俺は目を細める。

「……だから魔法じゃないって。いちおーの理論があって何もかもできるわけ……」

「難しいことはいいの、今は何でもできそうなのっ！　もうとにかく嬉《うれ》しいっ！」

はち切れそうな喜びに、子兎《こうさぎ》のように跳ね回るアナピヤ。ついには、側転まで披露《ひろう》していく少女の体に、黒猫《くろねこ》のエルヴィンが必死にしがみついていた。

「しかし、第七階位でも放てそうな咒力で、ベンゼン環を作るとはね。一等当籤《とうせん》した宝籤《たからくじ》で放火をするくらい、豪勢《ごうせい》で無意味な呪式《じゅしき》だな」

「次、七階位やるーっ！」

「まだ早い」

七階位の呪式は、成り立てとはいえ十三階梯《かいてい》の俺ですら、脳と神経系統に激しい負担がかかる。アナピヤには、呪力《じゅりょく》という容量はあっても、出口を作る演算能力と知識と経験がなく、無用な危険を避《さ》けたい。基礎《きそ》から授業を組みたて、いや、とにかく制御力を重視した方が……。

そこまで考えて、俺の唇《くちびる》が皮肉に歪む。

アナピヤにせがまれて呪式を教えたのだが、少女が俺の気を紛《まぎ》らわせてくれているのが実情だろう。

俺は自分の内部の言葉で、精神の均衡《きんこう》を取り戻《もど》していた。

他人に口出しするという行為《こうい》は、自分の内面と向きあわなくて済む慰撫《いぶ》効果があるようだ。

論理と法則で構築しただけの頼《たよ》りない均衡だが、今はこれで充分《じゅうぶん》だろう。

踊《おど》るような少女の動きが止まり、魔杖剣《まじょうけん》ヨルガの切っ先が下がった。

「ガユス、ごめんなさい」

俺に気を遣《つか》っているのが気に障《さわ》ったのかと、アナピヤの潤《うる》んだ瞳《ひとみ》が問いかけていた。

この子は少し気が回りすぎる。他人に傷つけられ、それでも他人に優しくしようとして失敗し、自分を傷つけてしまう。

それは、俺と、そして誰《だれ》かと似ている。

手を伸《の》ばしてアナピヤの頭を撫《な》でると、長い睫毛《まつげ》を伏《ふ》せて撫でられるがままに任せてくる。これも、アナピヤに気を遣われて、撫でさせてもらっているのだろうな。俺って、ダメの元祖本格派だ。頑固一徹《がんこいってつ》なこだわりの味は、開店以来いっさい変えていません。

何か恥《は》ずかしくなったので、しつこく撫でて、アナピヤの髪《かみ》をくしゃくしゃにする。「みぎゃー」と吠《ほ》えて、アナピヤが頭を抱《かか》えて逃《に》げていく。

ヴァンの側《そば》まで逃げたアナピヤが振《ふ》り返った。凄《すさ》まじい不信を露《あらわ》にした目で俺を見据《みす》えてくる。

「それ、それだよアナピヤ。その心底から嫌《いや》がる顔が凄《すご》くいいいっ！」

「もう、意地悪。禿《は》げたらどうするのっ⁉」

「禿げてもアナピヤは可愛《かわい》いさ」

「え、本当？」

俺は中腰《ちゅうごし》の姿勢をとり、極限まで目を細めた笑顔《えがお》を傾《かし》げ、アナピヤの顔を覗《のぞ》きこむ。

「うん、本当に嘘《うそ》。アナピヤちゃんは、何回引っかかれば気が済むのかな？」

「うわ、子供というか、可愛想扱い。するなっ！」

アナピヤは、頭から猛牛《もうぎゅう》の突進《とっしん》をしてきた。俺の華麗《かれい》な回避《かいひ》に、行き場を無くしたアナピヤ。転げそうになるので、腹部を右手で支えてやる。

「そんな動きでは俺を捕《つか》まえることはできないと、前にも言ったのに。アナピヤは本当におバカさんだなぁ」

「バカじゃないもんっ！」

俺に支えられながらも、両腕《りょううで》を振ってアナピヤが抗議《こうぎ》する。

「うわぁ、文句のつけようもないほど完全無欠なバカっぽい動き。何？　バカの神様でも降臨してるの？　直で？　生で？　写真を撮っていい？」

「言った、またバカって言った！」

俺の顎《あご》へ向かってアナピヤの鋭《するど》い鉤突《フック》きが繰《く》り出されるが、届く前に支えていた手を放す。当然ながら、アナピヤは地面に自由落下していく。俺的に大変いい顔をしながら。

落下する寸前に、アナピヤが地面に両手両足をつく。起き上がる勢いのままに、蹴《け》りを放ってくるのを、俺は身を翻《ひるがえ》して回避。

「ワシを捕まえるには、まだまだ修行《しゅぎょう》が足りぬぞ！」

「本当に本気で頭きたっ！」

軽《かろ》やかに逃げる俺を、アナピヤが追ってくる。俺は、無い顎髭《あごひげ》を撫でて語る。

「アナピヤ、大事なのは『空《くう》』ぢゃ！　心を無にすれば、悟《さと》りだか何だかその辺りだかがてきとーに啓《ひら》けるのぢゃ！　うお、楽しいっ！」

「インチキ老師喋《しゃべ》りが腹立つっ！　その大人げない芸風を、拳《こぶし》で矯正《きょうせい》してやるっ！」

「そこらで止《や》めておけ」

ギギナの呼びかけで、俺は逃走《とうそう》を中止。腕をぶん回しているアナピヤの額を、右手の先で抑《おさ》える。

「お、壊滅《かいめつ》的に『空《くう》』を悟りすぎて、何も考えられなくなった人が、何の御用《ごよう》で？」

「存在が『空』そのものの貴様に言われたくはない。道順が決まった。ゴーデ山を迂回《うかい》してソボスに入る。それからメトレーヤだ」

ギギナが立体光学地図を停止させ、俺は歩きだす。

「遊びは終わり、か。いよいよ出発だな」

「でも絶対許さない。いつか死なす」

アナピヤは、不承不承で俺への復讐《ふくしゅう》を断念する。

「毎度毎度、敵に先回りされているからな。そろそろ問題を片づけよう」

ギギナの視線が、俺をうながす。俺もそろそろ厄介《やっかい》な問題を片づけておくことに同意した。

魔杖剣を引き抜《ぬ》いて、背後へと向ける。

「さて、ニルギン。問題を片付けようじゃないか」

「はい？」

魔杖剣の刃《やいば》の先、呆気《あっけ》に取られたニルギンの傷痕《きずあと》の刻まれた顎があった。

「おまえが追手を手引きしていたのは分かっている。姿を現さない六人目の咒式士《じゅしきし》とは、おまえのことだろ？」

後退《あとじさ》るニルギンの右首筋へ、背後のギギナからの屠竜刀《とりゅうとう》が突《つ》きつけられる。左右から挟《はさ》みこまれて、男は動けなくなる。

「誰がそんなふざけたことを言っているのですか？　その虚言症患者《きょげんしょうかんじゃ》を殴《なぐ》ってやりますよ！」

「分かりやすく言わないとダメか？　目の前の、この俺の口が言っているんだが？」

魔杖剣《まじょうけん》の刀身を、ニルギンの喉《のど》に当ててやる。進退窮《きわ》まったニルギンは、不可解な微笑《ほほえ》みを浮《う》かべた。

「いえ、その、最初に言ったとおり、私は竜事象対策派の研究員ですよ？」

「いつまでも、そのふざけた態度が通じると思ったら大間違《おおまちが》いだ」

切っ先がニルギンの喉の皮膚《ひふ》の半分を破る。

だが、その手は通じないといわんばかりに、ニルギンが余裕《よゆう》の笑みを浮かべる。

「引っかかりませんよ。ガユスさんが悪い警官役で、ギギナさんが良い警官役で後で取りなし、私の口を割らせようという手口でしょう？　黴《かび》の生えた尋問《じんもん》の手口ですね」

俺たちを値踏《ねぶ》みするようなニルギンの視線。

「尋問？」

俺とギギナは乾《かわ》いた笑いを浮かべる。

「残念。俺が悪〜い拷問吏《ごうもんり》」

「そして、私がさらに悪い死刑執行人《しけいしっこうにん》だ」

笑顔のままで俺が言い、ギギナが続けた。突きつけた魔杖剣の切っ先で雷撃咒式《らいげきじゅしき》の組成式を紡《つむ》ぎ、ギギナは必殺の〈鋼剛鬼力膂法《バー・エルク》〉を紡いで、ニルギンの首を斬《き》ろうとしていた。

「このまま、正体も目的も不明なおまえを連れていくのは危険だ。だが、おまえを殺して埋《う》めてしまえば、俺たちの旅の危険が少しは減り、殺人罪も土の中。取り越《こ》し苦労かもしれないが、俺たちに損はない。こういう判決が思いついたりして。という訳で地層になーれ」

俺の冷徹《れいてつ》な計算方法に、ニルギンの目が泣きそうに潤《うる》む。

「あ、アナピヤは向こうを向いていなさいね。子供には残酷《ざんこく》な場面だから、大人配慮《はいりょ》」

「あなたたちは、本当に真剣《しんけん》にどこまで根性《こんじょう》が腐《くさ》りきっているのですか……」

「では、正体を話してもらおうか？」

ニルギンの顔がうつむき、再び上昇《じょうしょう》してきた。その顔には満面の自信が漲《みなぎ》っていた。

「ふはははは。ついに見抜《みぬ》かれぎみのようですね。その通り、私が六人目の攻性咒式士《こうせいじゅしきし》、最強無敵のニルギンらしいのです」

「じゃあ死ね」

俺とギギナの刃に力がこもり、ニルギンの首を挟み斬ろうとする。

「あ、嘘《うそ》です。調子に乗って言ってみただけで、本当は違います」

「もう追手だろうが何だろうが構わない。とりあえず殺してから考える。『僕たちは、一人の哀《かな》しき戦士がいたことを忘れない』とか言って、場面転換《てんかん》の後であっさり記憶喪失《きおくそうしつ》しても、特に問題ないしな。哀しみの涙《なみだ》を力に変えて、猟奇《りょうき》殺人しようっと」

冷ややかな声が俺の口から出ていた。ニルギンの喋り方が、どこか俺の勘《かん》に障《さわ》るのだ。それもかなり激しく。

「違うよ。ニルギンさんは敵じゃないと思う」

アナピヤが俺の左手を握《にぎ》っていた。ニルギンから右目を離《はな》さず左目だけで見ると、アナピヤの訴《うった》えるような海色の瞳《ひとみ》が俺を見上げていた。

「どうしてだ？」

俺は叫《さけ》ぶように問い返す。ギギナも時機を失い、巨大《きょだい》な屠竜刀を掲《かか》げたままで静止していた。

「だって、だって、ニルギンさんからは一度も悪意とか感じなかったし」

アナピヤの人の心への敏感《びんかん》さは、俺も認める。しかし、そんな感覚論では俺は納得《なっとく》しない。

「確かにニルギンが追手なら、私と貴様を相手にする危険もなく、いつでもアナピヤを誘拐《ゆうかい》できた」

ギギナの指摘《してき》どおり、そこだけは最初から引っかかっていた。

峡谷《きょうこく》での戦い、ベルガ村での死闘《しとう》。アナピヤを守っていたのは、常にニルギンだった。不意打ちでいきなりニルギンを殺さなかったのは、その点が疑問だったからだ。

「ニルギン、おまえは何者だ？」

俺は刃を返して、ニルギンの顎《あご》の傷痕に突きつける。すぐに軽薄《けいはく》な口を開きかけたニルギンに「言っておくが、またふざけたら面倒《めんどう》なので、少しというか、かなりの血を抜いてからお話してもらうぞ？」と釘《くぎ》を刺《さ》しておく。

アナピヤが事態の推移についていけず、エルヴィンを抱《だ》いたまま立ちつくしていた。ニルギンが初めて諦念《ていねん》混じりの溜《た》め息を吐《つ》いて、真剣な表情を形作る。

「そうですね。確かに、竜事象対策派だからついていくという言い訳は苦しいですね。そう、実は私は宇宙大神の使いで……」

皆《みな》まで言わせず、俺の刃がニルギンの喉にめり込む。あと羽毛一筋の力が加われば、皮膚の弾性《だんせい》限界を超《こ》えて出血する。

「あー、嘘です。私は、その、いわゆる査問官なんです。呪式士《じゅしきし》最高諮問《しもん》法院の潜入《せんにゅう》査問官なんですよっ！」

俺とギギナは、愕然《がくぜん》とまではいかないまでも驚《おどろ》いていた。目の前では、ニルギンが青空を仰《あお》ぎ嘆《なげ》いていた。

「あー、もう言っちゃった。これでまた減俸《げんぽう》だ。いや、馘首《クビ》だ！」

「二つの意味で嘘臭《うそくさ》すぎるな。潜入査問官が実在するなんて噂話《うわさばなし》だし、おまえがそうだと信じるほど俺たちが天使に見えるのか？」

「本当ですよ。ほらっ！」

自暴自棄《じぼうじき》ぎみのニルギンが、襟元《えりもと》を広げる。薄《うす》い胸板《むないた》には刺青《いれずみ》が刻まれていた。法を意味する天秤《てんびん》に、制裁を司《つかさど》る鉄槌《てっつい》が交差し、流血をも厭《いと》わない決意を示す真紅《しんく》の色で描《えが》かれている。

俺とギギナが渋面《じゅうめん》を作る。発光する真紅の刺青は、偽物《にせもの》ではあり得ない。

「本物か？　おまえならこの場を誤魔化《ごまか》すために、紋章《もんしょう》の偽造《ぎぞう》でもやりそうだし、あっさりと口を割りすぎのような？」

「本物ですよ、証拠《しょうこ》に自分の意志で消せますし」

ニルギンの言葉とともに、血色の刺青が消えて、また浮《う》かびあがる。俺は刃を突《つ》きつけたまま、左の指先でニルギンの刺青をつついて、剝《は》がれないか確かめる。ニルギンが襟元を隠《かく》す。

「ちょっ、性的嫌《いや》がらせをしないでくださいよ。第一、咒式査問官《じゆしき》を詐称《さしよう》して一生追跡《ついせき》され、刑死《けいし》することを望む大バカもいませんよ！」

刃を静かに戻《もど》す俺とギギナ。ニルギンが安堵《あんど》の息を吐いて路上にへたりこむ。

俺とギギナは互《たが》いの顔を見あわせる。信じたくはないが、どうやらニルギンが咒式査問官というのは事実らしい。

しかし、敵の中に潜《もぐ》りこみ信用を得て、証拠を摑《つか》んで本隊に報告するという潜入捜査官《そうさかん》が、咒式査問官にも存在するとはね。

だが、そこには大きな問題がある。敵に溶《と》けこむのが上手《うま》くなると、逆に敵の思考に同調しすぎて、本部を裏切る場合もある。

だからこそ、潜入捜査を行うのは、警官でも査問官でも、特別に優秀《ゆうしゆう》な資質と鋼《はがね》の忠誠心を持つものだけである。

地面で手足をついているニルギンが、そんな潜入査問官にはとても見えない。まあ、だからこその査問官なのかもしれないが。

さて、これで問題は最初に戻る。ニルギンが敵を呼び寄せているわけではないなら、誰《だれ》が追跡して、追手に連絡《れんらく》しているのだ？　尾行《びこう》の影《かげ》はまったくないのだが？　思考材料に欠け、いくら考えても結論は出ない。

軽く息を吐いて、俺は思考と精神を落ちつける。

「それで、その潜入査問官が、なぜ俺たちにくっついてくる？」

「アナピヤさんですよ」

「え、あたし？」

突然《とつぜん》の注目に、アナピヤが調子外れな声をあげた。

「シタールを襲撃《しゅうげき》した者たちの目的は、アナピヤさんと父親、従姉妹《いとこ》のアティさんの確保だったと思われます」

「どうしてあたしやお父さん、アティが狙《ねら》われるの？」

「強力すぎる咒力《じゅりょく》の血統を求めてだろうな」

俺は寸評をつけ加える。あれほどの桁外《けたはず》れに大きい咒力容量を持つ人間を、その血統を渇望《かつぼう》する者たちがいてもおかしくない。

「シタール崩壊《ほうかい》から七年の後、突然現れたアナピヤさんの報を、警察の情報網《じょうほうもう》を監視《かんし》していた法院上層部が知りました。上層部は私に先回りさせ、調査のためにあなたたちと接触《せっしょく》させたというのが真相です」

アナピヤを見つめながら、ニルギンが続ける。

「偶然《ぐうぜん》我らと出会ったという戯言《たわごと》は撤回《てっかい》するか。それならば少しは納得できるな」

ギギナが譲歩《じょうほ》したように、筋道は通っている。

しかし、だからこそ上手い嘘《うそ》をつかれているような気がする。どこか核心《かくしん》を避《さ》け、奥歯にものが挟《はさ》まった物言いだ。

まあいい。今はそれで我慢《がまん》しよう。

「アナピヤさんは竜《りゅう》はともかく、呪式士《じゅしきし》たちに狙われていました。そして現在の六人の追手で、大きな何者かが動いているという確信に変わりました」

慌《あわ》てて目を戻すと、アナピヤの目が見開かれていた。

「それって誰のことなの？　もしかして、あたしの、あたしの義父《とう》さんと義母《かあ》さんは悪い人たちなの……？」

「さあ、そこまでは……」

ニルギンが肩《かた》を竦《すく》めてみせる。アナピヤの海色の双眸《そうぼう》が曇《くも》っていく。言ってしまった本人は、目を合わせることもせずに飄然《ひょうぜん》とした表情を作っていた。

「違《ちが》うよ」

俺はアナピヤの頭を抱《だ》き寄せる。自分に言い聞かせるように言い放つ。

「アナピヤの好きだった養父母が、悪い人なわけがない」

「嘘は、嘘は嫌《きら》い」

「そうだな。だから、それを確かめにいこう。メトレーヤに」

俺の胸に少女が顔を埋《うず》めてうなずく。ギギナとニルギンもうなずいた。

「では出発だ」

全員がヴァンに乗りこんでいく。旅はまだまだ続くようだ。

ヴァンを停《と》めて、足を地面に下ろすと、途端《とたん》に乾《かわ》いた熱気と羽虫が寄ってくる。手で払《はら》いのけながら、後ろ手にヴァンの扉《とびら》を閉める。

眼前に広がるのは、典型的な辺境の交易都市の風景。

擂鉢《すりばち》状の地形に建てられたらしく、巨大《きょだい》な階段のような街だった。乾いた砂塵《さじん》を巻きあげる街の入り口には、交易商の装甲《そうこう》車両が、列をなして搬入《はんにゅう》作業を行っていた。

入り口の門を抜《ぬ》け、街に入る。緩《ゆる》やかな階段状の大通りを迂回《うかい》して、裏通りの階段を下っていく。

通りには、通行の邪魔《じゃま》になるほどの立て看板が並び、商店がひしめきあっていた。行き交《か》う人の波に俺たちも紛《まぎ》れて、通りを進んでいく。

街の上空では、下と同じような看板の群れが空中で交差していた。最上層には大手呪式企業《じゅしききぎょう》の大看板がそびえ、青空の見える面積を大きく塞《ふさ》いでいる。

視線を戻《もど》すと、店先では胡散臭《うさんくさ》い商人たちが呪式具《じゅしきぐ》や機器を猥雑《わいざつ》に並べており、客らしき呪《じゅ》式士《しきし》たちと値段交渉《こうしょう》をしている。

ソボスの町は、火竜事件で寄ったテッセナ村とは比べられないほど大きく、辺境の呪式士たちの拠点《きょてん》の一つとなっている交易都市だった。

何かの討伐《とうばつ》に向かう呪式士たちの一団と擦《す》れ違いながら、俺たちは歩んでいく。跳《は》ねるようにアナピヤが俺の左横に並ぶ。

「それで偉《えら》～いガュス先生、あたしの咒式はどうでした？」

「その言い方やめろって」

アナピヤも厭味《いやみ》な口調を覚えだした。どこで影響《えいきょう》を受けたのか、分かるけど分からない。

「アナピヤには才能がある。血筋なのだろうが、もともと抜群《ばつぐん》の咒力容量《じゅりょく》があるから、俺とギギナの、主に俺の授業を凄《すご》い速度で吸収している」

「ほんと？」

アナピヤの輝《かがや》くような喜びに溢《あふ》れた顔が、俺を見上げてくる。俺の前方に回って、器用に後ろ向きに歩く。

そして黒猫《くろねこ》を左手で抱《かか》えながら、顎《あご》に右手の指を当てて考えこむ。

「じゃあ、何を習ったらいいのかな？」

「どれということはない。化学・生体・電磁・重力・数法そして超定理《ちょう》の六つの咒式大系《じゅしき》でも、一つで成立する咒式は少ない。例えば爆薬《ばくやく》合成の化学練成系咒式《かがくれんせいけいじゅしき》でも、発火するには電磁系の力がいる。電磁系でも化学物質の補助が必要だ」

歩みを続けたまま、俺は咒印《じゅいん》組成式を指先で描《えが》いてみせる。

「その中で、自分の特性と傾向《けいこう》にもっとも適した系統を中心に使うのが基本咒式職だ。アナピヤは多系統を同等に操《あやつ》る、上級咒式職になれる高い素養がある」

難しい顔をしたアナピヤが、俺の説明に聞き入っていた。

「咒式の根源とは、作用量子定数と波動関数に干渉《かんしょう》することだけであり、その現れの形を選ぶだけだ。呪式《じゅしき》の現れにも幾《いく》つかの方式がある。物質を増大させるだけでなく、減殺も行い、原子配列の分解・組み替《か》えと現れ方も様々。……ここまでは分かるな？」

「うん」

力強くうなずくアナピヤ。エルヴィンまで同じ角度で首を縦に振《ふ》る。可愛《かわい》らしさに、俺の頬《ほお》が緩《ゆる》みそうになる。しかし、顔を引き締《し》めて真面目《まじめ》に解説する。

「そうだな、俺の見るかぎり、アナピヤには物体を操作する使役《しえき》方面の適性がある。電磁系、または生体系を中心に学べば、呪式生物を従えることもできる。将来は優《すぐ》れた〈支配者《ヘルシャア》〉職の呪式士《じゅしきし》になれるよ。……わがままだから」

「そんな判定方法なんかないよっ！　だとしたら、ガユスを操作して敵にぶつけてやるっ！」

「いや、元気な声で人間爆弾《ばくだん》計画を宣誓《せんせい》しないように。それに、呪式で生きた人間を操るのは不可能だ」

「どうしてー？」

「相手の体内に干渉する呪式は難しい。呪式は一種の観測効果による干渉だから、対象の体内は抵抗力《ていこうりょく》が……」

一組の男女と擦《す》れ違った瞬間《しゅんかん》、俺の足が立ち止まる。

「抵抗力が？」

アナピヤの問いも無視し、すれ違った男女の後ろ姿を追った俺の眼《め》は前に戻される。

人波に押されるように、俺は歩みを再開する。アナピヤも俺の顔を見つめたまま後ろ向きに歩きだす。

白金の髪《かみ》や、アルリアンの血を引いて尖《とが》った耳を持つ女なんて、どこにでもいる。

今になって、ジヴとの別れが俺の心に疼痛《とうつう》を生じさせていたのだ。

なおも顔に疑問符《ぎもんふ》を浮《う》かべているアナピヤに、俺は「何が？」と笑《え》みを向ける。

本当は胸の喪失感《そうしつ》にこの場にうずくまりたいくらいだったが、顔面すべての表情筋を制御《せいぎょ》して平静な面《おもて》を作る。

それは、弱みを見せたくないというくだらない自尊心。

「いや、だから、咒式《じゅしき》は物体に作用し、外部から人体へと攻撃《こうげき》するものがほとんどだ。人の意識と思考は干渉を引き起こす根源だから、脳には特に強力な咒式抵抗力がある」

冷静な解説の声が出た。

「それを凌駕《りょうが》する莫大《ばくだい》な力か本人の同意があれば別だが、無理やりな支配は人間の咒力《じゅりょく》ではできない。脳に操作宝珠《ほうしゅ》を埋《う》めこんで死体を動かすのが、現代咒式技術の精一杯《せいいっぱい》。それすら特殊《とくしゅ》な才能が必要とされるけどね」

笑《え》みまで浮かべて、アナピヤの注意を論理に逸《そ》らす。

「だから、人の心そのものは操れない」

「うーん残念」

アナピヤが悪戯《いたずら》っ子めいた微笑《ほほえ》みを浮かべる。訳知り顔をしながら、俺は内心で自分を笑っていた。

そんなことが出来るなら、俺はジヴと破綻《はたん》することも、クエロと激突《げきとつ》することも、アレシエルを死なせることもなかっただろう。

「ま、冗談《じょうだん》でも考えるな。精神支配《せいしんし はいじゅしき》呪式は禁呪《きんじゅ》の一つだ」

頭を軽く叩《たた》いてやると、アナピヤが顔をしかめる。あまり増長させすぎるのも教育によくない。結果に応じた称賛《しょうさん》でないと、自己愛と自尊心の肥大を招き、犯罪者を作る。

少女の肩《かた》ごしに、看板の群れに埋もれそうな呪式具《じゅしきぐ》屋の店先が見えた。

「呪式具と人形のドローレ屋」と、素っ気なく書かれた看板に少し躊躇《ちゅうちょ》する。

「アナピヤは外で待っていなさい」

途端《とたん》に、目尻《めじり》に潤《うる》みを溜《た》めるアナピヤ。俺は慢性疾患《まんせいしっかん》となった溜め息とともに、いつもの返事をするしかない。

「仕方ないな」

「やったー。嘘《うそ》泣き成功」

途端に悲嘆《ひたん》に曇《くも》った顔から、笑顔へと変わるアナピヤ。傍《かたわ》らのギギナが苦笑《くしょう》する。

「アナピヤも、段々と女らしくなってきたな」

アナピヤが喜ぶのはいいが、ギギナの軽い足どりに無駄遣《むだづか》いの予感がする。

「そうだな、女らしさのついでに練習用の魔杖短剣《まじょうたんけん》でも買ってやれ」

「うわ、ギギナって話せる！　意外すぎっ！」

アナピヤの複雑な褒《ほ》め言葉に、ギギナも複雑な表情をしていた。

なるべく回避《かいひ》していたのに、そこに気づくなよ、と俺も内心は複雑だ。

悪い予感を投げ捨てるように、俺たちは店内へ入っていく。

呪式具屋《じゅしきぐ》はどこも似ている。

棚《たな》から壁《かべ》、天井《てんじょう》まで埋めつくした呪弾《じゅだん》に封呪弾筒《ふうじゅだんとう》。鋼色《はがねいろ》の魔杖剣や鎧兜《よろいかぶと》が、禍々《まがまが》しい雰囲気《ふんいき》を醸《かも》し出している。ロルカ屋の不敗神話を破るほど混沌《こんとん》としていないのが救いだ。

「いらっしゃいませ」

白と黒の給仕服姿の女が丁寧《ていねい》に頭を下げ、俺たちを迎《むか》える。隣《となり》に立っていた主人のドローレらしき男が、眼鏡《めがね》の奥の視線を向けてくる。

「攻性呪式士《こうせいじゅしきし》のお客さんですか。プリベット、下がっていなさい」

プリベットと呼ばれた女の頭が上がってきて、額の紋章《もんしょう》で擬人と分かった。店主が奥へとうながし、俺たちが続く。

店主のドローレは、青年といってもいい歳《とし》で、趣味《しゅみ》が嵩《こう》じて呪式具屋を開いた口だろう。だとしたら、ヴィネルの情報も信憑性《しんぴょう》が高い。

「〈擬人《クンスツ》〉を使っている呪式具屋は珍《めずら》しいね。呪式具を扱《あつか》わせるのは危なくないか？」

「気になりますか？　店内の清掃《せいそう》と笑顔だけで、それ以上の機能はついていませんから、ご迷惑《めいわく》はかけませんよ」

店主の無遠慮《ぶえんりょ》な言葉に、俺はアナピヤの背を押して入り口へと戻《もど》す。

俺たちを見送る擬人の、満面の笑顔が何か寂《さび》しい。アナピヤが立ち止まり、その笑顔を興味深そうに見上げている。

「お姉さん、綺麗《きれい》だね」

「ありがとうございます。お嬢様《じょうさま》も可愛《かわい》らしいですよ」

一人と一体が笑いあうが、一体の方は、そう考えるように作られた人工思考にすぎない。何か寒々しいものを感じた俺は、ドローレへと視線を戻す。

「第三から第五までの化学練成系と、第二と第五の電磁雷撃《らいげき》系の咒弾《じゅだん》、封咒弾筒を一揃《ひとそろ》いもらおうか」

「あたしの魔杖短剣とか忘れてない？」

「はいはい、お嬢さんはしっかりしていますね。本当に女だよ。ああ、練習用の魔杖短剣を一《ひと》振《ふ》り足してくれ。その、一番安いやつで」

積み上げられた木箱を避《よ》けて、ドローレがカウンター奥の棚の咒弾や咒式具《じゅしきぐ》を選んでいく。

「ついでに、低位の咒弾は汎用《はんよう》でいいが、高位の化学系はオルドレイク技術連合、電磁系はラズエル総合咒式社で頼《たの》む」

「汎用咒弾ではなく、各系統ごと。しかも破壊《はかい》力重視ですか。相当に厄介《やっかい》な事情を抱《かか》えておいでのようですね」

「詳《くわ》しいな」

「ツァマトにオルドレイク、八大咒式企業《きぎょう》大手といえど、いろいろ得意がありますからね。いろいろな問題といった方がいいかもしれませんが」

「というと？」

業界情報を聞いておいて損はないので、ドローレに話を向ける。

「八大大手といえど、勝敗と再編が始まっているのですよ。呪式制御《じゅしきせいぎょ》と情報計測器で業界一のラズエル社といえど、天才の跡継《あとつ》ぎが誘拐《ゆうかい》され殺されてしまっては、今後が辛《つら》い。何か手を打たないと、最悪二十年後にはどこぞの大手に吸収・合併《がっぺい》されているでしょうね」

視線を交錯《こうさく》させ、俺とギギナは黙《だま》りこむ。あの老獪《ろうかい》なカルプルニアが、座して衰退《すいたい》を見ているわけがない。何しろ、その跡継ぎを見殺しにしても系列会社全体の存続を図ったのだ。

ドローレは話しながらも、呪式具《じゅしきぐ》を棚から引き出していく。

「ベロニアス商会も〈擬人《クンスツ》〉技術で業界を先導してきましたが、他《ほか》の大手も猛追《もうつい》してきています。新技術で擬人造りの王者に返り咲《ざ》くという噂《うわさ》もありますが、あそこは極端な秘密主義ですからね。研究と開発の一部を、かなり大昔から外部に委託《いたく》しているという怪《あや》しい噂もあるくらいです」

語りおえたドローレが、呪弾《じゅだん》と呪式具を並べた。そこで、俺たちの買い物より、遥《はる》かに大きな木箱に目が止まる。小さな戦争でも始めるような呪弾と呪式具の量だ。

「ああ、それは他のお客さんの予約の品ですよ」

指先で商品を確認《かくにん》しながら、ドローレが先取りして答える。

「これくらいになりますが？」

店主の笑顔《えがお》とともに見積もりが出され、俺は苦いものを飲みこむ。

足元を見られて、かなり異常な高値を吹《ふ》っかけられている。それでも俺が携帯《けいたい》で入金すると、重い荷物をギギナが片手で担《かつ》ぎあげる。

アナピヤは魔杖短剣《まじようたんけん》を鞘《さや》から抜《ぬ》きはなち、手の中の輝《かがや》きを確かめている。銘《めい》もない大量生産品の魔杖短剣だが、咒力《じゆりよく》の基礎《きそ》制御くらいは学んでくれるとありがたい。

呑気《のんき》な気分に浸《ひた》っていたが、視界の端《はし》の不吉《ふきつ》なものを見逃《みのが》すほど油断はしていない。

不吉の元凶《げんきよう》は、俺の左脇《ひだりわき》から、咒式具《じゆしきぐ》の箱を密《ひそ》やかに押していくギギナの手だった。俺は冷たい目をしつつ、左手で叩《たた》き落とす。恨《うら》めしそうなギギナの目を、氷点下の視線で睨《にら》み返してやる。

「俺の目の届く範囲《はんい》で、無駄遣《むだづか》いはさせない」

押し殺した俺の宣告に、なぜかギギナの目が喜色に輝く。

「では、目が届かないところなら、ないことになるのか？」

「それって、量子論の猫《ねこ》の生死問題のつもりなのか？」

俺はイヤな事実に気づいた。もしかして、最後には俺が上手くやってしまうから、ギギナが安心して無駄遣いする。無駄遣いをするから、俺が経営を何とかしようと血の滲《にじ》む努力をする。

そしてギギナが……。

不毛な円環《えんかん》構造に気づいて、少し気が遠くなる。

「顔色が悪いが、貧血《ひんけつ》か？」

見ると、ギギナとドローレの間で咒式具《じゅしきぐ》が清算されはじめていた。俺の脳裏《のうり》では、ある絵が浮《う》かんでいた。

死刑囚《しけいしゅう》が、牢獄《ろうごく》の外から伸《の》びてきている縄《なわ》を見つける。助かろうと引っ張るのだが、縄の逆は自分の牢獄の土台を支える柱につながっている。助かろうと頑張《がんば》れば頑張るほど、自分の破《は》滅《めつ》を呼びこんでいる頭の悪い死刑囚。それを見て笑っている死刑執行人《しっこうにん》たち。

イェム・アダーの、その絵の題名は「徒労の報酬《ほうしゅう》」

まったく笑えない。今すぐここでギギナを殺したくなった。

「おまえがすべての元凶だ！　次に勝手に買ったら殺す！」

「優《やさ》しく解説してやるが、実力差という単語を知っているか？」

「……椅子《いす》のヒルルカをゴミ捨て場に放り出す」

「何という破廉恥《はれんち》な！　我が愛娘《まなむすめ》を、荒くれ椅子どもの慰《なぐさ》みものになどさせぬぞ⁉」

ギギナの美貌《びぼう》に、真剣《しんけん》な怒《いか》りと脅《おび》えが張りつく。椅子を積みあげただけの平和な光景も、ギギナの目には輪姦の場面に見えるらしい。

極度の疲労《ひろう》を覚えながら、さらに咒式具を並べていく店主へ問いかける。

「ところで、化学練成系と鋼成系の咒弾《じゅだん》で、第七階位のものはどこにある？　あるだけ欲しいのだが？」

何気ない俺の言葉に、ドローレの指が止まり、横顔が強張《こわば》っていく。

「駆《か》け引きを節約すると、エリダナや都市部を出れば、高位咒弾の密売が盛《さか》んだ。情報ではこの店がその一つだと聞いてね」

「予約は囮《おとり》、ということかっ⁉」

意味不明な店主の言葉に、咄嗟《とっさ》には返答できなかった。身をひるがえして、カウンターの下に手を伸ばそうとする店主の手を、ギギナの屠竜刀《とりゅうとう》の柄《つか》が抑《おさ》える。

ドローレの手の甲《こう》が、重厚な屠竜刀の柄の下で鬱血《うっけつ》していく。

「何を勘違《かんちが》いしている？　私たちは客だ」

ドローレの恐怖《きょうふ》の目が、俺とギギナを交互《こうご》に見る。全員が混乱していた。事態を理解していないニルギンだけが「喧嘩《けんか》しないと得ですよ。七イェンほど」と、言った。

「ベロニアス商会、インドルソー後期型・九五年式の擬人か、いい改造がされているな。うわ、こっちは凄《すご》い、表情が自然だ」

「違う、あたしは擬人じゃない。アナピヤだよっ！」

「へえ、嘘《うそ》もつけるとは、論理拘束《こうそく》を解除してあるのか。性的機能はどうなっているんだ？中をみせてみろ」

振《ふ》り向くと、直立不動のプリベットの前で暴れるアナピヤの体を、黒背広の肥満体が撫《な》でまわしていた。

「止《や》めとけ変質者！」

急速沸騰《ふっとう》した感情のままに、疾走《しっそう》からの前蹴《まえげ》りを放ち、不細工な尻《しり》を蹴飛ばす。涙目《なみだめ》のアナピヤが逃《に》げ出し、俺の胸に飛びこむ。

「胸とお尻を触《さわ》られた！」

買ったばかりの魔杖短剣を構えるアナピヤを背後に押しやり、俺は刃《やいば》を引き抜く。ギギナも隣《となり》に並んで鋼《はがね》の視線を前に向け、ニルギンは下手な拳闘《けんとう》の構えをとっている。右手が前では構えが逆だ。

「うちのアナピヤに手を出すとは、ちょっとお仕置きという名の死刑が必要だな」

「おまえこそ、この私に蹴りをくれるとは！」

起き上がった肥満体の丸い目が、俺の目と出会う。どこかで見た顔だ。

「グィデト、咒式具《じゅしきぐ》の受けとりにいつまでかかっている？」

低温の声と金属音の連なりが、多重奏を響《ひび》かせた。

入り口に、爪先《つまさき》から頭の先まで重装鎧《よろい》で覆《おお》った咒式士《じゅしきし》たちが現れた。鈍色《にびいろ》の集団の先頭には、痩軀《そうく》を黒背広に包んだ男が立っていた。傍《かたわ》らには鈍色の〈護法数鬼《ごほうすうき》〉が浮遊《ふゆう》し、狭《せま》い店先をさらに狭く見せている。

「ダズルクさんっ！」

肥満体が糸杉《いとすぎ》のような人影《ひとかげ》に向かって、駆け寄っていく。

一気に思い出した。無表情を崩《くず》さない痩身が上級査問官ダズルク。その隣で、激昂《げっこう》しているのが中級査問官のグィデト。

よりにもよって、今一番会いたくない連中と再会してしまった。

「私に、咒式《じゅしき》最高諮問《しもん》法院の中級査問官たるこの私に手をあげるとは！　全員、第一種戦闘陣《せんとうじん》形《けい》、この無礼者に鉄槌《てっつい》をくだせっ！」

鋼色の武装査問官たちは、魔杖剣と魔杖槍《そう》に手をかけるべきかどうか迷った。店主が凍《こお》りついたように硬直《こうちょく》し、プリベットが変わらぬ笑顔《えがお》を浮かべていた。

ニルギンが、胸元《むなもと》を開いて潜入《せんにゅう》査問官の正体を露《あらわ》そうとした時、声があがる。

「もういい。茶番は終わりだ」

全員の殺気を咎《とが》めるように、ダズルクが手を振る。

「グィデトが、そこの少女に猥褻行為《わいせつこうい》を図ったのが問題の発端《ほったん》だ。擬人と少女を誤認《ごにん》したことも、査問官としての眼力が問われる。そして、部隊の指揮は私の意志が優先する」

熱を帯びない声に、グィデトが言葉を失う。武装査問官たちも一斉《いっせい》に武器を納める。

当然というか、公平さと傲慢《ごうまん》さを併《あわ》せ持った、咒式《じゅしき》査問官の権化《ごんげ》のような男だ。お友だちとか一人もいなさそうだ。

「しかし、おまえたちとはよくよく縁《えん》があるようだな」

ダズルクの口許《くちもと》が歪《ゆが》む。これがこの男なりの笑みなのだろう。

「お偉《えら》い査問官と、御縁《ごえん》があるのは光栄至極《しごく》。糞《くそ》と一緒《いっしょ》に下水に流してやりたい御縁だけどね。ついでに深いマリアナ海溝《かいこう》の底の底にまで流れろ」

俺の挨拶《あいさつ》代わりの軽口。いつもの調子が戻《もど》ってきた。両隣のギギナとアナピヤが小さく笑っていたが、それは仕方ない。

「それで何の用だ？　こんな辺境まで俺たちを追ってくる熱烈《ねっれつ》な男色趣味《しゅみ》は、ある意味尊敬に値《あたい》するけど。いや、少女愛好癖《へき》もあるか？」

「まだ愚弄《ぐろう》するかっ！」

俺が嘲弄《ちょうろう》すると、顔全面に朱《しゅ》を広げ、グィデトが怒声《どせい》をあげる。何かを続けようとし、横目で上司の顔を見た肥満体が口を閉《と》ざす。

ダズルクの薄《うす》い口許には、冷笑《れいしょう》の深い皺《しわ》が刻まれていた。

「わざと怒《おこ》らせて、こちらの情報を吐《は》き出させる。グィデトはともかく、私はそんな古臭《ふるくさ》い挑《ちょう》発《はつ》には乗らない」

「そうだ、安心しろ。おまえたちのような小物を追ってこんな所に来るほど、我々はヒマではない！」

グィデトが応戦。ダズルクの氷河色の双眸《そうぼう》には、部下に対する侮蔑《ぶべつ》が浮《う》かんでいた。言葉の裏を返せば、別口を追っていると白状しているようなものだ。この男が中級査問官より出世しないことは、俺が完全品質保証する。

ニルギンに目で問いかけると、安全だという風に軽く首を振った。メトレーヤの情報が、こいつらに知らされてはいないと確認。

一ついいことを思いついた。

「禁忌《きんき》咒式《じゅしき》を追っているなら、ついでに精神《せいしん》支配《しはい》咒式《じゅしき》という、最悪の禁忌破りも捕《つか》まえたくはないか？」

グィデトが頬肉《ほおにく》に埋《う》もれた目を見開き、背後の咒式士《じゅしきし》たちも身構えて甲冑《かっちゅう》を鳴らす。

「〈屍《しかばね》のメルツァール〉という咒式士や、〈顔狩《かおが》りのユラヴィカ〉やバモーゾ、アインフュンフとかいう連れの咒式士どもが、近くをうろついているのを見たよ」

「最近現れたメルツァールに、同類どもか。見くびるな。我らはそいつらも追っている。ついでに取って大手柄《おおてがら》にするつもりだ」

「黙《だま》れグィデト。相手の言葉にいちいち反応するな」

ダズルクの言葉の刃《やいば》が、肥満体を硬直させる。上官がよほどに怖《こわ》いようだ。

あの最悪の咒式士《じゆしきし》たちも追われているらしい。そして、それ以上の大物も追っているようだ。メトレーヤへの旅をこいつらに邪魔《じやま》されては堪《たま》らないし、俺には敵と正々堂々と戦う趣味はない。

追手どもに、武装査問官という、とびきりの鬼札《おにふだ》をぶつける一挙両得をもくろんだのだが、そこまで上手《うま》くはいかないらしい。まあ、追手の位置さえ分かれば、通報して誘導《ゆうどう》してやるだけだ。

「我らは、我らの使命を果たす。それだけだ」

俺の消極的な策略に気づいていたらしく、ダズルクは冷たい笑みを向けてきた。

俺は今の情報を検討していた。バモーゾは暗殺者だから当然だが、メルツァールがごく最近まで無名なのは納得《なつとく》できない。他国からの流入組か？　これが何かの意味を持つのか？

没頭《ぼつとう》する俺に興味を失ったダズルクの双眸が、左へ疾《はし》る。

「ダズルクの名で予約していた、咒弾《じゆだん》や組成式は準備できているか？」

放置されていたドローレが雷《かみなり》に撃《う》たれたかのように全力でうなずく。カウンター横に積み上げられた木箱の山を、目線で示す。

ダズルクが細い顎《あご》でうながすと、背後の査問官たちが鎧《よろい》具足を鳴らして進み出る。

カウンター横の咒式具《じゆしきぐ》の木箱に銀色の籠手《こて》をかけ、重さを感じさせずに肩口《かたぐち》に担《かつ》ぎ上げる。そして、蟻《あり》の行列のごとく次々と運び出していく。

グィデトが凄《すさ》まじい目で俺を睨《にら》み、列の最後尾《さいこうび》に続いていく。グィデトの太い手で、擬人のプリベットが乱暴に撥《は》ね除《の》けられるが、それでも人形は笑顔で頭を下げる。

ダズルクだけが残り、裁判官のような厳しい面《おも》持ちを俺たちに向ける。

「我ら武装咒式《じゆしき》査問官と敵対するのは、あまり賢明《けんめい》とはいえないいな」

「そちらもな。ドラッケン族が、皇国内においても自治を保っている意味を考えろ」

ギギナが肉食獣《にくしよくじゆう》の笑みを返す。ダズルクは無言の笑みを浮かべた。

確かに、ダズルクと、ダズルクに率いられた武装咒式査問官たちとは、絶対に戦闘《せんとう》などしたくない。

「ダズルクさん、そんな屑《くず》どもに構っていないで早く行きましょうよ」

咒式具が垂れ下がる入り口から、肥満体の顔が覗《のぞ》き、苦笑したダズルクが歩きだす。〈護法《ごほう》数鬼《すうき》〉が無機質な目で俺を眺《なが》め、主人の後を追って飛び去っていった。

屋外からは、グィデトの「この町には擬人の娼館《しようかん》がたくさんあるんですよ。それだけが楽しみで」という声と、ダズルクが無視する沈黙《ちんもく》が届いてきた。

振《ふ》り返ると、事態の急な展開と唐突《とうとつ》な終結についてきていない店主の姿があった。

「どういうことなんです！　私の店で咒式査問官とやりあうなんて⁉　あなたたちには何も売らない、早く出ていってください！」

俺とギギナは、意地悪い笑《え》みを交《か》わす。

「第七階位の咒弾《じゅだん》を売らない？　では、さっきのヤッらと決着をつけようか。この店先で」

「売りますよ、売ればいいんでしょうがっ！」

ドローレが、咒弾の入った金属の小箱を投げつけてくる。俺は片手で受け取り、鈍色《にびいろ》の弾丸が三発あることを確認《かくにん》。

ま、これだけあれば当分は充分《じゅうぶん》だろう。これ以上の高位咒式《じゅしき》を使えば、俺が目を開けたまま本気で妖精《ようせい》を追いかけるような、愉快すぎる人になってしまう。

ついでに支払《しはら》いを待っているドローレに、悪魔《あくま》の笑みを向けてさしあげる。

「あれ？　どうして禁止されている咒弾があるのかな？　善意溢《あふ》れる一般《いっぱん》市民としては、さっきの査問官たちを呼んでこないと」

「そんなバカなっ！」

「じゃあ、この咒弾は存在しない」

咒弾の小箱が俺の懐《ふところ》へと消える。

「だとしたら、俺が一イェンすら払う理由はないよな？」

ギギナが荘重《そうちょう》な面持ちでうなずき、徹底《てってい》的な敗北にドローレの顔が歪《ゆが》んだ。

呪式具《じゅしきぐ》を抱《かか》えた俺たちは、鼻唄《はなうた》すら歌いながら店を出ていく。

箱を抱えたニルギンが、俺に問いかけてきた。

「あの、最初の呪弾《じゅだん》も無料にしてもらえばよかったのでは？」

「吹《ふ》っかけられた他《ほか》の呪弾の購入《こうにゅう》で、取引として損得はない。あれでドローレも懲《こ》りるだろ。また、その程度にしておかないと要《い》らぬ恨《うら》みを買う。意地悪道は奥が深いのだよ」

納得したようなしないような表情が、ニルギンの顔に浮かぶ。ギギナにいたっては、小馬鹿《こばか》にしたような眼《め》で俺を一瞥《いちべつ》しやがった。とりあえず、本命専願で死ぬこと希望。

店を出る時も頭を下げて見送るプリベットに、アナピヤが小さく手を振った。

大通りをヴァンに向かいながら、俺たちは雑多な人波を抜ける。老若男女《ろうにゃくなんにょ》が過ぎていき、俺は一定の人間から目を逸《そ》らしていた。

「早く街を出よう。あまり長く滞在《たいざい》すると、追手に足どりを辿《たど》られる」

平坦《へいたん》な声とともに、先頭を切って歩みを急ぐ。

「待てガユス」

俺の横に、ギギナが並んでいた。構わず急ぐが、足の長さが違《ちが》うから振り切れるはずがなく、仕方なく足を止める。

「貴様はいつも変だが、昨夜から特に変になっている。何か拾い食いでもしたのか？」

「ギギナじゃあるまいし、そんなわけないだろうが。いや、こっちの話だ」

後方で置き去りにされているアナピヤとニルギンへと目を向け、前へと向き直る。

ギギナの真剣《しんけん》な声。「何も」と言いたいところだが、ギギナの鋭敏《えいびん》な感覚を誤魔化《ごまか》すことはできず、鋼色《はがねいろ》の目が覗きこんでくる。

「何があった？」

「貴様の精神状態などまったく知ったことではないが、今は大問題だ。追手は凄腕《すごうで》の咒式士《じゅしきし》たちだ。私が前に立てば、アナピヤを守るのは貴様しかいないのだぞ？」

鋼色の視線の追及《ついきゅう》に堪《た》えられず、俺は視線を逸らす。そこで目に入る光景に俺の心臓が痛み、また目線を外し、ギギナの顔へと戻《もど》る。

俺が視線を逸らしたものを一瞥し、ギギナが即座《そくざ》に結論に達した。

「昨夜の言動からすると、あのジヴーニャとかいう女と何かがあったのか」

ギギナの言うとおりだった。俺は白金の髪《かみ》や、アルリアンの女が通りすぎる度《たび》、胸が張り裂《さ》けそうになるのに耐《た》えられなかったのだ。

心など脳の電気信号と物質で、胸の痛みは心筋の作用。哀《かな》しみも喪失感《そうしつかん》も概念《がいねん》だ。必死に自分にそう言い聞かせていたが、どうにもならない。

「そうだ。ジヴと別れたよ。おかしかったら笑えよ」

自分の傷口を抉《えぐ》るように、俺は唇《くちびる》を歪める。

「いや、笑えるというより理解不能だ」

ギギナは一瞬《いっしゅん》、嘲笑《ちょうしょう》するような表情を見せたが、真面目《まじめ》な顔に戻る。

「正直、女と別れたくらいで落ちこむという、貴様の精神構造は私には理解できない。たかが女、夜の暇《ひま》つぶしの道具が離《はな》れていったことに、何を動揺《どうよう》する？　次の女を迎《むか》えればいいだけだろうが？」

「おまえにとってはな。通常の人類にとっては違うんだよ」

ギギナは、十一次元においての感覚について理解しろと言われているような表情を美貌《びぼう》に浮《う》かべていた。

「まあいい。ニルギン、アナピヤを先に車に送って待っていろ」

ギギナが片手に提《さ》げていた咒式具《じゅしきぐ》をニルギンに放《ほう》り投げる。思わず受けとったニルギンが、重さに腰《こし》を抜かし、大通りに倒《たお》れこむ。アナピヤが悲鳴をあげながら、助け起こそうとする。

「行くぞガユス。たまには年上らしいことをしてやろう」

ギギナが先に立って歩きだす。

「ちょっと、どこ行くの？　ニルギンさんを助け起こすのを手伝ってよ！」

アナピヤの当然の呼び声。俺が逡巡《しゅんじゅん》して立ちつくしていると、ギギナの端整《たんせい》な顔が振《ふ》り返り、付いてこいとうながしてくる。

何にも立ち向かう気力がなくなっていた俺は、仕方なくギギナの背に続いた。

ギギナに連れられてきた場所は、大通りを一筋奥に入った娼館《しょうかん》だった。

美女が微笑《ほほえ》む光学立体映像の看板と、落ちついた煉瓦色《れんがいろ》の佇《たたず》まいが、どうにも不釣《つ》り合いな店だった。

俺だって聖人君子ではない。というより、恒星《こうせい》の間の距離《きょり》なみに遠い。

女にあまり縁《えん》のない放浪《ほうろう》時代やエリダナに流れついたばかりの時、クエロと別れた後などの辛《つら》い時期は、商売女の熱い柔肌《やわはだ》と優《やさ》しさにお世話になったこともある。感情の交流のない酷薄《こくはく》な関係が、逆説的に癒《いや》しになる時があるのだ。

ジヴと付きあいはじめてからは、まったく足を踏《ふ》み入れたことはなかったのだが。

実際のところ、ツェベルン龍皇国《りゅうおうこく》は、建前としては売春を非合法としている。だが、公娼制度のあるラペトデス七都市同盟との境であるエリウス群全土は、売春が半ば合法化されていた。非合法化は黒社会の利益になるだけだという古来からの判断が、そうさせているらしい。

「気晴らしには、女遊びがいいだろう」

ギギナの声が、俺の耳に虚《うつ》ろに響《ひび》く。

「前から注意しようと思っていたが、ギギナの女性蔑視《べっし》は病気だね」

「男など、もっと無価値だ。いつも敵や貴様に刃《やいば》で体感させてやっているではないか」

「ありがたいご教示だね。俺を混ぜるところに、本人に何ら葛藤《かっとう》がないというのが大疑問だけど」

確かに、ギギナは、刃で刺《さ》すくらいしか男と関《かか》わりがない。ギギナにうながされるまま、俺は娼館へと足を踏み入れる。

「いらっしゃい。ウチはいろんな女の子を揃《そろ》えています」

受付は、大企業《だいきぎょう》の受付嬢《じょう》のような制服を着た女だった。艶《あで》やかな微笑みを浮かべながら、機器を操作すると、俺たちを取り囲むように、立体光学映像が浮かびあがる。

媚《こ》びるような笑《え》みを浮かべた美女たちは、金髪《きんぱつ》や黒髪や赤毛はともかく、桃色《ももいろ》、橙色《だいだいいろ》、緑、青、紫《むらさき》と遺伝子改造と染色によってさまざまな髪の色を見せ、さまざまな長さを持って目にも鮮《あざ》やかに咲《さ》き誇《ほこ》る。

見つめてくる女たちの瞳《ひとみ》も翡翠《ひすい》に瑪瑙《めのう》、黒曜石、紅玉、紅珊瑚《べにさんご》、紫水晶《むらさきずいしょう》、銀、黄金と、宝石や貴金属のように輝《かがや》き、左右で別の色の瞳までもが俺を見つめてくる。その肌も、白に赤銅《しゃくどう》色《いろ》に褐色《かっしょく》、色素変化させた青や緑までもが揃う。

女たちは清楚《せいそ》な女子学生服や、どこか卑猥《ひわい》な女性看護師の薄《うす》桃色の服に、征服欲《せいふくよく》をそそる婦人警察官の紺色《こんいろ》の制服、従順さを示す給仕服を着こみ、修道女に客室 添乗員《てんじょういん》、革《かわ》の拘束着《こうそくぎ》の性奴隷《せいどれい》に背広の女教師、全身鎧《よろい》の女騎士《おんなきし》や夜会服の貴婦人までもが網羅《もうら》されていた。

すべての襟元《えりもと》からは乳《ち》房《ぶさ》が半分零《こぼ》れ、乱れた裾《すそ》からは太股《ふともも》の奥までが覗《のぞ》き、半裸《はんら》の肢体《したい》を見せていた。

俺は男の欲望という業《ごう》の深さに圧倒《あっとう》され、目眩《めまい》がしてきた。

興味もなさそうに、ギギナが女たちを品定めしており、受付嬢が美貌の横顔に見とれ、熱い溜《た》め息を吐《つ》いた。

「しかし私が言うのも何ですけど、お客様は、ここで女を買う必要がないのでは？」

「私は、付き添《そ》いついでだ。本命はこっちの軟弱男《なんじゃくおとこ》の元気づけだ」

納得《なっとく》だとうなずきかけて、堪《こら》えた受付嬢が真面目《まじめ》な顔に戻る。俺は少し傷つく。

「私は右から三人まとめてでいい。ついでに、おまえも選べるのか？」

ギギナの銀の視線に、女が戸惑《とまど》う。そして頬《ほお》を桜色に染めながらも、力をこめてうなずく。

「もともとは、私も中の子でしたから」

「ガユスはどうする？」

俺は答える気力もなく、うつむいていた。白金色の髪《かみ》と翠《みどり》の瞳、アルリアンの血が混じっている女以外、とにかくジヴを思い出させない女ならば、誰《だれ》でも良かった。

「世話の焼ける男だ。今の気分なら、これでいいだろう」

ギギナが適当に指名したらしい。顔を上げると、前払《まえばら》いまでしてくれていた。ギギナに気を遣《つか》われるとは、俺もかなり終わっている男らしい。

「それではお二人様、ご案内」

受付の声とともに、奥から出てきた大柄《おおがら》で肉感的な美女と理知的な眼鏡《めがね》をかけた美人、長身の金髪女が、ギギナの手を取る。

受付嬢も加えた、花のような美女たちを両腕《りょううで》で抱《かか》えて、ギギナが奥へと向かっていくのを、俺は漫然《まんぜん》と見送っていた。

「お願いいたします。御《ご》主人様」

を下げていた。

隣《となり》を見ると、黒い布地に、清潔な白のレース飾《かざ》りが映《は》える給仕服の女が、黒髪に包まれた頭を下げていた。

「ああ、うん、どうも。お願いするよ」

曖昧《あいまい》な返事をすると、女の頭が上がってくる。上がってきたのは楚々《そそ》とした笑顔。

その白い額には、またも形式番号が記された金色の紋章《もんしょう》が刻まれていた。擬人の印に俺はたじろぐ。

微笑む女の純白の襟飾《えりかざ》りの上、細い喉《のど》を飾るのは、銀の首輪とそこから伸《の》びた細い鎖《くさり》だった。

「御主人様をお世話させていただく私めは、セリゼと申します。どうぞ鎖をお取りくださいませ」

白手袋《しろてぶくろ》に包まれた華奢《きゃしゃ》な手が、鎖の先の持ち手をそっと差し出してくる。

俺が首を振《ふ》って拒否《きょひ》すると、セリゼが首を傾《かし》げる。それでも、丁寧《ていねい》に俺の手を取って、奥の部屋へと案内していく。

案内された個室は、煽情的《せんじょう》な派手な色はいっさいなく、衣装棚《いしょうだな》も寝台《しんだい》も木製の落ちついた色調でまとめられていた。

「上着をお預かりいたします」

鈴《すず》を鳴らすような声とともに、セリゼが両手を揃えて差し出してくる。俺の上着を預けると、丁寧に整えながら、入り口の上着かけに掛けていく。

ギギナの悪趣味《あくしゅみ》な意図に、俺は気づいてしまった。ジヴと別れて傷心の俺には、従順で支配しやすい給仕女風がいいだろうと、セリゼを選びやがったのだ。

立ちつくす俺の眼前、上着を掛けているセリゼの腰《こし》で首輪から垂れた鎖が小さく鳴っているのも、男の支配欲を煽《あお》ろうとする作為《さくい》を秘めている。

思考を振り払《はら》うように俺の左手が伸び、セリゼの鎖を引く。背中から引き寄せられた女の体を抱《だ》きとめる。

「あっ、御主人様」

襟元から右手を滑《すべ》りこませると、熱い肌《はだ》が手に吸いついてくる。簡単に上着の釦《ボタン》が弾《はじ》け、豊かな双丘《そうきゅう》が露《あらわ》になった。

女性人権団体の抗議《こうぎ》と男の欲望が、最先端《さいせんたん》の咒式《じゅしき》生体技術と結びついて、この〈擬人《クンスツ》〉が生まれた。

人間とほぼ同じ生体組織や機械部品で造られているが、咒式は使えない。さらには人格や思考の制限を受け、人間に絶対服従するように思考回路が設定されている。おまけに知能も筋力も抑《おさ》えられて、反乱を防ぐという念の入れようだ。

つまりは、接客や性産業に使われる、人権侵害《しんがい》の心配のない人工奴隷の誕生。俺に抱き留められ、無抵抗《むていこう》で乳房を揉《も》みしだかれ甘い声で喘《あえ》ぐ、セリゼのような。

手が止まり、セリゼが背後の俺へと微笑《ほほえ》みを向けてくる。

「すまない、ダメだ」

弾《はじ》かれたように、俺はセリゼの乳房から右手を離《はな》した。笑顔のままで首を傾げるセリゼ。逃《に》げ出すように、俺は擬人から離れ、手さぐりで上着を手に取る。

振り返って扉《とびら》を抜《ぬ》ける時に、胸を晒《さら》したままのセリゼの顔が見えた。

「またのお越《こ》しを」

先ほどと何一つ顔筋の位置が変わらない、完璧《かんぺき》な笑顔《えがお》だった。

俺は嘔吐《おうと》感を堪えながら、娼館《しょうかん》の廊下《ろうか》を走っていた。

商売女が悪いのではない。ただ、娼婦を抱いた後は何か虚《むな》しくなるのだ。人形ではもっと虚しくなるだろう。〈擬人《クンスツ》〉では、「おまえは女のこういう部分や仕種《しぐさ》が好きだと分析《ぶんせき》して組みあわせ、演じた。さあ召《め》しあがれ」と、商品を差し出されたような気になってしまうのだ。

当たりまえだが、どんな人間も、相手の歓心《かんしん》を買おうと似たような分析をし、演技している。だが、徹底《てってい》した商品として差し出されると、俺はどこか冷めてしまい、受け入れられないのだ。

人形への欲望。それは俺の過去の傷痕《きずあと》を、ジヴとの破局を招いた乱暴な衝動《しょうどう》を、再現して見せられているようで耐《た》えられない。

女から男に代わった受付が何かを叫《さけ》んでいたが、娼館から飛び出す俺には無意味な雑音でしかなかった。


大通りに走り出し、立ち止まる。胸郭一杯《きょうかくいっぱい》に息を吸い、緩《ゆる》やかに吐《は》き出す。

それでも自分と世界への嫌悪《けんお》感は止まらない。

耐えられなくなった俺は、携帯咒信機《けいたいじゅしんき》を取り出し、ジヴに電話しようとしたが、止《や》めた。

どうせ、お互《たが》いに傷つけあう言葉しか出ないのは分かっていたからだ。戦わない人間が、何も手に入れられないのは分かっている。だが、ドラッケン族のようには俺は戦えない。

負けるのが、くだらない自尊心が傷つけられるのが怖《こわ》く、一歩も動けない。だからこそ、ジヴと何ひとつとして向かいあえなかったのかもしれない。

懐《ふところ》の中で携帯が振動《しんどう》した。ヴィネルからだと思って襟元から億劫《おっくう》に覗《のぞ》く。番号は非通知。

俺の脳を雷撃《らいげき》が貫《つらぬ》く。

ソボスの街並みを走り抜け、ビルの間の暗い路地へと駆《か》けこむ。呼び出しの振動はまだ続いていた。

俺の鼓動《こどう》が跳《は》ねあがり、携帯を持つ左手が寒気に晒された小動物のように震《ふる》える。自分のものではないように縺《もつ》れる指先を何とか動かし、通信をつなげる。

浮《う》かびあがった立体光学映像は、女の姿だった。通信状況《じょうきょう》が悪く輪郭《りんかく》が不鮮明《ふせんめい》で、不自然に揺《ゆ》らぐが、それでも別れたジヴーニャの姿だと分かる。

粘《ねば》つく舌先が、必死の問いを紡《つむ》ぐ。

「ジヴ、どうして？……」

「どうしてって？」

白金の髪《かみ》を揺らして、ジヴが不思議そうに微笑む。それだけで、俺の胸に痛みの嵐《あらし》が生まれていく。

「いや、だって、俺は君を裏切り、君も俺を裏切った。そして君は俺を捨てていった。それなのに、ジヴから電話をかけてくれるなんて……」

相手から連絡《れんらく》があったということはジヴの感情が好転したのだと予測しつついや軽々しく舞《ま》いあがった自分を悟《さと》られてはよくないと考えた俺はあくまで相手から返答を引き出す返事をした自分の保身に自嘲《じちょう》めいた感情を抱《いだ》いた。

「ああ、あのこと……」

ジヴが長い睫毛《まつげ》を伏《ふ》せる。長い沈黙《ちんもく》の後、伏せていた眼《め》が上がり、緑の双眸《そうぼう》が俺を真っ直《す》ぐに見つめてきた。

「怒《おこ》っていない、と言ったら嘘《うそ》になるわ。だけど、それでも……」

ジヴの瞳《ひとみ》が感情に潤《うる》んでいた。

「……それでも、私はあなたとやり直したいの」

ジヴの言葉で、俺の胸に温かいものが広がる。安堵《あんど》と幸福感のあまり、泣きだしそうになっていた。

俺の渇望《かつぼう》していたこと。最愛の人が、俺を許し求めてくれる。俺という存在のすべてが許された、そんな至福の瞬間《しゅんかん》だった。俺の歓喜《かんき》も知らず、ジヴの顔が不安げに曇《くも》る。

「別れを言いだした私から、こんなに早く復縁《ふくえん》を求めるのは勝手すぎる？　だから、その、嫌《いや》ならはっきり言っ……」

「違《ちが》うよ、俺も、俺の方こそ頼《たの》みたい。もうジヴを裏切ったり傷つけたりなんかしない。俺は君を愛し……」

胸中に氷塊《ひょうかい》が突《つ》き抜けるような冷気が走り、次に感じたのは灼熱《しゃくねつ》の温度だった。

見下ろすと、俺の薄《うす》い胸板《むないた》から、真紅《しんく》に彩《いろど》られた刃《やいば》が水平に生えていた。

獣《けもの》のような声が俺の喉《のど》から迸《ほとばし》り、携帯が落下する軽い音が響《ひび》いた。苦痛に喘《あえ》ぎながらも振《ふ》り返ると、携帯呪信機《じゅしんき》を手にした青黒い瞳が迎《むか》えた。

「『私もあなただけよ、ガユス♡』なーんてね♪」

死んだはずのバモーゾの声が、大地に落ちた立体映像のジヴと唱和する。

「て、てめ、え……」

「あはっ、あはははははっ。別れた女が、男を許して戻《もど》ってくるなんて、本気に真剣《しんけん》に思ったの？　バッカだなぁガユス、女にはそんな便利な機能はついていないよ♪」

心から楽しんでいる声。携帯の映像記録を再現し、俺の言葉から事情を察知。ジヴの演技をしつつ、無防備な背後を取る。こんな子供騙《こどもだま》しの手に引っかかるとは！

「ほーら、この前のお返し。僕の硬《かた》ーいものの味はどうだい？」

バモーゾの刃がさらに突き入れられ、新鮮《しんせん》な苦痛が胸腔《きょうこう》で吠《ほ》え猛《たけ》る。魔杖剣《まじょうけん》を抜《ぬ》こうと走らせた右手が、背後からのバモーゾの左手で抑《おさ》えられる。

本命の左手で、腰《こし》の後ろの魔杖短剣マグナスを引き抜き、横薙《よこな》ぎの一撃《いちげき》を放つ。服の布地を切り裂《さ》くが、飛び退《すさ》るバモーゾの肉は捉《とら》えられない。

回転してバモーゾの姿を眼で捉え、切っ先を向ける。路地の薄汚《うすよご》れた壁《かべ》を背にしたバモーゾは、以前と変わらない笑み、見るものすべてに不愉快《ふゆかい》さを与《あた》える笑みを浮かべていた。

背から胸へと抜けた傷口から血が溢《あふ》れ、俺は膝《ひざ》をつく。

口からはほとんど吐血《とけつ》していない。つまり心臓に、御丁寧《ごていねい》に胃や肋骨《ろっこつ》までわざわざ外した水平の刺突《しとつ》。肺や血管を傷《いた》めたが、呪式士《じゅしきし》にとって命に関わる傷ではない。

だが、即座《そくざ》に紡いだ鎮痛呪式《ちんつうじゅしき》で、胸を貫く激痛は緩和《かんわ》できても、心を抉《えぐ》られた痛みは治まらない。

やっと理解できた。こいつは暗殺者ではない。人の心を破壊《はかい》する変質者だ。俺の裏面であり、もっとも嫌悪《けんお》し唾棄《だき》すべき最悪の人間なのだ。

眼前では、俺の血に濡《ぬ》れた刃をバモーゾの紅《くれない》の舌が舐《な》めあげる。

「ああ、美味《おい》しい。ガユスの血って甘ーい♪」

「そりゃ、良かっ、た。産地直送を、味わってく、れ。生産者も、笑顔《えがお》で御推薦《ごすいせん》するよ……」

苦痛に耐《た》えながら発した返事に、バモーゾが意外そうな眼で微笑《ほほえ》む。

視界が真紅に染まるが、それでも喋《しゃべ》れ。相手と会話をして、動けるようになるまで一秒でも時間を稼《かせ》げ。一撃で殺さなかったのなら、そこに活路がある。

「俺、の携帯咒信機《けいたいじゅしんき》の、番号はと、もかく、ど、うして、俺たちの場所が分かった、いや、どう、して死んだおま、えが生きている？」

「地獄《じごく》の獄卒どもの責め苦も、僕にはヌルくてね。もっと激しいガユスの愛撫《あいぶ》が欲しくて、あの世から舞い戻ってきたのさっ♪」

バモーゾの周囲を飛び回っている羽蟲《はむし》を確認《かくにん》し、問いの前半は一瞬《いっしゅん》で理解させられた。アルゴ村からソボスの町まで、ずっと羽蟲で監視《かんし》していやがったのだ。

「変質者が秘密めかしても、まったく可愛《かわい》くないね」

苦痛に耐えながらも俺は、後半の問い、バモーゾの復活呪式《ふっかつじゅしき》の正体を推測する。

ネムリユスリカの幼虫や、クマムシという節足動物の近縁《きんえん》の緩歩生物は、体内の水分子をトレハロースという糖類に置き換《か》えて、仮死状態に入り、半永久的な休眠《きゅうみん》が可能である。

この原理を、生体変化系第六階位〈真異蟲蘇活転法《マル・テイム》〉の呪式《じゅしき》で人体に応用すると、氷点下二七〇度でも一〇〇度の高温でも耐えられる。さらには、人間の許容量の千倍の放射線に、宇宙空間のような真空状態に、逆に六〇〇〇気圧の超《ちょう》高圧でも生命を維持《いじ》する。こんな怪物《かいぶつ》に、生半可な呪式など効かない。

「ガユスは本当に可愛いね。元恋人《こいびと》の真似《まね》ごときに無防備になるなんて、最高におマ・ヌ・ケ・さんっ♪」

バモーゾが手の中の刃を回転させ、俺に突《つ》きつけるように停止させる。

「それとも心が傷ついた？　傷ついちゃった？　弱いねぇ〜」

言葉の槍《やり》が冷たく突き刺《さ》さる。だが、俺は滴《したた》るような笑みを返してやる。

「俺は、愛の人だからな。本物の、ジヴとも仲直りする、さ」

「愛、だって？」

バモーゾの端整《たんせい》な鼻の頭に、不快感の皺《しわ》が浮《う》かぶ。

「愛なんて、移り気で不確実な発情にすぎない。一度憎《にく》しみあった人間が和解できるわけない。だから僕はそんな奇跡《きせき》は信じない」

　思った通りの安い反応。

　何かを嘲笑《あざわら》う人間は、自らの脆弱《ぜいじゃく》さを他人に押しつけて自意識を保とうとしている。だからこそ肯定《こうてい》意見に過剰《かじょう》に反発する。もう少しだ。

「ねえ、僕が殺す相手を好きになるのは、どうしてだと思う？」

「知りたくないねっ！」

　俺の体力が回復、倒《たお》れながらも〈雷霆鞭《フュル・フー》〉を放ち、命中した手応《てごた》えがあった。

　視力を取り戻した俺の前には、焦《こ》げたモルタル壁《へき》だけが残り、バモーゾの青い背広姿は消えていた。

「今回は、わざと殺さなかったのさ」

　ビルの峡谷《きょうこく》を、谺《こだま》のような暗殺者の声が渡《わた》っていく。

「今のガュスの心中は、ジヴーニャとかいう女のことより、僕への憎悪《ぞうお》と殺意で一杯《いっぱい》になったはずだ。それにより、僕を激しく求めることになるっ♪」

　嘲《あざけ》りの声が、百万の谺となって響《ひび》いていく。

「ガユス、君も僕と同類だ。君の愛は失敗する。過去も未来も、そして現在も」

「黙《だま》れっ！」

　ビルの谷間の狭《せま》い空に向かい、俺は吠えていた。

「じゃ、メトレーヤで会おうねー♪」

バモーゾの嘲笑《ちょうしょう》が遠ざかっていく。

腰から崩《くず》れ、俺は路地のコンクリ壁に背を預けた。震《ふる》える指先を伸《の》ばして、落ちていた携帯を拾う。

ギギナに緊急《きんきゅう》呼び出しをかけ、出る前に切って、投げ捨てる。これで位置検索《けんさく》で勝手に見つけてくれるだろう。

バモーゾの攻撃《こうげき》は、今までの敵のどんな攻撃よりも、俺に致命傷《ちめいしょう》を与《あた》えた。

この程度の負傷は、ギギナの治癒呪式《ちゆじゅしき》で塞《ふさ》いでもらえばいい。

だが、俺の渇望《かつぼう》を見通し、叶《かな》えられたと思った瞬間《しゅんかん》にそれを崩壊《ほうかい》させられた。ジヴの許しが偽物《にせもの》だというだけで、俺の心は微塵《みじん》に粉砕《ふんさい》され、悲鳴をあげていた。

暗い路地の底に座る俺の耳に、アナピヤの呼びかけや、ギギナの呪《のろ》いの声が聞こえてきた。

俺は返事をするのが面倒《めんどう》になり、目を閉じた。

生きるのも億劫《おっくう》になってきた。

追撃《ついげき》を警戒《けいかい》して、俺たちはソボスの町から急いで離脱《りだつ》した。敵の連携《れんけい》がないのか、追撃はなかった。

夕陽《ゆうひ》が沈《しず》んでいく街道《かいどう》から外れた森。その外れでヴァンが停車する。

ニルギンが野営の準備を始めだした。俺はヴァンの後部に横たわって、金属製の天井《てんじょう》を眺《なが》めているだけだ。

「勝手に一人で動いて、一人で待ち伏《ぶ》せに遭《あ》う。貴様は本当に救いようのない大間抜《おおまぬ》けだな」

治癒呪式《ちゆじゅしき》で俺の傷口を塞ぎながら、傍《かたわ》らのギギナが呆《あき》れていた。

いつもなら軽口で応酬《おうしゅう》してやるのだが、今の俺にはそんな気力もなく、ヴァンの無表情な天井を眺めているだけだった。

「ガユスを責めないで。ケガ人なんだからっ！」

窓の外から身を乗り出したアナピヤが、叱責《しっせき》の声をあげる。

だが、すべてがどこか遠い世界の出来事のようだった。

「しかし、メトレーヤを目指していることが、向こうにも知られているとはな」

ギギナの独り言に、アナピヤの表情が翳《かげ》る。

「まあいい。私とニルギンで出てくるから、貴様はここでアナピヤと留守番だ。砲台《ほうだい》としての力はあるだろうが、敵が出たらすぐに私を呼べ。ついでに、少しは自分の愚《おろ》かさを反省するがいい」

ギギナと、ギギナに蹴《け》られながらのニルギンが、暗くならないうちにと森へと向かっていく。

ギギナの捨て台詞《ぜりふ》に止《とど》めを刺され、役立たずな俺は、ヴァンの後部で転がっていたままだった。

「大丈夫《だいじょうぶ》？」

アナピヤの逆さになった顔が、俺の目の前に降ってくる。目線を上げてみると、窓の外から内部へと、身を乗り出したアナピヤが下がってきたのだ。

「子猿《こざる》さんに心配されるほどでもない」

「驚《おどろ》かないなんてつまんなーい」

俺の眼前で、アナピヤが口を尖《とが》らせる。

「ついでだから、ちゅーしない？」

「しません」

「一回した癖《くせ》にー？」

「あれは、その、いわゆる事故だ……」

「じゃあ強引《ごういん》に奪《うば》うのです」

アナピヤの顔面が強襲《きょうしゅう》してくるが、俺は横転して回避《かいひ》。当然、勢い余ったアナピヤの鼻がヴァンの内壁《ないへき》に激突《げきとつ》。

頭を上げたアナピヤが、不機嫌《ふきげん》そうな目で俺を睨《にら》んでくる。鼻の頭が赤くなって可哀相《かわいそう》だ。

「ガユス嫌《きら》い！」

「嫌いでいいです。というか、おまえの人格は変わってきてないか？」

「萌《も》え狙《ねら》いー」

「そういうことを本人が言うなよ。男心は繊細《せんさい》らしいし……」

「ちぇいっ」

アナピヤが、足で外の地面を蹴って回転。車内へと入ってきて、俺の隣《となり》に座り、細い足を床《ゆか》に投げ出す。

「だって、ガュスが泣きそうな顔をしていたから、お姉さんが慰《なぐさ》めてあげようとしたんだよ」

「そりゃ御《ご》親切に。年下のお姉さんが持てるという不思議時空に大喜び。俺以外の誰《だれ》かがね」

俺の左隣で、向日葵《ひまわり》のような笑顔《えがお》が咲《さ》いていた。

アナピヤを心配するはずが、心配されることが多い。その無邪気《むじゃき》を装《よそお》った言動も、俺の心を晴らすためだろう。実際、会話をしているだけでも少し気が楽になった。

「あたしね、人に好かれたいの。好かれたかったの」

アナピヤがぽつりと漏《も》らす。見ると、長い睫《まつ》毛《げ》が伏《ふ》せられていた。

「昔から寂《さび》しいのが嫌い。一人でいるのが嫌い。耐《た》えられないの」

視線は遠く、自らの過去へと向けられていた。

「だから新しい両親やメトレーヤの人にも好かれたくて、いい子の演技をしていたの。薬や注射も必死に我慢《がまん》したの」

記憶《きおく》を辿《たど》るアナピヤの顔が歪《ゆが》む。

「嫌われた子供は、どこか余所《よそ》へ連れて行かれたの。クライアもルヴェイユも、大きくなってからはアリーシャも五人の妹も。みんな、みんな行ってしまって、二度と会えなかった。ああ、一人一人の名前と顔が思い出せる」

義父母に実験動物としか見られていないことに気づいたアナピヤ。消えた子供たちの末路も想像できる。

だが、彼女はそれでも好かれたかったのだろう。それしか縋《すが》るものがなかったから。だからこそ、他人の内心を敏感《びんかん》に察知するのだ。それは傾向《けいこう》が性質になった人間。俺もそんな人間だから分かってしまう。

痛切な想《おも》いにとらわれている俺を取りなすように、アナピヤが微笑《ほほえ》む。

「でも、楽しかったこともあるのよ。あたしが頑張《がんば》ったから、お義父《とう》さんもお義母《かあ》さんも、あたしのことを好きになってくれた。メトレーヤの白衣の人たちも好きになってくれた。あたしだけは、他《ほか》の場所に行かされることもなかった」

幸福な日々を思ってか、アナピヤの横顔は柔和《にゅうわ》だった。一転して表情が翳る。

「でも、アティは嫌われていたな」

「ああ、シタールからいっしょの従姉妹《いとこ》で親友だったって子か」

「うん。アティって、メトレーヤの人に嫌われていて、あたしもあまり好きじゃなかった。あたしよりお姉さんなのに弱くていじけていて、媚《こ》びているのが見え見えで、それでいて反抗《はんこう》的なの。大事な研究の注射や測定にまで反抗して、怒られてばっかだったな」

哀《あわ》れむようなアナピヤの言葉。アナピヤが他人を貶《おとし》めるような言葉を発するのを、初めて聞いた。

「嫌い、だったのか？」

返事に詰《つ》まるアナピヤ。自分でも意外な言葉だったらしく、口の中で自らの言葉を反芻《はんすう》していた。

「大好き、だったはずなんだけど。どこかで誰かと間違《まちが》えて覚えているのかな？　うん、たぶんそうだと思う」

アナピヤが自らの記憶を修正する。

「そうだ、アティは手品が得意だったわ。何もない掌《てのひら》から、水やら花やらを出してくれたの。大きくなってから考えると、呪式《じゅしき》だったんだけどね」

息を呑《の》み、俺は驚愕《きょうがく》を隠《かく》した。

魔杖剣《まじょうけん》も宝珠《ほうじゅ》もなしに、いや、それ以前に呪式理論も知らないような子供が呪式を発動するなんて、あり得ない。

いや、ないこともないが、報告例が数例しかない一種の天才、特異体質だ。

アナピヤの義父が子供たちを選んだ基準には、危険な思惑《おもわく》が感じられる。

そういう子供は、〈ベギンレイムの尻尾《しりお》〉のような機関が隠してしまうから、報告例がないのかもしれない。

待て、アナピヤの話はどこか変だ。違和《いわ》感の正体を探《さぐ》ろうとして左脇《ひだりわき》に鎮座《ちんざ》した少女を見ると、アナピヤは俺を見ていなかった。

唇《くちびる》を固く引き結んでおり、ただ前だけを見つめていた。やがて想いが唇から押し出される。

「メトレーヤに行って、あたしはどうしたらいいのかな？　お義父さんとお義母さんとアティに会って、あたし、何を言ったらいいのかな？」

そこで何をするのか、何のために向かっているのか、俺には分からない。アナピヤ自身が決着をつけるのだろう。

見下ろすと、アナピヤの瞼《まぶた》が閉じかけていた。無理もない。連日の出来事で、疲労《ひろう》が溜《た》まっているのだろう。

俺の手が勝手に伸《の》び、アナピヤの細い肩《かた》を、抱《だ》き締《し》めていた。守ってやりたいという感情が湧《わ》きあがり、少女を見つめる。

夕陽《ゆうひ》に照らされた折れそうに細い首筋に、乱れた髪《かみ》の房《ふさ》が流れる。薄《うす》い肩に鎖骨《さこつ》、そして大きさの合わないシャツから、膨《ふく》らみはじめた胸の谷間が覗《のぞ》き、白い太股《ふともも》が艶《なまめ》かしく動いて眼底を射る。

内心の言葉に、俺は戸惑《とまど》っていた。

脈拍《みゃくはく》が速くなり、胸が甘い痛みで締めつけられる。どう考えても、この感情は可哀相《かわいそう》な少女に対する同情や保護欲ではなかった。

「いいよ、ガユス」

俺の内心を見通したかのように、うつむいたアナピヤの紅色の唇が、熱っぽい吐息《といき》を吐《は》いた。

「あたし、ガユスのこと好きだから。ジヴーニャさんやクエロさん、アレシエルさんの代わりにはなれないけど……」

アナピヤの右手の指先が、俺の左太股に触《ふ》れた瞬間《しゅんかん》、甘い電撃《でんげき》が疾《はし》った。

「いや、俺に少女愛好趣味《しゅみ》はないって。本気で」

手を置いたまま、アナピヤが身を乗り出してくる。

「あたしは真剣《しんけん》。どうしていけないの？」

「いや、そーゆー大人で遊ぶという悪趣味では、将来が心配ですよ？」

何かがおかしい。感覚的なものもそうだが、脳のどこかに違和感があった。

「どうしてそんなにまで人を信じないの？　本当に真剣なんだよ？」

俺の心を覗きこむような海色の瞳《ひとみ》に、違和感が塗《ぬ》りつぶされていく。

「ええと、まだ俺はジヴを好きだから、かな？」

「でも、別れたんでしょ？　どうして？」

「どうしてって、それは……」

「どうして？」

「ジヴとは、もう一度話しあうべき、だ」

放たれた自らの言葉は、胸中の傷痕《きずあと》から新鮮《しんせん》な血を噴《ふ》かせた。アナピヤの双眸《そうぼう》は、純粋《じゅんすい》な疑問を湛《たた》えていた。

「どうして？」「結果がどうなろうと、こんな状態では納得《なっとく》がいかない」「どうして？」「とにかくアナピヤは、妹みたいなものだし」「どうして？」「いや、俺の趣味指向で」「どうして？」「確かに妹のアレシエルも愛していたけど、それは別の問題だ、と思う」「どうして？」「クエロも愛していたし」「どうして？」「あいつほど俺を理解してくれた女はいないから」「どうして？」「それは、俺が……」「どうして？」「もう止《や》めよう、こんな問いと応《こた》えは無意味だ。子供とする話題じゃない」「どうして？」「だから止めようって」

「どうして？」

アナピヤの疑問が、胸を抉《えぐ》る問いになっていた。

「どうして？」

純粋な疑問を宿した眼差《まなざ》しを、アナピヤが真っ直《す》ぐに向けてくる。

受け止めることも、逸《そ》らすこともできずに、俺の口から心情が零《こぼ》れていた。

「俺は、俺は人に愛して欲しかったんだ」

「どうして？」

怒濤《どとう》の「どうして？」に、思考が崩壊《ほうかい》していく。

ついに、俺は何も分からなくなった。どうして愛するのか、どうして憎《にく》むのか、どうして生きるのかも。

少女の問いによって、自分の価値基準のすべてが無意味に思えた。泣きたくなるほどの空虚《くうきょ》。

俺の中には何も存在しなかった。

「ごめんなさい。質問ばかりして」

震《ふる》えるアナピヤの指先が伸ばされ、俺の頬《ほお》に軽く優《やさ》しく触れた。

「でも、あたしはガユスが好き」

言葉を紡《つむ》ぐアナピヤの唇が接近してくる。赤い唇が蠱惑《こわく》的だった。

「愚《おろ》かで弱くて嘘《うそ》つきでも、ううん。だからこそあなたが好き。愚かさも弱さも嘘も、あなたの優しさで長所だから。他《ほか》の女の人が好きでも、あたしはガユスを愛している」

アナピヤの唇がさらに近づくが、俺は魅入《みい》られたように抵抗《ていこう》できない。

「あたしは、あなたを愛している」

真摯《しんし》な言葉に、俺の抵抗の意志が消失した。脳裏《のうり》には炎《ほのお》と雷《いかずち》が吹《ふ》きすさび、隠れ家に迎《むか》えた時のアナピヤの白い裸身《らしん》がちらつき、それ以外に何も考えられなくなる。

右腕《みぎうで》が自然に体を抱《だ》き寄せていた。腕の中で、海色の双眸が俺を見据《みす》えていた。アナピヤが頬を紅潮させ、恥《は》ずかしげに目を逸らす。

アナピヤの指先が、俺の内股《うちまた》におずおずと伸《の》び、撫《な》であげると、凶暴《きょうぼう》な感情が吹き荒《あ》れる。

俺は少女の肉に激しい欲望を感じていた。「そんなアホな?」と感じる思考も、激情の嵐《あらし》の前に粉砕《ふんさい》されていく。

振《ふ》り返ったアナピヤの顔が、ジヴに、クエロに、アレシエルに重なる。アナピヤの濡《ぬ》れた唇《くちびる》を再度奪《うば》い、押し倒《たお》し、その滑《なめ》らかな肌《はだ》を蹂躙《じゅうりん》し、抱きたい。

気づくと、俺の左手がアナピヤをさらに強く抱き寄せていた。

「あの、あたし初めてだから、優しくして……」

肩《かた》を上下させる少女の吐息。俺は残酷《ざんこく》な感情のままに、アナピヤの頭を抱き寄せ、そして動きを止めた。

薬指に嵌《は》まった真紅《しんく》の宝玉を宿した指輪。その輝きが、俺に理性とジヴの面影《おもかげ》を思い出させ、霞《かすみ》がかった意識が晴れていく。

「は、い、長い冗談《じょうだん》は終了《しゅうりょう》〜!」

自分の声で理性へと呼びかけると、急速に正気が回復していく。

「え？」

アナピヤは、女から少女へと戻《もど》っていった。

赤く濡れた口唇《こうしん》は元気な憎まれ口を吐く口に、膨らみきらない乳房《ちぶさ》は貧相《ひんそう》な薄《うす》い胸に、艶《なまめ》かしい太股《ふともも》は運動するための足にと、魔法《まほう》が解けたかのように戻っていく。

俺は振り切るように立ち上がり、ヴァンの外へと飛び出る。森の梢《こずえ》の先に浮《う》かんだ夕陽《ゆうひ》が、混乱を静めていく。

追ってきたアナピヤが、俺の左腕に摑《つか》まり、頰を押しつけてくる。

「ねー、何で最後までしないで、止《や》めたの？」

「残念ながら、子供に欲情する変態趣味《しゅみ》はありません」

「そのわりには、あたしを抱き寄せたくせにー」

「いや、それは雰囲気《ふんいき》で……」

俺は絶句し、暗澹《あんたん》たる気持ちに沈《しず》む。アナピヤ相手に欲情した自分は確かなのだ。今日から俺も、晴れて性犯罪者予備軍の仲間入りだ。

俺の左腕に隠《かく》れるアナピヤが、頰から耳の先まで薄桃色《うすももいろ》に染めて、哀《かな》しげな顔をしていた。孤独《こどく》の影をまとった少女。すべての可能性を俺が拒否《きょひ》したため、傷つけてしまったのだ。

「ま、その何だ。五、六年経《た》ったらどうぞということで」

「え、ホントっ……」輝《かがや》くアナピヤの笑顔《えがお》が、不信を露《あらわ》にした狷介《けんかい》な表情に変わる。「……って、あたしはもう引っかからないよ!?」

「いや、アナピヤは本当にかわい……」俺はアナピヤを下から上まで眺《なが》める。「……いい、と一度言っちゃったので、たとえ事実は少々というか大分アレすぎでも、大人の責任として無理にでも言いきることにします。うわあ、すっごく可愛《かわい》いよアナピヤっ！　むしろ病的かつ壊滅《かいめつ》的に！」

「可愛いって言葉を、地上で一番嬉《うれ》しくなくしてくれて、どうもありがとうっ！」

アナピヤは、俺を蹴《け》ってくるいつもの快活すぎる少女に戻っていた。逃《に》げる俺も、いつものふざけた呪式士《じゅしきし》に戻っていた。

ジヴと別れクエロと断絶し、バモーゾに抉《えぐ》られた心が、手近な好意に縋《すが》らせようと俺に幻覚《げんかく》を見せていたようだ。状況《じょうきょう》に流された消去法の愛など、愛と呼ぶのも汚《けが》らわしい。

しかし、最近の俺の脳の不調は深刻だ。たいして勤勉に働いたこともないのだが、霧《きり》の中にいるように、思考がどこか空回りしている。

恋愛《れんあい》至上主義など、目的や仕事、他の楽しみがない者のヒマつぶしだ。無理にでもそう考えて、思考を切り換《か》える。

立ちつくす俺の前の森の間から、獲物《えもの》を下げたギギナと水筒《すいとう》を抱《かか》えたニルギンが現れた。

ニルギンが何かを言って、またギギナに蹴飛ばされるのが見えた。俺は苦笑《くしょう》し、ギギナがニルギンを殺さないうちに止めるため、歩きだす。

愚かしいほどにゆっくりと。

何かの時間を稼《かせ》ぐように。

10　交差する覚悟

死すら希求するほど苦しんだことがないのなら、あなたの言葉は誰《だれ》にも届かない。

自らの命を投げ出してもよいほどに人を愛したことがないなら、あなたは本当に生きたことがない。

レメディウス・レヴィ・ラズエル「**革命の日々**」**皇暦《こうれき》四九六年**

コンクリ製の低層ビルの表面に蔓《つる》が絡《から》みつき、割れたアスファルトや石畳《いしだたみ》の間からは雑草が溢《あふ》れていた。

朽《く》ち果てた廃街《はいがい》には住む者もなかった。初夏の残酷な陽差しだけが、音もなく降りそそいでいる。

廃街には、商店街の大通りがあった。屋根の上の鉄塔《てっとう》が、強烈《きょうれつ》な陽光を跳《は》ね返していた。天蓋《てんがい》のいたるところに穴が開き、青空が覗《のぞ》いている。

かつて〈異貌《いぼう》のものども〉に滅《ほろ》ぼされたリーブリーの街の名も、記憶《きおく》の彼方《かなた》に沈んでいた。

商店街の入り口の薄闇《うすやみ》。首のない獅子《しし》の石像が、四肢《しし》を折り畳《たた》んで座している。苔《こけ》むした獅子の胴体《どうたい》に、憂愁《ゆうしゅう》に彩《いろど》られた戦鬼《せんき》が腰《こし》を下ろしていた。

ユラヴィカ・イシュドル・タルク・エルレイン・ゾソという自らの名の、虚《むな》しさを噛《か》みしめるように、その瞳《ひとみ》は一つの人面を見据《みす》えていた。

虚《うつ》ろな眼窩《がんか》と口腔《こうこう》を晒《さら》した、ランドック人の丸い顔を。

額と鼻梁《びりょう》を跨《また》ぐ青い蝶《ちょう》。その刺青《いれずみ》が煩悶《はんもん》に歪《ゆが》む。

二酸化珪素《けいそ》で処理された人面と同じく、ユラヴィカの内部は空虚《くうきょ》だった。

ユラヴィカは、その生涯《しょうがい》をかけて敵を欲し、闘争《とうそう》に身を晒してきた。闘争の無意味さは知っている。知っていて、価値と美意識を構築するのがドラッケン族である。

ドラッケン族の中でも、ユラヴィカは好んで殺戮《さつりく》に身を浸《ひた》した。長い闘争の日々の果て、ついには同じドラッケン族の戦士を殺すという行為《こうい》に至る。

深い理由はない。ただ、戦場の夕陽《ゆうひ》の美しさを眺めていたら、隣《となり》に座る親友のズスカの首を跳ねることが自然だと思えたのだ。

つまりは、ドラッケン族という一族の闘争の論理の果てを、極端《きょくたん》に体現しているだけなのだろう。

そして、同族殺しは決定的な破滅《はめつ》を引き寄せた。

強さを至上の価値とするドラッケン族といえど、理由なき同族殺しまでをも許しはしない。

そして、ユラヴィカがいかに卓越《たくえつ》した戦士といえど、ドラッケン族全体を敵に回しては、いつまでも逃げきれるものではない。

だが、ユラヴィカは止《や》めなかった。強い相手を殺し、顔を保存するという行為を楽しみ、また歪んでいく自分の精神を楽しんでいた。

敵が倒《たお》れ、首筋から鮮血《せんけつ》が噴《ふ》きあがる光景に、崇高《すうこう》な美を感じる。

無意味な死を敵に与《あた》えたことに、背筋を貫《つらぬ》くような快感を感じる。

死者の面《おもて》を眺《なが》める都度、鮮烈《せんれつ》な戦いの記憶が蘇《よみがえ》る。

ユラヴィカの内部には、他に望むことが何もなかった。そのように自分の性向を伸《の》ばし、作り変えた。効率的に効果的に殺戮を楽しむために。

その結果、一人のランドック人を失うこととなってしまった。

自らの理想の闘争を作り上げるために、助けた形になっただけだが、チェデックは自らの精神の枷《かせ》を越《こ》え、ユラヴィカの美意識を理解しながらも、己の命を投げ出したのだ。

その行動原理は理解不能だった。命には命という義理返しなら分かる。だが、ユラヴィカが他者に救われることなど屈辱《くつじょく》でしかないことを理解するなら、あの場は不干渉《ふかんしょう》を貫くべきだったのだ。

それでも、あえて。チェデックはユラヴィカを救った。

心はチェデックの死に対する代償《だいしょう》を希求していた。

だが、求めるべき対象とは何なのか？　ギギナの剣《つるぎ》か、自らの闘争心なのか。刃《やいば》はどこに向かうべきなのか。

答えを探すべく、ユラヴィカは瞼《まぶた》を閉じた。

前触《まえぶ》れもなく銀の瞳が見開かれ、その場から横転するとともに屠竜刀《とりゅうとう》ゾリューデが抜《ぬ》き放たれていた。

回転から疾走《しっそう》に移り、人気《ひとけ》の絶えた商店街の石畳の上を駆《か》け抜けるユラヴィカ。戦鬼の背後から追いすがる影《かげ》、通りを隔《へだ》てて並走《へいそう》する影。

交差路の左右から、待ち伏《ぶ》せしていた咒式士《じゅしきし》が魔杖剣《まじょうけん》を抱《かか》えて飛び出す。ゾリューデの刀身が、魔杖剣と装甲《そうこう》ごと右からの刺客《しかく》を切り伏せ、血風とともに前方に縦回転。長いユラヴィカの右足が、左からの襲撃者《しゅうげきしゃ》の頭部を叩《たた》き割り、石畳に叩きつけて完膚《かんぷ》なきまでに破砕《はさい》。

血の海を蹴《け》りつけ、さらに石畳を駆けるユラヴィカを気配が追走する。その数は目算で約二十人。

疾駆《しっく》するユラヴィカの前方の石畳が破裂《はれつ》。さらに放たれる雷の帯《いかずち》。一瞬《いっしゅん》速く空に逃《のが》れたユラヴィカが刃を放ち、自らの足首へ迫《せま》る雷の触手《しょくしゅ》を散らす。

「ブエナか」

「嬉《うれ》しいね！　覚えていてくれてっ！」

紫電《しでん》を撒《ま》き散らしてユラヴィカが着地し、同時に追跡者《ついせきしゃ》に刃を放つ。剛剣《ごうけん》を魔杖槍《そう》が受け、火花で髭面《ひげづら》が照らされる。

弾《はじ》かれた鋼《はがね》の軌跡《きせき》。両者は並走して商店街を駆け抜けていく。

「一年の間、てめえの首を狙《ねら》っていた」

記憶の苦々しさに、疾走するブェナの髭面が引き締《し》められる。

一年前、ブェナ・ダフズ率いる咒式《じゆしき》事務所は、ユラヴィカの首の賞金十億イェンを狙って襲撃した。結果として六人を殺され、咒式士《じゆしきし》狩《が》りの専門家としての面目《めんぼく》はつぶれたのだった。

「今回はそうはいかない、てめえ一人を殺すために、わざわざ南部のハビエルとロルング事務所とも手を組んだんだ！」

「中規模の事務所には過ぎた大人数は、そういう理由か。だが……」

どこか納得《なつとく》したユラヴィカの横顔に、荒々《あらあら》しい感情が現れていく。

「この程度の数では私には勝てぬっ！」

ユラヴィカの顔に闘争の猛《たけ》りが弾け、石畳《いしだたみ》に屠竜刀を突《つ》き立て、弾丸《だんがん》の疾走が急停止。急速反転して追跡者たちに向かっていく。

長大な屠竜刀が横に一閃《いつせん》。距離《きより》を詰《つ》めていた咒式剣士二人の楯《たて》と魔杖剣と胴体《どうたい》が、直線で両断される。

血と内臓の滝《たき》の間から続く怒濤《どとう》の一撃《いちげき》を、ブェナの魔杖槍が重々しい音とともに受け止め、轟音《ごうおん》が響《ひび》く。

軋《きし》む刃を挟《はさ》んで、二人の咒式士が睨《にら》みあう。

「名誉《めいよ》や賞金など、他の事務所にくれてやる」

ブェナの全身の力が、ユラヴィカの力と拮抗《きつこう》していた。

「だが、てめえに殺された六人の部下の仇《かたき》だけは、絶対に取るっ！」

呼応するようにユラヴィカの雷速《らいそく》の蹴りが放たれ、肩口《かたぐち》の重装甲を砕《くだ》かれたブエナが後退。上司を救おうと、ユラヴィカへ殺到《さっとう》する刃の群れ。

ユラヴィカが軽やかに跳躍《ちょうやく》し、すべてを躱《かわ》す。剣や槍《やり》が追うも、高速回転する超《ちょう》戦士を捉《とら》えきれない。

後列の機剣士へ、ユラヴィカが急襲《きゅうしゅう》。掲《かか》げられた右腕《みぎうで》に絡《から》みつき、旋風《せんぷう》となって肩の上に立つ。左腕だけで機剣士の手首と肘《ひじ》を折り砕き、そのまま背後に回っていく。

追っていた雷撃や鋼の槍が、楯にされた機剣士の胸板《むないた》を貫《つらぬ》く。

「や、やめ……」

ブエナは、部下が助かる可能性は皆無《かいむ》と判断。化学練成系第四階位〈鍛澱鎗弾槍《ウアープ》〉を発動。戦車の主砲《しゅほう》と同等のタングステンカーバイド製の砲弾《ほうだん》が、哀《あわ》れな咒式士《じゅしきし》に着弾《ちゃくだん》。装甲ごと胴体が爆散《ばくさん》。

血肉の霧を切り裂《さ》いて、砲弾が背後の壁《かべ》に突き立ち、破片を撒き散らす。

同士討《う》ちを嘲笑《あざわら》うように、すでにユラヴィカは空中で側転していた。横回転から伸ばされた刃が符咒士《ふじゅし》の頭部を断ち割り、両足が剛剣士の肩に着地。

次の瞬間《しゅんかん》、ユラヴィカの両足が頭部を挟んだまま縦回転、兜《かぶと》ごと太い首が引きちぎられる。自分の身に起きたことが理解できない表情のまま、頭部は血の尾《お》を曳《ひ》いて宙に跳《は》ねる。

錐揉《きりも》み回転の終点で伸ばされた屠竜刀が、機甲士の右肩口から左脇腹《ひだりわきばら》へと駆け抜け、右足は雷を紡《つむ》ごうとしていた雷鳴士の首を薙《な》ぎ払《はら》い、折れた頭部が背中に垂れる。

さらにユラヴィカの左手が別の剛剣士の頭を摑《つか》み、着地のついでに石畳に叩きつけ、血石榴《ちざくろ》に変えさせた。撓《たわ》められた足が伸《の》びて、再飛翔《さいひしよう》。遅《おく》れた呪式《じゆしき》の波濤《はとう》が、虚《むな》しく床《ゆか》を砕く。

屠竜刀が銀の円弧《えんこ》を描《えが》く度《たび》に背外套《マント》が翻《ひるがえ》る。背外套の裏の九つの人面が覗《のぞ》き、虚《うつ》ろな顔を見せる。そして死体がひとつ、またひとつと生産されていく。

「接近戦ではユラヴィカには勝てぬ！　当初の計画に引きこめっ！」

死神並みに死者を大量生産するユラヴィカ。ブエナ呪式事務所の呪式士《じゆしきし》たちが急速離脱《りだつ》。魔杖剣の先端《せんたん》に紡いでいた咒式を、一斉《いつせい》発動。

瞬間、鼓膜《こまく》をつんざく爆音《ばくおん》。

野獣《やじゆう》の勘《かん》で転がっていたユラヴィカの左腕の肘から先が消失し、炭化した断面を晒《さら》していた。

横転回避《かいひ》しながら注意を疾《はし》らせると、前腕《ぜんわん》が落下した石畳には、穴が穿《うが》たれ沸騰《ふつとう》していた。苦鳴を抑《おさ》え、ユラヴィカが後方へ跳躍。今度は咒式の発動の瞬間が見えた。

鉄筋と硝子《ガラス》で作られた商店街の天蓋《てんがい》を貫くように、天よりの白光が降りそそぐ。先ほどと同じように石畳に穴が穿たれ、赤熱した飛沫《ひまつ》を散らす。

「逃《に》がすなっ！」

天空より飛来した光の柱は、軌道《きどう》を急速変化。屋根と石畳を灼《や》きながら、ユラヴィカへと追いすがる。

白刃《はくじん》は、右方向へ跳ねるユラヴィカの銀髪《ぎんぱつ》と背外套の裾《すそ》を灼き切り、無人の商店へと吸いこまれた。高熱の刃《やいば》で店先が爆裂《ばくれつ》する。

熱風と粉塵《ふんじん》の中を転がりながら、ユラヴィカはブエナ社の奥の手を高速検索《けんさく》。

それは二十人もの咒式士《じゅしきし》の一人一人が、化学練成系第二階位〈銀咒鏡《ラミー》〉で平面の反射鏡を同時多量展開し、太陽光を一点集中する咒式《じゅしき》。集められた陽光を、ブエナの化学練成系第四階位〈焦熱光錐断《ハスデヤ》〉の凹面鏡《おうめんきょう》で収束。

一年前は数人程度だったが、今回は人数と破壊力《はかいりょく》の桁《けた》が違《ちが》う。太陽光は、ついに三五〇〇度から四〇〇〇度という死の刃となっていた。

鏡の原理を利用した、化学練成系の〈積晶転咒珀鏡《サプナツク》〉を使っても、近赤外線から可視領域の反射率は九八から九九％くらいで、焦熱咒式《しょうねつじゅしき》の熱量を完全に反射しきることは不可能。

しかも〈焦熱光錐断〉は自由に焦点《しょうてん》を変化でき、商店街の屋根が視界を塞《ふさ》いでいては、天空からの攻撃《こうげき》は回避しづらい。他の事務所の咒式士を囮《おとり》と楯に使い、奥へ追いこんで逃げ道を塞ぎ、ユラヴィカの超人《ちょうじん》的な身のこなしを不可能にさせる。

最後に横からの咒式で動きを封《ふう》じ、上空からの射線に誘導《ゆうどう》すれば、ユラヴィカといえど生き残る術《すべ》はない。

「私一人に御《ご》大層な罠《わな》だな」

「てめえを、ドラッケン殺しの怪物《かいぶつ》を殺すためには、これくらいの大仕掛《おおじか》けの罠が必要だ！」

ブエナの怒号《どごう》と雷速の刃が返ってくる。

「この一年、どうやったら強すぎるてめえを殺せるか、それだけを昼も夜も考えていたっ！」

包囲網《ほういもう》を抜《ぬ》けようと、ユラヴィカが粉塵の幕を突き破《やぶ》る。ブエナの鋼《はがね》の壁が突《つ》き立ち、逃げ道を塞ぐ。屠竜刀《とりゅうとう》で薙ぎ払おうとする隙《すき》を逃《のが》さず、ブエナたちが焦熱呪式《しょうねつじゅしき》を発動。

太陽光が集中し、収束。神の憤《ふん》怒《ぬ》のような極大の光線が降りそそぐ。

ユラヴィカを包みこむように出現した、幾重《いくえ》もの楯《たて》の表面に。

同時に、強烈《きょうれつ》な光が周囲の呪式士《じゅしきし》たちの眼球を灼きつくす。

顔を手で押さえ、悲鳴をあげて転げ回る呪式士たち。指の間から覗くのは、高熱で白濁《はくだく》した眼球。

失明した呪式士たちの中心に、煌《きら》めく楯で作られた砦《とりで》が建造されていた。

化学珪成系《けいせい》第四階位〈純晶散光楯《フォラ・ス》〉で生成されたのは、不純物を極限まで除いた超純度の光学硝子のレンズの群れ。熱量減衰《げんすい》の割合は、厚さ一キロメルトルあたり〇・二デシベルル以下で、吸収率はほぼ皆無。

多重多層に重なったレンズは、レーザー線の照射範囲《はんい》を広くする映像用器具の原理を発動。光線の屈折《くっせつ》度を極限まで低くし、レーザー線を周囲に拡散させたのだ。

面積あたりのエネルギーを拡散させる呪式だが、当然ながら内部のユラヴィカの全身をも舐《な》めていた。

煌めく円盤《えんばん》の檻《おり》が解除されていく。

高熱の蒸気に包まれたユラヴィカ。だが、その全身は灰色の装甲《そうこう》に覆《おお》われていた。

珪成系呪式《けいせいけいじゅしき》第五階位〈灼珪冑鎧甲装《アドラメ》〉による、珪素を含《ふく》むセラミックたる窒化《ちっか》珪素焼結体は超硬合金《ちょうこうきん》すら凌《しの》ぐ超硬度で、高熱呪式《こうねつじゅしき》をも防いだのだ。

陽炎《かげろう》をまとう全身。兜《かぶと》の面頬《めんぼお》が撥《は》ね上げられ、ユラヴィカの美貌《びぼう》が現れる。

凶戦士《きょう》の瞼《まぶた》が開け放たれた。

獰猛《どうもう》な笑みとともに、颶風《ぐふう》が走る。

視力を失ったうえ、再び接近戦に持ちこまれた呪式士《じゅしきし》たち。その頭部や胴《どう》を、非情の刃が草を刈《か》り取るように薙いでいく。

治癒呪式《ちゆじゅしき》で視力を回復した生き残りが〈雷霆鞭《フュル・フー》〉を放つが、ユラヴィカの鎧《よろい》の表面で虚《むな》しく弾《はじ》ける。続く鋼の槍《やり》も、凶戦士の影《かげ》を貫《つらぬ》くだけ。

ユラヴィカの鎧は、密度も三・二と鉄などの金属よりも軽く、その飛燕《ひえん》のごとき動きを妨《さまた》げない。

すべての呪式を回避、接近戦に入ったユラヴィカ。横薙ぎの一閃《いっせん》で、雷鳴士《らいめいし》と機剣士《きけんし》が頭蓋《ずがい》を両断される。重力加速度に従って、死体が落下していった。

呪式士たちの断片が、血と臓腑《ぞうふ》の海を作っていた。脳漿《のうしょう》と血の大海の中央に、ユラヴィカが悠然《ゆうぜん》と立っている。

髭面《ひげづら》のブエナが、血の海で手をついていた。

失明し白濁した瞳《ひとみ》を、それでも憤怒を宿してユラヴィカに向けていた。

「接近戦最強の剣士で格闘家《かくとうか》、で、高度、な呪式戦までこなす、なよ。どこまでも可愛《かわい》げ、のねぇ。だが……」

喘鳴《ぜんめい》とともに見上げる髭面の前に、切断された左手を拾い、呪式《じゅしき》でつなげていくユラヴィカの美貌があった。

ブエナは最期《さいご》の疑問を問いただしたくなった。

「その、身のこなしと、鎧があれば、我らの呪式も強引《ごういん》に突破《とっぱ》できただろうに。わざわざ呪式を受けて返すとは、ご苦労なことだ、な……」

「一年も追跡《ついせき》してきたお主たちの執念《しゅうねん》に、私なりに敬意を払《はら》ったつもりだ」

ユラヴィカがこともなげに語りながら、ブエナへと歩みを進める。

ブエナは泣き笑いの表情を浮かべた。それでも、見えない目で冥府《めいふ》の使者を睨《にら》みつけていた。

「糞《くそ》った、れ、部下の仇《かたき》が取れない、とは。ユラ、ヴィカ、よ、先に冥府の底で待っているからなっ！」

ブエナの叫《さけ》びに、無慈悲《むじひ》な屠竜刀が振《ふ》り下ろされた。

呪《のろ》いの言葉を漏《も》らす舌ごと、顔面が断ち割られ、濁《にご》った眼球を左右に飛び出させた。

「仇を討《う》つ、か……」

血と脳漿の海に沈《しず》む追手を、ユラヴィカは静かに見つめていた。自らの言葉を噛《か》みしめるように。

「礼を言っておく。私の目的を指し示してくれたことに」

屠竜刀ゾリューデの長大な刀身が一振りされ、血糊《ちのり》を払う。収納すべく分離《ぶんり》させられようとした切っ先が、電光の速度で右に向けられる。

「呪式士狩《じゅしきしが》り専門のブェナ呪式《じゅしき》事務所が、一瞬《いっしゅん》で壊滅《かいめつ》とは。さすが十億イェンの賞金首たるユラヴィカ氏ですね」

巨大《きょだい》な刃《やいば》の先には、荒《あ》れ果《は》てた商店街の壁《かべ》。壁面《へきめん》に吊《つ》るされた拡声器。

「依頼者《いらいしゃ》か。よく先回りできたものだ」

「いえいえ、あなたに何度連絡《れんらく》をとろうとしても無視されたので、ここの機器を乗っ取っただけです」

機械的な声が廃街《はいがい》に響《ひび》いた。

「相変わらず、ご苦労なことだ」

事務的に答えながら、ユラヴィカは周囲の気配を辿《たど》る。

自分を見ているとしか思えない声は、近くにいるはず。

「探しても無駄《むだ》ですよ。複数の監視《かんし》装置で見ているだけです。残念ながら、あなたと接近するような危険は侵《おか》せない」

「そう恐《おそ》れずとも、私は接近戦専門の呪式士だ。遠くからなら姿を見せてもよかろう」

「あなたが近距離《きんきょり》戦と格闘戦闘を極《きわ》めた呪式士であるのは有名です。だが、断定はしない」

拡声器の声に、緊張《きんちょう》の成分が混ざる。

「なぜなら、あなたと中・遠距離戦闘をした呪式士が一人もいない。単にあなたが接近戦を好むからこそ、奥の手を出さなかった。出すまでもなく勝ってきたという可能性があります」

「勘《かん》で話されては呆《あき》れるしかない」

だった。

そうまでして隠《かく》さねばならない正体とは何か？　だが、ユラヴィカの優先順位はそこにはなかった。

「何の用だ？　私には、お主との契約《けいやく》を遂行《すいこう》するつもりはない」

「そうですね、あなたのご執心《しゅうしん》のギギナの行き先を教えてあげたいと思いまして、ご連絡をさしあげました」

「なぜ、それを私に教える？　真意は何だ？」

ユラヴィカの銀の目が疑念に曇《くも》る。

「言ったはずです。こちらの望む結果が出ればいいのですよ。あなたがギギナとガユスを殺し、残った少女を捨てておいていただければ、こちらで勝手に回収いたします」

返事を躊躇《ためら》い、ユラヴィカは沈黙《ちんもく》を守る。声は畳《たた》みかける。

「いいのですか？　残る追手たちは、私の協力で準備しています。あの二人では生き残れないほどの、最悪の罠《わな》の準備を。そんな至上の戦《いくさ》を捨てておくあなたですかな？」

「忠告か、誘導《ゆうどう》か？」

「言質《げんち》は与《あた》えませんよ？」

ユラヴィカは薄《うす》く笑った。

声の主は、自らに等しいほどの夥《おびただ》しい修羅場《しゅらば》を潜《くぐ》ってきたか、咒式学《じゅしきがく》を何十年と研究してきた老咒式士《じゅしきし》の洞察力《どうさつりょく》を持っていた。しかし、その正体の片鱗《へんりん》すら、知らせるつもりはないようだった。

ユラヴィカの視線が圧力を増す。

「どちらと取るかは聞き手次第《しだい》です」

意味と言葉を分離した声。どちらが真意なのかは伺《うかが》えない。意味もないだろう。

「それにこちらの真意など、究極の個人主義者たるあなたには関係ないはず」

会話の主導権は声に移っていた。

「あなたが個人であの二人、特にギギナ氏に勝ちたいのでしたら、一つだけ助言をしてさしあげたい」

姿の見えない声の主は、唇《くちびる》で禍々《まがまが》しい弧《こ》を描《えが》いていただろう。

「狂《くる》いなさい」

思わぬ言葉に、ユラヴィカは返答できなかった。自らの言葉の効果を知りつつ、声が続けていく。

「誇《ほこ》りだの気高さだのすべてを捨てて、卑劣《ひれつ》に狂気《きょうき》の戦いを挑《いど》みなさい。いま一度、ドラッケンの顔狩りの狂える戦鬼《せんき》に戻《もど》りなさい。それこそがあなた本来の、最強の格闘者《かくとうしゃ》たる強さのはずです」

宣告の正しさ、無意味の意味の強さを、ユラヴィカは知っていた。

「メトレーヤに行きなさい、凶《きょう》戦士」

嘲弄《ちょうろう》するような声だけが谺《こだま》する。

「そして殺しなさい。それだけがあなたの心を癒《いや》す。そして我が望みが果たさ……」

破壊《はかい》したのだ。

唐突《とうとつ》に声が途切《とぎ》れた。ユラヴィカの〈晶結葬柩《クスン・サブ》〉の呪式《じゅしき》が、拡声器を水晶《すいしょう》の柩《ひつぎ》に閉じこめ、

ユラヴィカは屠竜刀《とりゅうとう》を納めた。美貌《びぼう》には自嘲《じちょう》めいた笑《え》みが浮《う》かんでいた。

背外套《マント》を一振《ひとふ》りし、背に撥《は》ね上げる。一歩を踏《ふ》み出し、疾風《しっぷう》のごとく走りだす。

無人の廃墟《はいきょ》を抜《ぬ》けて、現れた緑の木立に分け入っていく。

木々の間を突《つ》き抜け、斜面《しゃめん》を駆《か》けおり、空中へと飛翔《ひしょう》する。

魔鳥《まちょう》の両翼《りょうよく》のごとく広がった背外套の裏で、九つの人面が嗤《わら》う。

「よかろう」

ユラヴィカ自身は、獰猛《どうもう》無比な凶戦士の笑みを口の端《はし》に浮かべていた。

「私は、あえて一振りの狂える刃《やいば》に戻ろうぞ！」

刺青《いれずみ》の青い蝶《ちょう》とともに、ユラヴィカが飛翔していく。

「何が不機嫌《ふきげん》かというと、どこかの眼鏡《めがね》が私のヒマつぶしを邪魔《じゃま》したからな」

退屈《たいくつ》そうなギギナが窓に腕《うで》を掛《か》け、手に顎《あご》を乗せていた。

「娼館《しょうかん》での一件のことか。ギギナにも小悪魔《こあくま》と清純派があるじゃないか」

操縦環《ハンドル》を握《にぎ》りながら、俺も適当に返す。

周囲に広がるのは、鉄分を含んだ赤茶けた土と、彼方《かなた》に連なる山々。そして抜けるような青空。二色で描けるような単調な風景。

大地に敷《し》かれた二条の鉄の軌道《きどう》が、一点透視《とうし》法に従って、地平線の果てに消えていった。廃線《はいせん》に沿って、ヴァンが走っていく。

「何を言っている？　『いる』ではなく『ある』とはいつもの言い間違《まちが》いか？」

「俺の左右の手の愛称《あいしょう》。ギギナは両手利《き》きだから、両方が小悪魔だ」

「前から思っていたのだが、よくそこまでつまらないことを言いつづけられるな。普通《ふつう》、三回目くらいから、逆に面白《おもしろ》くなってくるものなのだが」

ギギナの声にも何の感情もこもっていなかった。

互いに言葉もなく、窓の外に風景が飛び去っていく。

俺とギギナの席の間に頭を出したアナピヤだけが、不思議そうに首を傾《かし》げていた。

「アナピヤさんのために解説するとですね。寂《さび》しい男性が一人で……」

「面白くない話をわざわざ広げるな」

出てきたニルギンの鼻筋に俺の右裏拳《みぎうらけん》が炸裂《さくれつ》し、後部座席へと叩《たた》き返す。

「あのさぁ、あたしも年頃《としごろ》なんだから、それくらいは知ってるよ。何か、寒いというより肌《はだ》に痛い……」

アナピヤの軽蔑《けいべつ》の視線が、俺の横顔に突き刺《さ》さる。

「ああ、『この人、そーとー終わっているな』という少女らしい澄《す》んだ瞳《ひとみ》で俺を見ないで。何か、背徳とかそこら辺の喜びが目覚めるし」

「本当に最低。ガユスと話していると心が汚染《おせん》される」

「アナピヤ、人はそうやって大人の階段を登っていくのですよ。さあ、勇気を持って自分を信じ、一歩を踏みだして！」

「……神様、この人の人生の階段を手抜き工事にしてください。もう紙とかで作ってください！　それもなるべくうっすい紙で！」

俺の笑い声を背景に、頰《ほお》を膨《ふく》らませたアナピヤが後部座席に戻っていった。

アナピヤがいるというのに、いつもの調子で喋《しゃべ》ってしまった。まあ、精神が復調している証明だろうから、悪いことでもないだろう、ということにしておこう。

後ろを見ると、席に戻ったアナピヤが黒猫《くろねこ》のエルヴィンの前脚《まえあし》を持って遊んでいた。

「アナピヤ、猫が好きか？」

「うん、好き」

そう言ったアナピヤに導かれたエルヴィンの尻《しり》が、倒《たお》れているニルギンの顔の上に落とされている。あ、哀《あわ》れな。

「だって、猫ってみんなに好かれるじゃない」

「少数派の意見も大切にするべきだという多様性の大切さの教育的指導をしておく。一応までに」

背後も見ずに猫嫌《ねこぎら》いのギギナが述べる。アナピヤはその言葉も聞かずに沈《しず》みこんでいるようだった。

アナピヤが過敏《かびん》なまでに他人を気づかう原因を思い出した。どうやら俺の言葉が呼び水となってしまったらしい。辛《つら》い過去から目を逸《そ》らせてやりたくなった。

「そういえば、アナピヤは猫を飼っていたらしいな」

　軽い問いを向けてみる。

「うん、エルヴィンと同じような黒猫を飼っていた思い出があるよ」

　微妙《びみよう》に感情を逸らされたらしく、アナピヤの表情が少し晴れる。

「アティと一緒《いつしよ》にすごく可愛《かわい》がって、猫を川に投げて飛距離《ひきより》を競争したり、後ろ脚だけで歩けるように猛特訓させたりした」

　うわ、子供って自然に素《す》敵《てき》に残酷《ざんこく》。言葉を理解しているはずもないのだが、エルヴィンも怯《おび》えた表情をしているような気がする。

「名前は、えーと、えーと……。何だっけかな？」

　両の前脚を掲《かか》げさせたエルヴィンに、少女が問いかける。猫は迷惑《めいわく》そうな顔をしている。

「おかしいな。すごく可愛がっていたし、養父母が付けた名前ということまで覚えているのに、どうして思い出せないんだろ？」

「無理することはない。すべてのことが過去を思い出す呼び水になるとは限らない」

　その時、鳴き声が遠く響《ひび》いた。

「上を見てください、ガユスさん」

　ニルギンの声に、俺は左へと視線を向ける。ヴァンの窓からは、蒼穹《そうきゆう》を渡《わた》っていく数十の影《かげ》が見えた。

〈飛竜《ひりゅう》〉の群れだ。

生物学的には、鱗竜目《りんりゅう》 翔竜《しょうりゅう》 科飛竜属の竜。ここからだと小さく見えるが、蝙蝠《こうもり》にも似た翼《つばさ》と蛇《へび》のような頭部を持つ。

滑空《かっくう》できる生物の限界体重は約一三〇キログラムル。羽ばたきで飛べる限界は約二七キログラムル。飛竜は、そのどちらもの限界体重を越《こ》えており、当然ながら咒式《じゅしき》で飛翔している〈異《い》貌《ぼう》のものども〉の一種だ。

「不用意に近づいた私たちに、飛竜とその主人が警告しているのだろうな」

ギギナの意見に俺は賛成する。問題なのは〈飛竜〉が高位の竜の権能に支配され、目や耳となっていることが多いということだ。

領域侵犯《しんぱん》していないので、攻撃《こうげき》はしてこないが、天空の監視者《かんししゃ》に見られて気分がよいものではない。いまだ空は人類の支配地域ではないのだ。

俺はグラシカ竜緩衝区《かんしょうく》たる森の北端《ほくたん》が、近くにあることを思い出した。知らずに侵入して竜の怒《いか》りを買うのは絶対に避《さ》けたい。

立体地図を起動して、厳密に位置を確認《かくにん》。知らずに直進していたら、十数分で緩衝区に入っていたことに気づき、冷や汗《あせ》が出る。

「そういえば、メトレーヤではあたしたち人間の他《ほか》に、竜の研究もしていたわ」

意外な事実に、アナピヤの横顔へ全員の注目が集まる。アナピヤは、言いにくそうに身を縮めるが、俺は目を外さずに続きをうながす。

自らの記憶《きおく》が鍵《かぎ》となるので、必死に断片を述べていく。

「メトレーヤでね、竜の解剖《かいぼう》実験をしていたの。生きながら解剖される竜が可哀相《かわいそう》で、子供だったアティは泣きだしたわ」

「ということは、義父母は狂信《きょうしん》的な竜反対派か……」

後部座席のニルギンへと、責めるような全員の注目が集まる。

「違《ちが》いますよ。〈竜事象対策派〉は、〈咒式士《じゅしきし》最高諮問《しもん》法院〉の偽装《ぎそう》団体ですから、そんなことはしないと思われます。それだけは断言したいような気が湧《わ》いてきます」

声まで小さくなるニルギン。顎《あご》の傷痕《きずあと》を撫《な》でて申し訳なさそうにうつむく。

「ううん、どうも竜を嫌っていたのとは違っていたような」

「分かっているよ」

〈異貌のものども〉を研究することから咒式《じゅしき》技術は発展した。その王たる竜を研究することが、数々の咒式技術の大進展をもたらしたし、それは今も変わらない。

軽くニルギンへの牽制《けんせい》に使ったのだが、不用意な発言だった。

「そう、その時、お義父《とう》さんとお義母《かあ》さんに『どうしてこんなヒドいことをするの』って聞いたんだけど……」

アナピヤは自分の感想を抜《ぬ》きにして、続けた。

「お義父さんは、あたしを真っ直《す》ぐ見つめて、『不老不死、強大な咒力《じゅりょく》、美しさ、聡明《そうめい》さ、誇《ほこ》り高さ。あらゆる面で人間を越える竜を研究して、人々と竜の間を取りもつ力を研究するためだよ』って語ってくれたわ」

「そうか」

何の意味もない単語が、俺の口から出ていた。

俺とギギナの視線が交《か》わされ、ニルギンが深々とうなずく。

ニルギンが何も分かっていない方に、存在しない俺の全財産とギギナの首を賭《か》けてもいい。

俺の腹が痛まない賭け金だし。


太陽が垂直の陽差《ひざ》しを投げかける昼前。林の木陰《こかげ》で、休息をとる。

俺は携帯咒信機《けいたいじゅしんき》に並ぶ情報を眺《なが》める。携帯の向こうに、岩に凭《もた》れてアナピヤが首を前後させていた。

次第《しだい》に首は安定し、岩に凭れた。投げ出された脚《あし》の上で、エルヴィンが体を丸めていた。

一人と一匹《ぴき》の安らかな寝息《ねいき》に、俺の口許《くちもと》が綻《ほころ》ぶのが分かった。

長旅と記憶を辿《たど》る作業で、アナピヤは疲労《ひろう》しきっているのだろう。今だけでも少女に安らぎがあることを望む。

携帯を畳《たた》んで懐《ふところ》に戻《もど》す。ヴィネルの情報網《じょうほうもう》で、ろくでもないことが分かってきた。

「一連の事情が氷解してきたような評判を思いつきました。あくまで噂《うわさ》で」

ニルギンの声に顔を向ける。傷痕が目立つ顎の向こうに、動くものが見えた。ヴァンの後部が開け放たれ、咒式具《じゅしきぐ》の取捨選択《せんたく》をしているらしいギギナの姿だった。

「第五階位の咒弾《じゅだん》を知らぬか？」

「座席の下の古い箱かなんかに入っていないか？　ギギナの摘出《てきしゅつ》した良心とともに埃《ほこり》を被《かぶ》っているだろ？」

俺の下手な冗談《じょうだん》にギギナの反応はなく、話の腰《こし》を折られたニルギンが憮然《ぶぜん》としているだけだった。

「話は戻るが、おまえのアホな予測とやらを聞かせろ」

「どうぞお静かに」

口の前に指を当てて、ニルギンが小声を要求してきた。俺は、アナピヤを起こしてしまったかどうかを確かめる。

アナピヤは、安らかな寝息を立てて眠《ねむ》っている。保護者のような瞳《ひとみ》をしたニルギンが、少女の寝顔に見入っていた。

やがて、ニルギンが小声で語りだす。

「竜《りゅう》と人類の相互《そうご》不可侵条約を定めた、ティエンルン合意条約。それによると、境界を出たり被害《ひがい》を出した条約違反《いはん》の竜を、人類が討伐《とうばつ》することは黙認《もくにん》されています」

ニルギンが顎を撫でて、続ける。

「しかし、罪のない竜を捕獲《ほかく》し、生体実験をすることは許されてはいない。咒式企業《じゅしききぎょう》が咒式実験のために竜を使うこともあるのですが、これも違法です。メトレーヤは違法活動を行う組織の実験地と考えるべきでしょう」

俺は、即座《そくざ》に返答できなかった。

「おまえ、意外に状況《じょうきょう》が分かっているんだな」

視線に気づいたニルギンが、さも心外だといった表情をしやがった。

「ガュスさん。あなた、私のことをバカにしきっていたりしていませんか？　これでも私は査問官で学究の徒の端《はし》くれと、誰《だれ》かに言われぎみ風なのですよ？」

「うーん、やっぱり何も断定できないバカだとしか思えないけど」

ニルギンが潜入咒式《せんにゅうじゅしき》査問官にあるまじきマヌケだと思うほど、俺もお人好《ひとよ》しではない。その軽佻浮薄《けいちょうふはく》な態度が、逆に油断がならないのを示している。他人に侮《あなど》られる言動は擬態《ぎたい》の常道だ。擬態に気づいているのを悟《さと》られないように、俺はニルギンを軽々しく扱《あつか》ってきたのだ。

「それで？」

俺は眠っているアナピヤを確かめ、起こさないように声を潜《ひそ》める。合わせて、ニルギンがさらに声量を落とす。

「結論としては、長命竜ムブロフスカはアナピヤさんから、眷属《けんぞく》を実験している組織を探している。一方、攻性咒式士《こうせいじゅしきし》どもやその後の六人の追手は、その組織、つまり義父母の属する研究集団の残党が雇《やと》った。……といったところが私の推測でしょうかね」

俺は苦笑いをした。どこまでも不明瞭《ふめいりょう》な言葉を並べ立ててくれる。

「ようするに、その残党とは〈ベギンレイムの尻尾《しりお》〉だと言わせたいのだろう？」

「勝手に私の意志を推測していただいては困ります。それで、その言葉の論拠《ろんきょ》は？」

ニルギンが即座に反論を呈《てい》してくる。皮肉げな唇《くちびる》の角度が、俺を試《ため》していた。

内心を隠《かく》した会話は、人間として当然だ。正直に思ったままを語るのは、会話ではなく動物の吠《ほ》え声に等しい。なぜなら、そこには知性も戦略もなく、何も発生しないからだ。

虚偽《きよぎ》を語り、本心を隠し、さらには意図的に真実を喋《しゃべ》らない。会話とは、相手の求める言葉を与《あた》え、そこから自らの利益を引き出すための道具なのだ。

だとすると、この俺は、自分が協力するに足る相手かとニルギンに試されている。失望させない程度には答えねばなるまい。

「おまえが、呪式査問官《じゅしきさもんかん》が動いているのが証拠《しょうこ》、とするには弱い。ただ、この話を前にした時、おまえは核心《かくしん》を話すのを慎重《しんちょう》に避《さ》けた」

俺はニルギンの目を見据《みす》えてやる。

「アナピヤの前で、あの子の義父母が〈ベギンレイムの尻尾〉かもしれないという核心をね。これらを合わせれば、そう悪くない答えになり、できる範囲《はんい》で俺に情報を話してくれてもいいものだけどね」

「問題とするには、少し簡単すぎたようですね。補欠合格としておきましょう」

ニルギンが微笑《ほほえ》む。提出期限を過ぎた課題を提出する生徒を見るように。

これ以上追及《ついきゅう》してもニルギンは答えられない、ということを理解していると、俺は言外に匂《にお》わせた。そこまで含《ふく》めて、やっと交渉《こうしょう》相手として及第点なのだろう。

はいはい、よーく分かっていますよニルギンさん。

俺がニルギンの本性《ほんしょう》に気づきながらも侮っている態度を取り、さらにおまえが演技で付きあっているのを示してくれたのもね。

「そう、黒幕は〈ベギンレイムの尻尾〉と呼ばれる禁忌《きんき》の咒式《じゅしき》研究集団だと、数々の証拠が物語っています。それは、トリトメスやギルフォイルといった咒式士《じゅしきし》に率いられた最悪の研究者集団。彼らは、二度に亘《わた》って査問官が討伐し、完全に根絶されたと思われました。そう七年前までは……」

「七年前、シタール襲撃《しゅうげき》は、やはり〈ベギンレイムの尻尾〉の仕業《しわざ》か」

俺は、長く執拗《しつよう》な悪意を感じていた。

「アナピヤさんを狙《ねら》う六人は、彼らの、〈ベギンレイムの尻尾〉の雇った追手でしょうね。彼らはいまだ活動し、悪夢の研究を続けていたという可能性が高い」

「ああ、メトレーヤの地でな」

アナピヤが起きないように、俺は今度こそ小さくうなずく。

目的地のメトレーヤを、ヴィネルと地方の情報屋に再度調べさせた。

かつては都市だったようだが、七十六年も前に打ち捨てられ、咒震《じゅしん》で水没《すいぼつ》したという、情報にもならない情報があった。そんな歴史の外となった都市の情報は、さすがにほとんど残っていないようだ。

「だが、メトレーヤはすでに活動していない。この程度はおまえも摑《つか》んだのだろう?」

俺の分析《ぶんせき》に、出来の悪い生徒を見る教師のようにニルギンがうなずく。

ヴィネルや雇われた情報屋の総合調査でも、メトレーヤへの物資の移動があったのが確認《かくにん》された。

遠くで買いつけられ、流れを何度も変えて隠された物資搬入《はんにゅう》は、最後にメトレーヤ付近で本人たちの手により輸送されているらしく足どりが消えていた。

だが、予断をもって調べないと分からないほど巧妙《こうみょう》なその搬入は、二週間前に突然途絶《とつぜんとだ》えている。

時期的に、アナピヤがメトレーヤから何らかの方法で脱出《だっしゅつ》した時だろうか？　その時、メトレーヤで何かが起こったのか？

ニルギンにも俺にも言葉がない。先の事実は、実際にメトレーヤに行かないと分からない領域だろう。

一見親切なニルギンの情報は、結局のところ、俺が知りえた範囲を補強してくれただけ。自らの内心は何も見せず、最低限の信頼《しんらい》は引き出す。潜入《せんにゅう》査問官と自白したことすら、予定調和の取引のうちなのだろう。

何一つ攻撃《こうげき》せず、ただ語らないというだけのなんとも地味な会話の戦い。ニルギンは言えないということを言わず、俺も強要もしないという行為《こうい》で圧力をかける。

ま、挨拶《あいさつ》代わりとしてはこんなところだろう。

無駄《むだ》だとは知りながら、問うてみる。

「メトレーヤに到着《とうちゃく》した時、おまえは何をするつもりだ？」

「もちろん呪式法違反《じゅしきほういはん》の調査ですよ。足手まといにならないようにしますので、どうぞよろしくお願いします」

真面目《まじめ》な顔と声色《こわいろ》で、ニルギンが返答してきた。

ニルギンは最終的な目的を明かしはしないし、隠した手札がある。それも恐《おそ》ろしく強力な鬼札《おにふだ》が。

そうでなければ俺を出し抜《ぬ》けないいし、激烈《げきれつ》な闘争《とうそう》が待っているのに、俺たちに付いてくる気が満々なのがその証拠だ。俺には奥の手も何もなく、事情に詳《くわ》しいニルギンを、ただ連れていくしか道はない。

それは俺が嫌《きら》いな立場だ。

一刻も早く背後の事情を読み、追手や黒幕、そしてニルギンに出し抜かれるのを避けねばならない。それこそがニルギンが俺に求めている態度だとは知りつつも。

だが、ただ一点だけ、ニルギンが、その正体の尻尾《しっぽ》を出してしまった事実を、俺は見逃《みのが》していない。

アナピヤのためにも、俺はその尾《お》を手繰《たぐ》りよせなければならない。二度と誰《だれ》かの掌《てのひら》の上で踊《おど》らないために。

俺は嘆息《たんそく》を吐いた。

「味方も敵も分からない。ま、いつもどおりだな」

「そう、いつもどおりだ。この世界で、挙手とともに態度を鮮明《せんめい》にしてくれる間抜けも少なかろう」

　視線を声の方に向けると、ヴァンの後部に上半身を突《つ》っこんだギギナがいた。

「まあ、ギギナが役に立つ敵ってところだけははっきりしてるよ」

「言いえて妙《みょう》だ。貴様も、役に立たないという点以外は当てはまる。ついでに懐《なつ》かしいものが見つかった」

　ギギナが椅子《いす》のヒルルカとともに、何かを引き出している。

「何だ？　ギギナの良心と駆《か》け落ちした常識か、マズカリー王の失われた秘宝でも発見したか？」

　俺の軽口に振《ふ》り返ったギギナの額には、不愉快《ふゆかい》そうな溝《みぞ》が刻まれていた。ギギナが、何かを言おうと美姫《びき》の唇《くちびる》を開こうとした時、悲鳴があがる。

「助けて、お父さん助けてっ！」

　俺たちの注視する先に、悲痛な表情のアナピヤがいた。

　夏だというのに、少女は自らの肩《かた》を抱《だ》いて震《ふる》えていた。

　俺が向かうより先に、片膝《かたひざ》をついたギギナの長軀《ちょうく》がアナピヤの傍《かたわ》らにあった。額に恐怖《きょうふ》の冷や汗《あせ》が流れる少女の頭を、自らの厚い胸板《むないた》にギギナが抱き寄せる。

「大丈夫《だいじょうぶ》だ。ここに貴様の敵はいない」

　ギギナに戦士の横顔はなかった。ただ、心から案じる瞳《ひとみ》だけがあり、陽光に透《す》けるアナピヤの琥珀色《こはくいろ》の髪《かみ》を撫《な》でていた。

「深呼吸をしろ」

ギギナにしがみついていたアナピヤが、言われたとおりに息を吸って吐《は》いた。

何度か繰《く》り返すと、過呼吸と震えが治まっていった。

そして、自らの子供っぽさが恥《は》ずかしくなったらしく、ギギナから離《はな》れて飛び出していく。

後には手の置き場所に困ったようなギギナが残されていた。

「ギギナが女に優《やさ》しいところなんて、生まれて初めて見る。というより、有史以来といった方が正確だろうがね」

俺の揶揄《やゆ》にも、ギギナは目を閉じて笑うだけだった。

「私の徳を、貴様にも分けてやりたいくらいだな」

ジヴとのことを指摘《してき》され、俺は逃《のが》れるように後方へと振り返る。

林の間の草むらの上、アナピヤが少年のような小さな尻《しり》を落としていた。

俺は目の前のニルギンへと苦笑《くしよう》を送り、立ち上がる。ゆっくりと歩いて膝を抱《かか》えたアナピヤの方へと向かい、少女の隣《となり》に腰《こし》を下ろす。

「すごく怖《こわ》いことを思い出したの」

アナピヤの発言は、相変わらず細切れだった。

「ある夜、喉《のど》が渇《かわ》いて目が覚めたの。そしてアティと台所へと歩いていったら、応接間から明かりが漏《も》れていた。そこで両親が話していた」

アナピヤの声は震えていた。

「お義母《かあ》さんがこう言ったの。『私が愛しているって抱きしめると、あの子たちったら嬉《うれ》しそうに笑うのよ。もう気持ち悪いったらありゃしない』って」

「もう止《や》めろアナピヤ」

俺の制止も聞かず、アナピヤの独白は止まらない。

「そうしたら、お義父《とう》さんが『わざわざ全土を探して拾ってきた、あの子たちの力を発現させるまで、我慢《がまん》して母親の演技を続けろ。私も我慢してアレを可愛がってやっているのだ。最終実験の時までは、な』って。あたしの隣でアティが震えていて、あたしも泣きそうになって……」

笑《え》顔《がお》で語るアナピヤの双眸《そうぼう》からは、傷口から流れる血のように涙《なみだ》が零《こぼ》れていた。

酷《ひど》い話だった。おそらく、咒力《じゆりよく》に優《すぐ》れた子供を集めて、何かの研究をしていたのだろう。〈ベギンレイムの尻尾〉は、けっして有徳《うとく》の研究者たちではない。

そう、アナピヤとアティは実験動物でしかなかったのだ。愛情は、片一方からだけでは成立しない。愛されることを望むからこそ愛する、心の取引なのだ。

何を言っていいのか、俺には分からなかった。コルッペンと一座を失い、また、義父母の記《き》憶《おく》に傷ついた子供。その心を癒《いや》せるような、意味と音節の羅列《られつ》など、地上のどこにもないのだ。

膝を抱えたアナピヤの前に重い音が跳《は》ね、俺と少女の顔が上がる。

地面には、陽光を跳ね返すような鈍《にぶ》い輝《かがや》きが突き立っていた。

その昔、俺が補助用に使っていた、魔杖短剣《まじょうたんけん》〈請願者ヤンダル〉の、全長三八四ミリメルトルの刀身だった。

「拾え」

ギギナの錆《さ》びた声。アナピヤの海色の瞳は、刃《やいば》とギギナの顔を何度も往復した。答えを求めるアナピヤの視線を、俺は無視した。ニルギンも、制止の声をかけるべきかどうか分からずに立ちつくしていた。

「練習用の剣など捨てて、本物を拾え」

ギギナの再度の命令。アナピヤは腰の練習用の魔杖剣を捨てた。そして怯《おび》えるように右手を伸《の》ばして、革《かわ》巻きの柄《つか》を握《にぎ》る。

「立って構えろ。訓練を開始する」

ギギナの鋭《するど》い声に、アナピヤの肩が跳ね、腰をあげていく。

腰が引けながらも、両手で魔杖短剣を構えるアナピヤ。金属の重みと内心の混乱で切っ先が定まらず、宙を泳ぐ。

「私は右の小指しか使わないから、突《つ》いてこい。殺す気でな」

しかし、アナピヤは微動《びどう》だにしない。

「突かぬか。では私から行く」

ギギナが動いた、と思った瞬間《しゅんかん》には、間合いを詰《つ》めてアナピヤの眼前に立っていた。流水のような動作とともに右手が閃《ひらめ》く。

ギギナの右の小指が、肋骨《ろっこつ》の下、鳩尾《みぞおち》に根元まで突き立てられていた。悲鳴すら出せずにアナピヤが身を折り、その場に倒《たお》れこんだ。可愛《かわい》らしい唇から、吐瀉物《としゃぶつ》が噴《ふ》き出す。

ギギナの意図は分かっていたが、アナピヤに駆《か》け寄る。黄褐色《おうかっしょく》の胃液まで嘔吐《おうと》しつづけるアナピヤを抱え起こす。

「ギギナ、やりすぎだ」

振《ふ》り返った俺の腹に、ギギナの長い左脚《ひだりあし》の爪先《つまさき》がめり込み、後方へ吹き飛ばされる。転がる俺の眼前、自らの胃の内容物に汚《よご》れたアナピヤの顎先《あごさき》に、ギギナの小指がかかり、強引《ごういん》に上を向かせる。

「な、ぜ、こ、こんな、ヒド、いことする、の？」

見上げた少女の双眸から、透明《とうめい》な涙と疑問符《ぎもんふ》が零れていた。

「泣いているのか」

ギギナが、引っかけた指先で顎を撥《は》ね上げさせ、アナピヤの軽い体が後方回転。背中から大地に叩《たた》きつけられ、続いて後頭部が地面に落下する。

片手をついて身を起こすが、脳震盪《のうしんとう》を起こしているらしく、アナピヤの瞳孔《どうこう》は定まらない。

「泣くな。泣き顔には腹が立って殴《なぐ》りたくなる。殴った手が痛くて余計に腹が立つ。鼻血を出すのも生意気で腹が立ち、さらに蹴《け》りたくなる。蹴られて転がる動作も無様で腹が立って、殺したくなる。それがこの世界で人間というものだ」

ギギナの足払《あしばら》いがアナピヤがついている手を薙《な》ぎ、少女は側頭部から倒れる。事態を理解できずに、呆然《ぼうぜん》とした表情のアナピヤが倒れていた。俺へと助けを乞《こ》う視線を向けてくるアナピヤ。

あそこで泣いているアナピヤは、俺でもあるのだ。アナピヤの甘えを断ち切らせようとする行為《こうい》は、俺自身のくだらない迷いをも断罪していた。

倒れたアナピヤを、ギギナが見下ろしていた。

「だから苦しく哀《かな》しい時ほど、優雅《ゆうが》に微笑《ほほえ》み、くだらぬことを言え。次も、その次も、またその次も。死ぬ時まで」

ギギナが獰猛《どうもう》な笑みを浮《う》かべ、アナピヤは生ける武神の託宣《たくせん》を聞いていた。泣き顔を作ろうとする表情筋を引き締《し》め、涙腺《るいせん》の働きを止めようとする必死の闘争《とうそう》が、少女の顔面で起こっていた。

ついに、両手をついて身を起こした。両の瞳《ひとみ》の端《はし》から零れそうになる涙を堪《こら》えて、アナピヤが笑う。唇《くちびる》を痙攣《けいれん》させながら浮かべる、悲壮《ひそう》な笑顔だった。

ギギナの膝《ひざ》から下が半回転し、爪先がアナピヤの尖《とが》った顎先に入る。アナピヤの軽い体が噴っ飛んで、顔から地面に倒れる。

埃《ほこり》が舞《ま》う中、アナピヤはまた身を起こした。

涙と鼻血と鼻水と涎《よだれ》を流しながら、少女は微笑んでいた。

「うーん、これが少女から女になる痛みってやつね」

それは、世界と対決する意志を秘めた笑みだった。

その昔、俺もギギナにこれをやられた。

俺の場合は、肋骨と両腕《りょううで》を折られて、気絶しながら体得させられたものだが、女は早い。

ギギナもこうやってドラッケンの里で教えられたそうで、我が事務所の伝統といってもいいだろう。

今では新人の俺を死なせないためのものだと分かったが、当時は恨《うら》んだものだ。俺にはこういう体育会的なことができないから、途絶《とだ》えるはずの伝統だったのだが。

アナピヤがついに一人で立ち上がる。

すでに甘ったれた泣き顔は消失していた。

「こういう時は気分転換《てんかん》でもするといいでしょう」

いつの間にか俺の傍《かたわ》らに立っていたニルギンが、訳知り顔で語っていた。

「難しいことを考えてばかりいると、精神が腐《くさ》ります。すべてを忘れて楽しむことも必要かと思いますが?」

「そうだな」

ニルギンがまともなことを言ったことに驚《おどろ》いたが、正しい意見には違《ちが》いない。

俺もギギナも、少し煮詰《につ》まっていたのは確かだ。知覚眼鏡《クルークブリレ》を起動させて、取りこんでいた地図を検索《けんさく》する。

「では、粘土《ねんど》を捏《こ》ねて、お互《たが》いの今の気持ちを表現しあいま……」

「却下《きゃっか》。じゃ行くか。近くに川があるらしい」

俺の提案に、アナピヤの顔が燦然《さんぜん》と輝《かがや》きはじめる。ギギナも暑気逃《のが》れに反対する理由もないようだった。

「私の今の気持ちは、粘土で萎《しな》びた蜥蜴《とかげ》を作って表現したいです」

ニルギンの哀感《あいかん》のこもった声は、もはや誰《だれ》も聞いてはおらず、歩きだしていた。

黒猫《くろねこ》のエルヴィンが喉《のど》を鳴らしていた。


エリダナの中心街、その西の外れを車が横切っていく。

軽自動車の軽快な排気音《はいきおん》が、街並みに響《ひび》いていった。

九十五年式スパトリアカの内部では、ジヴーニャが操縦環《ハンドル》を握《にぎ》っていた。

ジヴーニャは出張を終え、支社に顔を出した。そこで一つの不愉快《ふゆかい》なことがあり、自宅へ向かう途中《とちゅう》だった。

全身に疲労《ひろう》感があった。関節が軋《きし》み、精神が泥《どろ》のように重い。原因の一つを思い出して、また不機嫌《ふきげん》になる。

（ガユスとの別れは、私の内部に何も引き起こさなかった。意外に平気。だから、さっさと帰って寝《ね》よう）

振り切るように右折し、近道を目指す。

活気のない商店街は、ほとんどの扉《とびら》が封鎖《ふうさ》され、道行く人影《ひとかげ》も数えるほど。風景に反比例するように明るい茜色《あかねいろ》の車が、徐行《じょこう》して進んでいく。

（ここは何度も通ったわね）

通りの並びは、ジヴーニャには馴染《なじ》みのものだった。

（一年前から置き去りにされてタイヤの盗《ぬす》まれた車、薬屋さんの前には笑顔《えがお》が気持ち悪い象の人形があって、階段にはいつも眠《ねむ》たげな老人が座っていて……）

内心の言葉どおりの風景が現れ、過ぎ去っていく。

（この角を曲がると……）

内心の動揺《どうよう》を表したのか、車の速度が落ちていく。駆《か》け足の速度が早足の速度になり、老人の散歩のような速度になっていく。

やがて、車は歩道際《ぎわ》で停止した。九十五年式スパトリアカの車体は、そのまま動きを見せなかった。

操縦環《ハンドル》を握ったまま、ジヴーニャは前方を見据《みす》えていた。

動力を切らないままの車体の振動《しんどう》が、急《せ》かすようにジヴーニャを揺《ゆ》らしていた。

意を決したように、ジヴーニャがうなずく。乱暴に動力を切って車から降りる。

踵《かかと》の音を立てずに、歩道を歩いていくジヴーニャ。

（様子を見るだけ。私に別れを告げられた男の、情けない姿を見物に行くだけ）

自分を納得《なっとく》させながら、ジヴーニャは角を曲がる。その歩みは、アシュレイブフ&ソレル事務所の裏手に向かっていった。

金網《かなあみご》越しに見ると、裏口の前に女の後ろ姿があった。

背広に包んだ細い体。明るい灰色の短い髪《かみ》が、躍動《やくどう》感を主張するように揺れていた。

ジヴーニャが目をこらすと、女の手が把手《とって》に鍵《かぎ》を差しこんでいた。

「あいつら、電話の番号を変えていないのに、量子鍵と認証《にんしょう》装置は全部替《か》えたのね。余計なことばかり気づくんだから……」

鍵を投げ捨てた女が腰《こし》を落とし、柄《つか》に右手を伸《の》ばす。

魔杖剣《まじょうけん》らしきものを握ろうとしていることに気づいた時、ジヴーニャは叫《さけ》んでいた。

「あなた、何しているのっ⁉」

厳しい詰問《きつもん》の声を女の背に投げつけ、近づいていくジヴーニャ。高い踵の靴《くつ》を履《は》いていたことを後悔《こうかい》しながらも、距離《きょり》を詰《つ》めていく。

「勘違《かんちが》いしないで。私は別に怪《あや》しいものじゃないわ」

背中越しに女が声を投げてきた。

「怪しい人こそ、そういう風に言うんじゃない？」

「なるほど正論ね。でもそれだと誰も無罪の証明ができない」

「そちらは詭弁《きべん》ね。この場合、証明は後でいいし、あなたが判断することでもない」

「あなた私服警官？」

「警察官志望だったこともあるけど、ただの善意の市民よ……」

女が振《ふ》り返る動きに合わせ、ジヴーニャは手の中に構えていた凶器《きょうき》を固定する。

それは、軟弾頭《なんだんとう》をこめた回転弾倉式の拳銃《けんじゅう》。ジヴーニャは護身用に持っていた銃を右手で構え、女の腹部に向けていた。

裏口の階段の上と路上で、二人が対峙《たいじ》していた。

「まさか攻性呪式士《こうせいじゅしきし》を相手に、拳銃で何かをしようと？」

女が吹《ふ》き出した。

「いや、笑ってごめん。私は親切だから解説してあげるけど、小口径の弾丸で呪式士を殺すには、眼球から脳を撃《う》ち抜《ぬ》くしかない。さすがに戦車砲《せんしゃほう》くらいになると呪式《じゅしき》で防がなければ死ぬけど、その銃は小さすぎない？」

「残念ね。知りあいによると、これは異境の暗殺者、忍者《にんじゃ》って言うの？　そんな怖《おそろ》しい人を殺したこともある銃と同じ型よ」

その知りあいのことを思い出して、苦い気持ちになる。内心を隠《かく》して、ジヴーニャは女に負けない挑発《ちょうはつ》的な笑みを返す。

「私も親切だから解説してあげるけど、銃は牽制《けんせい》。私の左手は、すでに携帯《けいたい》の短縮番号を押して警察につながっている。この会話も向こうに聞こえているって、説明中に動かないで、魔杖剣から手を離《はな》して！」

「いい、いいよあなた」

柄から手を放して、女が笑った。左右の腰に魔杖剣が下がっていたのが確認できた。腰の右に魔杖短槍《たんそう》、左には魔杖剣。

「前提として、いくら逃《に》げるためとはいえ、盗人《ぬすっと》が人を集める音を立てる咒式《じゅしき》で殺人を行うはずもない。その上で、普通《ふつう》の人間なら見て見ぬふりをする。もしくは陰《かげ》から通報して、結局は私を逃がしてしまう。そんな度はずれた正義感と計算高さが、あなたの中にある」

灰白色の髪の下、女の目が真っ直《す》ぐにジヴーニャを見つめていた。縦線の入った乳白色の背広に、薄褐色《うすかっしょく》の女の肌《はだ》が映《は》える。

「でもね、こういう場合は、まず撃って、抵抗力《ていこうりょく》をいくらかでも奪《うば》ってから警告するべき」

女の動作とともに、ジヴーニャの銃が乾《かわ》いた炸裂音《さくれつおん》を立てる。

事務所の外壁《がいへき》が破片《はへん》を散らす。突進《とっしん》する女にとって意外だったのは、相手も向かってきたことだった。

ジヴーニャの左拳《ひだりこぶし》を女の腕《うで》が払《はら》う。連動した右の直突《ストレート》きを、上体をずらして回避《かいひ》。反撃《はんげき》の左拳を見舞《みま》おうとして、女はジヴーニャの左回し蹴《げ》りに気づく。全体重が載《の》った一撃《いちげき》が、筋肉のない膝《ひざ》の裏を狙《ねら》っていると予測。女は右足を上げて防御《ぼうぎょ》。

だが、ジヴーニャの脚線美《きゃくせんび》が畳まれ軌道変化、女の脇腹《わきばら》へと急襲《きゅうしゅう》。女の右腕が防御を固めるが、ジヴーニャの膝下《しっか》は再び伸ばされ、無防備な側頭部を狙うっ！

肉と肉が激突《げきとつ》する鈍《にぶ》い音。ジヴーニャの足の甲《こう》を、女の左掌《さしょう》が受け止めていた。

「悪くない。蹴りの途中《とちゅう》で軌道変化、しかも二段変化するなんて、上級者の技《わざ》よ？」

余裕《よゆう》の笑みの女。ジヴーニャが回転、追い打ちに合わせての左裏拳も空を切る。戻《もど》した左足を軸《じく》にし、後方へ逃げる。

獲物《えもの》を見る猫《ねこ》の瞳《ひとみ》で女が立っていた。

「本当に悪くない作戦よ。今の三倍の力と体重があれば、呪式士《じゅしきし》すら倒《たお》せたかもしれない。その脚線美の魅力《みりょく》も含《ふく》めてね」

ジヴーニャは、銃弾で呪式士の制圧は無理と考え、相手の体勢を崩《くず》して距離を詰めるための牽制に使った。そして頭部への一撃による脳震盪《のうしんとう》しかないと判断したのだ。

しかし、細い体で女ということから、後衛と見た相手は、前衛の格闘術《かくとうじゅつ》を持っていた。一般人《いっぱんじん》に対する油断への不意打ちで、しかも必殺の組み立てからの一撃を完全に防がれたのだ。自分の小手先の技では、まったく相手にならない。

ジヴーニャに手は残っていない。尖《とが》った耳の後ろの血管が脈打ち、冷たく粘《ねば》つく汗《あせ》が背を伝いおちていくのを感じていた。

だが、女の反撃の呪式《じゅしき》が紡《つむ》がれることはなかった。

「力と体重がないから、呪式士ではないと判断し、私は刃《やいば》を抜かなかった」

女の腰の左右の、魔杖短槍と魔杖剣が揺《ゆ》れる。短槍が使いこまれているのに対して、剣の方はまだ新しい拵《こしら》えをしていた。

「しかし変ね。今あなたが使った技の組み立ては、私の故郷に伝わる格闘術と似ている。その技を、私がこのエリダナで教えたのは数人しか……」

すでに攻守《こうしゅ》は逆転していた。圧倒《あっとう》的な力の差があるため、女は疑問を述べていく余裕があった。対してジヴーニャは身動きひとつできない。

陽光に透《す》ける鳶色《とびいろ》の目が思考を巡《めぐ》らせ、納得《なっとく》の色に輝《かがや》く。

「ああそうか、この場所で、アルリアン人の血が入っている女とこうなるということは、そういうことね。あなたが、あのジヴーニャ・ロレッツオね」

ジヴーニャの驚《おどろ》きに、女は自分の予測が正しかったことを知ってしまった。

「どこまでも私は、出会いに恵《めぐ》まれないというか、間が悪いというか……」

灰白色の髪《かみ》、浅黒い肌。自らを嘆《なげ》く女の正体を、ジヴーニャも予想しはじめていた。

「ど、うして私の名前を？」

「あなたの格闘術はガユスから教わったんでしょ？　あいつに教えたのは私だから、私は師匠《ししょう》の師匠といったところね。その私が言うけど、あいつよりあなたの方が筋は数段いいわ」

「あなたはまさか……？」

女から返ってくる言葉を、ジヴーニャは確信に近いところまで分かっていた。

「お察しのとおり。私は泥棒《どろぼう》ではないわ。ラズエル事件では、あなたとガユスに少し親切をしたのだけれど、実際に会うのは初めてね」

女の口の端《は》に、猫科の微笑《ほほえ》みがのぼる。

「私は、クエロ・ラディーン。名前くらいはガユスから聞いているでしょ？　ま、お守《も》りの先代ってところね」

半ば予想していたこととはいえ、眼前の女が、あのクエロだということにジヴーニャは立ちつくす。

「まさか、あの弱々眼鏡《めがね》にこんな面白《おもしろ》さんがついていてくれるとは。呪式士《じゆしきし》としての腕は上がらない癖《くせ》に、女を捕《つか》まえる腕だけ上げてどうするのやら……」

感心と落胆《らくたん》を滲《にじ》ませた声。クエロは魔杖短槍の柄《え》に手を載せ、尋《たず》ねてきた。

「ところで、ジヴーニャさん。私ってあまり正義とか法律とかと仲良くなくてね。いい加減、警察への通報を切ってくれると助かるのだけど？」


銀の水面《みなも》を弾《はじ》けさせ、白い素足《すあし》が走っていく。

「水が冷たくて気持ちいいー！」

シャツと切り詰めたジーンズだけになったアナピヤが、素足を清流に浸《ひた》して跳《は》ね回っていた。水を掬《すく》って汚《よご》れた顔を洗い、少女の顔が俺に向けられる。

「ガユス、あっち行こう！」

俺はすでに息切れしている。

「すまんアナピヤ、もう遊ぶの無理。つーか、疑似《ぎじ》永久機関が内蔵されているのは、十代までだと分かってくれ」

「つまんない男」

「いや、大人は大人で辛《つら》いんだ。そんな大人を労《いたわ》ることこそ、子供の甲斐性《かいしよう》だよ」

頬《ほお》を可愛《かわい》く膨《ふく》らませるアナピヤ。水から上がる俺を無視し、川へ戻っていく。

岩に水の足跡《あしあと》を記しながら川辺を歩き、淵《ふち》を囲む岩場に腰《こし》を下ろす。ジーンズの裾《すそ》を捲《まく》り上げて、脛《すね》から下の裸足《はだし》を流れに任せているのが気持ちいい。

川遊びの前に、何発か爆裂呪式《ばくれつじゅしき》を叩《たた》きこんでおいたので、水棲《すいせい》の〈異貌《いぼう》のものども〉がいる心配もない。爆発で気絶した魚は後で夕飯になる。これぞ合理性。貧乏性《びんぼうしょう》と言うべきか？

ギギナの方は、淵の水面に唇《くちびる》より上を出しているだけだった。

「罪のぶんだけクソ重いドラッケンが溺《おぼ》れても、誰《だれ》も助けられないから気をつけろよ。まあ『よく気をつけて溺れろ』という意味の忠告だけど」

「貴様の助けを受けるくらいなら、自分で自分を一刀両断することを選……」

鼻先に皺《しわ》を寄せ、ギギナが言い返したのと同時に、美しい顔が深い水に沈《しず》む。

「つまらない演技は止《や》めろって」

ギギナの体重が流れるほど、川の流れは早くはない。アホは放《ほう》っておいて、膝《ひざ》まで水に浸していたアナピヤに声をかける。

「そっちは深いから、気をつけろよ」

「はーい」

千切れそうな勢いで、アナピヤが両手を振《ふ》ってくる。千切れたら、かなり遠くまで飛びそうだなと変な心配をした。

「何か、二昔前の青春映画の一場面みたいですね」

ニルギンは俺の横の一段高い岩に座って、風景を眺《なが》めていた。

陽差《ひざ》しは燦々《さんさん》と降りそそぎ、濡《ぬ》れた肌《はだ》に心地《ここち》よい。

ここしばらく、こんなのんびりとした気持ちになったことはなかった。

思い出したように視線を下ろすと、ギギナが沈んだ翡翠色《ひすいいろ》の水面には、呼吸の泡《あわ》も立っていない。いくらなんでも長すぎる。

「クソッ、本気かよっ！」

俺が岩場に右手をついて立ち上がろうとすると、水飛沫《みずしぶき》をあげて飛び出した何かに足首を摑《つか》まれ、凄《すさ》まじい力で引っ張られた。

水中に落下した途端《とたん》、一面の泡の壁《かべ》が俺の視界を埋《う》め、全身を冷たい水が抱擁《ほうよう》してくる。耳元では不明瞭《ふめいりょう》な音が唸《うな》る。

口から漏《も》れる気泡《きほう》で視界が効かず、三半規管が重力方向を見失い、混乱状態に陥《おちい》る。まとわりつくシャツが、さらに恐慌《きょうこう》を煽《あお》る。

しかも右足は引っ張られる。自分の左足首を見ると、緑に染まった銀髪《ぎんぱつ》を揺《ゆ》らめかせたギギナの笑顔《えがお》があった。

一瞬《いっしゅん》も迷わず川の神のような美貌《びぼう》へと蹴《け》りを放つと、ギギナの右手で受けられる。凄まじい力が両足首にかかり、俺は宙へと回転させられる。

水面を突《つ》き破《やぶ》った俺が見たのは、俺を見上げるアナピヤの逆さの驚き顔。両目と口とで三つの真円を作っているなと思ったら、再び落下。

水柱があがる音とアナピヤの悲鳴だか歓声《かんせい》だかを聞きながら、俺は水没《すいぼつ》していく。即座《そくざ》に水底の石に足をつき、体勢を立て直して半回転。陽光に煌《きら》めく水面《みなも》を突き破る。

「てめえっ！」

外に出るのと同時に、左の鉤突《フック》きをギギナの顔面へと放つ。軽々と受け止める左掌《さしょう》の向こうに、ギギナの腐《くさ》れ根性な笑み。

拳打《けんだ》は俺の偽装《ぎそう》。水面を割った右上段蹴りを、ギギナの首筋に叩きこむ、と見せかけて軌道《きどう》変化。垂直落下する爪先《つまさき》が忌《い》ま忌《い》ましい笑顔を急襲《きゅうしゅう》。だが、右手をあげたギギナが、渾身《こんしん》の奇襲《きしゅう》を軽々と止める。

「技術は上がっても、非力すぎる」

ギギナの辛《から》い採点に、俺は蹴り足を水中へと戻《もど》す。濡れた前髪《まえがみ》を払《はら》いのけると、俺を見下ろすギギナの性悪な笑みがあった。

「冴《さ》えない顔をしている貴様が悪い。ドラッケン族流の励《はげ》ましだな」

濡れた銀の髪から、露《あらわ》になった白磁の上半身から、水滴《すいてき》をしたたらせながら、ギギナが笑っている。

「嘘《うそ》つけ。そんな心がギギナにないという証明だけは、俺にもできる」

口を閉じて呼吸をせず、微動《びどう》だにしなければ美の化身《けしん》か何かなのだろうが、生きているかぎりギギナは腐れ野郎《やろう》だ。

俺とギギナの間の水面から、濡れて大地色となった髪が飛び出る。

「奇襲っ！」

水飛沫をまとったアナピヤの右手がギギナの首に、左手が俺の首に回され、前の水面へと誘《さそ》いこもうとする。

だが、いくら不意を衝《つ》かれようと、二人の咒式士《じゅしきし》を転倒《てんとう》させることはできず、アナピヤは宙に浮《う》かんだ恰好《かっこう》となるだけ。

「残念。俺たちの裏をかくには、まだまだだな」

「えへへ。やっぱり上手《うま》くいかないか」

そう言ったアナピヤが前方へと足を伸《の》ばし、そのまま逆上がりの要領で、水滴の円弧《えんこ》を描《えが》いて天空へと撥《は》ね上げる。支点となったギギナが踏《ふ》ん張ろうとするが、俺の体重移動が間にあわず、水底の石の水苔《みずごけ》で滑《すべ》る。

二人ともに、後頭部から着水する。気泡と水の向こうに、アナピヤの満面の笑顔と、憮然《ぶぜん》としたギギナの横顔が沈んでいくのが見えた。

背筋の力で、俺とギギナが跳《は》ね起きる。振り返ると、アナピヤが髪の房《ふさ》を揺らして水滴を散らし、爆笑《ばくしょう》していた。

「アナピヤが、貴様に似て根性が捩《ね》じ曲がり、さらに大回転しだしているようだが」

「それを言うなら、おまえの救いようのない粗雑《そざつ》さに似てきていると思う」

濡れた銀糸の髪を掬《すく》いあげながら、ギギナがつぶやき、俺も知覚眼鏡《クルークブリレ》にかかる前髪を払う。

アナピヤの怒《おこ》ったような顔が迎《むか》えた。

「二人であたしをバカにしないでよっ！」

「アナピヤ、微妙《びみょう》に遠回しに、そして徹底《てってい》的に俺たちに失礼なこと言っていませんかね？」

「え、やっぱり気づいた？」

アナピヤが白い歯を見せて笑う。

うーん、反抗《はんこう》期？

「いやあ、青春、青春。若いっていいですね」

岩場の上のニルギンが、顎《あご》の傷痕《きずあと》を撫《な》でながら俺たちを見下ろしていた。

「おまえも俺と同じような歳《とし》だろうが」

ニルギンの言葉に、俺は照れ隠《かく》しするようにずぶ濡《ぬ》れのシャツを脱《ぬ》ぐ。

「私が最年長ですよ。この貫禄《かんろく》を見れば一目瞭然《いちもくりょうぜん》かと思われたりするでしょう。おそらく多分」

ニルギンのおとぼけきどりの顔に向かって、シャツを投げつけてやる。ニルギンが首だけ曲げて避《さ》け、岩に落下。濡れた音と同時にシャツが暴れる。

シャツの下から黒猫《くろねこ》が顔を覗《のぞ》かせ、金の瞳《ひとみ》で俺を睨《にら》みつける。エルヴィンは水を避けて丸まっていたらしいが、濡らしてしまったらしい。

手を掲《かか》げて謝ると、エルヴィンは端整《たんせい》な顔を逸《そ》らし、尻尾《しっぽ》を立てて去っていく。

「えーい、あたしも脱いじゃえ」

アナピヤが上着に手をかけ、俺が制止する間もなく脱ぎ捨てる。

放物線を描く服を、水面に落ちる寸前で掴む。さらに飛んでくる布を半回転して掴むと、ブラとショーツだった。

アナピヤを怒ろうとすると、すでに川面《かわも》に沈《しず》んで泳いでいた。

「どうしておまえは、はしたないんだっ！」

「ガユスの教育が悪いー」

叫《さけ》ぶアナピヤの顔の下、水面下の白い裸《ら》身《しん》が遠ざかっていく。

「いいから服を着なさい！」

俺は服を掲げて追いかける。

「きゃー助けてー、変質者が追っかけてくるー」

「今どき、そんな悲鳴があるか！　ギギナ、おまえもあの露出狂《ろしゆつきよう》を捕《つか》まえろっ！」

「私は重くて浮かない」

　それからは、裸身を見ないように逃《に》げ回るアナピヤを追いかけ、捕まえたら大騒《おおさわ》ぎされ、慌《あわ》てて手を放すと逃げられるのを繰《く》り返した。

アナピヤに遊ばれているとは気づいていたが、付きあってやっている内に、俺の体力が限界に達した。

水から上がろうとしたアナピヤ。俺はニルギンとギギナの目から隠そうと、大慌てで立ち上がる。

俺の脇《わき》から裸《はだか》のアナピヤが跳ねるように歩いていく。よく見ると、アナピヤは、肌《はだ》と同色のブラとショーツを身につけていた。

二段重ねとは参ったね。俺は、未来永劫《みらいえいごう》に女には勝てないと思う。

ヴァンの扉《とびら》や屋根にかけた濡れた服が、夏風に揺《ゆ》れる。午後の陽射《ひざ》しですぐに乾《かわ》くだろう。俺は濡れたジーンズだけでヴァンの運転席に横向きに腰掛《こしか》け、外へと足を垂らしている。ギギナも俺と同じような姿で、椅子《いす》のヒルルカに座っている。

俺の左横で動いているのは、下着姿のアナピヤが屋根から投げ出している素足《すあし》と、エルヴィンの黒い尻尾だ。

ニルギンは岩に腰を下ろして、静かに笑っていた。

「選べる状況《じょうきょう》じゃなかったけど、助けてくれたのがガユスたちで良かった」

俺の上から、声が落ちてくる。見上げると、アナピヤが遠くへと海色の眼差《まなざ》しを投げかけていた。その薄《うす》い胸に、魔杖短剣《まじょうたんけん》〈請願者《せいがんしゃ》ヤンダル〉を抱《だ》きしめていた。

「楽しかった」

アナピヤの髪《かみ》の房を、夏風がさらっていく。

「あたし、今日のことを忘れない。絶対に、絶対に！」

アナピヤは泣いているような、笑っているような顔をし、ただ前を見つめていた。

俺もアナピヤの双眸《そうぼう》の方向に倣《なら》った。ギギナも、ニルギンも見つめていた。

山の方向を。その向こうにあるメトレーヤを。

俺の膝《ひざ》に衝撃《しょうげき》が加わる。見ると、アナピヤが膝の上に落下してきていた。

「アナピヤ、びっくりするだろうが！」

「ここがいいの」

押し退《の》けようとしたアナピヤの裸の肩《かた》が、いつもより小さく見えた。俺は昨日からのアナピヤとの複雑な経緯《いきさつ》を考えて、必死に離《はな》そうとする。

「今だけだから」

かぼそい声が薄い肩越《かたご》しに放たれ、俺の拒絶《きょぜつ》が止まる。

「お願い。もうヘンなことしないから、今この時だけはこうさせて。明日からは、いい子になるからっ！」

俺は押し退けようとした手を戻《もど》した。膝に乗った少女は、運命の重みを堪《こら》えるように小さく震《ふる》えていた。その顔を見ることは、俺には出来なかった。

メトレーヤには、最悪の結末が待っているかもしれないと、アナピヤは知っているのだ。それでもアナピヤは向かうのだ。自分のために死に、殺された人々の理由を、知らないふりは出来なかったから。

単なる子供の自分一人では、立ち向かえないかもしれないと、アナピヤは知っているのだ。その恐怖《きょうふ》を乗り越える勇気を、何とか振《ふ》り絞《しぼ》ろうとしているのだろう。

アナピヤの、俺に対する盲目《もうもく》的な好意の正体が分かるような気がする。

俺に、父親や兄に対する愛情を求めていたのだ。自分を愛し、守ってくれる存在が子供には必要なのだ。

それは疑似《ぎじ》家族愛であって、男女の愛ではないということが、まだ少女のアナピヤには分かってはいない。

俺にしても、アレシエルを守れなかったことを、アナピヤを守ることで回復しようとしているのだろう。アナピヤの体温を感じながら、俺は決心していた。

「絶対に守るよ」

「本当に？」

不安げに問い返してくるアナピヤ。

「男の三大義務、その最後の一つは、女を泣かせないということだからね」

過去に負けるのは俺だけでいい。アナピヤが挫《くじ》けないよう、俺の血塗《ちまみ》れの手で支えてやる。

「アナピヤ……」

「えへへ、さっきのは嘘《うそ》だよ。今日だけじゃなく、ずっと甘える気だもの」

振り返ったアナピヤは、笑っていた。

さっきと同じ笑顔《えがお》で。

強く、しかし儚《はかな》さを秘めた笑みだった。

「私は泥棒《どろぼう》じゃないのよ。あなたが面白《おもしろ》かったから、否定が遅《おく》れたのは悪かったけど。ただ、事務所を相続した所員の一人として、私にも四分の一の権利があるのよ。それで、置き忘れたものを取り返そうとしたのだけど、鍵《かぎ》が変えられていて入れなかったというわけ」

事務所の裏口に背を預け、クエロは自らの容疑を晴らしていく。その横手にジヴーニャが立っていた。

「何を取り返そうとしていたんですか？」

「いや、たいしたものじゃないし。もう、どうでもよくなったわ」

掌《てのひら》を宙に遊ばせ、クエロは否定した。

「疑わしいですね。言わないとまた通報しないといけませんよ？」

ジヴーニャは冷徹《れいてつ》な響《ひび》きを帯びた声を出した。

「あなた、意外に性格悪いわね」

「そ、そんなことありませんっ！」

全力否定とともに、ジヴーニャの視線がクエロを突《つ》き刺《さ》す。

「いや、そこまで否定されると、逆に、その、ねえ？」

「あー、警察ですか、さっきの通報取り消しは間違《まちが》いでした。本当は裸女……」

「むしろ、こちらから言わせてくださいって気持ちになってきた！　なぜだか、不自然なまでにっ！」

「嘘ですよ。通報の取り消しなんて、私が逮捕《たいほ》されますよ」

「……何ていうか、本当に香《こう》ばしい性格ね」

「お褒《ほ》めいただき、誠にありがとうございます。別の意味で」

「あなた、女友達が減量しはじめると、美味《おい》しいケーキ屋に誘《さそ》うでしょ？」

「まさか。その友人の机の上に、ケーキの値引き券をそっと山盛りで置いてさしあげる。そんな控《ひか》えめな親切しか、私にはできませんよ?」

二人の女の間に凄《すさ》まじい圧力が増していき、そして消えた。

脱力《だつりょく》した笑みを浮《う》かべ、クエロが息を吐《は》いた。

「だから、ただの昔の記念写真よ。青春の尻尾《しっぽ》があいつらの手に残っているなんて胸糞悪《むなくそわる》いから、取り返したかったの。まあ、今となってはあいつらも無くしているだろうし、どうでもいいわ」

ジヴーニャは横目でクエロを観察していた。

蜂蜜色《はちみついろ》の滑《なめ》らかな肌《はだ》、瞳《ひとみ》は太陽光の加減で鳶色《とびいろ》にも黒曜石にも変化する。

身長では負けているけど、顔の輪郭《りんかく》の柔《やわ》らかさでは勝っていると思いたい。胸は引き分け。お尻《しり》は自分の方が大きくて負けぎみ。アーデュロー社の職人が仕立てた最高級の背広とシャツに、既製服《きせいふく》では勝負にもならない。背広に押しこめられた肢体《したい》が、女の自分にすら倒錯《とうさく》的な色香《いろか》を感じさせていた。

そして、鍛《きた》えられた体、豹《ひょう》のような優雅《ゆうが》な身のこなしで、嫌《いや》でも気づかさせられる。

自分よりも、あの人の側《そば》に長くいて、ともに戦場に立った女。いまだに夜の夢に見る女。

内心の言葉の意味することに気づき、ジヴーニャはすぐに思考を停止した。

思考を断ち切るように、クエロが言葉を投げてくる。

「で、あなたの性格に悪影響《あくえいきょう》を与《あた》えたと思いたい、あのバカ……、いや、ガユスとはどうなの？」クエロは慌《あわ》てて言葉を継《つ》ぎ足す。「その、変な意味に取らないでね？　あれと付きあっているると大変だろうと思って言っただけだから……」

ジヴーニャの碧玉《へきぎょく》の瞳が、隣《となり》に立つクエロを見つめた。

「御《ご》心配なく。あの人とは少し前に別れました」

笑顔でジヴーニャが答え、クエロは返答の言葉を失う。

その笑顔は、崩壊《ほうかい》寸前の危ういものだったのだ。

ジヴーニャの視線が路上へと戻《もど》される。扉《とびら》に背を凭《もた》せかけ、クエロが並んだ。

「これでも珍獣《ちんじゅう》使いの先輩《せんぱい》だし、出会いも縁《えん》だからね。私を追い払《はら》わないということは、話を聞いてほしいのだと勝手に誤解するわよ？」

ジヴーニャはうなずきもしなかった。まるで、返答をすることに怯《おび》えているかのようだった。苦しみや哀《かな》しみ、そして想《おも》いを言葉にする。自らの口から出る言葉や文章で、気づかなかった自身の感情が整理されていくことがある。

そして、その言葉を誰《だれ》かに聞いてもらうことで、人は感情を分けあえるとジヴーニャは知っていた。

なぜならジヴーニャは、その機会を与えられず、自らも放棄《ほうき》したからだ。決心したように唇《くちびる》が動く。

「自分でも不思議なんです」

風になぶられた白金の髪《かみ》が、ジヴーニャの鼻筋を跨《また》ぎ、白い頬《ほお》で踊《おど》っていた。

「男女の、特に女の心変わりなど珍《めずら》しくもないけど、私はガュスの何に怒《おこ》っていたのか、何に絶望したのか。そして、どうして別れたのか。それが分からない」

ジヴーニャの目は、自らの内面を眺《なが》めていた。クエロは何も返さず、ただ耳を傾《かたむ》けていた。

やがて、クエロが口を開く。

「恋愛と将来を混同しないのは、女としては極《きわ》めて正しい判断だと思うけど？」

「恋愛《れんあい》と将来が別くらい知っています。私は一人でも生きていけるようにしていますから、相手に経済力なんて期待しません。たかが自分の気持ちを優先するのは、子供だとも思います。ただ……」

ジヴーニャの独白だけが、夕暮れの大気を渡《わた》っていく。

よりによって、クエロに話してしまう自分は、相当に追い詰《つ》められているのだろう。だが、言葉は止まらない。

「浮気《うわき》を責めた当の自分が、他《ほか》の男と寝《ね》てしまった。今日になると、その男にはまったく惹《ひ》かれていないのに気づいてしまった。さっきも喧嘩《けんか》してここに来たんです。本当に自分でも分からない。でも、私から終わらせたことは確かで、それが分からない……」

語尾《ごび》は大気に溶《と》けていった。

返事はなく、沈黙《ちんもく》の羽が降り積もる。

クエロが間を取ってくれているのに、ジヴーニャは気づいた。黒い瞳の視線が自らにそそがれていることも。

「それで、私を的に使って思考と感情をまとめられた？」

「……いいえ」

ジヴーニャは、小さく首を振《ふ》った。

そして、ジヴーニャ自身、膨《ふく》れあがる違和《いわ》感を確認《かくにん》しはじめていた。

自分は、そんなに単純に物事を断じるような女ではなかった。初めての相手がガユスでもないし、最後の男でもないだろう。

ただ、ガユスとの問題は、すでに覚悟《かくご》していたことばかりだ。今ごろになって爆発《ばくはつ》する理由がない。

そして、別れるのなら熟慮《じゅくりょ》を重ねた上で、自らに完全決着をつける。別れた後にまで、繰《く》り言を吐露《とろ》するような女ではない。そう思っていたはずなのだが……。

「そんなに難しく考えることかしらね」

クエロの軽い言葉に、ジヴーニャは虚《きょ》を衝《つ》かれた。

「男と女なんて、別れたりくっついたり、いいかげんでいいと思うけどね。女は甘えた顔で胸の谷間を見せ、男は甘い言葉を囁《ささや》けばいい。その恰好《かっこう》悪さが耐《た》えられないかもしれないけど、もう外聞を気にする小娘《こむすめ》でもないでしょう？」

「私がいい歳《とし》ってことですか？」

静かな声でジヴーニャが答え、そして続けた。

「現在進行形の私には、そんな余裕《よゆう》はありません」

クエロは瞼《まぶた》を伏《ふ》せた。長い睫毛《まつげ》が頬に影《かげ》を作る。

「相手の望む異性を装《よそお》う演技、化粧《けしょう》に服。それにどれだけの労力と才能が必要かも知らず、分かろうともしない人間に、男女関係など成立させられるわけがない。あなたもそんなお馬鹿《ばか》さんの一人？」

「何か気に入らないですね。ガユスはともかく、私にはそんなことはできない」

ジヴーニャの答えに、クエロが重い溜《た》め息を吐《つ》いた。

「そう、そんな言動は同性には嫌《きら》われるでしょうね。特に、あなたみたいに強く弱い女には」

そして冷たい響《ひび》きの声で続けた。「だけど、それはできない者の嫉妬《しっと》なのよ。こうすれば上手《うま》くまとまるのに、くっだらない意地や自尊心が邪魔《じゃま》して出来ないだけの根性《こんじょう》なしなのよ」

「根性なし、ですか」

「根性なしです。恋愛戦争での敗北が最優先予約されているわ」

女たちの眼差《まなざ》しは、街を見据《みす》えていた。エリダナは、すでに赤い夕陽《ゆうひ》に染められていた。

「そうね。今までの発言はあなたではなく、自分に言っていたのかもしれない。自分では譲《ゆず》れないと信じていた、意地や自尊心を貫《つらぬ》きとおし、結果、すべてが崩《くず》れ去った私自身にね」

クエロの口から、内面が零《こぼ》れ出ていた。

「自己の信念を貫いても、他人にも、それどころか自分ですら認められず、どこにも満足感などなかった。男女関係を、生きかたを、勝負か何かだと勘違《かんちが》いしていた報《むく》いを受けたのでしょうね」

言った後で、クエロが薄《うす》く笑った。

「自分を語る間抜《まぬ》けを演じるのは、あなたのおもしろ告白に対する報酬《ほうしゅう》ね」

「馬鹿話をするのは、私だけでは不公平ですからね」

ジヴーニャも苦笑《くしょう》めいた表情を浮《う》かべた。二人の女の間を、風が吹《ふ》いた。

クエロが視線を戻《もど》すと、ジヴーニャは真剣《しんけん》な瞳《ひとみ》に戻っていた。

「でも、そんなあなただからこそ、それが無理なのは分かっているでしょう？」

風に舞《ま》う自らの髪《かみ》を、ジヴーニャの手が押さえた。

「一度離《はな》れた絆《きずな》を取り戻すのは難しい。それに私はガユスを許せないし、ガユスが私を許せるわけがない。許されるのは、それこそ奇跡《きせき》。そして、そんな奇跡は起こらない」

「そうでしょうね」

クエロは寂《さび》しく微笑《ほほえ》んだ。ジヴーニャもそれに倣《なら》った。

たとえ双方《そうほう》が愛しあっていても、男と女は別れることがある。

そして決定的に別れた男女が戻ることなどありえない。二人が共に戻ろうとしても、不可能なのだ。

愛情だけで何かが解決するなどありえない。それがたとえ愛情の問題であっても。

クエロは溜め息を吐いた。ジヴーニャも同じように重い息を吐《は》いた。

一つの問いを放つべきかどうか、ジヴーニャは迷った。だが、ここで聞かねば機会は永遠に失われる。

「クエロさん、あなたはどうだったんです？」

切実な声だった。そして一度出た問いは止められない。

「何が、一年半前のジオルグ・ダラハイド咒式《じゅしき》事務所で、何があったんですか？」

ジヴーニャの発言に、クエロの浅黒い頰が強張《こわば》る。

「遠慮《えんりょ》のない人ね。ま、聞かれるだろうなと最初から思っていたし、そういう会話の流れだったけど」

ジヴーニャの問いにクエロが苦笑し、そして表情が引き締《し》まった。

「その問いは二つの意味がある。一つは、その問いを私に向けてくるということは、あの男はあなたに何も語っていないということ。あいつらしいというか、いつまでたっても臆病《おくびょう》というか……」

クエロが微笑む。

「二つには、それがあなたの感情の方向。人は対象を語った時点で、対象に囚《とら》われている。それが愛か憎《にく》しみかは分からないけど、あなたたちは結論を出す必要がある」

それは自らと、そして誰《だれ》かに言い聞かせているような、複雑な陰影《いんえい》を持った微笑みだった。

扉《とびら》に預けていた背中をクエロが離した。そして笑《え》みは変化していた。

愛《いと》しむような。

哀《あわ》れむような。

そんな笑みだった。

「あの人は、あなたには、クエロさんには、すべてを話していたの？」

その事実は、ジヴーニャの心の柔《やわ》らかい部分を刺《さ》し貫いていた。

「ええ、だからその点では、心から信頼《しんらい》し愛してくれていたのでしょうね」酷薄《こくはく》な笑みが、クエロの口の端《はし》に刻まれた。「言っておくけど、今のはあなたを傷つけるために言ったの」

「そう、でしょうね」

眼前の女の変化に、ジヴーニャも気づきはじめていた。

何が原因かは分からない。自分の言動の何かなのだろうが、確かにクエロの内面で何かが変化していた。眼前の女から、放電されるような激烈《げきれつ》な感情を感じていた。

「クエロさん、あなたは何者なの？　いったい何が目的なの？」

「あなたと出会ったのは本当に偶然《ぐうぜん》。だけど、私は偶然を好機として生かそうとする人間」

女咒式士《じゆしきし》はジヴーニャを見据えていた。今までとは違《ちが》った冷たい瞳で。

「あなたはいい女で、意地悪で素直《すなお》で、強くて弱い。そんな人間らしさが私は好きなほう。私が少しでも同性に好感を持つなんて、何年ぶりかしら。それくらい珍《めずら》しいこと」

クエロの声色《こわいろ》は、哀調《あいちよう》を帯びていた。

「だけど、先ほどの発言で、あなたの心が分かった以上、その一点で私とあなたは友人にはなれない。絶対に」

言葉の雷《いかずち》は二人の間の空間を渡《わた》り、そして去っていった。

奇妙《きみよう》な空白。ただ静けさだけがあった。

前触れもなくクエロが歩きだした。ジヴーニャには止めることはできなかった。敷地《しきち》と道路の境界線で、クエロの足が止まった。

そこが自らの決意の境界線であるかのように。

「結論は出されている。私は終幕を下ろすだけ。いつものように、〈処刑人《しょけいにん》〉として。ガユスとギギナには、すでに終幕の向こうへの招待状を出している。そこで出会うなら、私は決めなくてはならない」

「出会わないなら？」

ジヴーニャの怯《おび》えるような問いは、クエロの冷徹《れいてつ》な背中で弾《はじ》かれた。

「あの二人は救われない愚《おろ》か者よ。二度と出会う価値もない」

「あなたこそ」

ジヴーニャの声は、クエロの背中を追いかけ牙《きば》を立てた。

「あなたこそ過去や感情に囚われている」

「そうね」

背後も見ずにクエロは肯定《こうてい》した。

「私のこの感情が、愛か憎しみかと問われたら、同じものだと答えるわ。だけど、それはあなたにも言えること」

そこでクエロが振《ふ》り返る。浮かんでいたのは、不自然な笑み。顔の全体が笑みの形を作っているが、目だけは笑っていなかった。

獲物《えもの》の頸動脈《けいどうみゃく》を噛《か》みちぎる時の、捕食者《ほしょくしゃ》の目だった。

「あなたが面白《おもしろ》い人だから、すべてを教えてあげたくなった」

クエロが謎《なぞ》めいた言葉を投げつけた。

「聞きたくない」

ジヴーニャは拒否《きょひ》した。耳を塞《ふさ》がず、目を逸《そ》らさずに、ただ全身で拒否した。

「あなたは私を利用したいだけ。私を傷つけ、ガユスに復讐《ふくしゅう》したいだけ」

それでもクエロは止《や》めなかった。

「そのとおり。私はあの男に愛や救いなど許さない。だから教えるの。私は〈処刑人〉であって紡《つむ》ぎ手ではない。だけど、それゆえに誰よりも真相を知ることができる」

試《ため》すようなクエロと、挑《いど》むようなジヴーニャの二人が向かいあっていた。

「そう、本当は、私とあなたの理由は重ならない。私の理由は必然だけど、あなたの理由はそうではない」

「それ、は、どういうことですか……？」

「アナピヤという少女と、失われた一族。おぞましい者たちの話をしてあげましょう。彼らが望んだ力の話を」

「あなたは何を知っているの？　何が起こっているの？」

ジヴーニャの疑問は、クエロの直線の瞳《ひとみ》に受け止められた。

「それは、私とガユスの話。そしてすべての話につながることにもなる」

クエロの目には、嘲弄《ちょうろう》めいたものはなかった。ただ、噴《ふ》きこぼれるような激情の焔。

「もちろん、あなたの言うとおり、これから話すのは、私の悪意からの話。聞く聞かないは自由よ？」

長い長い沈黙《ちんもく》。

やがて、ジヴーニャは選んだ。

「いいわ、私はあなたの悪意をすべて受け止めて、そして笑ってみせる」

闘志《とうし》に燃えるジヴーニャに、クエロは語りだした。

嬉々《きき》として。悪意の滴《したた》る笑顔《えがお》で。


幾重《いくえ》にも重なる森の梢《こずえ》を、月光が射貫《いぬ》き、敷《し》きつめられた下生えに降りそそぐ。

光と影《かげ》が複雑に入り組むなか、魔杖剣《まじょうけん》や魔杖槍《そう》が不吉《ふきつ》な姿を現した。

並んだ銀の切っ先に、咒印《じゅいん》組成式の光点が灯《とも》り、咒式《じゅしき》が放たれる。

森の暗闇《くらやみ》を照らし、雷撃《らいげき》と熱線の光条が駆《か》け抜ける。空間に波紋《はもん》が広がり、青や緋色《ひいろ》の火花を散らし、咒式が消失していった。

光の渦《うず》の向こう、木々の間に青い鱗《うろこ》が動く。

それは一頭の青い竜《りゅう》だった。

巨象《きょぞう》をも凌駕《りょうが》する巨体を揺《ゆ》らし、竜は首を掲《かか》げる。

「ココガ竜の森ト知ッテの狼藉《ろうぜき》か！」

青竜は憤怒《ふんぬ》の人語で吠《ほ》えた。対して、隊列から冷たい声が返される。

「竜の眷属《けんぞく》よ、我らはただ通過することを望む」

「条約ハ絶対だ、違反《いはん》は許さヌ！」

青竜の前脚《まえあし》が繁《しげ》みを踏《ふ》みつぶし、長首を前方へと差し伸《の》ばした。開かれた竜の口腔《こうこう》内に呪印《じゅいん》組成式が灯る。

「警告はした。全隊、第五防御陣形《ぼうぎょじんけい》！」

指揮官の指令とともに、呪式士《じゅしきし》たちが呪式《じゅしき》を組みあげていく。激昂《げっこう》した竜の息吹《いぶき》が、閃光《せんこう》となって吐《は》き出される。

電磁雷撃《らいげき》系第五階位〈雷霆散它嵐牙《アガロス》〉と同等の三〇〇〇万ボルトの雷《いかずち》が発生。太い雷撃の群れが木々の間を貫《つらぬ》き、侵入者《しんにゅうしゃ》たちに襲《おそ》いかかる。

対集団用の死の息吹は、何人もの呪式士の防御や干渉《かんしょう》結界を薄紙《うすがみ》のように破り、目や耳から白煙《はくえん》を噴《ふ》きあげさせる。

それでも大部分の雷が弾かれた。逸らされた何本もの雷の大蛇《だいじゃ》が、獲物を探して四方へ彷徨《さまよ》い、木の幹や葉《や》を灼きつくしていく。

自分と同様の干渉結界で一撃《いちげき》を防がれたと、竜は分析《ぶんせき》。後退してさらなる息吹で敵戦列を削《けず》って時間を稼《かせ》ぎ、竜の権能で〈異貌《いぼう》のものども〉を呼びよせる戦術が最適と判断。竜の眼光が鋭《するど》さを帯びる。

「竜の目を見るなっ！〈異貌のものども〉でなくても、権能で恐怖《きょうふ》に感染させられるぞっ！」

指揮官の怒号《どごう》を切り裂《さ》き、死の息吹が放たれる。息吹は雷となり、人間たちの前列が薙《な》ぎ払《はら》われていく。続いて下僕を呼ぼうとした竜の体に、長槍《ちょうそう》の群れが突《つ》き刺《さ》さる。

青い鱗が貫通《かんつう》され、鮮血《せんけつ》が跳《は》ねていく。呪式士《じゅしきし》たちは、雷で体を灼かれながらも突進《とっしん》してきていたのだ。

体内に達した金属の先端《せんたん》で爆裂《ばくれつ》と火炎《かえん》の呪式《じゅしき》が発動し、竜の内臓を破壊《はかい》。鼻孔《びこう》と口腔から焔《ほのお》と沸騰《ふっとう》した血液が噴出《ふんしゅつ》する。

青竜とは逆に、焼け焦《こ》げた呪式士たちの体が呪式で治療《ちりょう》されていく。

瀕死《ひんし》の青竜が巨軀《きょく》を動かし、呪式士を撥《は》ね飛ばす。それだけで、樹木や大地に全身甲冑《かっちゅう》の人間が叩《たた》きつけられ、内臓が破られ強化骨格が破砕《はさい》される。

間を稼いだ竜が全力の雷撃を紡ごうとすると、巨大な力に喉元《のどもと》を摑《つか》まれた。閉じさせられた顎《あご》の中で雷が弾《はじ》ける。

竜の目が捉《とら》えたのは、空間の歪《ゆが》みから現れてくる無機質な瞳。

巨人が全身の力を一点に集中させ、竜の顎と喉《のど》が握《にぎ》りつぶされた。苦痛に身を捩《よじ》る全身の鱗を貫き、次々と刃《やいば》と呪式が突き立っていく。

高度に組織化された呪式士を一頭で相手にしたことを後悔《こうかい》し、脳髄《のうずい》を抉《えぐ》る鋼《はがね》の冷たさを感じた瞬間《しゅんかん》。若き竜の意識が途《と》切《ぎ》れた。

森の絨毯《じゅうたん》に、竜の巨軀が地響《じひび》きを立てて倒《たお》れこむ。巨体にさらに容赦《ようしゃ》のない呪式が突き立ち、肉を砕《くだ》き、血を散らす。

「斉射中止《せいしゃ》」

数えきれないほど排出《はいしゅつ》された空薬莢《からやっきょう》。金属が転がる音階が、夜の森に響く。熱せられた刀身と機関部からは、蒸気と硝煙《しょうえん》があがる。

魔杖剣の群れの前に、大穴を穿《うが》たれた竜の巨体が横たわっていた。腹部からは肝臓《かんぞう》が零《こぼ》れ、闇夜に塗《ぬ》りつぶされた黒血の海が広がっていく。

眼球を零しながらも、瀕死の竜が頭部をあげようとする。そこへ球形の巨人の踵《かかと》が落下、頭《ず》蓋骨《がいこつ》ごと竜の頭部を砕いた。

青竜の首から先は、原形を留《とど》めない肉と骨と脳髄の汚泥《おでい》となっていた。

「治癒呪式発動《ちゆじゅしき》」

倒れていた呪式士《じゅしきし》たちに治癒呪式が発動される。炭化した皮膚《ひふ》の下から真新しい皮膚が現れ、血の気を失った頬《ほお》に造血作用で朱《しゅ》が射《さ》し、次々と立ちあがっていく。

最初の人影から一つも欠けることなく、隊列が整えられる。

「行軍再開！」

鎧《よろい》具足に覆《おお》われた何十もの足が、竜の血を踏みつけ、黒い飛沫《ひまつ》が跳ねる。

梢から射しこんだ月光が、鎧や兜《かぶと》に刻まれた天秤《てんびん》に交差する鉄槌《てっつい》、その真紅《しんく》の紋章《もんしょう》を浮《う》かびあがらせた。

一糸乱れぬ統制で、斜面《しゃめん》を降りていく一団。それは、呪式士最高諮問《しもん》法院の力の象徴《しょうちょう》、武装査問官たちの姿だった。

先頭に立つのは、黒背広の二人組。卑屈《ひくつ》な顔の肥満体のグィデト中級査問官と、厳《いか》めしい表情を崩《くず》さない痩身《そうしん》のダズルク上級査問官。ダズルクの背に、浮遊《ふゆう》する青銅色の巨人、〈護法数鬼《ごほうすうき》〉が従っていた。

木々と斜面を駆《か》け抜《ぬ》けた呪式士《じゅしきし》たち。その眼前に、月下の崖《がけ》が広がっていた。

「全隊停止」

ダズルクの指示で、呪式士たちが一斉に歩みを止める。

兜や仮面の下の視線が、崖下に広がる光景を捉える。

「あれがメトレーヤか」

山々に囲まれた盆地《ぼんち》。遠く近くに響く地鳴りのような音は、周囲の切り立った崖から盆地へと落ちる滝《たき》の水音だった。

滝の流れは何十もの支流となって、盆地の底を駆け抜けていく。緑の木々と、その間を縫《ぬ》っていく暗い川の流れの先に、鏡のように静かな湖面があった。

ダズルクが視覚を増幅《ぞうふく》すると、水に足元を濡《ぬ》らされた街並みが見えた。

「水流が変化したのか、街の低地が水没《すいぼつ》しているようだな」

「確かにここなら盲点《もうてん》です」

グィデトが感嘆《かんたん》の声をあげる。

「七十六年前のグラシカ竜緩衝区《りゅうかんしょうく》の境界線の変化とともに住民が移住し、見捨てられた街。三方を竜の緩衝区に囲まれ、九年前の呪震《じゅしん》で水没したこの地に、もはや近づく者もいなかったのでしょう」

古い街並みに隠《かく》れるように、新造建築がそびえているのを確かめ、ダズルクがうなずく。

「私も数ある企業《きぎょう》の秘密実験場を壊滅《かいめつ》させてきたが、ここは実験地としては抜群《ばつぐん》の立地だ。エリダナという土地のいい加減さがあるとはいえ、隠蔽《いんぺい》できるほどの巨大な組織が存在していたようだな」

無表情な顔で無機質な言葉をダズルクが漏《も》らす。

「我々が長年に亘《わた》って内偵《ないてい》していた〈ベギンレイムの尻尾《しりお》〉の残党と禁忌《きんき》呪式《じゅしき》、その刺客《しかく》どもの尻尾がやっと摑めた」

「はい。これが成功すれば、我らも法院の上層部に食いこめます」

グィデトが追従者の笑《え》みを浮かべる。

「これは、かつての先人たちによる、〈不死探しのトリトメス〉や〈傀儡師《くぐつし》ギルフォイル〉の討伐《とうばつ》以来の大功績ですよ！」

グィデトの弾《はず》んだ声。視覚増幅呪式《しかくぞうふくじゅしき》を停止したダズルクの口角に、満足げな皺《しわ》が浮かぶ。

「エリダナの退屈《たいくつ》な呪式法違反《いはん》に出張っていたからこそ、一番近い私たちの部隊が派遣《はけん》されたのは僥倖《ぎょうこう》。外法《げほう》の従を殲滅《せんめつ》できるとは、査問官としての大いなる喜びだ」

「……よくぞおいでくださいました」

背後からの声。武装査問官たちが瞬時に振《ふ》り返ると同時に、すでに魔杖槍《まじょうそう》や魔杖剣の先端には攻性呪式《こうせいじゅしき》が紡《つむ》がれ、銀色の呪式干渉楯《かんしょうたて》が隙間《すきま》なく並べられた。それは完璧《かんぺき》な迎撃《げいげき》態勢。

凶器《きょうき》の群れの前方に、声の主が立っていた。

「おまえが情報提供者か」

ダズルクの声は、灰色の背広に合わせたのか、灰色の顔の中年男に向けられた。

「……ええ、そういうことになっております」

眼前の査問官たちにも興味がないような虚《うつ》ろな声で男が答える。ダズルクが確認《かくにん》するようにうなずき、前を向いたまま隣《となり》のグィデトへ囁《ささや》く。

「胡散臭《うさんくさ》すぎる。信用できるのか？」

「ええ、ガユスとギギナの禁忌呪式《じゅしき》使用の情報も彼からですし、メトレーヤの存在もその目で見られたでしょう？」

「確かに、だが……」

「……何を話しているので？」

男の問いにグィデトが首を竦《すく》め、ダズルクが疑念を完全に隠した目を向ける。

「あのメトレーヤに咒式研究施設《しせつ》があるのは分かった。それで、もう一つの情報とは何だ？」

「……ここで、あなたたちが死ぬという情報で……」

最後まで言わせるほどダズルクは慈悲深《じひぶか》くなく、手の一振りに従って武装査問官たちが咒式を放った。

雷撃《らいげき》が中年男に刺《さ》さり、鋼《はがね》の槍《やり》が胸板《むないた》を貫通《かんつう》。とどめの爆裂咒式《ばくれつじゅしき》が放たれようとした刹那《せつな》、男の肉体が血霧《ちぎり》となって破裂《はれつ》。

足元にあった呪印《じゅいん》組成式が発動したとダズルクが気づいた時、轟然《ごうぜん》とした地響《じひび》きが地から沸《わ》きあがった。

崖の表面に、亀裂《きれつ》と呼ぶには大きな断裂が縦横に走り、武装査問官たちごと一気に崩壊《ほうかい》する。岩塊《がんかい》と土砂《どしゃ》が混ぜあわせられたかのように、岩肌《いわはだ》を駆けおりていく。凄《すさ》まじい重低音が山々に谺《こだま》し、夜空に届かんばかりの土煙《つちけむり》が上がる。

土煙が晴れていくと、濁流《だくりゅう》のあちこちで呪式《じゅしき》が発動。金属の檻《おり》が瓦礫《がれき》を切り裂《さ》き、重力が土砂を押し退《の》けていく。

次々と、鋼に身を包んだ武装査問官たちの鎧姿《よろい》が現れてきた。

土砂の中央には、護法数鬼が巨大《きょだい》な岩塊を持ち上げており、その下で腕《うで》を組んだダズルクが傲然《ごうぜん》と立っていた。護法数鬼が岩を投げすて、大地の上で割れ砕《くだ》ける。

「この程度の稚拙《ちせつ》な罠《わな》で、武装査問官を倒《たお》せると思ったのか？」

「思わないね」

鎧や魔杖剣を鳴らし査問官たちが見上げると、土砂の上に小柄《こがら》な影《かげ》があった。

仮面の下半面からは、醜《みにく》く爛《ただ》れた皮膚《ひふ》が覗《のぞ》く。左の袖《そで》が夜風に揺《ゆ》らめき、腕の消失を物語っていた。

「先ほどの男は屍葬兵《しそうへい》。つまりおまえが〈屍《しかばね》のメルツァール〉か。わざわざ我らの前に姿を現すとは愚《おろ》かな」

ダズルクのつぶやきとともに、呪式士《じゅしきし》たちの目に瞬時《しゅんじ》に凶暴《きょうぼう》な光が閃《ひらめ》き、魔杖剣や魔杖槍が掲《かか》げられた。

「背後がおろそかになっているよ♪」

天空から降ってくる声に、呪式士《じゅしきし》たちの顔と魔杖剣が跳《は》ね上がる。

崩《くず》れた崖《がけ》の顎下《がっか》から、蝙蝠《こうもり》のように逆さに下がった影。反射的に呪式《じゅしき》が放たれるより速く、査問官たちの顔面に黒い雨が降りそそいでいた。

数十人の呪式士たちの、兜《かぶと》や呪式帽《ぼう》を貫通し、額や頬《ほお》、喉《のど》に短剣が突《つ》き立っていた。彫像《ちょうぞう》と化したように、いっさいの動作が停止していた。

銀色の刃《やいば》のすべてに黒々とした百足《むかで》がまとわりついていた。

不意を衝《つ》かれたが、幾人《いくにん》もの呪式査問官が回避《かいひ》していた。仲間の復讐《ふくしゅう》を果たすべく反撃《はんげき》に転じ、飛翔《ひしょう》した呪式士たちが倒れる。それは重力が変化したかのような不自然な転倒《てんとう》。

膝《ひざ》をつく呪式士たちの足首や脛《すね》に、激痛が発生した。

這《は》い登る蟲が銜えた刃に刺され、凍《こお》りつくように全員が硬直《こうちょく》する。バモーゾの嘲弄《ちょうろう》の声が天から響《ひび》く。

「上と来たら、下。これこそおまえたちの戦術だろ？」

「外道がっ！」

ダズルクの叫《さけ》びとともに、護法数鬼が飛翔し、崖の影へと拳《こぶし》を叩《たた》きこむ。砕ける崖と蟲たち。

同時に、ダズルクの全身が足元の土砂から跳ねた蟲たちに覆《おお》われた。

ダズルクの悲鳴と怒号《どごう》も、黒い蠢《うごめ》きに呑《の》みこまれていく。土の中からバモーゾの本体が這いだす。

「だから上と思ったら下なんだって」

バモーゾが前髪《まえがみ》をかきあげて土を落とす。護法数鬼が戸惑《とまど》ったように空中で旋回《せんかい》していた。主《あるじ》の制御力《せいぎょりょく》の消失とともに、球形の姿が数列に戻《もど》り、霧のように消えていった。

蟲たちが、数十もの体節と脚《あし》を蠢かせつつ、咒式士《じゅしきし》たちの傷口へと侵入《しんにゅう》していく。脳まで侵入された咒式士たちの兜の下の眼球が白目を剝《む》き、口から血泡《ちあわ》を吹《ふ》く。途端《とたん》に身を折り痙攣《けいれん》しはじめる。

すでに声帯が硬直しはじめているらしく、声にならない悲鳴があがり、鎧が揺れ魔杖剣《まじょうけん》がぶつかる金属音が夜に谺する。

土砂の上から、殺戮《さつりく》の光景を満足げに睥睨《へいげい》するメルツァール。枯《か》れ木のような痩身《そうしん》の傍《かたわ》らに、服に付着した土砂を払《はら》っているバモーゾが並ぶ。

「どう？　僕の体術と蟲は？」

「見事なものだな」

「ま、アインフュンフの重力咒式《じゅしき》も気の利《き》いた援護《えんご》だったよ」

バモーゾの視線の先、横手の滝《たき》の頂上に黒い柩《ひつぎ》が浮遊《ふゆう》していた。二人の視線に気づいてか、アインフュンフの柩は遠ざかっていった。

「相変わらずの恥《は》ずかしがり屋だね。だからあんな大きな貞操帯《ていそうたい》で、全身を隠《かく》しているのかな？　あ、一人逃《に》げていく」

盆地《ぼんち》の底、死にゆく武装査問官たちの舞踏《ぶとう》の向こうに、肥満体の男が逃げ去っていく姿があった。逃げ足は風のようだ。

薄《うす》ら笑《う》いを浮かべながら、バモーゾが咒式《じゆしき》を紡《つむ》ぐ。

「止《や》めておけ、時間が惜《お》しい」

「それはそうだね。アレはさすがに僕の趣味《しゆみ》じゃないし」

片目を閉じてみせるバモーゾの手は、小さく震《ふる》えていた。メルツァールも額の汗《あせ》を拭《ぬぐ》いながら、眼下の武装査問官たちの苦悶《くもん》を見据《みす》えていた。

「二重三重の完璧《かんぺき》な罠を張れたからこそ、こいつらを倒せた。竜《りゆう》をも殺す武装査問官たちと正面から殺《や》りあうなんて、考えただけでも恐《おそ》ろしい」

「こんな罠は二度と作れない。依頼主《いらいぬし》の恐ろしく精密な情報と誘導《ゆうどう》に感謝するしかないね」

バモーゾが吐息《といき》を吐《は》く。

「ま、これで武装査問官に背後を衝かれることもなく、ガユスたちをメトレーヤで追い詰《つ》められるね」

「それだけではない」

答えるメルツァールの魔杖錫《まじようしやく》の先端《せんたん》に、青白い燐光《りんこう》が灯《とも》り、複雑で膨大《ぼうだい》な咒印《じゆいん》組成式が紡がれていく。

仮面の奥の瞳に苦悶の色が浮かび、メルツァールの極限の集中を物語っていた。

「あ、そうだった。メルツァール爺《じい》さんの準備はこれからだったね」

欲情の笑《え》みを浮かべ、バモーゾは眼下で身を捩《よじ》る咒式士《じゅしきし》たちを眺《なが》めていた。無邪気《むじゃき》に笑っているバモーゾへ、メルツァールの仮面が向けられる。

「共闘《きょうとう》を誓《ちか》いながらもガユスを狙《ねら》った、おまえの独断専行には目をつぶる。だが一回だけだ」

「わーお、どこで見ていたの？」

「依頼主の監視《かんし》はどこまでも正確だ。これから先は共同戦線を破るな。そんな甘い考えは、すべて捨てろ」

メルツァールの仮面の奥から、凄《すさ》まじい意志を宿した目が覗《のぞ》く。

「儂《わし》の宿願、最後の血族を探すためには、依頼主の注文をこなす必要がある。足を引っ張るなら、おまえでも許さぬ」

「分かったよ」観念したように、バモーゾが肩《かた》を竦《すく》める。「で、そんなに御執心《ごしゅうしん》の血族って何なの？」

「それは……、おまえが知る必要はない」

どこか戸惑ったように、メルツァールが答える。

「おじいちゃんまで愛と言っちゃうの？　つまらないねえ。まったくつまらない」

バモーゾは、理解を拒否《きょひ》するように吐き捨てた。

遠く聞こえるのは、幾重《いくえ》にも連なる滝の音。森の梢《こずえ》の向こうに広がるのは、水没《すいぼつ》した建物や施設《しせつ》の影《かげ》。

メルツァールの魔杖錫の先で、膨大な咒式《じゅしき》組成式が完成。

苦鳴とともにメルツァールが片膝をつく。白い蓬髪《ほうはつ》と髭《ひげ》が土砂《どしゃ》に垂れ、仮面の下の鼻孔《びこう》と罅《ひび》割《わ》れた唇《くちびる》からは、赤黒い血が流れ出していた。

荒《あら》い呼吸とともに上げられた双眸《そうぼう》には、鬼火《おにび》を湛《たた》えていた。

「覚悟《かくご》だ。覚悟の量が勝負を決める。危険のない道には、どこにでもある敗北しか待っていない。両手で抱《かか》えるほどの大きな望みを手に入れたいなら、まず両手に摑《つか》んだものを手放す必要がある」

メルツァールの老醜《ろうしゅう》を刻んだ顔に、戦鬼《せんき》の闘志《とうし》が浮かんでいた。残った右手の先で魔杖錫《まじょうしゃく》が握《にぎ》りしめられる。

「弱者の儂はどんなことでもしてやる。良心と寿命《じゅみょう》を手放し、脳が灼《や》き切れようと、必ず宿願を果たす！」

メルツァールの宣言。隣《となり》のバモーゾの目には殺戮への期待が溢《あふ》れていた。青年の鮮血色《せんけつしょく》の舌先が唇を舐《な》めて、賛意を示した。

二人の魔人の背後、水飛沫《みずしぶき》を月光に輝《かがや》かせながら落下する滝があった。滝を支える崖《がけ》の中腹に、黒々とした柩が横たわっていた。

十字の中央に象嵌《ぞうがん》された人工の瞳が、眼下に広がる水没都市を見下ろしていた。

「不自然な地形。崩壊《ほうかい》した過去の遺物。ここで何が起こったのか」

漆黒《しっこく》の柩が沈《しず》んだ声で囁《ささや》く。

「依頼主はすべてを知っていて、私を選んだのか？　しかし、そんな人間はこの世にはいないはずよ」

伝える相手もいないのに、誰《だれ》かに確認《かくにん》を求めるような奇妙《きみょう》な言葉だった。

「だけど、やるしかない。私には、いえ私たちには金がいる。莫大《ばくだい》な金がなければ、この不恰《ぶかっ》好《こう》な命をつなげられない」

慨嘆《がいたん》めいた独白は、水流の音に掻《か》き消され、ついに誰にも聞かれることはなかった。

11　残像の手触り

薔薇《ばら》よ薔薇。百合《ゆり》よ百合。

ただ、そこにあるだけで輝きを放ち、我らを誘《さそ》う繚乱《りょうらん》の花々。その清らかな芳香《ほうこう》、爛《ただ》れた腐肉《ふにく》。

口許《くちもと》は花弁に隠《かく》され、黙《もく》して語らない。永遠に、永久に。

その半分程度には。


エリグ・フェルゴットン「花と肉」大光暦《れき》一三三九年

クエロが長い長い話を終え、そして一陣《いちじん》の風のごとく飄然《ひょうぜん》と去っていった。

事務所の敷地《しきち》に、ジヴーニャは一人残された。自らの体を引きずるようにして、車に戻《もど》っていった。

座席に座り、操縦環《ハンドル》に額を載《の》せて、そこから動くことができなかった。

会社からの緊急《きんきゅう》の呼び出しも、通りすぎる時間も心には遠かった。

夕陽《ゆうひ》はすでに沈み、エリダナの街角に夜が舞《ま》い降りはじめた。街灯が点灯し、輪郭《りんかく》のない光を放ちはじめていく。

何も考えられない。ただ、事実と悪意に押しつぶされまいと耐《た》えるだけだった。

真実を求めたことを、クエロと出会ったことを、ジヴーニャは後悔《こうかい》していた。

ガユスたちは、このまま進んではならない。あの女と、クエロとガユスを出会わせてはならない。

嵐《あらし》を伴《ともな》った雷《いかずち》のような意志に、心を粉微塵《こなみじん》に粉砕《ふんさい》されてしまうだけだ。

それをガユスに伝えることは、ジヴーニャには出来なかった。

ジヴーニャは、元恋人《こいびと》の過去に対する嫌悪《けんお》感に身を苛《さいな》まれていた。だが、それと同じくらいの想《おも》いが内在することも確かで、心を引き裂《さ》かれていたのだ。

憎悪《ぞうお》と愛の狭間《はざま》で、決心はつかない。

彼女は震《ふる》える手を伸《の》ばした。

そして携帯《けいたい》を引き出した。

短縮番号はすでに消していたので、記憶《きおく》していた番号を思い出す。

その手が止まる。押そうとしては、怯《おび》えるように戻ってしまう。

何度も、何度も。

だが、いつかはどちらかの感情が打ち勝ち、行動に出ることは分かっていた。

青い月明かりすら届かぬ夜の森は、深い海の底のようだった。

質量を持つかのように、闇《やみ》はヴァンにまとわりついてくる。

追跡者《ついせきしゃ》を警戒《けいかい》して前方灯が使えない。ヴァンの前面に展開される赤外線画像と、ギギナの超《ちょう》視力と感覚の指示だけが頼《たよ》りの走行。

森の斜面《しゃめん》を駆《か》けおり、盆地《ぼんち》の底に到達《とうたつ》。車体が跳《は》ねる。

下生えや苔《こけ》の絨毯《じゅうたん》をタイヤが蹴散《けち》らし、木々の間をヴァンが猛然《もうぜん》と進む。枝や葉が車体や窓《まど》硝子《ガラス》と擦《こす》れる。左右からは水流の響《ひび》きが沸《わ》きあがる。

慎重《しんちょう》に操縦環を切り、俺はヴァンを疾駆《しっく》させていく。森のそこかしこからは、獣《けもの》や〈異貌《いぼう》のものども〉の物悲しい鳴き声が奏でられる。

メトレーヤに近づくほどに、元気なアナピヤも無口になり、胸の前でエルヴィンを抱《だ》きしめるだけになっていた。

森を抜《ぬ》けて平野に出る。後輪が雑草を噛《か》み、ヴァンが急停止する。全員が「どうして停《と》めるのか？」と雄弁《ゆうべん》に語る目を向けてくるが、外に出るようにうながす。

全員が切り開かれた草原に出ると、月光に照らされたメトレーヤの全貌《ぜんぼう》が広がる。

ビルや尖塔《せんとう》が立ち並び、高架《こうか》道路や歩道橋らしきものまでもが確認《かくにん》できる。そして四方から流入する河川が、街の低地を水に浸《ひた》していた。

まるで、湖の中に都市が浮《う》かんでいるかのようだった。

俺とギギナの間に、ニルギンが入ってくる。

「ついにここまで来ましたね。宇宙艦隊《かんたい》や四天王《してんのう》との死闘《しとう》。そして戦友と愛する女の死。だが、ついに我らは宇宙の根源悪たる裏の真の超大魔王《ちようだいまおう》の居城に……！」

「誰《だれ》も死んでいないし、勝手に壮大《そうだい》な世界設定を作るな」

ニルギンの顎《あご》へと、俺の右裏拳《うらけん》が叩《たた》きこまれ、仰《の》け反る。

「いや、いきあたりばったりでここまで来たという事実は、私的にはちょっと盛りあがりに欠けますまして。退屈《たいくつ》な事実より、おもしろ妄想《もうそう》というか脚色《きやくしよく》が必要かと……」

「単なる捏造《ねつぞう》を正当化するな」

「いや、どこの国でも個人でもやっているし……」

いつのまにか戻ってきたニルギンの顎に、今度はギギナの左裏拳が命中。顎の傷痕《きずあと》を押さえて転がるお調子者。アナピヤですら、道端《みちばた》の犬の糞《ふん》を見ているような目をしているのが不憫《ふびん》だ。

「さて行くか」

振《ふ》り返ると、アナピヤの姿が目に入る。決意をこめた瞳《ひとみ》が前方を見据《みす》えていた。

うーん、暗い。

手を伸ばして、アナピヤの細い肩《かた》を抱き寄せる。

不安を隠《かく》せない瞳が、腕《うで》の中から見上げてくる。

俺は笑顔《えがお》で答える。

「アナピヤ、この数日で太ったな」

アナピヤの顔に驚《おどろ》きが疾《はし》り、続いて不機嫌《ふきげん》の波が急速に広がっていく。

「そんなことないもん、きしゃー！」

最後には、犬歯を剝《む》きだして俺の手に嚙みつこうとする。飛燕《ひえん》のごとき動作で、アナピヤの追撃《ついげき》を回避《かいひ》。

「そうだアナピヤ、戦え！　昔の偉大《いだい》な拳闘士《けんとうし》が言っていたように、芋虫《いもむし》のように這《は》い、蠅《はえ》のように舐《な》めるのだっ！」

「遅《おそ》、そして弱っ。もう、本当に意地悪なんだから！」

「俺の意地悪は、ただの意地悪なんかじゃない……」

真剣《しんけん》な顔で、俺はアナピヤに真実を告げ、そして続けた。

「愛、そして愛のためだ」

「言ってること浅っ！」

アナピヤは頰《ほお》を膨《ふく》らませたままだった。

俺とギギナは苦笑《くしょう》を漏《も》らした。俺たちに深刻な表情は似合わない。

ギギナに言わせれば、いつでも不敵な笑顔を。俺流に翻訳《ほんやく》するなら、不景気面《づら》には不幸が寄ってくるとでもいったところか。

かすかな爆音《ばくおん》が夜を渡《わた》った。

メトレーヤの向こうの遥《はる》かな山肌《やまはだ》に、土煙《つちけむり》があがっているのが見えた。

「すでに追手が来ているらしいな。どうする？　引き返すか？」

俺が問いかけると、アナピヤは首を左右に振る。

「行く。あたしが最初に真相を知らなきゃ、ダメなんだ！」

「ならば急ごう」

アナピヤを引き連れて、全員がヴァンへと乗りこむ。

いよいよすべての始まりと終わりの場所、メトレーヤへと向かっていく。

水没《すいぼつ》したメトレーヤは、湖から建物の群れが生えているようだった。周囲から通された高架道路が、橋の代わりになっていた。

入り口には、塔が無惨《むざん》に倒壊《とうかい》していた。倒《たお》れた筒《つつ》の内部には、赤錆《あかさび》を浮かべた咒式《じゆしき》発生装置が覗《のぞ》いている。

おそらく往時には、この塔から大規模な光学咒式が発生し、メトレーヤの存在を隠していたのだろう。

ヴァンが抜けていくと、朧《おぼろ》な月光に照らされたメトレーヤの光景が広がっていく。

立ち並ぶビルは、炎《ほのお》に舐められたような焦《こ》げ跡《あと》が目立つ。ほぼすべての窓硝子が割れ、幾千《いくせん》もの闇《やみ》を晒《さら》していた。崖《がけ》に隣接《りんせつ》したビルの屋上に、滝《たき》が落ちこんでおり、道路へと小さな支流を散らしていた。

ビルの間の闇には、野犬や小動物の群れが潜《ひそ》み、緑の光点が並ぶ。ヴァンが近づくと、光の尾《お》を曳《ひ》いて逃《に》げていく。

アスファルトには点々と穴が穿《うが》たれ、雑草が伸《の》びている。路上には黒い骨格だけになった車が、点々と打ち捨てられていた。運転席には、炎上《えんじよう》当時の苦悶《くもん》の表情のままの黒焦げの人間が、虚《うつ》ろな眼窩《がんか》を晒している。

側溝《そっこう》は流れの速い川となっており、下りの道路の先は小さな湖となっていた。高層ビルが足元を湖に浸《ひた》し、完全に水没した低層ビルが揺《ゆ》らめいているのが見えた。

低地にできた湖の手前で右折し、迂回《うかい》していく。

メトレーヤを水の音が浸していた。墓標のような大通りに、ヴァンが駆《か》け抜《ぬ》けていく音が寂《さび》しく響《ひび》く。

ヴィネルの調査によると、メトレーヤは七十六年も前に歴史からも忘れられた都市だ。だが、ところどころに改修された跡や、ここ数年で建てられたようにしか見えないビルもある。

廃墟《はいきょ》を隠《かく》れ蓑《みの》に、何者たちかがメトレーヤにいたのは間違《まちが》いないようだ。こういう雰囲気《ふんいき》の施設《しせつ》をどこかで見たことがある。

「ラズエル島に似ているな」

傍《かたわ》らのギギナがつぶやくように、清潔な墓地のような雰囲気がどこか似ている。

「しかし、何が起こったんだ？　水没は分かるとしても、荒《あ》れようは尋常《じんじょう》ではないし、死体も新しい。戦争か内乱でも起こったとしか思えないのだが？」

俺の何気ない一言に、アナピヤの顔が曇《くも》る。

アナピヤの義父母と親友のアティの最後の手掛《てが》かりなのだが、この分では生存はともかく、人間が住んでいるとは思えない。

道に従って左折すると、焼け焦げた商品を並べた無人の店先、壊《こわ》れた風俗店《ふうぞくてん》の看板があった。

ごく最近まで繁華街《はんかがい》があったということは、人間が住んでいたということだ。狭《せま》い繁華街をヴァンが過ぎていった。歩道橋には、交通事故防止の標語が溶《と》けた垂れ幕が下がっており、その下をヴァンが進んでいく。進行方向に、高い強化コンクリ壁《へき》に囲まれた灰色の建物が威容《いよう》を現す。

「ここ、知ってる……！」

アナピヤの叫《さけ》びを、無愛想《ぶあいそ》な立方体の建物が迎《むか》える。鉄格子の扉《とびら》の間が開いているので、その間を抜けて、ヴァンが侵入《しんにゅう》していく。

枯《か》れた木々と雑草に覆《おお》われ、荒廃《こうはい》した敷地《しきち》にヴァンを停《と》めると、待ちきれずにアナピヤが飛び出していく。

アナピヤの横に並ぶと、少女の瞳《ひとみ》は建物を真《す》っ直ぐに凝視《ぎょうし》していた。元は白塗《しろぬ》りの建物だったのだが、火事の煤《すす》で汚《よご》れ、塗料《とりょう》が剝落《はくらく》していた。全体として薄汚《うすよご》れた灰色の塊《かたまり》となっていた。

「ここよ、ここに住んでいたの。アティと遊んだ記憶《きおく》があるっ！」

駆けだしていくアナピヤを追って敷地を抜け、俺たちは建物に向かう。

合金製の大扉が大きく歪《ゆが》み、各種の量子・咒式鍵《じゅしきじょう》も意味をなしていなかった。ギギナが膂《りょ》力《りょく》のみで扉を押し開け、俺たちは隙間《すきま》から入っていく。

月光を拒否《きょひ》した深い闇。ギギナの屠竜刀《とりゅうとう》の切っ先に、生体変化《せいたいへんか》系咒式《けいじゅしき》第一階位〈螢明《ネミノン》〉の、ルシフェリン反応による淡《あわ》い光明が灯《とも》る。

玄関口《げんかんぐち》は、研究所とも病院ともとれるような、無愛想な造りをしていた。

乱雑に器具や書類が散乱し、そのすべてが焼け焦げており、当時の猛火《もうか》の幻臭《げんしゅう》すら漂《ただよ》ってきそうだ。

炎の跡も生々しい廊下《ろうか》を抜けていくと、壁《かべ》の片側の一面に硝子窓《ガラスまど》が張られていた。弾痕《だんこん》が残るもの以外はすべて割れ砕《くだ》け、暗い室内を覗かせていた。

暗闇《くらやみ》の中に手術台が見えたが、拘束具《こうそくぐ》のついたそれは処刑台《しょけいだい》にも思えた。

廊下を進むと、いくつもの扉が破壊《はかい》され、壁まで大穴が穿たれているところまであった。そして廊下の終点の扉は、四方から閉じられる隔壁《かくへき》という厳重さだった。

なぜか俺は、ここには入ってはならないと感じていた。

「ここに入るのか？　今なら引き返せるぞ？」

ギギナが優《やさ》しい声で問う。自信なさげなアナピヤだったが、その目には決意が固まっていた。

「開けて」

「だが……」珍《めずら》しくギギナが逡巡《しゅんじゅん》した。

「どんなものが待っていても、あたしは負けない」

アナピヤの意志に押されるように、ギギナが屠竜刀を旋回《せんかい》させる。

扉の表面に緋色《ひいろ》の火花が疾《はし》る。正方形に切り取られた扉が、向こう側の闇へと落下する、重々しい音が鳴り響く。

アナピヤが先頭を切って、扉の鋭利《えいり》な断面から入っていく。ギギナの明かりを背にしたアナピヤの小さな後ろ姿を、急いで追う。

闇に沈《しず》んだ実験室は広大だった。室内には生臭《なまぐさ》さと埃《ほこり》が充満《じゅうまん》していた。

「凄《すご》い臭《にお》いだな」

鼻で呼吸しないようにして、俺はつぶやく。

「だけど、俺は他人の体臭を指摘《してき》するほど心が腐《くさ》っていないから、気にするなギギナ」

「貴様のそういう所が心が腐っているのだと思うが、私は善人だから指摘しない」

「うわ、俺の会話盗《ぬす》むの早っ。少しは間を空けて使うのが盗人《ぬすっと》の礼儀《れいぎ》だろうが」

「何の礼儀だ。そろそろ無駄《むだ》な会話は終わりだ」

鼻の頭に不機嫌《ふきげん》な皺《しわ》を浮《う》かべたギギナの顔が、光に浮かびあがる。

屠竜刀の向ける淡い光に照らされて、医療《いりょう》器具や手術台、金属製の格子が並ぶ檻《おり》や内部を苔《こけ》に覆われた培養槽《ばいようそう》が、禍々《まがまが》しい輪郭《りんかく》を垣間見《かいまみ》せていく。

「あたし、ここを知っている。アリーシャと五人の妹たちや友だちも、ほとんどいなくなって、あたしはいつもアティと猫《ねこ》と遊んでいたの……」

アナピヤの突然《とつぜん》の沈黙《ちんもく》。俺とギギナがアナピヤの上空で視線を交《か》わし、下を見ると、少女の双眸《そうぼう》は、限界まで見開かれていた。

尋常《じんじょう》ではないアナピヤの顔色。

それは血液など通っていないような、死者の肌《はだ》の色だった。

「あたしとアティと黒猫は、探険ごっこをしていたの。あたしが隊長でアティが副隊長、黒猫が護衛の猛獣《もうじゅう》。それでこの中央実験所へ来たの。絶対に入ってはいけないと言われていたけど、入ったの……」

切っ先に灯る光明を、アナピヤの視線の示す方向へと向ける。

アナピヤの絶叫《ぜっきょう》。続いて俺とギギナとニルギンの、押し殺した苦鳴が三重唱となる。

俺たちの前には、強化硝子製の培養槽が並び、異形の物体が浮かんでいた。

右目を隣《となり》の顔の左目とし、左目を反対側の顔の右目として共有させられた、連なる三つの顔。液体に浮かんだ、脳髄《のうずい》と脊髄《せきずい》から延びた神経が、そこだけは元のままに瞼《まぶた》の残った眼球や鼻、口や耳につながる。

清らかな幼子の数十の笑顔《えがお》のみで構成された、巨大《きょだい》な肉塊《にっかい》。中央で微笑《ほほえ》みを浮かべているのが母親で、全身で妊娠《にんしん》させられ発狂《はっきょう》したのだと気づき、俺は嘔吐《おうと》感に襲《おそ》われる。

奥にある分割された人体を確認《かくにん》し、俺は悲鳴をあげそうになる。

ナミウズムシ、一般《いっぱん》にはプラナリア科を代表させてしまう生物がいる。体を刻まれた断片《だんぺん》から頭部を作り、完全再生を可能にする生物だ。

その再生は、幹細胞《かんさいぼう》が自分の居場所を知ることによって行われる。首を切断すると、首の細胞は、自分が尾《お》の場所にいると判断し、尾の細胞へと分化しはじめる。その上の細胞は咽頭部《いんとうぶ》にいると判断し、頭だった部分は首だと判断し、それぞれの細胞に分化することでそれぞれが再生していくのだ。

プラナリアは、体全体の二七〇分の一の断片からでも完全再生を果たしたという報告がある。

さらには、プラナリアの頭部の細胞を別のプラナリアの尾に移植すると、その部分に顔が生成されるという実験が成功している。

それが人体で行われていた。

頭部を支える首で切断された少女。首の肉色の断面からは、逆さの頭部が生えて微笑んでいた。逆さの首を押し上げるように、胴《どう》の首の断面からも生えた顔があった。

狭《せま》い培養槽のどこにも逃《のが》れられず、逆さ合わせの少女の顔は、縦に押しつぶしあっていた。

胸や太股《ふともも》の切断面の上下からも、顔が半分ほど飛び出していた。上唇《うわくちびる》までしか作られず、呼吸も不可能なまま培養槽で死んだ、少女たちの苦悶《くもん》の表情。

その顔の群れを、俺は一生忘れられないだろう。

そう、異形のすべてが人間なのだ。

人間を改造し、遺伝子を弄《いじ》り、こんなものを作りあげたのだ。

残忍《ざんにん》な〈禍《まが》つ式〉でも、ここまで生存に適していない異形の肉体を作ろうとはしないだろう。

さらに、壁《かべ》の一面を覆《おお》いつくす培養槽のすべてに、何重もの生命維持《いじ》装置がついている事実に、俺は慄然《りつぜん》としていた。

こいつらは、かつては生きていて、自らの肉体を変えた者たちへと、無音の怨嗟《えんさ》と絶叫を奏《かな》でていたのだ。

「人間は、どこまで冷徹《れいてつ》に残酷《ざんこく》になれるというのだ……」

ニルギンらしくない呆然《ぼうぜん》としたつぶやきが、俺たちを打擲《ちょうちゃく》した。

これは狂気の産物ではない。

怜悧《れいり》な頭脳の理性と理論をもって生み出され、正確な分類札を貼《は》られ、整然と並べられている。これを作ったものたちは、まったくの正気だったのだ。

どうしてこんな無慈悲《むじひ》なことができるのか、俺には想像できるような気がする。

解剖刀《かいぼうとう》を体に突《つ》き立てられた実験体が泣き叫《さけ》ぼうと、苦痛に身を捩《よじ》ろうと、醜《みにく》い姿にされて哀《かな》しもうと、それは関係ない。

実験者たち自身の体と心は、何ひとつ痛くも悲しくもない。知能と知識に溢《あふ》れても、彼らには想像力が存在しなかったのだ。

自分たちの目的の前には、仕方のない犠牲《ぎせい》として、使命感に燃えて行ったのだろう。

組織的かつ計画的に非道をつくすには、むしろ燃えあがるような使命感や正義感がなくてはできないのだ。

アナピヤは、俺たちよりも遥《はる》かに大きな衝撃《しょうげき》を受けて立ちつくしていた。

これではっきりしてしまった。トリトメスやギルフォイルにつながる〈ベギンレイムの尻尾《しりお》〉の人体実験は、アナピヤの養父たるアズルピが受け継《つ》いでいたのだ。

アナピヤの目からは、感情のいっさいが消えていた。

少女が見つめるのは、中央の手術台。無惨《むざん》な死体を見るのを覚悟《かくご》して、ギギナが照らす。

何もなかった。手術台の上には硝子《ガラス》の破片が散乱し、埃《ほこり》が降り積もっているだけで何もなかった。

「ここに入ったあたしとアティの肩《かた》に手がかかり、腕《うで》の中から猫を落としたの。振《ふ》り向くと、怖《こわ》い顔のお義父《とう》さんがいて……」

アナピヤは呻《うめ》いたきり、続く言葉を喪失《そうしつ》してしまう。俺は少女を抱《だ》き寄せ、ただ立っていた。

俺たちは何も言えず、手術台を囲んでいるだけだった。

『実験体〇七二一－A及《およ》び〇七二二－Aの第五から第七段階までの実験記録』

冷たい声とともに、何かの作動音が続く。見ると、手術台の上に画像が結ばれていった。

色彩《しきさい》と輪郭《りんかく》が明確になっていき、現れたのは一人の少女の姿。

「これ、もしかして……」

消え入りそうな声のアナピヤの視線の先。手術台に座るのは、折れそうに細い少女。顔だちには、幼いながらもアナピヤの面影《おもかげ》があった。

「これ、あたし？」

アナピヤの叫びとともに、ニルギンの背後に立体光学映像の医療《いりょう》機器が出現していく。俺やギギナに半ば重なるように緑の手術着たちの幻影《げんえい》が現れ、思わず飛び退《の》く。

「立体光学映像、過去の映像記録か？」

俺の疑問の叫びが、手術室に反響《はんきょう》する。

『適格者確認、起動』

幻影の少女を囲む医師たちの手に手にメスや手術鋸《しゅじゅつのこぎり》、魔杖剣《まじょうけん》が掲《かか》げられる。

アナピヤの手が俺の裾《すそ》を強く掴《つか》む。

「大丈夫《だいじょうぶ》かメルティア？」

「は、はい、お義父さん」

過去のアナピヤが答えると、天井《てんじょう》の白い照明に滲《にじ》む緑の手術着の中に、白衣の姿があった。白衣の男がアナピヤの義父のアズルピ。メルティアというのが、幼いアナピヤの本名だった。のを思い出した。

「これも人類の進歩のためなのよ、理解してくれるわね？」

「分かって、分かっています、お義母《かあ》さん。辛《つら》いのも痛いのも我慢《がまん》します」

義母のイナヤらしき女の言葉が室内に降ってくる。イナヤは奥の硝子窓の向こうに下がり、機器を始動させていた。女の腕の中には、黒猫《くろねこ》が抱かれていた。

「この子みたいに、みんなに好かれるよう、メルティアも頑張《がんば》りなさいね」

猫の額を愛《いと》しげに撫《な》でる義母の言葉に、少女が覚悟を決めたかのようにうなずく。そして、意を決して手術台に横たわる。

痛ましいまでの忠誠。義父の無惨な命令を無理に納得《なっとく》しようとするアナピヤ、いやメルティアに、胸が締《し》めつけられた。

医師たちが、メルティアを革帯《かわおび》で手術台に拘束《こうそく》していく。そして、手に手に持った禍々《まがまが》しい器具を掲げる。

「違《ちが》う、いつもの実験と違う！　何をするの!?」

映像のメルティアが目を見開き、内面の恐怖《きょうふ》の淵《ふち》を覗《のぞ》かせた。少女にも理解できない異常事態が起こっているらしい。

「止《や》めて、メーティーに酷《ひど》いことしないで、あたしが代わりになるっ！」

割りこむような少女の叫びに、医師たちの手術器具が空中で静止する。

「アティ？」

部屋の隅《すみ》で拘束台に囚《とら》われていた少女が、アティのようだった。従姉妹らしく、アナピヤとよく似た顔だちをしていた。

その発言は、これから起こることを考えると凄《すさ》まじい勇気だった。

全員の視線が、アティから責任者の方へと向けられる。アズルピとイナヤが、手術台のメルティアと拘束されたアティを見比べ、うなずく。

「メルティアへの実験を一時停止。アティーティアへの移行を許可する」

硬直《こうちょく》するメルティアの代わりにアティが引き出されて、手術台へと固定されていく。手術台から解放されたメルティアが、医師たちに拘束されたままで嗚咽《おえつ》をあげる。

「アティ、ごめんなさい。わたし、わたし……」

「大丈夫よ。あたしはお姉さんだから、ね？」

手足を拘束されながらも、アティが力強く微笑《ほほえ》む。

「それでは、アティーティアこと、実験体〇七二二－Aの実験解剖《かいぼう》を開始する」

冷たい手術台の上に、少女が横たわる。手術着が剝《は》がれたその裸身《らしん》に、電極や咒式端子《じゅしきたんし》が差しこまれていく。

金属が皮膚《ひふ》を突《つ》き破《やぶ》るたびに、アティーティアが呻き声をあげる。

「アティっ！　アティーティアっ！」

「大、丈夫。あたし、メーティーよりお姉さん、で強、いから」

目尻《めじり》に涙《なみだ》を滲ませながら、アティーティアが答える。その間にも機器が体を貫《つらぬ》いていくが、アティーティアは唇《くちびる》を引き結んで声を押し殺した。

医師たちの手によって、少女の頭部が機器で固定される。手に手に握《にぎ》られたのは、禍々しい形状のメスや鋸だった。

「違う、いつもの実験と違う。何をアティにするの？」

メルティアの声は震《ふる》えていた。

「それでは、第四四八回目の第五段階の開頭実験を開始する」

研究者たちの冷徹《れいてつ》なメスや鋸や魔杖解剖刀が閃《ひらめ》き、麻酔《ますい》もなしに少女の頭蓋《ずがい》が開かれていく。刃《やいば》が頭蓋骨の合わせ目たる矢状縫合《ほうごう》を横切り、頭頂の骨が除去される。脳を包む硬膜《こうまく》が開かれ、金具で固定されていく。

悲鳴を漏《も》らすまいと噛《か》みしめたアティーティアの唇からは、血と涎《よだれ》が滲んでいた。

一人の医師の手術用手袋《てぶくろ》に包まれた指先が、剝《む》き出しの脳の表面に触《ふ》れる。

脳には触覚《しょっかく》がないのだが、無遠慮《ぶえんりょ》な手が脳を撫でる都度、手術布の下から覗くアティーティアが吐《は》き気を堪《こら》える表情を浮《う》かべる。

少女の脳の桃色《ももいろ》の表面を埋《う》めつくすように、電極や呪式《じゅしき》端子が差しこまれ、冷徹な解剖刀が入っていく。

脳が掻《か》き回される度《たび》に、アティーティアの左右の瞳孔《どうこう》がまったく別々に動き、細い体が跳《は》ねる。嘔吐《おうと》しまいと固く閉じられていた唇が歪《ゆが》む。しかし、ついに耐《た》えきれずに開かれ、絶叫《ぜっきょう》を吐き出した。

「いだいぃひぃぃっ！　やめ、やめ止めで許してでっ⁉」

脳髄《のうずい》を貫く激しい苦痛に、アティーティアの瞳孔が裏返る。口からは吐瀉物《としゃぶつ》が零《こぼ》れる。

「めめめ、メーでぃひ、いぴっ、ごごから逃《に》げ、げででっ！」

涙を零《こぼ》しながらも、アティーティアの唇が叫《さけ》びを紡《つむ》ぐ。

「おごっ、ここにば……」

可憐《かれん》な唇から、言葉とともに黄褐色《おうかっしょく》の胃液までもが撒《ま》き散らされる。周囲の医師たちが、反吐《へど》を事務的に拭《ふ》き取っていく。

「ここには、あたしたぢ、をを苦しい、愛ぢでくれる人はいないっ！」

言葉は、意味をなさない獣《けもの》の吠《ほ》え声に変わる。それでも苦痛の中から必死の言葉が紡がれる。

「いい、痛いっ苦じい、あなだがあたしのことを少しでも好きなら、いぎぴひっ、早くあたぢを殺ぢて、おねね願いっ！」

「そんな、そんなことできないよっ！」

アティーティアの軋《きし》るような声に射すくめられて、メルティィアが弱々しく首を振《ふ》る。アティーティアの叫びは小さくなり、やがて停止した。

「失敗だ」

奥の壁《かべ》一面の電子画面に、拡大された脳が見えていた。アティーティアを囲む白衣の学者の群れが、さまざまに囁《ささや》きあう。

「睡眠《すいみん》状態の〇・五から三・五ヘルッル、落ちついた状態の八から一三ヘルッル、活性時の一四から二五ヘルッル以上の脳波を完全制御《せいぎょ》しているようだが……」

「……後頭葉と前頭葉の異常活性が側頭葉に影響《えいきょう》し、高電位徐波《じょは》が発生しているのは、予測どおりだ」

「……左半球的な手続きが無視されているのは分かる。発話に関《かか》わる前言語野から、一一次元を現す言語、つまり事象を折り畳《たた》んだ、言語ではない言語が発生していると考えられる」

「……人類の咒式士《じゅしきし》とどこが違《ちが》うのだ？　血族の力の根源とは何なのだ？」

「……精神や肉体に負荷をかけても、血族の特異能力の発現は見られない。何が引き金となるのだ？」

医師たちの唇と手は動きを止めず、アティーティアの体が跳ねつづける。視線の焦点《しょうてん》が合わないメルティアが、譫言《うわごと》をつぶやいていた。

「アティは助けてくれた。いつだってわたしを心配してくれた。辛《つら》い実験も自分から引き受けて、なるべくわたしに回らないようにしてくれた。傷ついてもわたしを助けてくれた」

少女の目の焦点が合ってきて、強い意志が現れる。

「だから、今度はわたしが助ける。アティに代わってわたしが実験を受けるっ！」

「ああ、それは好都合ですね。実験体が壊《こわ》れてしまいました」

医師たちが列を開けると、メルティアの眼前で、アティーティアは壊れていた。

脳を剝き出しにされたままの顔は涙と鼻水に塗《まみ》れ、口からは血泡《ちあわ》と汚《きたな》らしい嘔吐物が零れていた。

手術着の裾《すそ》から覗《のぞ》く股間《こかん》からは、尿《にょう》が漏れだしており、尻《しり》の穴からは間の抜《ぬ》けた放屁《ほうひ》の音とともに、糞便《ふんべん》が間欠的に溢《あふ》れていた。

失神したアティーティアの虚《うつ》ろな目は、どこも見ていなかった。

人間の尊厳など何一つないアティの姿に、過去のアナピヤの、メルティアの幼い自己犠牲《ぎせい》の決意など一瞬《いっしゅん》にして砕《くだ》け散った。

「イヤあああああああああああああああああああああああああっ⁉」

「次はメルティアの番ですよ」

メルティアの両脇《りょうわき》を抱《かか》える医師が、少女の体を前へと引き出す。

「イヤ、イヤだイヤイヤイヤ、許して。わたし、こんなの怖《こわ》いっ！」

恐怖《きょうふ》に見開かれたメルティアの目が、破れ布のようになったアティーティアへと向けられ、走り寄る。

「アティ、アティはまだ生きているよ、だからアティで実験してっ！」

メルティアが唯一《ゆいいつ》自由になる脚《あし》を振り上げてアティーティアの顔を蹴《け》りつけ、必死に意識を取り戻《もど》させようとする。

従姉《いとこ》で親友であるメルティアに蹴りつけられたアティーティアの瞼《まぶた》が開かれ、意識が戻っていく。メルティアの幼い目に、涙《なみだ》混じりの必死の懇願《こんがん》が浮かぶ。

「アティ、助けて、いつものようにわたしを助けてっ！」

「メーティー、どうひ、へ……？」

反吐と言葉を零したアティーティアの瞳《ひとみ》が、絶望の色に塗《ぬ》りこめられる。

メルティアは親友の視線から目を逸《そ》らし、義父の姿を求める。助けを請《こ》うような瞳の先に、慈父《じふ》の眼差《まなざ》しを宿したアズルピが立っていた。

「おね、お願い、お義父《とう》さん。わたしをこんな実験に使わないでっ！」

追従するような笑《え》みを浮《う》かべて、懇願するアナピヤ。それは弱者が作る必死の笑みだった。

「いつものようにするからっ！　アティと違《ちが》って、わたしは嫌《いや》がらないからっ！　だから、ねっ？　ねっ？」

アズルピが周囲の医師を見渡《みわた》す。緑の手術着たちの目が細まる。何かを期待するかのような、陰湿《いんしつ》な目だった。

「では、いつものようにしよう」

メルティアの顔に、強張《こわば》った笑いが張りつけられた。少女に伸《の》しかかった恐怖が、顔面の筋肉を凍《こお》りつかせていたのだ。

アズルピが一同へと向き直り、静かな声を発する。

『次は実験体〇七二一－Aの性能実験に入ります……』

そう言ったアズルピの顔が、表情の途中《とちゅう》で凝固《ぎょうこ》する。アズルピや他の医師、そのすべての映像が凍りついたように停止し、悪夢が醒《さ》めていくように消失していった。

「アティやあたしはお義父さんたちの子供ではなく、ただの実験体だったの？　こんな玩具《おもちゃ》みたいに扱《あつか》われていたの？　あたしはアティを裏切った薄汚《うすぎたな》い子だったの？」

アナピヤが感情が磨滅《まめつ》した声を出す。俺は傍《かたわ》らの少女の肩《かた》を抱《だ》いていた。震《ふる》えている体を必死に止めようとする。

「大丈夫《だいじょうぶ》だ」何が大丈夫なのだ？「これは過去だ。アティに起こったことで、アナピヤには関係ない。それにもう止まった」そんな訳はない。この後のアナピヤの、メルティアの末路は想像できる。

「あたしはこの後どうなったの？　イヤだ、イヤだっ！　知りたくない知りたくないよっ！」

少女の全身が激しく震えた。次の瞬間《しゅんかん》、白目を剝《む》いて口角から泡を吹《ふ》く。アナピヤが大きく呼吸しようとした時に合わせ、俺は化学練成系第二階位〈睡心霧《スリープ》〉を発動。

イソフルランとセボフルランの混合気体を吸いこんだアナピヤが、霞《かすみ》がかかった目をする。空気中の濃度《のうど》が三％を越《こ》えると呼吸が止まる危険があるので、厳密な濃度管理をつづける。

何度か呼吸をして、アナピヤの瞼が下がっていき、眠《ねむ》るように意識を失った。

全身から力が抜けた少女を、俺より早く動いていたニルギンが受け止めた。羽毛を扱うように優《やさ》しく抱《かか》えていた。

こうなる前に、この部屋からアナピヤを強引《ごういん》に連れ出すべきだったのだ。知ることの愚《おろ》かさに気づくべきだったのだ。俺の判断は常に手遅《ておく》れだ。

俺はニルギンからアナピヤを受け取り、軽い体を抱える。そして憎悪《ぞうお》とともに呪《のろ》われた部屋を後退。ギギナとニルギンも脱出《だっしゅつ》していく。

振《ふ》り返りながら、部屋の中へと爆裂《ばくれつ》と猛火《もうか》の咒式《じゅしき》を放つ。何度も何度も。培養槽《ばいようそう》と手術台が粉砕《ふんさい》され、壁《かべ》や天井《てんじょう》が崩《くず》れ、異形のものたちの死骸《しがい》が紅蓮《ぐれん》の炎《ほのお》に包まれていき、咒弾倉《じゅだんそう》が空になるまで。

空薬莢《からやっきょう》が廊下《ろうか》に落下する音も気にせず、俺は予備弾倉を引き抜《ぬ》いて、魔杖剣《まじょうけん》の機関部に叩《たた》きこむ。

遊底を引いて、さらに咒式を紡《つむ》ごうとした時、ギギナの屠竜刀《とりゅうとう》の切っ先が俺の魔杖剣を押さえていた。

冷たい刀身を逆上っていくと、ギギナの静かな双眸《そうぼう》があった。

「もういいだろう」

痛切な何かを堪《こら》えるような瞳の色を、ギギナも浮かべるということを初めて知った。

俺はアナピヤを抱えたまま廊下を出口へと歩みだす。腕《うで》の中のアナピヤが硝子《ガラス》細工のように壊《こわ》れないように、静かに無言で歩く。後に続くギギナもニルギンも、また無言だった。

建物を出て、敷地《しきち》に停《と》めていたヴァンの前に戻る。バルコムMKⅥの扉《とびら》の前で、俺たちは途《と》方《ほう》に暮れた。

それぞれの方向を向いて、誰《だれ》もが何かを言いだそうとして、誰も何も言いだせなかった。アナピヤの記憶《きおく》を辿《たど》る旅は、義父母や幼なじみとの涙の再会もなく、未来への展望もなく、無《む》惨《ざん》な結末に終わった。

胸に抱えたアナピヤが目覚めた時、俺は、どんな顔をして迎《むか》えればいいのだろう？

答えを求めて、ギギナへと視線を向けた。月夜に白く映《は》える、ギギナの玲瓏《れいろう》とした横顔。刃《やいば》色の瞳は遠くを見つめていた。

「ガユス、まだ終わってはいないらしい」

俺とニルギンが、疑問の表情を浮かべるよりも早く、ドラッケンの戦士に獰猛《どうもう》な表情が広がる。

「小さいが、何か気配がする」

ギギナの屠竜刀が、俺の肩に触《ふ》れ、生体強化系咒式第一階位《せいたいきょうかけいじゅしき》〈猫瞳《バステ》〉が発動。眼《め》の桿状体細《かんじようたいさい》胞《ぼう》が増加され、猫類《ねこるい》にあるタペータムという反射板で光を増幅《ぞうふく》。同時に知覚眼鏡《クルークブリレ》の倍率を最大まで上げ、大通りの向こうを見る。

左右に視線を疾《はし》らせると、メトレーヤを囲む山々から、おびただしい数の人影《ひとかげ》が下りてくる気配が確認《かくにん》できた。

「どうやら、昔なじみが全員集合しているらしいな」

ギギナの不敵な笑みに、ニルギンが怯《おび》えたような表情を見せる。だが、俺はギギナに倣《なら》って、凶悪《きようあく》な笑みを浮かべていただろう。

「そうか、そうまでして俺たちと踊《おど》りたいのかよ。ならば、楽しく殺しあってやろうじゃないかっ！」

黒い激情が、唇《くちびる》から迸《ほとばし》っていた。

「アナピヤは絶対に守ってやるっ！」

12 殺戮《さつりく》の死都

戦え、戦え、人生は血塗《ちまみ》れの戦いだ。

戦場に立たない奴《やつ》は、最初から生きていない。首を掻《か》っ切られる悲鳴で、戦いの合図を告げるのが役目。

負けた奴は、負け犬の遠吠《とおぼ》えをあげることも許されない。惨《みじ》めに死に果てるのが敗者の義務。

連続殺人犯バーバトリーが、ザッハドより授《さず》かったとされる獄中勅《ごくちゅうちょく》令《れい》より抜粋《ばっすい》。皇暦《こうれき》四九四年ごろ

ギギナに連れられて、研究所の壁に飛び乗り、襲撃者《しゅうげきしゃ》の布陣《ふじん》を探《さぐ》る。

俺の巨大呪式《きょだいじゅしき》で一掃《いっそう》したかったが、敵も甘くなかった。正面の大通りや左右の街並みの屋上と、全方向から包囲するように接近してくる。その数五十体以上。

しかも、時速一〇〇キロメルトル台という、尋常《じんじょう》ではない高速移動をしていやがる。暗視呪《あんしじゅ》式《しき》と知覚眼鏡で光学増幅された視界は、襲撃者たちの詳細《しょうさい》な姿を捉《とら》えていた。

揃《そろ》って青ざめた顔をしており、鎧《よろい》や兜《かぶと》には真紅《しんく》の天秤《てんびん》と鉄槌《てっつい》の紋章《もんしょう》が刻まれていた。全員の手に、魔杖槍《まじょうそう》や魔杖剣《けん》が握《にぎ》られているのが確認できた。

そいつらの穂先《ほさき》や刃が、こちらへと向けられた刹那《せつな》、俺とギギナは壁から転げ落ちて回避《かいひ》。正面と左右から迸った雷撃《らいげき》と光線咒式《こうせんじゅしき》が、寸前までいた壁を破壊《はかい》する。コンクリの破片《はへん》の雨に打たれ、俺とギギナは落下と同時に疾走《しっそう》しはじめる。

「さ、最悪だ！」

横を走るギギナの横顔も、厳しいものになっていた。

メルツァールは、どういう手段を使ってか、武装査問官を殺して屍葬咒兵《しそうじゅへい》としてきやがったのだ。

待っていては、四〇以上の攻性咒式士《こうせいじゅしきし》による咒式の集中砲火《ほうか》を食らって瞬殺《しゅんさつ》される。だとしたら、包囲網《もう》を突破《とっぱ》して逃《に》げるしかない。

バルコムMKⅥに飛び乗ると、アナピヤを看病していたニルギンと猫のエルヴィンが、恐怖《きょうふ》と不安が等分に表れた顔を上げる。

「ニルギンっ、運転しろっ！」

顎《あご》の傷痕《きずあと》まで真っ青にしたニルギンがうなずき、アナピヤを抱《かか》えて運転席へと転がっていく。同時に、屋根の扉を開けて身を乗り出した俺が砲手《ほうしゅ》となり、ギギナが屋根の上に飛び乗る。

ニルギンが加速板《アクセル》を踏《ふ》みこみ、巨獣《きょじゅう》の唸《うな》り声を上げ、バルコムMKⅥが急速発進。エルヴィンの鳴き声とともに、入り口の歪《ゆが》んだ格子扉に突進《とっしん》していく。

鉄の格子には、速度に優《すぐ》れ先行してきた三人の前衛呪式士《じゅしきし》たちが飛びついていた。

兜の下の青白い顔。犬歯を剝《む》きだし、手にした魔杖剣を振《ふ》り上げる。俺の魔杖剣の先には、すでに化学練成系呪式《かがくれんせいけいじゅしき》第四階位〈曝轟蹂躪舞《アミ・イー》〉の、トリメチレントリニトロアミンが合成されていた。

屍葬呪兵《じゅへい》の呪式《じゅしき》より、一刹那《ひとせつな》だけ先んじて閃光《せんこう》と爆裂《ばくれつ》が炸裂《さくれつ》。格子扉を吹《ふ》き飛ばし、吹き上げられた鉄格子の残骸《ざんがい》と爆煙《ばくえん》の下を、ヴァンが駆《か》け抜けていく。

白煙を切り裂《さ》いて、落下してくる格子と影《かげ》。予想どおり、左肩《ひだりかた》から先を無くした飛槍士《ひそうし》が飛びかかってくる。

見越《みこ》していた俺の〈電乖閻葬雷珠《マーコキアズ》〉のプラズマ火球が激突《げきとつ》。胸から下を、装甲《そうこう》ごと血霧《ちぎり》と轟《ごう》音《おん》に変える。

呪式士だろうが即死《そくし》の一撃《いちげき》を受けても、飛槍士は右手の魔杖槍を向けてくる。銀光が跳《は》ね上がり、屍葬呪兵の胸から脳天へと両断、黒血が爆煙に散らされていく。

ギギナの屠竜刀《とりゅうとう》が閃光となって、そこから軌道《きどう》変化。壁《かべ》の影から重機剣士が放った、〈矛槍《ベリ》射《ン》〉の槍の殺到《さっとう》を弾《はじ》く。俺の放った〈爆炸吼《アイニ》〉が、再度の呪式を紡《つむ》いでいた重機剣士の脳髄《のうずい》を爆裂させる。

ヴァンはすぐに右折して、大通りから水溜《みずた》まりを蹴《け》立《た》てて脇道《わきみち》へと逃げる。一瞬遅《おく》れて、建物の角を破砕《はさい》する爆裂呪式の爆音が追いかけてくる。

ニルギンの悲鳴に、俺とギギナが進行方向へと振り返る。最後の一人は、車に轢《ひ》かれながらも前面に摑《つか》まっていたのだ。しかも、疾駆《しっく》するヴァンから足を大地に突《つ》き立て、強引《ごういん》に止めようとしている。

装甲ごと足の骨が砕《くだ》け、黒血を飛び散らせながら、断面をアスファルトに打ちつけて止めようとする光景に背筋が寒くなる。

屍葬呪兵《しそうじゅへい》の剣が光を灯《とも》すと同時に、ヴァンの屋根から眼窩《がんか》へと刃《やいば》を突き入れてやる。濁《にご》った眼球が破裂《はれつ》し、その奥の脳の柔《やわ》らかい感触《かんしょく》が刃から手に伝わる。屍葬呪兵を支配する組成式が崩《くず》れないので、さらに掻き回す。

脳の中の宝珠《ほうじゅ》から延びた神経網《しんけいもう》が、刃で切れる感触。ようやく停止し、死者が落下。ヴァンが死体に乗り上げて、車体が大きく跳ねる。背後には血の跡《あと》が続いていった。

ビルの谷底を走るヴァンの前方、アスファルトの上には、魔杖剣を連ねた呪式士《じゅしきし》たち。組成式が完成している事実に、湧《わ》きあがる恐怖。無理やり押さえつけて、脳を灼《や》く超高速呪式《ちょうこうそくじゅしき》展開。化学鋼成系呪式《かがくこうせいけいじゅしき》第四階位〈遮熱断障檻《フォエニク》〉の、ニッケル基超合金と、チタン・アルミニウム金属化合物などによる多層障壁《しょうへき》が、ヴァンの前方に急速発生。続く爆裂呪式の多重衝撃《しょうげき》が、呪式楯《たて》を支える重いヴァンを浮《う》かせ、質量が消失。

再び、地震《じしん》のような揺《ゆ》れとともに着地したヴァン。跳ねる車体をニルギンが左折させていく。後方へと向かって、爆裂呪式を放ち、建物を崩して後続を断つ。

爆煙を受けながら、二車線の道路を、バルコムMKⅥが駆け抜《ぬ》けていくと、前方の交差路の左右から、車輛《しゃりょう》が飛び出してくる。

「ひょえええええええええええええっ！」

　情けない悲鳴とともにニルギンが車を滑《すべ》らせ、左からの車の突撃《とつげき》を回避。ヴァンが回転して、右からの車も躱《かわ》す。俺とギギナは、屋根に魔杖剣を突き立て、ヴァンから振り飛ばされないようにする。

　曲芸めいた運転でヴァンは直進に変化、背後では車同士が大音声《だいおんじょう》をあげて激突、炎上《えんじょう》。熱風が背を叩《たた》く。

　炎《ほのお》の壁を抜けて、装甲《そうこう》車輌が飛び出してくる。車輌の指揮席には、指揮を執《と》るメルツァールの鬼《おに》の仮面があった。

　反射的に〈電乖闇葬雷珠《マーコキアズ》〉を放ち、車の屋根ごと吹き飛ばす。プラズマが、向こうの建物の壁に着弾《ちゃくだん》し、炸裂した爆風も背後へと流れていく。

　屋根が消失した車内には、上半身を失った死者が運転席に座っていた。制御《せいぎょ》を失った車は、車道から逸《そ》れて無機質な街並みに激突、炎を巻きあげる。

　脱出《だっしゅつ》していた屍葬咒兵《じゅへい》たちが、アスファルトの上に絡《から》まるように転がり、肉塊《にっかい》の間から片腕《かたうで》のメルツァールが飛び出て、路地へ滑りこんでいく。

　後続を確認《かくにん》すると、地面に擦《こす》れそうな低空を、黒塗《くろぬ》りの柩《ひつぎ》のアインフュンフが滑空《かっくう》していた。同時に、アインフュンフの紡いだ多重咒式《じゅしき》が斜《なな》めに放たれる。咄嗟《とっさ》に離《はな》れた俺とギギナの間を、重力と爆風が迸《ほとばし》っていき、背後で轟音が響《ひび》く。

「アインっ、少女を殺す気かっ！」

遠くから響くメルツァールの怒号《どごう》と同時に、ヴァンが急停止。均衡《きんこう》を取れるわけもなく、俺とギギナは屋根から飛ばされて、アスファルトの上を転がる。

前方の両脇《りようわき》の建物が破壊《はかい》され、瓦礫《がれき》や破片《はへん》の濁流《だくりゆう》がアスファルトを塞《ふさ》いでいたのだ。右は傾斜路《けいしやろ》で、半ばから先が水没《すいぼつ》している。これでは逃げ場が左にしかない。

「ニルギンっまだかっ⁉」

「動かそうとしていますが、まだっ！」

ニルギンの応答と、ヴァンを駆動《くどう》させようとする音が虚《むな》しく響く。

後方に視線を戻《もど》すと、月光の下、冠水《かんすい》した道路に水飛沫《みずしぶき》を立てる武装査問官たちの行軍があった。

正面の死者たちが鈍色《にびいろ》の楯の列を構え、その上に後方の咒式士《じゆしきし》が楯を掲《かか》げて、鉄壁《てつぺき》の防御陣《じん》形《けい》を敷《し》いていく。

楯の間から、以前より無機質な顔となった死せるダズルクと、メルツァールの仮面が覗《のぞ》いていた。

楯の間から、数十もの魔杖槍《まじようそう》と魔杖剣《けん》が突き出される。そのすべてに灯っている咒印《じゆいん》組成式に、俺の脳は恐怖《きようふ》に塗《ぬ》りつぶされた。

ギギナが俺を抱《かか》えて横転した刹那《せつな》、足先を掠《かす》めて咒式《じゆしき》が駆《か》け抜けていった。雷撃《らいげき》と熱線が、爆裂《ばくれつ》と鋼《はがね》の槍《やり》が、強酸と毒液が迸り、俺が寸前まで立っていた地点の背後のビルに激突。

強固なビルの壁面《へきめん》に数えきれない穴が穿《うが》たれ切断され、粉砕《ふんさい》され溶解《ようかい》した。地上二階が破壊しつくされ、支えを失ったビルの上部が轟音とともに崩壊《ほうかい》していく。噴き上がる粉塵《ふんじん》の中を、俺とギギナがさらに転がる。

　アナピヤの眠《ねむ》るヴァンへと退避《たいひ》していくと、左右の建物の扉《とびら》や窓から、屍葬咒兵《しそうじゅへい》たちが雲霞《うんか》のように飛び出す。

「これは拠点《きょてん》防衛戦だ！」

　俺の〈爆炸吼《アイニ》〉が、上方に爆炎を撒《ま》き散らす。

「眠れる姫君《ひめぎみ》の馬車が動きだすまで、腐乱《ふらん》死体どもを近づけるなっ！」

　死者どもは、手に手に魔杖剣を引っ提《さ》げ、降下や突撃を開始してくる。

「ははっ！　死と破壊か！」

　即座《そくざ》にギギナの屠竜刀《とりゅうとう》が反応。長い円弧《えんこ》が、上空からの剛剣士《ごうけんし》の胴体《どうたい》と、突撃してきた剛槍士の胸板《むないた》を両断する。

「それこそ、私の特技にして専門分野だっ！」

　血の雨と内臓を、銀光が貫通《かんつう》してくる。化学鋼成系第一階位〈錬成《ベリス》〉の咒式《じゅしき》で、分子間組成を変化させられた刃《やいば》が、屈《かが》んだギギナの上空を駆け抜けていった。

　咒式で伸長《しんちょう》した魔杖剣が戻るより、四足獣《じゅう》の姿勢で突進《とっしん》していたギギナの刃が跳《は》ね上がる方が早かった。胸元から脳天までを両断された機剣士が倒《たお》れていく。

　死角から雷槍士《らいそうし》の槍《やり》の穂先《ほさき》が繰《く》り出されるのを、ギギナが左脇で挟《はさ》んで停止させる。同時に電磁雷撃系第一階位〈灼槍《ソリン》〉が発動、高圧電流に、甲殻鎧《こうかくよろい》が焦《こ》げる異臭《いしゅう》が立ちのぼる。

好機と見て殺到《さっとう》する刃の群れを、槍の上を跨《また》ぐように回転したギギナが躱す。雷槍士の頭を水平に斬《き》り飛ばしながら、剣舞士《けんまいし》がアスファルトに着地、水飛沫を上げながら体を低く沈《しず》ませる。

ギギナの頭上で重ねられた咒式士《じゅしきし》たちの刃に、俺の放った〈雷霆鞭《フュル・フー》〉が絡みつく。耐電装備《たいでん》をしていない咒式士たちが、紫電《しでん》に貫《つらぬ》かれて眼窩《がんか》や鼻、耳から沸騰《ふっとう》した黒血を噴《ふ》き出させる。無表情のまま、死者は道路の水たまりに倒れていく。

間合いを取ろうと離れた死人たちの中心点で、ギギナが伸《の》び上がり、長い腕《うで》の先の二四五〇ミリメルトルの屠竜刀が、円を描《えが》いて上昇《じょうしょう》。

非情の螺旋《らせん》が描かれ、足、脛《すね》、腰《こし》、胸板、首、頭部と、それぞれの角度で、屍葬咒兵《しそうじゅへい》たちの肉体が輪切りにされた。

「死刑台《しけいだい》ギギナ支店、開店奉仕《ほうし》期間といったところだなっ！」

脳と心臓に損傷のない死者たちが治癒咒式《ちゆじゅしき》を発動。完成する前に、俺のプラズマ弾《だん》が頭部を吹《ふ》き飛ばす。

「いや、終日営業、出血死するほどの大奉仕が年中無休で続く。ついでに、客をまったく差別せずに殺す、超優良死刑台だ！　私の優《やさ》しい刃に巻きこまれるなっ！」

獰猛《どうもう》な笑《え》みを浮《う》かべながら、ギギナが刃の円弧を放ち、死者の頭部が両断される。ギギナの間合いはミリ単位で熟知しているので、攻撃範囲《こうげきはんい》の外から爆裂咒式《ばくれつじゅしき》の壁《かべ》を作る。

俺とギギナに仲良し感情はまったくない。だが、前衛と後衛の優《すぐ》れた連携《れんけい》は、俺たちの戦闘《せんとう》能力を数倍にすることを知っている。

俺とギギナの足元の濡《ぬ》れたアスファルトが、青白い光を放ったと思った瞬間《しゅんかん》。地面から突《つ》き出されてくる刃に脇腹を掠められつつ、魔杖剣《まじょうけん》ヨルガの刺突《しとつ》を放ち、歪率士《わいりつし》の眼窩から脳髄《のうずい》までを刺《さ》し貫く。

数法量子系第五階位〈量子過軀遍移《タ・プ・ス》〉の分子透過《とうか》からの奇襲《きしゅう》。だが、かつて出会った虚法士《きょほうし》ほど完璧《かんぺき》な確率操作ではなく、人体や地面を構成する分子の電子軌道《きどう》に乱れが生じて、励起光《れいきこう》が放出、俺にも見切れた。

ギギナの方は、上空から降ってきた剛腕《ごうわん》の一撃《いちげき》を受け止めていた。護法数鬼の巨体《きょたい》が物質化していき、全体重を受けるギギナの足がアスファルトを踏《ふ》み割る。

体重を刃から逸《そ》らして、ギギナの刺突が空へと放たれるが、数式に戻り霧散《むさん》していく護法数鬼を刃に捉《とら》えられない。

前方からは、楯《たて》と魔杖槍を連ねて突進してくる死せる武装査問官たち。ギギナが一歩を踏みだそうとした時、俺は護法数鬼だった咒印《じゅいん》組成式の背後、遥《はる》か上空に輝《かがや》く光点に気づいた。

俺はギギナの足元へ地を這《は》うような低空回し蹴《げ》りを放ち、倒れるギギナとともにその場を回避。上空から降りそそぐ、何十というレーザー線の豪雨《ごうう》が、積層兜《かぶと》や鎧《よろい》ごと武装査問官たちを貫き、アスファルトを沸騰させる。

ありえない角度からの攻撃に驚《おどろ》く間も許されず、さらに後方に飛び跳ね、天からの光線を回避していく。

冠水《かんすい》した道路に着地。水の幕が一瞬の遮蔽《しゃへい》となる。

武装査問官の後衛たる光条士たちが、電磁光学系第四階位〈光条灼弩顕《レラージュ》〉や、同系第六階位〈煌光灼弩連顕射《レライエス》〉によるレーザー線を放つ。そして練成士たちが上空に発生させる、化学練成系第六階位〈多彐晶転咒珀鏡《ザ・ガーム》〉による咒鏡《じゅきょう》で、光線を反射させて軌道を変え、上空からの攻撃を行ってきたのだ。

この咒式《じゅしき》で作成される二酸化珪素《けいそ》や酸化アルミニウムや二酸化チタン五酸化タンタルなどの薄膜《はくまく》の干渉《かんしょう》効果を使った誘電体《ゆうでんたい》多層膜《まく》の鏡は、高品質のものになると反射率は九九・九％以上になる。耐レーザー損傷閾値《いきち》も銀鏡に比べて数十倍以上で、エネルギー耐力に優れ安定して反射しやがる。

水の幕が落下。熱線に貫かれて倒れる同胞《どうほう》の屍《しかばね》を乗り越《こ》え、死者たちの本隊が突撃《とつげき》してくる。それを俺の爆裂《ばくれつ》咒式が熱烈《ねつれつ》に歓迎《かんげい》してやる。

肉片《にくへん》をブチ撒いて噴《ふ》き飛ぶ仲間にも構わずに、さらに銀の魔杖剣《まじょうけん》を抱《かか》えた咒式剣士たちが現れ、お返しの爆裂咒式を放ってくる。

回避した俺とギギナの体を烈風が叩《たた》く。だが、アナピヤとヴァンを巻きこむ攻撃はおかしい。というか俺の体に傷がない。

爆薬のみの手加減した咒式だと気づいた時、何もない左の空間に、ギギナの大薙《おおな》ぎの一閃《いっせん》。空間から鮮血《せんけつ》が迸《ほとばし》り、胴《どう》を真っ二つにされた咒式士《じゅしきし》が倒れる。

電磁光学系第二階位〈光陰身《モフラ》〉による光学迷彩《めいさい》で、周囲の風景に同化した奇襲。だが、ギギナの嗅覚《きゅうかく》を誤魔化《ごまか》すには爆風程度の煙幕《えんまく》では不充分《ふじゅうぶん》。

剣閃で開いたギギナの上半身の下方に、地を這う影《かげ》。軸足《じくあし》に向かって、低空体当たりを開始していた剛拳士《ごうけんし》。

生体変化系第二階位〈蟹剪断《クラフ》〉による、両手の蟹《かに》のような大鋏《おおばさみ》がギギナの足首に迫《せま》る。だが、そいつはギギナが右手だけで屠竜刀《とりゅうとう》を振《ふ》るった事実に気づかなかった。

ギギナの巨大《きょだい》な左拳《こぶし》。垂直の鉄槌《てっつい》が頭部に振り下ろされ、咒式士《じゅしきし》の兜が陥没《かんぼつ》。アスファルトに叩きつけられた。

後頭部の半ばまで埋《う》めこんでいた手を引き抜《ぬ》き、ギギナが後退。合わせて俺も後退し、体勢を回復。敵の突進《とっしん》を迎《むか》え撃《う》つ。

上下からの同時攻撃と電磁系と化学系の協力攻撃、その後の光学咒式《じゅしき》と低空奇襲と見事な連携だ。

敵は禁忌《きんき》の咒式を使う外道《げどう》を狩《か》りつくす武装査問官。しかもそいつらが死をも恐《おそ》れずに襲《おそ》ってくるなんて、悪夢としか思えない。

電磁電波系第五階位〈赫濤灼沸怒《フルフーレ》〉を放ち、秒間振動《しんどう》二十四億五千万回というマイクロ波が、迫ってきた屍葬咒兵《しそうじゅへい》の体内の水分子を脳や内臓ごと沸騰させる。

ギギナの剛剣が死者を縦に割り砕《くだ》く。合わせて横から突撃してくる咒式士の刃《やいば》を旋回《せんかい》して躱《かわ》し、左の裏拳が胴体《どうたい》に叩きこまれる。

轟音《ごうおん》とともに甲冑《かっちゅう》姿が後方へと跳《は》ね飛ぶ。錐揉《きりも》み状に回転した体が、咒式士どもに命中、隊《たい》伍《ご》が崩《くず》れる。一瞬の停滞《ていたい》なく、ギギナの追い打ちの封呪弾頭《ふうじゅだんとう》が投げこまれ、低位爆裂呪式《ばくれつじゅしき》が炸《さく》裂《れつ》。隊列が乱れて後退。

異変に気づいた俺は、紡《つむ》いでいた化学練成系第五階位〈緋裂瘋咆竜息《エー・イーム》〉を放つ。

アセチレンガスと純粋《じゅんすい》酸素を等分に配合された三〇〇〇度の猛火《もうか》が発生、後退していた屍葬《しそう》呪兵《じゅへい》を業火《ごうか》で包みこむ。さらに、火炎《かえん》によって生み出された熱風が、大気を膨張《ぼうちょう》させ、罠《わな》を吹《ふ》き散らす。

罠とは、敵による化学練成系第四階位〈死哭燐沙霧《バル・バス》〉によるメチルホスホン酸イソプロピルフルオリダート、つまりサリンガスによる攻撃。

それは拡散するガスで自分と味方を巻きこまないように、結界内に限定発生させる呪式《じゅしき》。爆《ばく》煙《えん》が結界に阻《はば》まれて不自然な対流をしていたことに気づかなければ、透明《とうめい》な死の霧《きり》に殺《や》られていたところだった。

突進してくる死者たちの向こうに、ダズルクの青ざめた顔と、追いついてきたらしいメルツァールの仮面が見えた。

連携《れんけい》を崩したと思ったら、それこそが必殺の罠。乗っ取られたダズルクの思考による部隊指揮は狡猾《こうかつ》だった。

武装査問官が、九から十一階梯《かいてい》の高位呪式士《じゅしきし》で揃《そろ》えられているといえど、一対一なら俺もギギナも絶対に負けない。人数が揃っても、防ぎようのない巨大《きょだい》呪式で薙ぎ払《はら》えばいいだけだ。

だが、厳密な戦術指揮に従った軍事集団は、戦闘力《せんとうりょく》において二桁《けた》は違《ちが》う。しかも呪式査問官は、もともと精神同調で意識の共有化がなされている。つまり連携においても互角《ごかく》以上。

俺が巨大咒式《じゅしき》を紡ぐ時間をつぶすため、休むことなく咒式士《じゅしきし》たちが押し寄せてくる。思考は、六階位以上の大型咒式の使用を完全放棄《ほうき》。ニルギンがヴァンを起動させるまで、とにかく低・中位の咒式を連発し、壁《かべ》に徹《てっ》する戦術を選択《せんたく》。

ギギナの怒号《どごう》とともに血霧が跳ね、俺は敵隊列の前面に爆裂咒式《ばくれつじゅしき》を集中。

魔杖短剣マグナスを引き抜き、ヨルガの剣先と合わせて〈爆炸吼《アイニ》〉を多重発動。トリニトロトルエンの爆風により加速された鋼《はがね》の刃が、死せる武装査問官たちの肉体を切り刻み、引き千切る。

轟音を掻《か》き消す轟音で、俺の鼓膜《こまく》が音を捉《とら》えなくなる。静謐《せいひつ》の世界で、装甲《そうこう》に包まれた腕《うで》や足、無表情な死者の頭部が落下してくる。

こいつらだって、好きで向かってきているわけではない。

武装査問官になるくらいだから、世の不正と悪を正そうとする善意の人間たちだ。恋人《こいびと》や妻子がいるヤツだっているだろうし、生前はくだらない冗談《じょうだん》を言うようないいヤツだったかもしれない。

前方の死者の頭部を斜《なな》めに切断しながら、俺の腹腔《ふくこう》に、メルツァールに対する嫌悪《けんお》感が湧《わ》きあがる。

自らは危険な場所に立たず、人を無理やり操《あやつ》って戦わせる。そんな咒式士には反吐《へど》が出る。絶対、楽な死に方はさせない。

「まだまだ来るぞっ！」

ギギナの勇壮《ゆうそう》な叫《さけ》びで音声が戻《もど》る。戦争に感情は不要と断じ、切り換《か》える。すぐに直線的な力押しをされていることに気づいた。

同時に上空から飛来する魔杖短剣《まじようたんけん》と、鎌状《かまじよう》に変化した右手を、ヨルガの刀身が受け止めていた。

「ガーユス、お久しぶり♪」

軋《きし》りあげる金属の悲鳴の向こうに、どこか淫《みだ》らな笑顔《えがお》があった。三度目のバモーゾが刃を押しこんでくる。

「変態ばかりが寄ってくるな。本当に、俺の人生って罰《ばつ》なのか確変なのか聞きたくなるな」

「うーんつれないなぁ。こんなに愛しているのにぃ。だから殺したくなっちゃう♪」

「一つ忠告。おまえって笑顔が気持ち悪いから、人前では一生笑わない方がいいぞっ！」

重い刃を押し返すと、空中反転したバモーゾが、逆さになってアスファルトに手をつく。関節限界を無視した両足が、俺の頭部を挟《はさ》みこむように放たれるのを、身を沈《しず》めて回避《かいひ》。

低い刺突《しとつ》を放つが、バモーゾは後転。足をついて後ろへ飛び跳ねる。俺の追撃《ついげき》は、屍葬咒兵《しそうじゆへい》たちの刃で止められた。

巨漢《きよかん》の重機槌士《ついし》が振り下ろす大型魔杖槌を、大きく退《しりぞ》いて回避。魔杖槌の先に紡がれていた化学鋼成系第三階位〈赫鎚哭叫《ハウレス》〉で合成された、アルミニウムと鉄酸化物にマグネシウムの炸《さく》薬《やく》が地面の上で絡《から》みあい、金属還元《かんげん》熱反応が爆光を発生させる。

沸騰《ふっとう》するアスファルトの飛沫《しぶき》を避けるべく横転して回避。転がりつづけながら、空になった呪弾倉《じゅだんそう》を排出《はいしゅつ》、予備の弾倉に交換《こうかん》。

俺へと降り下ろされる魔杖槌を、ギギナの刃が止め、三〇〇〇度の高熱と火花が夜を照らした。動きの止まった重機槌士の腹部装甲の間に切っ先を叩《たた》きこみ、〈爆炸吼《アイニ》〉を解き放つ。

トリニトロトルエンの衝撃波《しょうげきは》が体内を掻き回し、小腸や肝臓《かんぞう》を後方へとブチ撒《ま》きながら、巨漢《たお》が倒れていく。

穂先《ほさき》を揃えて行進してくる屍葬呪兵《しそうじゅへい》たちの刀槍《とうそう》の隙間《すきま》から、黒い柩《ひつぎ》が動いているのが見えた。悪寒《おかん》から逃《に》げるように側転して後退。一瞬前《いっしゅんまえ》まで、俺が占《し》めていた空間を、横からの無音の重力呪式《じゅうりょくじゅしき》が迸《ほとばし》っていく。

死者たちが積層鎧《よろい》ごと挽《ひ》き肉に変わっていった。俺はアインフュンフへと雷撃《らいげき》を応射しつつ後退する。

先ほどのように前に突出《とっしゅつ》しすぎると射角を取られる。背後のヴァンにはアナピヤがいるため、敵も正面からは強力な呪式を放てず、接近戦か上空から攻撃《こうげき》してくるしかない。

俺たちが一瞬で殺されていない理由は、その点だけ。唯一《ゆいいつ》の優位を手放せば、即座《そくざ》に敗北する。

「一気に押しこめっ！」

人垣《ひとがき》の向こうでメルツァールの指令が放たれ、ダスルクが的確な指示を出す。

集団戦の専門家たるダズルクは、屍葬呪兵たちを左右に抜《ぬ》けさせる挟撃《きょうげき》作戦をとってきた。

さらにアインフュンフが砲台役《ほうだい》の後衛となり、メルツァールの屍葬兕兵《しそうじゅへい》が前衛を務め、その間からは強力なバモーゾの不意打ちが襲《おそ》ってくる。

兕式化軍隊《じゅしき》に到達者級《とうたつしゃ》の兕式暗殺者が混じっているなんて、考えつくかぎり最悪の状況《じょうきょう》だ。

「全員で来られると押し切られる。正直、これ以上はどうにもならないっ！」

俺の叫びの背後で、ギギナが屠竜刀《とりゅうとう》を薙《な》ぎ払《はら》い、兕式士《じゅしきし》の胴《どう》を両断する。

「なかなか風雅《ふうが》な趣向《しゅこう》ではないか。雰囲気《ふんいき》は故郷の竜狩《りゅうが》り祭に近い！」

「真顔で、そんな異常発言ができるところは感心するよっ！　感心ついでに一族まとめて滅《ほろ》びやがれっ！」

俺は兕式を紡《つむ》ぎながら、ヴァンへと絶叫《ぜっきょう》する。

「ニルギンっ、ヴァンはまだ動かないのかっ!?」

「やってますっぽいですよっ！」

声は俺の放った爆音《ばくおん》に掻き消される。

爆風を突《つ》き抜け、剛拳士《ごうけんし》が突進《とっしん》してくる。死者の顔と、突撃していたギギナの顔が至近距離《きょり》で向かいあう。

次の瞬間、死者の顔が円形に削《けず》られて消失。

生体強化系第一階位〈蛇咬《ジャダ》〉が発動。関節を増やしたギギナの顎《あご》が、犬歯で死人の顔を噛《か》み千切ったのだ。

顔を食われた兕式士が倒れ、当のギギナは口許《くちもと》を真紅《しんく》に染めていた。口から垂れ下がるのは、眼球や唇《くちびる》が混ぜ合わされた肉片《にくへん》。

「不味《まず》い。新鮮《しんせん》さがない」

吐《は》き出したギギナが跳躍《ちょうやく》していく。死者が雷撃と砲弾《ほうだん》を放つが、空中の屠竜刀が受け止めていた。雷撃と砲弾が両断された瞬間、弾《はじ》けて消失。

作用量子定数と波動関数に干渉《かんしょう》して、強引《ごういん》に消したのだ。それは、ギギナの鋼《はがね》の精神とフレグンの宝珠《ほうじゅ》が可能にする、強大な干渉力。

表情のない咒式士《じゅしきし》二人の前に、一瞬で間合いを詰《つ》めたギギナが現れていた。刃風《はかぜ》をまとった一閃《いっせん》。両断された咒式士たちの上半身が天高く飛ぶ。

「ギギナ、時間を稼《かせ》げ！」

「注文の多い後衛様だな」

両断された人体がアスファルトに落下し、黒血を撒き散らす。猛《たけ》る戦鬼《せんき》が、すでに刃《やいば》の暴風となって疾《はし》りだしていた。背後には腕《うで》や頭や臓器が、鮮血《せんけつ》をともなって流れていく。

接近戦において、ギギナは超《ちょう》一流だ。低位咒式《じゅしき》はギギナが剣の一振《ひとふ》りで消失させ、高位咒式を俺の咒式が先読みでつぶすかぎり、簡単には守りは崩《くず》れない。

だが、膠着《こうちゃく》状態はいつまでも続かない。俺が続けさせない。

俺は腰《こし》の後ろの魔杖短剣マグナスを引き抜き、咒式を重ねて紡ぐ。

後衛咒式士の役目は砲台だ。前衛が敵を阻止《そし》して時間を稼いでいる間に、絶大な火力を持つ攻性咒式《こうせいじゅしき》を紡ぎ、敵集団を一気に殲滅《せんめつ》する。

「かかった！」

ニルギンの叫《さけ》びに、ヴァンが目覚めの叫びをあげる。

ギギナが屠竜刀を旋回《せんかい》。包囲網《ほういもう》を薙《な》ぎ倒し、僅《わず》かな時間を作るが、隊伍《たいご》を整えた武装査問官たちが突進してくる。

それに合わせて、俺は魔杖剣《まじょうけん》ヨルガとマグナスを紡いでいた大型咒式《じゅしき》を放つ。二振りの刃の先から沸騰《ふっとう》する濁流《だくりゅう》が放たれ、二重螺旋《らせん》となって宙に駆《か》け登る。

上空で巨大《きょだい》な鎌首《かまくび》をもたげた水塊《すいかい》。一転して雪崩《なだれ》となって死者たちに襲いかかるっ！

完全装備の咒式士《じゅしきし》たちの鎧や兜《かぶと》に穴が穿《うが》たれ、剝《む》き出しの顔が濛々《もうもう》とした蒸気をあげ、眼球が抜け落ちる。鼻梁《びりょう》が肉汁《にくじゅう》となって流れ頭蓋骨《ずがいこつ》まで晒《さら》し、倒れ伏《ふ》す。

倒れた前列の背後から、なおも死者たちが行進するが、人としての輪郭《りんかく》を無くしていき、伸《の》ばされた指先の肉が沸騰し、骨が泡《あわ》をたてて崩壊《ほうかい》。魔杖剣が沸騰する肉汁の海の中に落下して、汚《きたな》らしい飛沫《しぶき》をあげた。

フッ素はもっとも電気陰性《いんせい》度の高い元素で、水素原子から電子を引き寄せて、水素の陽イオンを作る力が強く、強い酸になりやすい。

化学練成系第六階位〈祓天瀑爍溶流波《プロッケル》〉によって生み出されるフッ化水素と五フッ化アンチモンの混合液は、人類史上最強の酸度を持つ超《ちょう》強酸物質である。

多重咒式で大量発生した超強酸が、大瀑布《だいばくふ》となって襲いかかれば、人間の顔面や体など瞬時に溶解《ようかい》させ、肉汁に変えてしまう。

白煙《はくえん》が目眩《めくら》ましに、強酸の泥濘《でいねい》と死体が遮蔽物《しゃへいぶつ》となって行軍を防ぐ間に、ギギナは俺を抱《かか》えて後方に飛んでいた。屋根に到達すると同時に、ヴァンは脇道《わきみち》へと疾駆《しっく》しだす。

追いすがる咒式士《じゅしきし》たち。化学練成系第三階位〈翔噴突行《ビュー》〉によるジェット噴射《ふんしゃ》で、飛跳士《ひちょうし》が撃《う》ちだされてくる。

擦《す》れ違《ちが》いざま、ギギナが一刀で両断。その隙《すき》に、俺は揺《ゆ》れるヴァンの上で弾倉交換《だんそうこうかん》。失速し、アスファルトに叩《たた》きつけられた飛跳士の燃料が引火し、爆裂《ばくれつ》。緋《ひ》と黒の炎《ほのお》が噴《ふ》きあがる。

火炎《かえん》の上空を影《かげ》が横切った。

「あひふははははははははははははっ！」

天から降ってくる変態丸出しの哄笑《こうしょう》。バモーゾの痩躯《そうく》が、ビルの間に天高く舞《ま》っていた。

暗殺者の行き先を視線で追うと、右のビルの三階の壁面《へきめん》に着地し、長い膝《ひざ》を曲げていた。続いて常識はずれの脚力《きゃくりょく》で壁面を疾走《しっそう》し、ヴァンに並走《へいそう》してくる。

俺の放った〈爆炸吼《アイニ》〉の連弾《れんだん》が、ビルの壁面で炸裂《さくれつ》し、大穴を穿つ。だが、爆煙の間を、速度の緩急《かんきゅう》をつけたバモーゾがすり抜《ぬ》けていく。バモーゾは、遠隔咒式《えんかくじゅしき》相手の戦闘《せんとう》に慣れていやがった。

多重放射された俺の〈曝轟蹂躙舞《アミ・イー》〉が、バモーゾの前方のビルに着弾《ちゃくだん》。踏《ふ》みしめるべき建物が、爆煙とともに崩壊していく。

バモーゾはすでに飛翔《ひしょう》した後で、ヴァンに降りかかる爆煙を切り裂《さ》いてきていた。俺の背中と、ギギナの甲殻鎧《こうかくよろい》の左肩口《ひだりかたぐち》が弾け、鮮血が背後へと飛び去っていく。

ヴァンの屋根が歪《ゆが》む音。

振り返りざまに、〈曝轟蹂躪舞《アミ・イー》〉を放つも、すでにバモーゾは再跳躍した後。道路を挟《はさ》んだビルの間を、撞球《どうきゅう》が反射するように飛び渡《わた》る。

蛋白質《たんぱくしつ》のレシリンは、撥条《ばね》のように、分子配列が引き伸ばされた後に放たれると、蓄積《ちくせき》された力の九七%が運動エネルギーに変換《へんかん》されるという高効率を誇《ほこ》る。一回りほど膨《ふく》れた足に、関節を一つ増やしているのは、二分の一に、撥条定数と伸長《しんちょう》する距離《きょり》の二乗を掛《か》けた、撥条の弾《だん》性《せい》エネルギーを引き出すためである。

一〇メルトルを飛ぶのに必要な七八四〇ジュールルを越《こ》えるエネルギーを、生体強化系第三階位〈蚤跳動踏《プリンプ》〉の咒式《じゅしき》で、恒常《こうじょう》的に発動していやがる！

バモーゾの急降下攻撃《こうげき》。雷撃咒式《らいげきじゅしき》を放つも、予測していたバモーゾは蟲《むし》の羽を広げて間をずらし、紫電《しでん》を嘲弄《ちょうろう》するように躱《かわ》す。そこから再び羽を畳《たた》んで急降下。

魔杖短剣の急襲《きゅうしゅう》を、魔杖剣で受け止める。ヴァンの上で俺と暗殺者が刃を挟んで転がる。眼前には、俺の上に跨《また》がったバモーゾの笑《え》みが広がっていた。

「あひふふっ！　さあ、僕の胸に飛びこんでおいで！　四肢《しし》を切断して、目をつぶして、尻《しり》を犯《おか》し、口癖《くちぐせ》は『早く殺してください、バモーゾ様』にしてあげるるっ！」

「無理、だね。おまえは、俺に勝てないっ！」

息を切らしながらも、俺は叫び返してやる。バモーゾの唇《くちびる》が疑問に歪む。

「へえ、なぜ？」

横合いからギギナの刃が突《つ》き出されるが、バモーゾが俺の魔杖剣を蹴《け》って逃《のが》れる。凄《すさ》まじい反動が刃にかかり、ヴァンから落ちそうになるのを、ギギナが襟《えり》を摑《つか》んで支える。

ヴァンの後部へとバモーゾが転がっていき、膝が撓《たわ》み、また大跳躍《だいちょうやく》。天空へと駆け昇《のぼ》っていく暗殺者。

道路を三次元的に使ったバモーゾの立体攻撃に、俺の動体視力と反射能力が追いつけない。

歩道橋の下へヴァンが入っていき、お互《たが》いに精密な咒式《じゅしき》を放てなくなる。

一瞬《いっしゅん》の休戦状態。俺が視線を向けると、ギギナが小さくうなずく。俺は大急ぎで空弾倉《からだんそう》を引き抜き、予備の弾倉に交換《こうかん》。

歩道橋からヴァンが飛び出ると、右手の壁《かべ》を走るバモーゾが見えた。

「相手してやるぜ、社会不適応者っ！」

「ガユスから誘惑《ゆうわく》してくるなんて幸せ！　いつでもどこでも、僕は濡《ぬ》れ濡れの超勃起《ちょうぼつき》さっ！」

壁面を蹴って飛翔したバモーゾは、俺の雷撃咒式《らいげきじゅしき》を回避《かいひ》し、空中で身を捻《ひね》る。後方の歩道橋にバモーゾが着地、水平跳躍へと移行しようとした瞬間、長い足を縺《もつ》れさせて倒《たお》れる。

足首を摑んでいたのは、甲殻装甲《そうこう》に包まれた五指の鉤爪《かぎづめ》。

事態を呑《の》みこめずに振り向いたバモーゾの後方。破砕《はさい》された歩道橋のコンクリとアスファルトの破片《はへん》が噴きあがり、その向こうにギギナの捕食者《ほしょくしゃ》の眼光があった。

ヴァンから歩道橋の裏へと飛びついたギギナが罠《わな》となり、駆け抜けた俺の挑発《ちょうはつ》で、その不在を誤魔化《ごまか》す。後は着地した時に、歩道橋をブチ破って後方から捕《と》らえるだけ。

俺に執着《しゅうちゃく》しすぎたのが敗因と知れっ！

硬直《こうちょく》した時間が解放。ガナサイト重咒合金《じゅうじゅ》の非情の刃《やいば》が放たれる。足を伸ばして、胴体《どうたい》への直撃《ちょくげき》を回避するバモーゾ。

両の太股《ふともも》の断面から黒血を撒《ま》き散らしながら、独楽《こま》のように前方回転。歩道橋の欄干《らんかん》を両手で掴み、逆さの横顔が憤怒《ふんぬ》に歪む。

「無粋《ぶすい》なドラッケン族め、僕とガユスの交歓愛の邪魔《じゃま》をするなっ！」

腕《うで》を撓めたバモーゾが、飛び跳《は》ねようとした刹那《せつな》、距離を詰《つ》めていたギギナの刃が、右から左へと疾駆《しっく》する。

両肘《りょうひじ》が切断されては、撓められた力の反動は得られない。四肢を失ったバモーゾの胴体が右へと回転。

左へと抜けたギギナの白刃《はくじん》が、閃光《せんこう》となって翻《ひるがえ》り、回転するバモーゾに疾る。股間《こかん》から、腰《こし》、そして一気に脳天までを横断っ！

空気分子が焦《こ》げる幻臭《げんしゅう》が漂《ただよ》ってきそうな、ギギナの凄絶《せいぜつ》な三連横斬《よこぎ》り。二つに分かたれたバモーゾの凍《こお》りついた笑顔。衝撃《しょうげき》のまま、今度は、左へと飛ばされる。

「あひゃへへへ、痛いひぃっ⁉」

両断された肉塊《にっかい》は、気色悪い断末魔《だんまつま》の叫《さけ》びを発した。内臓と黒血の軌跡《きせき》を描《えが》きながら、歩道橋の下へと落下。その途中《とちゅう》に、俺の〈爆炸吼《アイニ》〉を叩きこむ。

爆風《ばくふう》に頭蓋《ずがい》ごと脳を粉砕《ふんさい》され、バモーゾはアスファルトの上で汚《きたな》らしい真紅《しんく》の染《し》みとなった。四肢と体どころか脳まで両断、爆砕《ばくさい》されては、二度と生き返ることもないだろう。

「おまえが俺に勝てない理由は一つ」

俺は知覚眼鏡《クルークブリレ》を直しながら、つぶやく。

「なぜだか知らないが、ザコ臭《くさ》い笑い方をするヤツは、ザコ臭い死に方をするようになっている。それが宇宙の不滅《ふめつ》の掟《おきて》だ」

言い捨てた俺の隣《となり》で、ヴァンが大きく軋《きし》む。歩道橋から飛んできたギギナの長軀《ちょうく》が並び、屠《と》竜刀《りゅうとう》を突き立てていた。

爆裂呪式《ばくれつじゅしき》が放たれ、ヴァンの上空で炸裂《さくれつ》。俺とギギナが、ヴァンの屋根に叩《たた》きつけられる。同時に体の下の車体が揺《ゆ》れ、激しく蛇行《だこう》。後輪が雷撃呪式《らいげきじゅしき》で破壊《はかい》されたらしく、ヴァンが滑《すべ》っていく。

歩道の街灯に衝突《しょうとつ》し、車体が大きく跳ねる。ヴァンの屋根の穴から内部へ、俺とギギナが滑りこんでいく。目を回しているニルギンと黒い毛皮が縮こまっているエルヴィン。呻《うめ》き声をあげて瞼《まぶた》を開けるアナピヤ。

「な、に……？」

少女の疑問に答える間も惜《お》しい。俺は予備呪弾倉《じゅだんそう》とアナピヤと猫《ねこ》を抱《かか》えて、ヴァンの扉《とびら》から飛び出る。

回転する俺とアナピヤに遅《おく》れて、ヴァンが呪式に包まれる。化学練成系の〈窒息圏《チャクス》〉で、一酸化炭素や二酸化炭素を合成し、昏倒《こんとう》させる咒式《じゆしき》。

有効範囲《はんい》から逃《に》げながら、建物の影《かげ》へと転がりこむ。隣にはニルギンが乱暴に投げ出され、椅子《いす》のヒルルカを抱えたギギナが並んでいた。

爆音。俺とギギナのヴァン、バルコムＭＫⅥの前面をプラズマ弾《だん》が掠《かす》め、アスファルトが吹《ふ》き飛んだ。

「うええ、俺のヴァンが」

思わず呻いてしまう。すでにロルカ屋の抵当《ていとう》に戻《もど》っていたのだが、長年運転してきた愛車が傷つけられただけでも心臓が縮む。修理費にいくらかかるとっ！

「来るぞ」

黒煙《こくえん》の遠い向こう、通りの中央分離帯《ぶんりたい》には、不吉《ふきつ》な漆黒《しっこく》の棺《ひつぎ》が浮遊《ふゆう》し、その前を四人の屍葬《しそう》咒兵《じゆへい》たちが壁となって行軍してくる。

爆発の熱で赤外線感知《せきがいせんかんち》咒式《じゆしき》が使えないため、慎重《しんちょう》な足取りだ。

「待っているのは得策ではない」

ギギナが屠竜刀から空薬莢《からやっきょう》を排出《はいしゅつ》し、咒弾《じゆだん》を装塡《そうてん》していく。

アナピヤを傷つけないために、敵は巨大《きょだい》咒式を使ってこない。屍葬咒兵の本隊が到着《とうちゃく》するまで、足止めをする気なのだ。そうなれば先ほどと同じく、数で押されて一巻の終わり。

「ニルギン、向こうにビルが見えるな」

右方の遠くに見えるビルを顎《あご》で指し示すと、ニルギンがうなずく。

「俺とギギナで、棺と死人どもを似合いの地獄《じごく》へとブチ込みかえす。その間にアナピヤを連れてあそこへ逃げこめ」

「でもっ！」

アナピヤが小さく叫《さけ》ぶ。双眸《そうぼう》を前方に据《す》えたまま、ギギナが吐《は》き捨てる。

「包囲は抜《ぬ》けられないし、待ち伏《ぶ》せが張られているだろう。だとしたら各個撃破《げきは》していくしかないが、貴様らは足手まといだ」

ニルギンと、猫を抱《だ》くアナピヤがうなずく。ギギナがさらにニルギンに椅子を託《たく》す。

「私の愛娘《まなむすめ》のヒルルカだ。傷が一つ付く度《たび》に、貴様を一回殺す。二つなら蘇生《そせい》させてでも二回殺す。いいな？」

ギギナの本気の無理宣告に、ニルギンの顔が、残像を作るほど早く上下に動く。魔杖剣《まじようけん》の柄《つか》を握《にぎ》りしめ、俺は咒式《じゆしき》を紡《つむ》いでいく。

俺たちの隠《かく》れている建物へと、棺と死者どもが近づいてくる。爆風で赤外線感知《せきがいせんかんち》咒式《じゆしき》が無効化されている時間は、もう残っていない。

「行くぞっ！」

俺の放った爆裂咒式《ばくれつじゆしき》が、前衛の屍葬咒兵《じゆへい》を薙《な》ぎ払《はら》う。後ろのアインフュンフは、当然のように結界で爆風を減殺してきやがる。

ニルギンとアナピヤが逃げていくのを背後に感じながら、俺とギギナが矢となって疾走《しっそう》していく。咒式を紡ぎながら、同時に左右に離《はな》れる。二人の間を重力波が駆《か》け抜けていき、アスフアルトを削《けず》り取っていく。

同時に放たれていた〈雷霆鞭《フル・フー》〉が、左に走る俺へと追尾《ついび》してくる。ヨルガの刀身で受けて直撃を防ぐが、至近距離《きょり》で紫電《しでん》が弾《はじ》け、頬《ほお》の産毛《うぶげ》が焦《こ》げる。自らへの爆裂呪式《ばくれつじゆしき》を避《さ》け、ギギナが道向かいの壁《かべ》を駆け登っていた。

二階の出窓を蹴《け》っての、剣舞士《けんまいし》の急降下攻撃《こうげき》。屠竜刀が振《ふ》り下ろされるが、重力呪式《じゆうりよくじゆしき》で緊《きん》急《きゆう》移動した棺に躱《かわ》され、アスファルトを砕《くだ》くだけ。

同時に俺の爆裂呪式の効果範囲に捉《とら》えるも、干渉《かんしよう》結界で威力《いりよく》が減殺。爆裂や雷撃《らいげき》や重力波や強酸の呪式《じゆしき》を、四方に応射してくる。

歩道に転がって必死に回避《かいひ》するが、爆風で全身の骨が軋み、雷撃が靴《くつ》の爪先《つまさき》を焦がす。

本当にまったく同時に呪式を発動していやがるとは！

動きが止まった俺へ、アインフュンフが空中疾走。走りこんだギギナが放った短刀。その銀の飛燕《ひえん》の群れは、爆裂呪式と雷撃と重力波の防壁《ぼうへき》によって弾《はじ》き飛ばされ、完璧《かんぺき》に防がれる。

応射される呪式を、ギギナが回転して回避、俺を摑《つか》んで跳躍《ちようやく》。建物の一階の窓硝子《まどガラス》を破って、飛びこみ、硝子の破片をまといつつ着地。同時に左へと横転して、アインフュンフの爆裂呪式の追撃を回避。

爆砕《ばくさい》されたコンクリや家具の欠片《かけら》が、背中に叩きつけられる激痛。

苦鳴を押し殺し、ギギナとともに部屋を駆け抜ける。窓から飛び出し、路地を挟《はさ》んだ隣の建物の窓へと飛びこみ、さらに疾走。

轟音《ごうおん》が去っていく街角。棺から排出された空薬莢が転がる音だけが、単調な金管音楽を奏《かな》でていた。

道路上に浮《う》かぶアインフュンフは、斉射《せいしゃ》を停止していた。防御咒式《ぼうぎょじゅしき》や干渉結界で、ある程度の攻撃咒式《こうげきじゅしき》は防げる。本隊の到着までの時間を着々と稼《かせ》ぐつもりらしい。

「クソっ、本気でレメディウス級の怪物《かいぶつ》かよ。第五階位以上の高位咒式を使ってこないのが救いだが……」

咒弾《じゅだん》を詰《つ》めながら、俺は焦燥《しょうそう》を吐き出した。だが、走りつづける俺の胸中に疑問が生まれた。

「先ほどの防御は完璧だ。むしろ一つで充分《じゅうぶん》な防御咒式を重ねるのは、過剰《かじょう》すぎる反応じゃないかっ？」

「だから何だっ？」

並走《へいそう》するギギナが返してくるが、俺は答えられない。左の窓から外の様子が覗《のぞ》けた。

「いかん、アナピヤの方へと動くつもりだっ！」

アインフュンフは多少の危険はあっても、アナピヤを捕《と》らえることを優先しようと動きだしていた。俺たちは疾走する方向を変化。建物の窓を破って飛び出す。

「こっちだ、柩のお嬢《じょう》さん！　趣味《しゅみ》の悪いドレスを脱《ぬ》いで俺たちと火遊びしましょっ！」

「この柩は、着たくて着ているんじゃないっ！」

重力波が即座《そくざ》に殺到《さっとう》。背後から建物の前面が崩壊《ほうかい》する音を聞きながら、俺たちは二手に分かれる。

柩《ひつぎ》の前方の咒印《じゅいん》組成式から〈光条灼弩顕《レラージュ》〉の発生を予測。だが、重ねて展開していた咒式《じゅしき》に悪寒《おかん》を覚え、右横転して回避。俺の肩《かた》と左太股を灼熱《しゃくねつ》の針が貫《つらぬ》き、前を疾《はし》るギギナを貫通《かんつう》する五条の熱線が見えた。

苦痛に耐《た》えて〈爆炸吼《アイニ》〉を発動。柩の前方の輝《かがや》く物体が砕け、アインフュンフが移動。爆煙《ばくえん》に隠れながら俺たちは左右に分かれる。

紫《むらさき》の単波長レーザーを発生させ、波長変換《へんかん》して可視領域全般《ぜんぱん》に渡《わた》る七色のレーザーを作り、化学練成系咒式《かがくれんせいけいじゅしき》第二階位〈分光《リズン》〉で作り上げた硝子の三角柱に通す。プリズムによって一条から七条に別れたレーザーは、熱線の散弾《さんだん》となって効果範囲《はんい》を広げる。

多系統・多重咒式が使えるアインフュンフだからこそ可能な合成咒式。自分の使える五階位までの咒式を組みあわせ、火力不足を補ってきやがった。

落下するアインフュンフの柩の左右から、六本の奔流《ほんりゅう》が迸《ほとばし》る。生体変化系第二階位〈義擬肢《アジテ》〉で発生した八本の蜘蛛《くも》の足が、ビルの壁面《へきめん》に突《つ》き立てられて落下を停止。俺の砲弾咒式《ほうだんじゅしき》はその下の窓を貫通、向こうのビルの壁面を虚《むな》しく破壊《はかい》するだけだった。

高所に固定されると、移動に使っていた重力咒式が射《う》ち放題になる！〈轟重冥黒孔濤《ベヘ・モー》〉が炸裂《さくれつ》、着弾したアスファルトが重力場で圧縮。大穴が開く。破片《はへん》の雨を潜《くぐ》って散っていた俺とギギナに、光学咒式《こうがくじゅしき》と化学咒式《かがくじゅしき》が合成した七色の死の光が降りそそぐ。

灼熱の刃《やいば》が身を掠《かす》める。光の刃が自由に動いて身を刻まれる前に、ギギナの投擲《とうてき》していた封《ふう》呪弾筒《じゅだんとう》が破裂《はれつ》。爆風でプリズムを砕く。

その間に、時間のかかる重力呪式《じゅうりょくじゅしき》の組成式が完成、不可視の重力波が放たれる。横転して回避するが、今度は左脇腹《ひだりわきばら》を掠め、短い裾《すそ》が引きちぎられる。

重力が左外腹斜筋《しゃきん》と内臓を掻《か》き回す激痛。視界が紅《くれない》に染まるが、さらに転がって逃《に》げる。距離をとって、俺の巨大《きょだい》呪式で力押しするしかないとギギナと合意。別方向へと逃げる。

しかし、アインフュンフの電磁雷撃系第三階位〈雷蜘蛛巣《ウエップ》〉が発動。一〇〇万ボルトの無数の雷《いかずち》の網《あみ》が、大地に張りめぐらされる。

足元から這《は》い上がった雷で瞬間《しゅんかん》的に感電、全身が仰《の》け反る。水に濡《ぬ》れた体では、短外套《コート》の耐《たい》電《でん》性が完全には働かず、硬直《こうちょく》した体はすぐには動けない。

その隙《すき》に重力呪式が殺到。横手に爆裂《ばくれつ》呪式を放つ反動で、緊急《きんきゅう》回避。予測してやがった敵は、その地点に再び二つの呪式で練りあげられた七つの光線を放射。流星となって降ってくる光に足首を灼《や》かれながらも、プラズマ弾《だん》を応射。

プラズマ弾は、アインフュンフに当たる部分だけが消失。干渉結界で削《けず》られたまま直進し、壁面を破砕《はさい》するのみ。

俺が横転している間に、アインフュンフは隣《となり》のビルの壁面に再着地。再び磐石《ばんじゃく》の砲台《ほうだい》となって重力波を放ってくる。

停《と》まっていた廃車《はいしゃ》が圧縮され、爆裂。横転の動きから逃走《とうそう》に移ろうとして、俺は急停止。さっきの電磁《でんじ》の網《あみ》をやられる前に応射、しようとして大きく前へ跳《は》ねる。

俺の足先の向こうに、数十もの雷撃《らいげき》の群れがアスファルトに突き立ち、夜を白く漂白《ひょうはく》していくのが見えた。

今度は〈雷霆散它嵐牙《アガロス》〉の三〇〇〇万ボルトルの雷の嵐《あらし》！　バカ正直に応射していたら、俺は消し炭になっていた！

前転を疾走《しっそう》に変え、俺はビルの谷間を逃げまくる。通りの向こう側では、ギギナも回避《かいひ》に精《せい》一杯《いっぱい》だった。

反射鏡を造る咒式《じゅしき》でレーザー線をお返ししてやりたいが、正確さを必要とする反射咒式《はんしゃじゅしき》を発動する時間を作らせてもらえず、重ねられた重力波の餌食《えじき》となる。

逃げようとすれば、小技《こわざ》の広範囲雷撃咒式《こうはんいらいげきじゅしき》で足止めするか、必殺の雷撃という選択地獄《せんたくじごく》。先ほどのような、奇跡満載《きせきまんさい》な回避の二度目はない。

常識はずれの咒力《じゅりょく》を元に練りあげられたアインフュンフの戦術には、つけいる隙がない。あれだけの咒式を同時展開できる咒式士《じゅしきし》は、十三階梯《かいてい》すら軽く越《こ》えている。

しかし実際には五階位までの咒式、つまり九階梯の咒式士の咒式までしか使わない。しかも同系統が同時に使われることは、一度もなかった。どこかで詐欺《さぎ》をやられている。

防御の奇妙《きみょう》さと強力すぎる咒力の異常さ。疑問は推測になり、数々の言動から理論を組みたてる。

完成した推測は奇怪《きかい》だった。だが、賭《か》けるしかない。

道の向かいを疾走するギギナに手信号で合図し、同時に急停止。方向転換《てんかん》して逆襲《ぎゃくしゅう》に移る。

紡《つむ》いでいた化学鋼成咒式《かがくこうせいじゅしき》第五階位〈劣吁婪鎗弾射《エリゴール》〉を発射。劣化《れっか》ウランの弾頭《だんとう》が分光体を貫き、コンクリ壁《へき》を紙細工のように破砕。粉塵《ふんじん》の中、アインフュンフが飛び跳ねて、隣のビルへと移ろうとする。

俺の再度の砲弾《ほうだん》を、アインフュンフが空中で緊急停止して回避。だが、砲弾は着地先に炸裂し、コンクリ片と爆風を撒《ま》き散らす。

着地先を失ったアインフュンフに〈爆炸吼《アイニ》〉を叩《たた》きこむ。八本の脚《あし》が引きちぎられ、下へと逃《のが》れるアインフュンフ。

連発した〈爆炸吼〉の爆風で、アインフュンフが下へと叩き落とされていく。直撃《ちょくげき》しているのだが、干渉《かんしょう》結界で威力《いりょく》が半減。柩《ひつぎ》が歪《ゆが》むが、致命傷《ちめいしょう》にはほど遠い。それでも、俺は脳が沸騰《ふっとう》するほどの超高速《ちょうこうそく》連続発動を止《や》めなかった。

秒間四発の連続爆風に押され、アスファルトに柩が激突《げきとつ》する寸前、重力《じゅうりょく》咒式《じゅしき》で急制動をかけてアインフュンフが防いだ。

落下するコンクリ片と粉塵を煙幕《えんまく》に、ギギナの飛翔《ひしょう》と俺の疾走。街灯に着地したギギナがさらに跳ねた直後に、鉄管がレーザー線に切断される。向かいの建物の窓に足裏をついたギギナが三度目の飛翔。

重力咒式で後方に逃げるアインフュンフが、ギギナの跳躍軌道《ちょうやくきどう》に爆裂《ばくれつ》と蔦《つた》を放つ。破壊の嵐が荒《あ》れ狂《くる》う壁面の遥《はる》か下。生体変化系咒式《せいたいへんかけいじゅしき》〈空輪龜《ゲメイラ》〉で、背中から高圧空気を噴射《ふんしゃ》したギギナが、垂直降下していた。

「死ぃぃねえっ！」

アインフュンフが遅《おく》らせて紡いでいた〈雷霆散它嵐牙《アガロス》〉を放つ。だが、三〇〇〇万ボルトの雷撃の群れは、ギギナに届く寸前で壁《かべ》に阻《はば》まれる。

ここまで強力な雷撃となると、通常の金属では防げない。

だが、イットリウムとバリウムと銅の酸化物で中空構造を作り、液体ヘリウムで満たして冷《れい》却《きゃく》。俺の化学練成系第五階位〈導伝散乱絶壁《マルファース》〉で、超伝導体《ちょうでんどう》となった壁は、避雷針《ひらいしん》となり雷撃を大地に散らせたのだ。

空気の焦《こ》げた臭気《しゅうき》と、酸素が電離《でんり》させられ変化したオゾン臭が漂《ただよ》い、壁が消失。同時にギギナが突進《とっしん》。

アインフュンフの遠距離《えんきょり》咒式《じゅしき》の防壁《ぼうへき》内に、すでに俺たちが突入《とつにゅう》していた。そこは柩を左右に挟《はさ》んだ対角線。この至近距離では、もう強大な咒式は放てまい！

左右からの刺突《しとつ》に対し、柩は左右のどちらにも動かず、その場で身じろぎするだけだった。

ギギナの刃《やいば》が柩の人工眼を斜《なな》め上方から貫《つらぬ》き、アスファルトに縫《ぬ》いつけ、離脱《りだつ》。固定された柩へと、俺の渾身《こんしん》の〈曝轟蹂躪舞《アミ・イー》〉が発動。トリメチレントリニトロアミンの爆裂が、柩を直撃する。

柩は白煙《はくえん》に包まれながら吹《ふ》き飛び、アスファルトに落下。

俺の安堵《あんど》の視線の先で、漆黒《しっこく》の柩の輪郭《りんかく》が大きく歪み、蒸気をあげていた。

柩に象嵌《ぞうがん》された人工眼が屠竜刀《とりゅうとう》に貫かれ、視神経を垂らしていた。大きく割れた蓋《ふた》からは、おびただしい量の鮮血《せんけつ》が大河のように溢《あふ》れていた。

道路に面した建物に、歪んだ柩が立てかけられ、鮮血を流している光景。悪夢か妄想《もうそう》のような光景だった。

論理的追いこみというよりは、力押しの戦いだった。

多系統を同時に使うアインフュンフ相手といえど、連続で同系統を使うわけにはいかないのは、前々から確認《かくにん》していた。

砲台《ほうだい》となられては隙《すき》がないので、足場を崩《くず》し、重力呪式《じゅうりょくじゅしき》で回避させて攻撃《こうげき》に使われるのを防ぐ。ギギナと俺が間合いを詰《つ》め、一つ一つの系統を使わせる。予想どおり、最後に手の速い雷撃呪式《らいげきじゅしき》を発動してきたので、つぶしただけ。

同系統の呪式《じゅしき》と呪式の間に畳《たた》みこむ、超高速連携《ちょうこうそくれんけい》の勝利だろう。

不安げなアナピヤとエルヴィン、そしてヒルルカを抱《かか》えたニルギンが、逃《に》げた建物の影《かげ》から顔を出しているのが見えた。

アインフュンフが呪式を紡ごうとして、組成式が砕《くだ》けるのが見えた。

俺とギギナは、とどめを刺《さ》すべく接近する。ギギナが突《つ》き刺さったままの屠竜刀を引き抜《ぬ》く。

「出てこい引きこもり。現実世界の厳しさに触《ふ》れさせてやるよ」

歪んだ柩の端《はし》に鼻唄《はなうた》混じりの俺の手が掛《か》かると、弱々しい悲鳴があがる。

「あ、開け、ないで、開け、ないで！」

構わず、俺は全身の力で柩の蓋を開けていく。金属製の蓋を開けた時、俺は息を呑《の》む。背後のアナピヤが、声にならない悲鳴をあげる。

アインフュンフ柩の内部には、緋《ひ》や桃色《ももいろ》の内臓が敷《し》きつめられていた。柩の輪郭に従って配置されていた桃色の小腸が破裂《はれつ》していた。中央下辺りでは、呼吸を助ける横隔膜《おうかくまく》の収縮が止まり、破れた右肺から出血している。肺の隣《となり》では、静脈と動脈に血液を送り出す心臓が、弱々しく脈動していた。

内臓が敷きつめられた柩の中央に、生体咒式士《せいたいじゅしきし》によくある内蔵式魔杖剣《まじょうけん》が並び、六つの大脳が鎮座《ちんざ》していた。

これが、咒式《じゅしき》を六つ同時発動する秘密だったのだ。アインフュンフは、六人分の脳と内臓が柩に押しこめられた咒式士《じゅしきし》なのだ。

そして、過剰《かじょう》な防御《ぼうぎょ》が、六人の思考が統一されていないことを示していた。攻勢《こうせい》では六人同時攻撃は有効だが、守勢になると、それぞれの方向に防御や回避《かいひ》をしようとし、連携《れんけい》行動ができなくなるのだ。

右上の脳に設《しつら》えられた、剝《む》きだしの二つの眼球が、俺を見据《みす》えた。

「「お、願い……、お願いでき、る、立場ではな、いけど、こんな、私たちの醜《みにく》い姿、を見られたくない……」」

六つの脳の下の六つの唇《くちびる》が、悲痛な訴《うった》えを重ねる。女たちの必死の願いに、俺は目を逸《そ》らし、静かに蓋を閉めた。

「「あ、りが、とう」」

「どんな理由で、こんな酷《ひど》い……」

俺は嘔吐感《おうと》を堪《こら》えて、柩《ひつぎ》の蓋を握《にぎ》りしめる。

「私は、いえ、私たちは実験体だったの」「メトレーヤ研究所の実験の落とし子」「肉体より寿命《じゅみょう》の長い、脳だけで生きる実験」「そしていろいろな種の脳を組みあわせる実験」「実験途《と》中《ちゅう》で何とか逃げ出した」「そして試作品。みんなも、アティも。メーティーだけが違《ちが》うらしいの……」輪唱のように女たちの慟哭《どうこく》が重なる。

俺を押し退《の》けて、アナピヤが柩に摑《つか》みかかる。小さな横顔は蒼白《そうはく》になっていた。

「メーティーってあたしの昔の愛称《あいしょう》よ、本名はメルティアっていうの！」

柩を揺《ゆ》らすアナピヤを、俺が抱《だ》き留《とど》める。柩から噴《ふ》き出す血液や体液で、アナピヤの全身が染まっていく。

アナピヤが叫《さけ》んだのは、修道女カリラエが話した事実、アナピヤの過去の関係者しか知り得ない事実だ。だとすると、この柩の六人は……。

「メーティー、あなたは、あのメルティアなの⁉」

アインフュンフの確認の問い掛けに、アナピヤの体に震《ふる》えが疾《はし》る。

「私はアリー、シャ。しっかりものの、アリーシャ、よ……」「私、は泣、き虫のツバイ」

「私はドレ、ウ。残、りの妹た、ちは、ああ、今死んでしまった……」

柩の声にアナピヤが衝撃《しょうげき》を受け、ようやく言葉を絞《しぼ》り出す。

「そん、な。あなたたちが、どうし、てこんな……？」

アインフュンフは、アナピヤの幼なじみたちの成れの果てだったのだ。

「ああ、私たちは逃げ出した。どうして私たちはこんな目に。こんな生を……」

「ああ、ツバイが死んだ。楽しかったわ、あのころは。生体咒式《せいたいじゅしき》を使え、る彼女が死んでは、みんな助からない。ドレウ、ドレウも消えていく。何が愛よ、私の命はもう……」

「あの、あたしが仲良かったアティはどうなったの⁉」

混濁《こんだく》し、意味不明の言葉を挟《はさ》みながら、アリーシャのつぶやきが小さくなっていく。

「ああ、何が楽園よ、みんな実験で殺された。メーティー、あな、ただけは成功、作なのよ。悔《くや》しい。どうして、こんな。思い出してはいけない、そうか、あい、つが、あいつらに気、を、つけ……」

「アリーシャ、どういうこと？　あいつって誰《だれ》？　待って、死なないでっ！」

アナピヤが柩を叩《たた》いて絶叫《ぜっきょう》するが、答えはもはや永遠に返ってこなかった。

「どうして、どうしてよ。せっかくみんなに会えたのに。実験って何なの……」

縋《すが》りついたアナピヤが膝《ひざ》から崩れ、柩から漏《も》れだしていた血と体液と内臓の海に落ちた。アナピヤの少年のような尻《しり》が真紅《しんく》に染まっていく。

「行くぞアナピヤ、敵が迫《せま》っている」

俺はアナピヤの細い手を取る。謎《なぞ》は深まるばかりだが、戦闘《せんとう》に時間がかかりすぎ、包囲網《ほういもう》が完成されつつあるのを感じる。

「連れていって」

俺の視線をアナピヤが受けとめ、立ち上がっていく。ニルギンがヒルルカを抱《かか》えて、決意の視線を向けてくる。

アナピヤが息を吸い、吐いた。

「思い出したの。記憶《きおく》は、あの記録映像は、メトレーヤのもっとも奥の実験所のものだった。あたしを連れていって、最終実験所へ！」

アナピヤの必死の叫びに、俺はうなずいた。しかし何かが足りないことに気づいた。

「エルヴィンはどこだ？」

「来たぞっ！」

颶風《ぐふう》となって飛び掛《か》かってきた投槍《とうそう》の群れを、ギギナが斬《き》り払《はら》う。エルヴィンのことは後だ。いつものように要領良く逃《に》げてくれると期待するしかない。

俺たちは包囲網の薄《うす》い場所を目指して、突進《とっしん》していく。


眼前に出現した屍葬呪兵《しそうじゅへい》を切り伏《ふ》せ、路地を駆《か》け抜《ぬ》ける。

すべての屍葬呪兵の知覚がメルツァールにつながれているので、留まることはできない。

アナピヤを背後に庇《かば》いつつ路地を抜けると、建物の間から、屍葬呪式士《しそうじゅしきし》たちが殺到《さっとう》してきた。呪式《じゅしき》を紡《つむ》ぐ間もなく、刃《やいば》の群れを魔杖剣で受ける。

ギギナが剣を振《ふ》って血路を開き、俺たちは建物に沿って逃げる。

制御が狂《くる》ったのか、アナピヤへと向けられた死者の剣。雷光《らいこう》のように閃《ひらめ》いたニルギンの手が、白刃《はくじん》を挟み、体重を乗せて折る。

「ニルギン、やるね」

魔杖剣《まじょうけん》を後方に返して、アナピヤに剣を向けた死者の頭を両断する。

「これでも潜入《せんにゅう》査問官ですっ！」

「椅子《いす》を守れ、低能っ！」

ニルギンの得意気だった顔が、ギギナの叱責《しっせき》で蒼白になり、椅子を抱えて後退していく。

「そのまま建物の中へ逃げろっ！」

ニルギンとアナピヤが、建物の砕《くだ》けた扉《とびら》を抜けて構内へ入っていく。俺は横合いから延びてきた剣を弾《はじ》き、続く爆裂咒式《ばくれつじゅしき》で肉片《にくへん》に変えてやる。

視線を戻《もど》すと、ギギナの激闘が続いていた。

ギギナと対峙《たいじ》していた屍葬咒兵《しそうじゅへい》の胸板《むないた》を貫《つらぬ》いて銀光が迸《ほとばし》り、屠竜刀《とりゅうとう》が弾く。哀《あわ》れな死者が自らの胸から生えた刃を眺《なが》める。

刃が大きく動き、武装査問官の肉体が解体され、四方へ飛び散る。

迸った刺突《しとつ》とキギナの迎撃《げいげき》の刃が、血霧《ちぎり》の中で激突。

刃の向こうから現れたのは、青い蝶《ちょう》が舞《ま》うユラヴィカの美貌《びぼう》だった。

「哀れな屍《しかばね》どもを利用させてもらったが、そう簡単にはいかぬか」

「くだらぬ奇襲《きしゅう》だ。決闘は一対一という、ドラッケン族の誇《ほこ》りはどうした？」

問いを乗せたギギナの刃を、ユラヴィカが歪《ゆが》んだ笑《え》みと屠竜刀で受け止める。

「そのようなものは捨てた」

拮抗《きっこう》していた剛力《ごうりき》が左へ流れる。悲鳴をあげる刃を合わせたまま、並走《へいそう》する二匹《ひき》のドラッケン族。

奥へ逃げようとしていたニルギンとアナピヤが、俺たちへと振り返る。二人の背後から出てきた咒式士《じゅしきし》の胸板に、俺が投擲《とうてき》した魔杖剣が突《つ》き立つ。

「奥に行けっ！」

最悪の選択《せんたく》だが、逃げ道はそこにしかない。階段を駆け上がるニルギンとアナピヤ。

胸から生やした魔杖剣を気にせずに大槍を突き出す咒式士。刺突に肩先《かたさき》を貫かれながら内側に入りこみ、自らの魔杖剣の柄《つか》を握《にぎ》り、〈雷霆鞭《フユル・フー》〉を発動。体の奥から感電する死者を見ることなく、俺は振り返る。

ドラッケン族同士の刃が打ち合わされ、弾かれたように離《はな》れる。

ギギナと俺は、ユラヴィカと対峙する。

ユラヴィカが滑《すべ》るように歩み、ギギナが呼応する。

閃光。

裂帛《れっぱく》の打ちこみを受けきれずに、後方へと倒《たお》れるギギナ。あまりの速さに、俺には視認《しにん》不可能なユラヴィカの一撃。

全身の筋力を振り絞《しぼ》って、飛んできたギギナを抱える。同時に掲《かか》げた魔杖剣で、ユラヴィカの追撃を受ける。

凄《すさ》まじい衝撃《しょうげき》でヨルガの刃が胸に叩《たた》きつけられ、ギギナごと後方へ吹《ふ》き飛ぶ。肋骨《ろっこつ》が三本折れ、回転。左右の屍葬咒兵《しそうじゅへい》の群れが、好機とみて咒式《じゅしき》を紡ぐのが見えた。

「邪魔《じゃま》をするなっ！」

ユラヴィカの屠竜刀ゾリリューデが振り下ろされ、咒式による煌《きら》めく板が生まれる。咒式を放とうとしていた左の死者たちが、衝撃に揺《ゆ》れる。

屠竜刀の先端《せんたん》に放物面型の水晶《すいしょう》やチタン酸ジルコン酸鉛《えん》などの圧電素子を作り、高周波の高電圧を印加。圧電効果により素子の板が超振動《ちょうしんどう》し、超音波と高周波が発生。

そのエネルギーは放物面の焦点《しょうてん》へと導かれ、標的の表面で合わせて発生していた炭化珪素《けいそ》の粉末が振動。結果、不吉《ふきつ》な唸《うな》り声をあげて超振動する炭化珪素により、屍葬咒兵の肉も骨も削《けず》り取られていく。

同時に超音波は液体中の粒子《りゅうし》を、おそるべき加速度で揺さぶる。全身の赤血球や血小板が破《は》壊《かい》され、血管の内壁《ないへき》が激しく損傷。変形しにくい強化骨格や装甲《そうこう》に亀裂《きれつ》が入り、砕ける。

すでに顔と胸板と腹、太股《ふともも》と脛《すね》と足首と、死者たちの前半分が完全に消失していた。咒式の唸り声が止《や》むとともに、無惨《むざん》な断面から、鮮血《せんけつ》と内臓を滝《たき》のように噴出《ふんしゅつ》。そして、自らの血海に朽木《くちき》のように倒れていった。

不死身の屍葬咒兵が、断末魔《だんまつま》の叫びをあげることすらできなかった。化学珪成系第五階位〈珪振鑢削喰唱《ラウーム》〉の残酷《ざんこく》な破壊の光景に、俺たちが息を呑《の》む。

「そちらもだ！」

ユラヴィカの背外套《マント》が翻《ひるがえ》り、白銀の飛燕《ひえん》が呪式士《じゆしきし》たちに襲《おそ》いかかる。呪式《じゆしき》を放とうとしていた死者たちが刃《やいば》で鎧《よろい》で跳《は》ね返し、銀の破片が儚《はかな》く砕ける。

反撃の呪式に移ろうとした死人たちが急停止し、跳ねるように痙攣《けいれん》した。

血の気のない唇《くちびる》を断ち割りながら、銀の穂先《ほさき》が突き出てくる。

続いて、眼球を突き刺《さ》し、耳や鼻孔《びこう》から輝《かがや》く刃が飛び出たと見えた瞬間《しゅんかん》。呪式士たちの全身から水晶の刃が噴出し、捩《よじ》りあわされていき、肉体を上空へと押し上げていく。

屈強《くつきょう》の武装査問官たちが瞬殺され、天井《てんじょう》に届かんばかりの水晶の樹木の中に葬《ほうむ》られていた。

水晶で傷ついた者はもとより、破片を吸いこんだだけでも、媒介《ばいかい》となった水晶が化学珪成系第五階位〈曄樹内刃葬林《ゼ・パ・ル》〉の呪式により、爆発的に増大する。

迸る水晶の刃が、内臓と肉と骨を切り刻みながら皮膚《ひふ》を突き破《やぶ》り、最後には対象者を密閉する樹木となって窒息死《ちっそくし》させる。

どんな生物だろうが、二段構えのこの呪式を喰《く》らっては生存不可能。狭《せま》い場所でこの二つの呪式を発動されれば、俺やギギナも防ぎようもなく即死《そくし》するしかない。

射《さ》しこむ月光に煌めく水晶の森と山の下、ユラヴィカだけが何事もなかったかのように立っていた。

「行くぞ」

水晶の結合が解かれ、死体の肉片が落下するのと同時に、ユラヴィカが突進《とつしん》を開始。俺は高速展開で〈爆炸吼《アイニ》〉を発動。間近に迫《せま》ったユラヴィカの胸元で炸裂《さくれつ》。

凶戦士《きょう》が両腕《りょううで》を交差して防御《ぼうぎょ》しながらも吹き飛び、俺とギギナも後方へと飛ばされる。敵の方向にだけ鋼《はがね》の刃を混ぜたのだが、爆風《ばくふう》は俺の折れた肋骨《ろっこつ》を軋《きし》ませる。激痛で気が遠くなりながら、床《ゆか》に踵《かかと》をつく。

今度はギギナが俺の襟《えり》を掴《つか》み、一気に右上方へと逃《に》げる。重力が戻《もど》り、巨大《きょだい》な階段の踊《おど》り場に着地。さらに左へと飛び跳ね、上の階へと到達《とうたつ》。そこでギギナの体力が尽《つ》きた。

「退《ひ》くぞっ!」

厳しい顔でギギナが言い捨てて、階段を上りだし、俺も後に続く。

廊下《ろうか》の途中《とちゅう》で逃げているニルギンとアナピヤに追いつき、二人ごとギギナが抱《かか》え、さらに逃《とう》走《そう》する。

部屋は、メトレーヤに溢《あふ》れる実験室の一つらしかった。

おきまりの医療《いりょう》機器に手術台。用途不明の不吉な形状の器具が棚《たな》に並んでいた。

荒《あら》い息を整えながら、俺は壁《かべ》に凭《もた》れていた。ギギナも屠竜刀《とりゅうとう》を振《ふ》って血糊《ちのり》を払《はら》い、横に並ぶ。

屋内の一室で、俺たちは身を隠《かく》していた。負傷と疲労《ひろう》で動けず、黙々《もくもく》とギギナが発動する治《ち》癒《ゆ》呪式《じゅしき》が光点を灯《とも》すだけだった。

ニルギンは部屋の隅《すみ》で、椅子《いす》を抱えて肩を上下させている。俺の隣《となり》では、アナピヤが震《ふる》えていた。

状況《じょうきょう》は悪い。アナピヤがいるかぎり、ビルごと吹き飛ばされることはないが、あの超戦士ユラヴィカには関係ないだろう。

俺は、いまだ痺《しび》れている手を見つめる。

「あの剛力《ごうりき》はおかしいぞ。受け止めることもできない。何というか、鬼気迫《ききせま》るものがあった」

「確かに。それに屍葬兕兵《しそうじゆへい》を楯《たて》に使うとは、以前のユラヴィカならありえぬ」

ギギナが呻《うめ》くようにつぶやく。

「ドラッケン族らしくない、か」

感慨《かんがい》を漏《も》らすと、アナピヤの震えが酷《ひど》くなっていた。アナピヤの肩《かた》を引き寄せて、紅茶色の髪《かみ》を撫《な》でる。

「大丈夫《だいじょうぶ》だ。ユラヴィカは俺たちで何とかする」

「違《ちが》うの、ここなの、ここがあの映像が撮《と》られた場所、最終実験所なの！」

アナピヤの呻き声とともに、どこかから駆動音《くどうおん》が発生する。跳ね起きると、例の冷たい声が響《ひび》く。

『……部外秘の補足記録。ただし、所員の個人的な楽しみでの閲覧《えつらん》は自由。……適格者承認。起動』

アナピヤが手で口を押さえ、悲鳴をあげるのを堪《こら》える。

「またか、誰《だれ》がこんな……！」

俺は誰かの悪意を確信した。緑の手術着の群れと、手術台前の少女、前と同じ立体光学映像が現れていく。

それは過去の幻影《げんえい》のアナピヤ、幼いメルティアだった。立ちつくしたメルティアの前に義父のアズルピが向かいあう、以前の映像の続きらしい。

「いつもの、いつものとおりにしたら、実験をしなくていいの？」

「ああ。でもいつも激しく嫌《いや》がっていたからね。いいのかい？」

アズルピの右手がメルティアの頬《ほお》に伸《の》ばされ、首筋を蛇《へび》のように撫でる。

唇を噛《か》みしめて耐《た》えるメルティア。視線の先には、手術台の上で糞尿《ふんにょう》を垂れ流すアティーティアがいた。

メルティアは、ようやく弱々しくうなずいた。

同時にアズルピの手が一気に下がり、メルティアの手術着を縦に引き裂《さ》いた。果実のように小さな乳房《ちぶさ》と、肋骨の形が浮《う》き出た胸板《むないた》、そして下腹部の薄《うす》い茂《しげ》みまでもが、白い照明に晒《さら》される。

白衣の研究者たちの冷たく、そして熱を帯びた無遠慮《ぶえんりょ》な視線が、乳房や脚《あし》の付け根に注がれていた。

メルティアは茫然《ぼうぜん》自失《じしつ》の状態だった。次の瞬間、我に返り、身を捩《よじ》って裸身《らしん》を隠そうとするが、肩を摑んだアズルピの手が許さない。

「止《や》めて、みんなの前ではイヤっ！」

アズルピの手が少女の膨《ふく》らみかけた乳房に這《は》わされ、五指で乱暴に摑む。皮膚《ひふ》を破りそうな力に、メルティアが苦鳴を発する。

アズルピは細い体を抱えたまま、手術台の上に座る。

メルティアの秘所を指先で弄《もてあそ》びながら、一方の手で自らの服の間から怒張《どちょう》の先端《せんたん》を突《つ》き出させる。

「さあ、いつものようにしなさい」

恥辱《ちじょく》に耐えながら、メルティアは動かない。

「自分からやらないと、残念ながら、最終実験をしなければならないな」

その冷徹《れいてつ》な声に、メルティアの顔が恐怖《きょうふ》に引きつる。アズルピが、優《やさ》しい声を出す。

「こういうことは、愛しあっている男女しかしないだろう？　私はおまえを愛しているから、繋《つな》がりたいんだよ？　子供のおまえには分からないから嫌悪《けんお》感があるだけだ」

アズルピの両手が、メルティアの少年のような尻《しり》を掴《つか》む。

「本当に？　愛して、いるから？」

「そう、愛しているから」

メルティアが泣き笑いをするかのような表情を浮かべた。そして、徐々《じょじょ》に自らの小さな尻を下げていく。

アズルピの先端がメルティアの股間《こかん》に触《ふ》れ、そこで少女の動きが止まる。

「ダメ、やっぱり出来ないっ！」

「では、助けてあげよう」

アズルピの手が、摑んだ少女の尻を一気に下ろさせる。義父の怒張がメルティアを貫《つらぬ》いた。

「止めてぇっ！」絶叫《ぜっきょう》をあげたアナピヤが、過去の幻影を貫く義父に摑みかかる。

小さな拳《こぶし》は、立体映像の義父を擦《す》り抜《ぬ》けるだけで、現実と幻影の手術台に手をついてしまう。

「装置はどこだっ！」

怒号とともに、俺は映写装置を探す。立体光学映像と現実が入り混じり、何かの角に足をぶつけてしまう。

残酷《ざんこく》な映像は止まることなく続いていく。手術台に手を突いた、アナピヤのその眼前で。

「痛い、痛いっっっ！」

充分《じゅうぶん》に濡《ぬ》れていないメルティアを、アズルピが貫いたため、少女には苦痛しか生まれない。

「やめ、お義父《とう》さ……」

歯の根があわないながらも、過去のアナピヤたるメルティアが必死の懇願《こんがん》をする。アズルピが優しく笑う。

「大丈夫だ。アティも頑張《がんば》っただろう？　だからメーティーも頑張ろうね？」

メルティアの唇《くちびる》から吐《は》き出されたのは、絶叫。一気に進入してくる異物に絶叫しつづける。

無惨《むざん》な結合部からは、小さな鮮血《せんけつ》が散っていた。

手術着の一人が無感動に言い放つ。

「大きさが合わないのでは？」

「いや、これくらいでいいのですよ」

アズルピが無機質に答えながら、メルティアを抱《かか》えて腰《こし》を動かす。律動的な動きの度《たび》に、肉が割《さ》かれるような激痛に少女が苛《さいな》まれているのが分かった。

　メルティアは苦痛に耐えていた。父親であるアズルピは、慈愛《じあい》に満ちた理知的な双眸《そうぼう》のままだった。

「お、お義父さん、気持ち、いい？　わたしが好き？　愛して、る？」

　相手の機嫌《きげん》を必死にとる姿が、痛々しかった。

「ああ、愛して、いるよ」

「良かった、だっ、たらわたしは大丈夫《だいじょうぶ》、アティのよう、にはならな、いよね？」

　アズルピの動きが停止。小さく震《ふる》え、メルティアの中に熱を放つ。アズルピが少女の体を抱えて離《はな》させると、股間からは白と緋が滴《したた》っていた。

　少女の表情は、激痛と恥辱に支配された虚《うつ》ろなものとなっていた。

　アズルピが周囲を見渡《みわた》す。

「どうですか皆《みな》さん？　みなさんで、我が養女こと、実験体〇七二一－Aに、性能試験をしていただけませんかね？」

　アズルピの言葉の裏を、研究者たちが受け取る。そして喜悦の表情を隠しきれないままに首《しゅ》肯《こう》する。

「それは……、ご要請《ようせい》とあれば」

「ええ、実験のためならば仕方ありませんね」

「イヤ……」

メルティアの唇が小さく言葉を発した。

「それだけはイヤっ！　全員でなんてイヤだよっ！　お義父さん、止めさせてっ！」

メルティアを手術着の群れが囲んでいた。冷たい樹脂製《じゅし》の手袋《てぶくろ》が伸《の》ばされ、メルティアの体を押し倒《たお》し、無遠慮《ぶえんりょ》に這《は》いずりまわっていく。

「みなさんも実験体〇七二一－Aに学術的興味をもたれたようですね。では、様々な角度から実験体と触れあってみませんか？」

アズルピが無感動に言い放つと、研究者全員の視線が集まる。やがて、若い研究者が手を挙げる。

「そんな、悪戯《いたずら》を怒《おこ》られて泣いているわたしを慰《なぐさ》めてくれた、レブルお兄さんが、そんな⁉」

現在のアナピヤと過去のメルティアが同じ歪んだ笑みを浮《う》かべ、弱々しく首を左右に振《ふ》る。

「では私が」「次は私が」「私も同時に」「それでは私も。後ろの粘膜《ねんまく》を試験してみましょう」

「ついでに私も相席を。上の粘膜を試験してみましょう」

無惨に出血する秘所へとレブルが突《つ》き入れ、少女の絶叫があがる。さらに叫《さけ》ぶ唇を割って、他の男が侵入《しんにゅう》していく。メルティアの上で手術着が蠢《うごめ》く。唇を、乳房《ちぶさ》を、腹を、尻《しり》を、膣《ちつ》を、メルティアの体で、蹂躙《じゅうりん》し凌辱《りょうじょく》されていない場所などなかった。

「お願い、見ないで。あたしのあんな姿を見ないで……」

俺は、凌辱される過去のアナピヤから目を逸《そ》らし、必死に映写機を探しつづける。いったい誰《だれ》がこんな真似《まね》をするのだ。何のために！

シジーク叔父さん、レブルお兄さん、ゲネブ君、グリストルお爺《じい》さん、ボッシーノさん、ザウッお兄ちゃん、優《やさ》しく信頼《しんらい》していた人々の名とともにアナピヤが「止《や》めて」と叫んだ。だが、男たちの動きは止まらず、メルティアの体を蹂躙していった。

「軽い体だな。まだまだ熟《う》れごろとはいえないな」「そこがいいのですよ。私は前から、この子を狙《ねら》っていたんですよ」「個人的な感想は控《ひか》えなさい。これは触れあいという実験なのですから。しかし、これはなかなかの……」「これから毎日、実験体で受胎実験をしましょう」

蠢く研究者たちの隙間《すきま》から、窓硝子《まどガラス》の向こうに並ぶ義父母の姿が見えた。実験動物の交尾《こうび》でも見ているような、熱を帯びない四つの瞳《ひとみ》。

アナピヤはただ眺《なが》めていた。

映像のメルティアは、涙《なみだ》を流していた。何かに亀裂《きれつ》が入ったように、その表情が反転する。自らに起きていることを完全拒否《きょひ》するかのような表情。

「ひんなは、わたしほ愛しへいる？」

二人の男のものを左右同時に小さい口に銜《くわ》えながら、涙目のメルティアが問いかける。

「ああ、もちろん、だ」と一人の医師が腰を叩《たた》きつけながら優しく答える。

「ひっけん、しない？」

「ああ、だからメルティアもこれを楽しみなさい」

他の誰かが答える。嘲弄《ちょうろう》の響《ひび》きを帯びた声だが、少女には分からず、涙を流して安堵《あんど》にうなずく。その動きが刺激《しげき》になり、男たちが痙攣《けいれん》した。メルティアの口許《くちもと》から、白い汚液《おえき》が零《こぼ》れる。

現在のアナピヤが、さらに大きく震えた。それからの過去の自分がとった言動は、アナピヤには信じられないものだったのだ。

男の上で、メルティアが自ら白い尻を振っていた。動きを止めずに身を屈《かが》めて、前方の男のものを口に含《ふく》む。小さな両手を伸ばして、左右の男の屹立《きつりつ》を握《にぎ》り、しごきあげる。振りたくる尻には大臀筋《だいでんきん》が浮かび、別の男の怒張《どちょう》があてがわれる。

男が突き入れた。肛門《こうもん》を無惨《むざん》に裂《さ》かれながら、メルティアは叫んだ。

それは、明らかな官能の叫び。雌《めす》の喘《あえ》ぎ声だった。

「みんなはわたしが好き、だからわたしもみんなが好きっ！」

「違《ちが》っ、違う違うよ」

アナピヤの声は、老婆《ろうば》のように掠《かす》れていた。

「あたしはこんな、いやらしい子じゃない、あたしじゃない、信じて、信じてガユスっ！」

過去のメルティアの全身に白濁《はくだく》が弾《はじ》ける。メルティアは恍惚《こうこつ》とした表情で、それを受け止めていた。

倒れるアナピヤの小さな体を、俺の腕《うで》が抱《だ》き留める。

メルティアの心は壊《こわ》れてしまったのだ。

理不尽《りふじん》な凌辱を、自ら望んだものだと自己を騙《だま》す精神防衛を行ったのだ。そうでもしなければ、少女の脆《もろ》い自意識は破壊《はかい》されてしまう。

あまりに悲しい自己防御《ぼうぎょ》に、俺の臓腑《ぞうふ》が煮《に》えたぎる。視線が部屋を彷徨《さまよ》う。それらしい機械を見つけ、怒《いか》りとともに魔杖剣《まじょうけん》の切っ先を突きこむ。

しかし、映写機の一つにすぎなかったらしく、映像は止まらない。

「素晴《すば》らしい。素晴らしい成果だ。みなさん、触れあいもその程度に」

威儀《いぎ》を正したアズルピ。その声で手術着の一団が離《はな》れる。

手術台の上にはメルティアがいた。蛙《かえる》のように手足を投げ出し、血と精液に塗《まみ》れた無惨な姿だった。奇妙《きみょう》に歪《ゆが》んだ口許が、何事かを囁《ささや》いていた。

「これでわたしは助かる。みんなに愛されているわたしだけは助かるの」

「それでは実験を再開する。全員、私の指示通りの手順で施術するように」

アズルピの宣告。弛緩《しかん》しきっていたメルティアの顔が、その言葉を口のなかで繰《く》り返す。ようやく理解の色が目に浮かび、恐怖《きょうふ》の絶叫《ぜっきょう》をあげる。

「イヤ、実験しないって言ったのに、約束したのにっ⁉」

「いつものようにすれば、一端《いったん》停止するといっただけ。終われば再開するだけだ」

アズルピの声は変わらなかった。

映像が吹《ふ》き飛び、再度像を結ぶ。

手術台の上に、アティーティアと同じように拘束《こうそく》された少女の姿があった。頭蓋《ずがい》が開けられ、脳髄《のうずい》が晒《さら》されている無惨極《きわ》まりない姿で。

「第五から第七の脳の構造解析《かいせき》は終了《しゅうりょう》。だが、これだけやっても発動しないとは。前のアティーティアの方が、呪式《じゅしき》を使えるだけ能力的に上だ」

「そんなはずはない。メルティアは、あのバルティアの直系血族だ。バルティアの捕獲《ほかく》に、何十人の高位咒式士《じゆしきし》の死者が出たと思っている？」

「バルティアも、焼死体となっては使い道が限られる。今育っているメルティアで実験するしかない」

「しかし、いったい何を調べればいいのだ？　調整とやらの内容も知らされていないし……」

一人の咒式医師の疑問に、緑の手術着の全員が押し黙《だま》る。全員の疑念が、言葉となったのだ。

「無駄《むだ》なことは考えるな。すべては私の計画どおりに進んでいる」

アズルピが厳然とした表情で、部下の迷いを断ち切った。

「これより開頭・開腹実験に入る。存分に検体の数値と情報を取り、標本を採取せよ」

医師たちの手に手術器具が掲《かか》げられる。銀色の解剖刀《かいぼうとう》に、メルティアが怯《おび》える。

「やめ、やめて、お願い。お願いですから、わたし、を壊さないで、お願いっ！」

必死の声も虚《むな》しく、メルティアの額に解剖刀の先端《せんたん》が当てられる。全身を革帯《かわおび》で厳重に固定された少女は指先しか動かせず、ただ懇願《こんがん》しつづけるだけだった。

血の雫《しずく》が浮《う》いたかと思うと、冷たい刃《は》が下へと走っていく。

「やめ、やめやめやめてっ！　いぎぎひいっ⁉」

白い額が切り裂かれ、真紅《しんく》の血と桃色《ももいろ》の筋肉が現れていく。可愛らしい鼻梁《びりょう》が縦に真っ二つに割られ、上唇《うわくちびる》まで届く。

叫《さけ》んだために刃に歯が当たり、舌先が切れて鮮血《せんけつ》が口許から零れる。

聞き分けのない子供を見るかのような目をした医師が、メルティアの下唇に刃を這《は》わせる。冷徹な刃は留《とど》まることなく進んでいく。

「検体を失神させては、情報が採取できない。意識覚醒《かくせい》の咒式《じゅしき》を発動せよ」

「了解《りょうかい》」

意識を強制覚醒されたメルティア。刃は鎖骨《さこつ》の間、薄《うす》い乳房《ちぶさ》の間を走り、なだらかな腹部へと縦断する。その間も、気絶すら許されない少女の絶叫が、途切《とぎ》れることなく続いた。

メルティアの裸身《らしん》を縦断した刃は、薄い陰《かげ》りとその下の股間《こかん》まで達した。激痛に痙攣《けいれん》するメルティアは、それでも身動きひとつ許されなかった。

一人の医師が表情を何も変えずに感想を漏《も》らす。

「これで、どんな大男のものでも受け入れられるな」

「あまり上手《うま》くない冗談《じょうだん》だ」

「それでは、続いて開腹準備を」

緑の手術着たちが動き、手に手に鉤《かぎ》を持ってメルティアの左右に立つ。釣《つ》り針のような鉤が、メルティアの傷口の左右から引っかけられる。胸や腹の断面から皮膚《ひふ》と肉を貫《つらぬ》く痛みに、メルティアが泣《な》き叫ぶ。

医師たちの手に力がこめられるのを見た、メルティアの顔に、苦痛すら忘れさせる恐怖が溢《あふ》れる。

「う、そ、嘘嘘嘘嘘嘘嘘嘘嘘嘘嘘嘘嘘嘘嘘!?」

メルティアの絶叫と胸の悪くなるような音の伴奏《ばんそう》とともに、少女の皮膚が左右に開かれていった。

「やめてやめてやめてやめで、それだけはやめででえへっ！」

手術用手袋《てぶくろ》の群れに力がこもり、数十もの鉤が左右に引かれる。

「開腹開始」

皮膚と肉の狭間《はざま》に、医師たちが金属板を差しこみ丁寧《ていねい》に剝《は》がしていく。

胸骨に守られた胸腔《きょうこう》、下腹部の桃色の内臓が晒されていき、冷えた手術室に湯気を立ちのぼらせた。

胸骨に鑿《のみ》が打ち込まれ、折り砕《くだ》かれていく。そこに左右から新たな鉤がかけられ、渾身《こんしん》の力で広げられていく。メルティアが言葉にならない獣《けもの》の叫びをあげても、力はまったく緩《ゆる》められなかった。

解剖刀が、桃色の筋肉や薄黄色の脂肪層《しぼうそう》、内臓を守る小網《しょうもう》と大網の白い膜《まく》を取り除いていき、ついにすべての内臓が露《あらわ》になった。

脈動する心臓、苦しげに動く両肺。上下する横隔膜《おうかくまく》が上部に被《かぶ》さった、赤紫《あかむらさき》色の肝臓《かんぞう》。毛細血管が浮かんだ胃と、下に位置する膵臓《すいぞう》。折り畳《たた》まれた薄桃色の小腸と結腸。子宮と、左右に伸《の》びた卵管と卵巣までもが、無惨《むざん》に晒されていった。

それでも医師たちの手は止まらない。

頭蓋を開かれ、外気に晒された脳が観察される。開かれた胸や下腹部からは、小腸や肝臓、そして子宮と左右の卵管までもが引きずりだされていく。

それはまるで、子供が玩具《おもちゃ》がどうやって動いているのかを知ろうと、奥の仕組みを引っ張りだしたような有り様だった。

涙《なみだ》と鼻水と涎《よだれ》と反吐《へど》に塗《まみ》れた、メルティアの顔。そこにも医師たちの手が向かう。

メルティアの顔の中央に走る縦線に、小さな鉤がかけられていく。少女の顔に脅《おび》えが疾《はし》る。

「お願、い、顔はやめで、くらさい。顔は、人間でいさ、せてくらさ……」

誰《だれ》もその哀願《あいがん》に聞く耳をもたず、少女の顔の皮膚が、一気に左右に剝がされていく。

長い長い悲鳴は、聞くものの胸に一生刻まれるだろう。

剝《む》き出しになったメルティアの顔は、人間だとは思えなかった。

口を囲む口輪筋、両頰《りようほほ》の咬筋《こうきん》が震《ふる》えていた。皮膚ごと鼻梁がはぎ取られ、弱々しい鼻息が抜《ぬ》けていく。目の周囲の眼輪筋、そして瞼《まぶた》を取り払《はら》われた眼球は、現実から目を逸《そ》らすこともできず涙すら零《こぼ》すことを許されない。

「視線に力が宿るとも思われる」

「では、こちらも」

少女の左の瞳《ひとみ》に、無造作に銀色の匙《さじ》が突《つ》きこまれる。メルティアの掠《かす》れた悲鳴を無視し、果《くだ》物《もの》の種を抉《えぐ》りだすように、眼球が取り出されていく。

視神経の糸を曳《ひ》いた眼球が、照明に照らされる。医師たちが、眼球について品評を行う。

メルティアの右目は、ただ虚《うつ》ろに中空の光景を眺《なが》めていた。

正視することができない残酷《ざんこく》な光景。だが、俺は目を逸らすことすらできずに硬直《こうちょく》していた。

傍《かたわ》らのアナピヤも時が止まったように凍《こお》りついていた。

「全数値確認《かくにん》。採取完了《かんりょう》。施術《せじゅつ》は終了だ」

医師の一人が、何の感情もこもらない確認の声を発した。

メルティアの開かれた腹腔《ふくこう》は、内臓を引き出されて伽藍《がらん》になっていた。唇《くちびる》のない口からは涎が零れていた。

そして苦痛と恐怖《きょうふ》のあまり、メルティアの裂《さ》けた股間からは尿《にょう》が漏らされていた。肛門《こうもん》からは、間抜けな放屁《ほうひ》の音とともに、糞便《ふんべん》がひり出されていく。それを止める力は、すでに彼女にはなかった。

血が混じった尿と糞の湯気が、一層無惨さを引き立てていた。

人間としての尊厳のすべてを剝ぎとられ、それでも、メルティアは生きていた。

メルティアのおそろしく強靭《きょうじん》な生命力と、内臓の主要器官を残した医師たちの残酷で高度な技倆《ぎりょう》によって。

メルティアの残る右目は、濁《にご》った硝子玉《ガラスだま》のように虚ろだった。

そこには、いっさいの意志も生気もなかった。

硝子の向こうで黒猫《くろねこ》を抱《だ》いたイナヤが、夫へと目配せをする。うなずいたアズルピが一同へと向き直り、静かな声を発する。

「メルティア、いや実験体〇七二一－A。おまえには失望した」

アズルピが瞑目《めいもく》する。

「違《ちが》う観点から施術してみたが、またも何ひとつとして得られない。この血族での以降の実験は無益だな」

現実のアナピヤと過去のメルティアの顔に、虚無《きよむ》が張りついていた。

部屋を覆《おお》う映像が大きく歪《ゆが》み、まったく違う場所を出現させる。

白い部屋。手術台には、革手錠《かわてじよう》で拘束《こうそく》されたメルティアが横たわっていた。開腹されたまま放置された少女は、まるで飽《あ》きられ捨てられた玩具のようだった。

傍らでは、白衣のアズルピが無慈悲《むじひ》な観察者の視線を投げかけていた。

アズルピの腕《うで》が伸ばされ、メルティアの左腕が持ち上げられた。義父の右手には、薬液が満たされた注射器が握《にぎ》られている。

「これは致死量《ちしりよう》の神経毒で、眠《ねむ》るように死ねる。娘《むすめ》と呼んだおまえへの、せめてもの親心だ」

「お義父《とう》さん、止《や》めて。わたし、次は頑張《がんば》るから、いい子にするから……」

身動きのとれないメルティアが必死に懇願《こんがん》する。表情筋が剝き出しになった少女の顔に、アズルピは嫌悪《けんお》感を露にする。

「安心しなさい。私は次の作品に取りかかる。おまえの努力は次の子が引き継《つ》ぐ」

「イヤ、イヤだ、お願いやめて、わたし死にたくないようぅ」

「そんなゴミのような状態になっても、まだ生きたいというのか？」

心底から呆《あき》れたような義父の声。メルティアの瞼のない目尻《めじり》に、涙とも粘液《ねんえき》ともつかないものが溢《あふ》れる。

「仕方ないな。ではあの子に任せよう」

アズルピの呼びかけで、部屋に入室してくる半裸《はんら》の少女。その姿に、メルティアの顔が引きつる。

少女は、虚ろな目をしたアティーティアだった。股間《こかん》から精液を垂れ流し、太股《ふともも》から足元までを糞尿に塗れさせた姿は、メルティアと同じ凌辱《りょうじょく》を味わった事実を示していた。

アティーティアの小さな手に注射器が渡《わた》される。

「助かるの、メーティーにこれを刺《さ》せば、あたしは許してもらえるの？」

「ああ、最終実験はしない」

アズルピが重々しくうなずく。アティーティアが夢遊病のような足取りで手術台に歩み寄る。

「お願い、止めてアティ。わたしたち従妹《いとこ》で友達でしょ？」

「メーティーが悪いんだからね。いつも泣いて卑屈《ひくつ》に媚《こ》びてばかりで、あたしにだけ辛《つら》いことを押しつけて。だからあなたって嫌《きら》われていたのよ。シタールでも、ここでも」

無機質なアティーティアの声とともに、注射器が掲《かか》げられる。針の先端《せんたん》から毒液が迸《ほとばし》り、メルティアが掠《かす》れた悲鳴をあげる。

「あたしはあなたが大嫌いだった。従妹で年下のあなたを守っていると、自分が強くなった気がしたから一緒《いっしょ》にいただけなのに。あなたを守ってメトレーヤに来たら、こんな目に遭《あ》うなんて！」

「ごめんなさい、ごめんなさいアティ。わたし、弱くてバカで、ごめんなさい」

涙《なみだ》を滂沱《ぼうだ》と流すメルティアの懇願にも構わず、注射針が少女の左前腕《ひだりぜんわん》の静脈に差しこまれる。

「あなたは人に愛されたいって常に思っていたから、本当は輪姦《りんかん》されて喜んでいたんじゃないの？　良かったじゃない、最後にみんなに可愛《かわい》がってもらえて！」

アティーティアの目と口許《くちもと》には、卑屈さと嘲笑《ちょうしょう》とが入り混じった、汚泥《おでい》のような感情が現れていた。

「一回くらいはあたしを助けてよ」

アティーティアの親指が、注射器の尻を無慈悲に押す。

冷たい薬液が自分の体内に侵入《しんにゅう》していくのを、他人《ひと》ごとのように眺《なが》めているメルティア。

海色の瞳《ひとみ》から、急速に意志と命の光が消え、深海の底のように翳《かげ》っていく。

「あははは、みっともない豚の顔。これでこれで、あたしは助かる。助かるんだぁ♪」

アティーティアは放心した顔で立っていた。アズルピの冷たい声が告げる。

『実験体〇七二一－Aの処置完了。いつもの場所へと廃棄《はいき》せよ』

アズルピの謹厳《きんげん》そのものといった顔が、大きく歪み、消失した。

魔杖剣《まじょうけん》ヨルガの切っ先が、手術台の下に隠《かく》されていた立体光学映写機を貫《つらぬ》き、ようやく映像が止まったのだ。

「あたしって何？　お義父さんとアティにゴミみたいに殺されたの？　だったら、ここにいるあたしは何なの？」

俺の腕の中にいるのを拒否《きょひ》するようにアナピヤが暴れる。

「怖《こわ》いっ、男の人、怖いっ！　ガユスも怖いっ！」

アナピヤに押されて俺の背が壁《かべ》に触《ふ》れる。しかし、アナピヤの心が砕《くだ》け散ってしまわないように、俺は必死で抱き留めるしかなかった。

瞬間《しゅんかん》、灼熱《しゃくねつ》が疾《はし》る。


痛みを無視し、目で確かめると、左脇腹《わきばら》を貫いて白刃《はくじん》が生えていた。

視線だけで、恐《おそ》る恐る背後を振《ふ》り返る。ギギナの右上腕が刃《やいば》に半ば千切られながらも、俺の心臓への軌道《きどう》を変化させていたのだ。

「油断を、するな」

ギギナの苦鳴とともに、悲鳴をあげるアナピヤを突《つ》き飛ばす。それを合図に背後からの白刃が動く。ギギナの右腕が切断され、俺の脇腹から外側へと移動。防刃繊維《せんい》ごと肉を切り裂《さ》いていく。

横転して逃《に》げると、背後の壁から生えた白刃が四方に動く。切り取られた壁が、鈍《にぶ》い音を立てて落下する。

小さな穴から、一刀を提《さ》げたユラヴィカの長軀《ちょうく》が入ってくる。

「心音を狙《ねら》ったというのに、ギギナが回避《かいひ》させたか。それに運がいい男だ。逆に抜《ぬ》ければ、胴《どう》体《たい》を両断していただろうに」

銀色の双眸《そうぼう》が俺たちを見下ろす。視界が真紅《しんく》に染まりながらも、恐怖《きょうふ》に凍《こお》りつくアナピヤとニルギンを背後に庇《かば》う。まさか、背後の壁ごと貫いてくるとは思わなかった。

「お、俺って運がいい、のか悪いのか。まあ、悪い、方に財産全額を賭《か》けるな。ついでにおまえらドラッケン族は、何を食べてこんなに、猟奇《りょうき》殺人、鬼揃いになっ、たんだ？」

苦鳴の間から皮肉を発するが、俺の体は満足に動けない。背中に隠したアナピヤの震《ふる》えが伝わってくる。

「ギギナはどこだ？」

俺の眼前で、ユラヴィカがギギナの姿を探し、視線を彷徨《さまよ》わせた。同時に扉《とびら》が爆風《ばくふう》で破られ、屍葬呪兵《しそうじゅへい》が突入《とつにゅう》してくる。

「邪魔《じゃま》だ」

ユラヴィカの横薙《よこな》ぎの一閃《いっせん》で、先頭の死者の鼻から上が消し飛ぶ。続いて死闘《しとう》が開幕する。窓から射《さ》しこむ月光の中で、襲撃者《しゅうげきしゃ》たちの影《かげ》が入り乱れるのを、俺はただ漫然《まんぜん》と見ていた。揺《ゆ》らめく影の中で、余計な影があった。

俺や襲撃者たちが見上げると、天井《てんじょう》の照明から吊《つ》り下がったギギナがいた。そして破壊《はかい》された自らの右腕《みぎうで》を左手で千切っていた。

屍葬呪兵たちが、魔杖剣を突き上げるより早く、ギギナが左手で握《にぎ》った右腕を振る。

右腕の先の屠竜刀《とりゅうとう》が、室内を横断する巨大《きょだい》な円弧《えんこ》を描《えが》き、死者たちの頭や胸部を連続で切断。黒血が壁と床《ゆか》に散る。

急襲《きゅうしゅう》を寸前で避《よ》けた屍葬兇兵たちの槍《やり》や剣が、上方へと放たれる。だが、天井を蹴《け》っていたギギナの脛《すね》を掠めるだけ。

床に着地し、蜘蛛《くも》のように這《は》うギギナ。狂獣《きょうじゅう》の笑《え》みとともに左腕が振られ、竜《りゅう》の尾《お》のようにしなった屠竜刀が、死者たちの胸板《むないた》を薙ぎ払《はら》う。

勢い余った腕と刃を体にまきつけ、背後からのユラヴィカの刺突《しとつ》を躱《かわ》すようにギギナが飛翔《ひしょう》。ドラッケンの戦士は天井を経由し、入射角と同じ反射角を辿《たど》る。死の撞球《どうきゅう》となったギギナが、獣化士の鰐《わに》の頭を両の踵《かかと》で挟《はさ》む。

高速で捻《ひね》られ、頸骨《けいこつ》が砕ける音。続いて、ギギナの前方回転に連れられて、死者の体が宙を舞《ま》い、頭から壁に激突させられる。

頭蓋骨《ずがいこつ》と脳が粉砕《ふんさい》される衝撃音《しょうげきおん》と、壁に咲《さ》いた血と脳漿《のうしょう》の花弁。ギギナの踵が壁を蹴って、振り返りざまに放たれる死者の刃を回避。

右の踵で頭蓋骨ごと脳を踏《ふ》み抜き、空中を飛び渡《わた》りながらギギナが左手を振る。左腕に握られた右腕の先の屠竜刀が、高い天井を切り裂きながら疾り、突撃してきていたユラヴィカの左《ひだり》肩《かた》を断ち割る。

超反応《ちょうはんのう》していた兇《きょう》戦士の左の鉤爪《かぎづめ》が刃を摑《つか》み、それ以上の侵入《しんにゅう》を阻《はば》む。

ギギナが小さく飛翔し、断たれた右腕の先、一五一五ミリメルトルの長柄《ながえ》の中ほどを踏む。踏みつけの衝撃を力点に、九三五ミリメルトルのガナサイト重咒合金《じゅうじゅ》の刃が作用点となり、ユラヴィカの左肩の三角筋や大胸筋や鎖骨《さこつ》の端《はし》ごと、左脇《ひだりわき》まで一気に切断するっ！

黒血を噴《ふ》いて跳《は》ねる自らの左腕を摑み、ユラヴィカが横転、窓を破って逃走《とうそう》。ギギナも屠竜刀を引きもどしつつ横移動、窓の外へ続く。

苦痛を訴《うった》える体を無視して、窓の大穴へと駆《か》け寄る。入り口から身を乗り出して、俺は二人の姿を追った。

空中で右腕を断面に当てるギギナ、同様に左腕を肩口につなげるユラヴィカ。

生体生成系第四階位〈胚胎律動癒《モラックス》〉の咒式《じゅしき》が発動。増殖《ぞうしょく》した細胞《さいぼう》が触手《しょくしゅ》のように絡《から》みあい、ギギナの傷口を癒着《ゆちゃく》させる。化学珪成《けいせい》系第四階位〈晶珪連結癒《ピフロン》〉でユラヴィカの傷口が珪素繊維で連結されていき、回転しおわった時には、二人の腕は修復しきっていた。

階下は、元は巨大な実験室の空洞《くうどう》だったらしい。現在は四方の高い壁から水が流入し、室内を巨大な水槽《すいそう》と化していた。

渦巻《うずま》く水が重い唸《うな》り声をあげる水槽。水面を、元々は高所の通路が横切っていた。

欄干《らんかん》が両側に並ぶ幅広《はばひろ》の通路。コンクリ床の上に、何かの検査に使う機器が点々と転がり、二つの人影が立っていた。

天井の硝子《ガラス》の天蓋《てんがい》を通して月光が降りそそぎ、屠竜刀を掲《かか》げて対峙《たいじ》するドラッケンたちを青く染める。

足元を水が浸《ひた》していた。水面下の硝子の破片《はへん》が月光を反射し、冬の星空にも見えた。

「やっと一対一。腐《くさ》ってもドラッケン族の戦士ということか」

「いや、今度も立会人がいる」

ユラヴィカの背外套《マント》が開かれ、水晶《すいしょう》に封《ふう》じこめられた人面が出現する。そこに九つ目の人面。陽気だったチェデックの、時が停止したかのような丸顔が加えられていた。

「この男のためにも、我が狂気のためにも、絶対に負ける訳にはいかぬのだ」

決意の宣告とともに、背外套が閉じられる。ユラヴィカの全身から尋常《じんじょう》ではない鬼気《きき》が噴きあがり、俺の背筋に怖気《おぞけ》が疾《はし》る。

あんな化け物の正面に立っていられる、ギギナの心臓が信じられなかった。

「切っ先に全存在を宿し、存分に殺しあおう」

ギギナが宣言したと同時に、二振《ふ》りの屠竜刀が火を噴いた。ギギナの生体強化系第五階位〈鋼剛鬼力膂法《バー・エルク》〉とユラヴィカの化学珪成系第五階位〈光晶速疾軀法《ストーラ》〉が発動。二人の戦士の姿が、超高速移動の霞《かすみ》となって消える。

轟音《ごうおん》。

激烈《げきれつ》な斬撃《ざんげき》が合わされ、火花の光芒《こうぼう》が二人の戦士の雄姿《ゆうし》を切り取る。激烈な足捌《あしさば》きで撥《は》ね上げられた水飛沫《みずしぶき》が、二人の姿を隠《かく》す。

並走《へいそう》しはじめた二人の間で、数十条の斬撃が荒《あ》れ狂《くる》う。間に挟まれた機器が輪切りにされ、さらに斬光が殺到《さっとう》し、細かく粉砕される。

ユラヴィカの水晶の刃《やいば》が放たれ、ギギナの封咒弾筒《ふうじゅだんとう》が爆裂《ばくれつ》を弾《はじ》けさせ、俺やアナピヤのいる部屋を支える柱を揺るがせる。

俺の目では、物体の破片と水の飛沫でしか二人の軌跡《きせき》を捉《とら》えられない。

爆煙《ばくえん》と水煙《すいえん》を裂《さ》き、ユラヴィカの下段斬りが疾る。ギギナが左に屠竜刀を旋回《せんかい》させて、火花とともに受け流す。

自らの屠竜刀を手放し、放たれたユラヴィカの左直突き《ひだりストレート》の拳《こぶし》、首を振って直撃を躱すギギナ。だが、閃光《せんこう》のように連動した右拳にギギナの顎《あご》が撃《う》ち抜《ぬ》かれ、左蹴り《ひだりげ》に右脇腹の肋骨《ろっこつ》を砕《くだ》かれ、最後に小型戦車砲《せんしゃほう》のような右肘《みぎひじ》の一撃を受けて、額が割れる。

衝撃を逃《に》がすべく、後方へと下がるギギナ。対して、背後に落下する屠竜刀ゾリューデの長柄を後ろも見ずに掴み、旋回させるユラヴィカ。

俺もさまざまな咒式士《じゅしきし》を見てきたが、剣技と体術で戦う前衛咒式士として、ユラヴィカは最強だった。

遠距離《えんきょり》離戦では珪成系咒式《けいせいけいじゅしき》、中・近距離戦では剣技、密着戦では関節技《わざ》という正統格闘技《かくとうぎ》を、血塗《ちまみ》れの実戦で鍛《きた》えあげた戦闘術。それに、チェデックの仇《かたき》を取ろうとする執念《しゅうねん》と狂気が加わり、究極の戦闘者となったのだ。

唇《くちびる》と額から血を流してギギナが笑う。ユラヴィカも唇で禍々《まがまが》しい弧《こ》を描《えが》く。

何の予兆も合図もなく、二匹の美獣は水を蹴立《けた》てて突進。

ユラヴィカの下段斬りをギギナの刃が受け止める。だが、隠れて下方から天へと昇《のぼ》る左拳に、ギギナの顎が撥ね上げられる。同時に、ギギナが放っていた前蹴りの足刀が、ユラヴィカの胸板を蹴っていた。

超衝撃に骨を軋《きし》ませながら、体勢を回復したユラヴィカの刺突が放たれる。

　雷《いかずち》の一撃を屠竜刀《とりゅうとう》が受けて、火花を散らしながら右へと滑《すべ》る。凶戦士の側面に回りこみつつ、ギギナの左手が後頭部を摑む。柄《つか》を離《はな》した右手が疾り、ユラヴィカの額を掌底《しょうてい》で撃ち抜き、投げに変化、後頭部を床《ゆか》へと叩《たた》きつけるっ！

　水飛沫とともに床が砕け、衝撃《しょうげき》の反動で跳ね上がる長軀《ちょうく》。反転したギギナの踵《かかと》の打ち下ろしを、身を捻《ひね》って逃《のが》れるユラヴィカ。

　ギギナの踵が硬《かた》い床を破砕《はさい》し、水飛沫を目眩《めくら》ましにして逃れたユラヴィカが跳ね上がり、瞬《しゅん》時《じ》に体勢を整える。

　落ちてきた屠竜刀をギギナの手が摑み、体側で旋回させて掲げる。ユラヴィカの動作の再現のつもりなのだろう。

　ギギナの顎は砕けたままで、切れた額からは流血が止まらず、折れた肋骨は肺や内臓に突き刺《さ》さっている。

　ユラヴィカも、屠竜刀ゾリューデを掲げて対峙する。ギギナの掌底で割れた額、床に叩きつけられた後頭部と背骨は砕けているだろう。互《たが》いに瀕死《ひんし》の重傷。

　極限の死闘。最強の戦士たちの戦いに、俺は絶句していた。

　ここにいるのは、人の形をしただけの二頭の狂える竜《りゅう》だった。

「見事な投げ技だ。どうやら、吹《ふ》っ切れたようだな」

「関節技に移行される前に、打撃と投げ技でつぶせば対処できる。そちらはどうだ？」

　笑《え》みとともに疾走《しっそう》した、二陣《じん》の嵐《あらし》が激突《げきとつ》。凄《すさ》まじい剣撃が応酬《おうしゅう》され、打ちあわされる火花と轟音が荒れ狂う。

俺には、この二人の剣士の刃に精緻《せいち》な数式を感じとれた。

相手の足裏から胴体《どうたい》、腕《うで》の複雑な関節の捩《ねじ》れを伝わる力を計算し、放たれる刃。その質量と軌道《きどう》を読む思考の渦《うず》。

自分の体の座標を捉え、受けるか流すか躱《かわ》すか反撃するか、最善の反応を返すべく方程式を組む。

その場の最適解だけでは、二手先、三手先で相手の刃と拳に捕捉《ほそく》される。四手先、五手先、そして無限につながる連立方程式を瞬時に組み立て、互いの肉体で解いていく。

足捌きは円と直線、跳躍《ちょうやく》は立体となり、屠竜刀の間合いは死の球体。横薙《よこな》ぎの刃の切っ先に円弧が描かれ、鋭《するど》い刺突《しとつ》には直線。そこから変化した突きには、円錐《えんすい》と三角錐に四角錐と様々な立体が現れる。

その動きのすべてに、力方向と質量を示す数字と方程式が示されているのが幻視《げんし》できた。

何百何千という方程式の僅《わず》かな綻《ほころ》びを、ギギナの刺突が貫《つらぬ》く。

激烈な刃を捌き、ユラヴィカが体勢を崩《くず》す、と見せかけた回転からの直蹴りが放たれる。破城槌《つち》の一撃を、肘《ひじ》と膝《ひざ》で挟《はさ》んでギギナが耐《た》える。

旋回したネレトーが跳《は》ね上がり、一転し瀑布《ばくふ》となって振り下ろされる斬撃を、ユラヴィカの掲《かか》げた刀身が受け止める。両手で刃と柄を支えるが、超《ちょう》質量に両足の下の床に亀《き》裂《れつ》が入る。

衝撃に膝が撓《たわ》められ、下りたユラヴィカの顔を、迎撃《げいげき》するギギナの左膝の弾頭《だんとう》。弾ける鮮血。

しかも膝から下が独自の生き物のごとく回転し、跳ね上がったユラヴィカの首筋を捉える。しかし寸前で戻《もど》ってきていた右腕を軋ませながら、ユラヴィカが防御《ぼうぎょ》していた。

だが、さらにギギナの左足首から先が鎌《かま》のように首筋にかけられ、凶《きょう》戦士を力ずくで薙《な》ぎ倒《たお》すっ！

破砕される床と、ユラヴィカの唇から肺の空気が漏《も》れる音。そして二人の死闘の衝撃で、通路全体が軋む音が重なる。

水飛沫《みずしぶき》を切り裂いて続く、断頭台のような垂直の刃の一撃を、血塗れのユラヴィカが転がって逃れる。同時に凶剣士の伸《の》ばした屠竜刀の薙ぎ払《はら》いを、後方へと飛んでギギナが回避《かいひ》。

体の横転を縦回転に、そして疾走に変えたユラヴィカをギギナが追走。

ユラヴィカが前方へと跳躍。化学練成系第三階位〈晶結葬柩《クスン・サブ》〉が発動。前方に発生した水《すい》晶《しょう》の柩《ひつぎ》を蹴って、後方から迫《せま》るギギナの頭上を越《こ》える影《かげ》。

影の手から屠竜刀の銀光が疾《はし》るのを、背後に回した屠竜刀でギギナが迎撃。着地したユラヴィカの水面斬《ぎ》り。その刃《やいば》は空を斬るだけだった。

同じく水晶柱を蹴っていたギギナの長軀が、ユラヴィカのさらに上空を舞《ま》っていたのだ。猛《もう》禽《きん》となったギギナの、必殺の斬撃《ざんげき》が放たれる。

「甘いっ！」

肩口《かたぐち》を斬られながらも、ユラヴィカの関節限界を無視した迎撃の刃が、背後のギギナへと放たれていた。

ゾリューデの先端《せんたん》がギギナの左胸を貫き、串刺《くしざ》しにしていた。

ついに、ユラヴィカが膨大《ぼうだい》な戦闘方程式を読み切ったのだ。

空中で串刺しにされては、前後左右どちらに逃《に》げようとしても、ユラヴィカが刃を動かしギギナの肉体を解剖《かいぼう》する方が速い。

「さらばだ、至上の勇者よ」

死刑《しけい》宣告とともに、ユラヴィカがギギナの体を空中解体しようと力をこめる。

しかし、ギギナの口許《くちもと》に戦鬼《せんき》の笑みが浮《う》かんでいたことに、背中を向けたままのユラヴィカは気づけなかった。

前後左右。そのどちらにもギギナは移動しなかった。自ら胸から肩を刃に貫通《かんつう》させて解放、根元へと向かったのだ。

そして、伸《の》ばされたギギナの鋭利《えいり》な犬歯が、ユラヴィカの右手首を捉《とら》える。

驚愕《きょうがく》に凶戦士の美貌《びぼう》が歪《ゆが》むより早く、牙《きば》を立てたままのギギナが着地。勢いのままに大きく首を振《ふ》り、腕ごとユラヴィカの体が空中に大きな円を描《えが》く。

ユラヴィカは、受け身も取れずに肩と頭から床に激突させられた。高く上がる水柱を貫いて、頭蓋骨《ずがいこつ》と装甲《そうこう》ごと脊髄《せきずい》が砕《くだ》ける音が響《ひび》く。

コンクリ製の床に、隕石《いんせき》でも落下したような放射状の亀裂が広がり、通路の悲鳴が大きくなっていた。

唇《くちびる》から血飛沫を噴《ふ》きながら、凶剣士は自分に起きた事態を理解しようとした。しかし、ギギナの獣《けもの》の顎《あご》は手首を解放してはいなかった。闘術《とうじゅつ》を解析《かいせき》されてはギギナが負ける、ならば無茶を押し通すのみ。

今度は逆方向に強靭《きょうじん》な首を振り、ユラヴィカを投擲《とうてき》。

空中で回避行動が取れない凶戦士の腹部に、槍《やり》の穂先《ほさき》のようなギギナの後ろ直蹴《じかげ》りが突《つ》き刺さり、鎧《よろい》ごと肋骨《ろっこつ》を粉砕《ふんさい》、内臓を破裂《はれつ》させる。

身を折り、水滴《すいてき》の尾《お》を曳《ひ》いて吹き飛ぶユラヴィカ。混乱を押さえつけ、四肢《しし》を畳《たた》んだ回転とともに着地。

水の幕を貫いて、重い一歩を踏《ふ》みこみながらのギギナの銀の追撃が放たれ、ユラヴィカの迎撃の刃が受ける。

屠竜刀《とりゅうとう》ネレトーとゾリューデの切っ先が激突《げきとつ》。精密無比の激突に、超新星の爆発《ばくはつ》のような火花があがる。

硬直《こうちょく》。

僅《わず》かに真芯《ましん》を外し、ユラヴィカの切っ先が外に逸《そ》らされていた。

ギギナの切っ先が、一筋の彗星《すいせい》のように空中を疾駆《しっく》。二四五〇ミリメルトルに伸ばされた屠竜刀ネレトーの先端が、ユラヴィカの心臓を正確に貫通していた。

「誇《ほこ》りをなくした貴様は、ドラッケンではなくなった。それが敗因だ」

ギギナの全身の筋肉が隆起《りゅうき》し、屠竜刀が破壊《はかい》を開始する。心臓を斜《なな》めに疾り、右肩へと抜《ぬ》けるガナサイト重咒合金《じゅうじゅ》の刃。

血飛沫をまとった刀身が上空で翻《ひるがえ》り、垂直に降下。左肩から左肺、再び心臓を縦断し、左脇《ひだりわき》へと駆《か》け抜けるっ！

ユラヴィカの両腕《りょううで》が、鮮血《せんけつ》の弧《こ》を描いて床に落下する。右手が握《にぎ》っていた屠竜刀ゾリューデが、重々しい落下音を奏《かな》でた。

自らを戒《いまし》める刃を解放してからの、嚙《か》みつき投げ。完璧《かんぺき》なユラヴィカの戦闘《せんとう》方程式を越えた野獣《やじゅう》の攻撃《こうげき》が、ギギナに勝利をもたらした。

だが、それはギキナにも左胸から肩までもが裂《さ》かれる重傷をもたらしていた。失血と負傷のあまり膝をつく。

両腕を無くし、心臓と両肺を破壊されたユラヴィカが立っていた。

その傷口からは、真紅《しんく》の花弁が咲《さ》き誇るように鮮血が噴出《ふんしゅつ》し、王者のように立ちつくすユラヴィカ自身と、跪《ひざまず》くような姿になったギギナを染めていた。

「誇りか……。それこそがドラッケン族の血の呪《のろ》いだ」

ユラヴィカは、遥《はる》かな故国を見ているような遠い眼差《まなざ》しを虚空《こくう》に注いでいた。通路の軋《きし》みは、轟々《ごうごう》と唸《うな》る水音よりも激しくなっていた。

「誇りと因習が、我らの心を縛《しば》っている。破壊と流血でしか、我らの心の輪郭《りんかく》を示せない。言葉の不確実性を捨てた我らは、だから、悪鬼のようにしか生きて、死ねない」

自らの血に染められたユラヴィカ。美しい唇からは、滝《たき》のような鮮血とともに叫《さけ》びが零《こぼ》れた。

「寂《さび》しいことだ。とても寂しいことだ」

「そうだな。忘れ去られていく誇り、滅《ほろ》びゆく民族だ」

ギギナの答えが返された。

「だが、続けるしかない」

ギギナの手の中で、屠竜刀が揺《ゆ》れる。

「もっと強く、もっと速く！　剣《けん》と拳《こぶし》の向こうに、私を連れていってくれっ！」

血を噴くようなギギナの叫びに、ユラヴィカが力なく首を振る。その足元に亀裂《きれつ》が走った。

「残念ながら私の楽しき戦いは終わった。今一度、剣を振れるのならば、魂《たましい》すら売ってやりたいのだが……」

天を仰《あお》いだユラヴィカの上に、宝石の帯のような月光が降りそそぐ。その足元で、亀裂は悲鳴をあげながら断層となっていく。

「ギギナよ、お主はいつまでも無意味で孤独《こどく》な闘争に生きるがいい。それが、お主の救いがたい傷痕《きずあと》を癒《いや》すというのなら」

「ユラヴィカっ！」

見上げたギギナの横顔は、すべての拠《よ》り所を失った子供の顔をしていた。

断層が通路の支持限界を突破《とっぱ》。轟音《ごうおん》を立てて、中央部から水面に沈《しず》んでいく。

ギギナが後方に飛んで、傾斜《けいしゃ》した床の端《はし》を摑《つか》んで着地。戦士の目はユラヴィカへと戻《もど》される。

ユラヴィカは沈んでいく通路の中央に立ったままだった。機器が坂を滑《すべ》っていき、膝《ひざ》まで水に浸《ひた》していた凶戦士《きょう》の周囲に落下していく。

次々と突き立つ水柱の中で、ユラヴィカは悠然《ゆうぜん》とたたずんでいた。

「チェデックよ、ドラッケンの勇者たちよ、地獄《じごく》で私を責めにくるがいい。あの世でも私は変わらぬ悪鬼《あっき》となり、おまえたちと剣を交え、そして屠《ほふ》るだろう！」

その水晶《すいしょう》の双眸《そうぼう》は、すでにこの世の何ものをも捉えてはいなかった。口許《くちもと》が弧を描き、爽快《そうかい》なまでの笑顔《えがお》を象《かたど》っていた。

「……それでもチェデックよ、お主だけは私の側《そば》で戦ってくれるか？　ならば地獄も戦《いくさ》に満ち満ちて、退屈《たいくつ》しないだろうな。楽しみだ、とても楽しみだ……」

ユラヴィカの笑みが後方へと傾《かたむ》く。優美な曲線を描いて背後に倒《たお》れていき、そして派手な水《みず》飛沫《しぶき》があがった。

水面《みなも》を染める自らが流した血に、背外套《マント》が緇衣《しえ》のように広がり、ユラヴィカを浮《う》かべさせていた。九つの死に顔が横に並ぶ。

壮絶《そうぜつ》な笑みのまま、凶戦士は浮かんでいた。

背外套が浮力《ふりょく》を失い、八つの人面が沈んでいく。残ったチェデックの死に顔の隣《となり》に、ユラヴィカの凍結《とうけつ》した笑みが並ぶ。

チェデックとユラヴィカの青白い顔も、沈んでいった。

額と鼻筋に刻まれた青き蝶《ちょう》は、ついに何処《どこ》にも飛ぶことはなく、ただ、昏《くら》い水へと消えた。

後には波紋《はもん》が残り、それも膨大《ぼうだい》な水の流れに呑《の》みこまれていった。

偽《いつわ》りの静寂《せいじゃく》が消え去り、轟々とした水の流れの音が帰ってきた。

通路に摑まっている相棒に、俺は上階から呼びかけた。

「ギギナ……」

「言うな、私にも分かっている」

両者の力と負傷は五分だった。むしろチェデックの復讐《ふくしゅう》と狂気《きょうき》の分だけ、ユラヴィカの鬼気が勝《まさ》っていたかもしれない。

だが、チェデックの人面を身につけた分だけ、体の均衡《きんこう》が以前と違《ちが》ったのも確かだ。互《たが》いの最後の一撃、極限の精密さに、その僅《わず》かな重さの違いが影響《えいきょう》したのかもしれない。

狂気を選択《せんたく》したユラヴィカに、わずかに残った亡《な》くなった者への哀惜《あいせき》。

その優《やさ》しき想《おも》いゆえに敗北したとしたら、戦いに救いなどない。

腹部を半ば切り裂《さ》かれた俺の意識が、遠くなってきた。ギギナの生体咒式《せいたいじゅしき》で治療《ちりょう》してもらわないと、ユラヴィカの後を追うことになる。

「おーい、早……」

轟《とどろ》くような重低音が、俺の呼びかけを断ち切った。

部屋が傾斜していくのが感じられた。咒式《じゅしき》の連発とドラッケン族の死闘で、通路の上のこの部屋が崩壊《ほうかい》しようとしているのだ。

「ガユスっ！」

奥から飛び込んできたアナピヤの手が、俺の腕を摑もうとして、躊躇《ちゅうちょ》した。俺という男への恐怖《きょうふ》が、アナピヤの瞳《ひとみ》で荒《あ》れ狂《くる》っていた。

それでも決心したように俺の手を摑み、小さな全身の力で引っ張り上げようとする。だが、部屋自体が崩壊していく中では無力だった。

壁《かべ》や床《ゆか》が崩壊し、屍葬咒兵《しそうじゅへい》の死体に巻きこまれながら、俺とアナピヤが滑り落ちていく。ニルギンの悲鳴が、轟音の隙間《すきま》を縫《ぬ》って聞こえた。破砕物《はさいぶつ》の向こうに、通路に摑まっているギナが手を伸《の》ばしてきているのが見えたが、間に合わない。

薄《うす》れゆく意識を必死に押し止《とど》め、〈遮熱断障檻《フォエニク》〉を発動。落下していくアナピヤと俺を、金属の殻《から》が覆《おお》っていく。

金属の檻《かご》が閉じられると同時に、直下型大地震《だいじしん》を受けたような衝撃《しょうげき》。膨大な質量に檻が軋み、アナピヤを庇った俺の背中が外殻《がいかく》に激突《げきとつ》させられる。

脇腹《わきばら》の傷口が開き、肋骨《あばらぼね》が砕《くだ》ける激痛が、脳天まで貫《つらぬ》く。咒式《じゅしき》の組成式が崩壊。途端《とたん》に、膨大な水の波濤《はとう》が四方八方から襲《おそ》いかかる。俺の喉《のど》や鼻へ水が押し寄せ、呼吸が漏《も》れる。

嵐《あらし》の中の木の葉のように、昏い奔流《ほんりゅう》に巻きこまれていく。重力が消失し、三半規管が発狂《はっきょう》し、上下左右が分からなくなる。

荒れ狂う破片《はへん》が、俺の全身を激しく殴《なぐ》りつける。脇腹への衝撃で、最後の呼気が、口から吐《は》き出される。

アナピヤだけでも守ろうと、必死に両腕《りょううで》の中に抱《かか》えながら、俺は流されていく。

酸欠状態になり、意識が暗黒に呑まれて……。

13 贄《にえ》

盲目《もうもく》の天使が、濡《ぬ》れた唇《くちびる》で囁《ささや》く。

「死と誘惑《ゆうわく》から逃《のが》れる術《すべ》はただ一つ。その誘惑を受け入れることだ」と。

ナハティガ・レヴィ・コドムス「原罪について」皇暦《こうれき》二三四年

背中への衝撃。痛みが俺の思考を強制的に覚醒《かくせい》させる。

見開いた視界は、一面の黒に覆われていた。

開いた口から、喉から胃を満たした汚水《おすい》が吐き出される。同時に、吐き出した以上の水が入りこんでくる。

苦痛で意識が引き寄せられ、再び水を吐き出す。腕の中のアナピヤの感触《かんしょく》が、さらに思考力を取りもどさせる。

三半規管の混乱を力ずくで無視し、冷静さを自らに強制。下方に月明かりが揺《ゆ》らめいているのが確認《かくにん》できた。だとすると向こうが上だ。

体を反転させて、水面を突《つ》き破《やぶ》る。同時に、喘《あえ》ぐように呼吸をし、夜気を吸いこむ。新鮮《しんせん》で冷たい酸素が肺を満たし、痛いほどだった。

握《にぎ》っていた魔杖剣《まじょうけん》ヨルガを、コンクリの岸に突き立てて、水面から身を逃れさせようとする。しかし、脇の傷の激痛で上昇《じょうしょう》できない。虚《むな》しく落下していく手に、何かが絡《から》みつく。

見上げると、巨大《きょだい》な月を背にしたニルギンが手を差し伸べ、俺の右腕を摑《つか》んでいた。

「ガユスさん、引き上げますから我慢《がまん》してください」

ニルギンが俺とアナピヤを水面から引っ張りだす。

水の黒い染《し》みの広がるアスファルト。肩《かた》を上下させて、俺は荒《あら》い呼吸を繰《く》り返す。呼吸の度《たび》に、脇腹や全身の傷口が痛みを喚《わめ》きたててくる。いや、そんな場合ではない。

屈《かが》んで、水に濡れたアナピヤの状態を確認。大量の水を飲んでしまっている。

アナピヤの首を反らして鼻を摘《つま》む。躊躇することなく少女の唇に俺の唇を合わせて、息を送りこむ。

アナピヤの瞼《まぶた》が開かれ、朦朧《もうろう》とした双眸《そうぼう》が俺を見上げる。瞳に苦痛の閃《ひらめ》きが宿り、アナピヤの可憐《かれん》な唇から胃の中の水が逆流し、迸《ほとばし》る。少女は転がるように細い身を捩《よじ》って、水を吐き出していく。

嘔吐《おうと》しつづけていたアナピヤが、ようやく落ちつく。涙《なみだ》を浮《う》かべ、鼻水を垂らしながら、片《かた》膝《ひざ》をついた俺を見上げてくる。

「大丈夫《だいじょうぶ》か？」

「う、ん。強《ごう》、引《いん》な口づけ、をするんですもの、目が醒《さ》め、た」

　少女は涙と鼻水を手の甲《こう》で拭《ふ》きながら、気丈に微笑《ほほえ》む。

　アナピヤが平気なわけはない。アナピヤの極端《きょくたん》なまでの他者への気遣《きづか》いは、メルティア時の過酷《かこく》な虐待《ぎゃくたい》から発生したものだ。記憶《きおく》を失っても、他人に愛されようという強烈《きょうれつ》な想《おも》いだけが表出していたのだ。

　辛《つら》い時、苦しい時ほどくだらないことを言えという、俺とギギナの教育。それだけが、かろうじてアナピヤの精神崩壊を踏《ふ》みとどまらせているのだ。

「行くぞ」

　俺は気づかないふりをして、アナピヤの小さな手を取る。二人で立ち上がると、安堵《あんど》したような顔のニルギンがいた。

　傍《かたわ》らには、椅子《いす》のヒルルカが安置されていた。傷一つないから、ギギナも怒《おこ》るまい。ま、俺は別の意見を持つことになるけどね。

「ニルギン、とにかく助かった」

「いえいえ。さて、猫《ねこ》のエルヴィンさんはともかく、ギギナさんと合流しないと、私たちだけでは戦力不足です」

　見渡《みわた》すと、月光に照らされた通りに、冷たい建物が並んでいた。ここはまだメトレーヤの中だった。

　ニルギンが周囲を見回していた。ギギナの姿を探しているのだろう。だが、俺はニルギンを見据《みす》えていた。

「どうしたんですか？　ギギナさんを探さないと、我々だけでは……？」

「いや、おまえがいれば充分《じゅうぶん》以上だろう」

　俺は続ける。

「そう、ムブロフスカがいればな」

　背後にアナピヤを隠《かく》しながら、俺は言い放つ。ニルギンは、苦笑《くしょう》と不信を混ぜあわせた表情を浮かべた。

「は？　私が？　潜入《せんにゅう》査問官の私が竜《りゅう》なんて、ガユスさんらしい冗談《じょうだん》ですね。それよりも早くギギナさんを……」

「俺は、竜が人に変化《へんげ》した姿を見てきた。ニドヴォルク、イムクアインという二頭をな。そして竜が人に変化した時には、一定の特徴《とくちょう》がある」

　俺は乾《かわ》いた声を連ねる。

「爬虫類《はちゅう》には存在しない、耳朶《みみたぶ》の変化が不完全なんだよ」

「引っかかりませんよ」

　ニルギンが笑う。俺はもっと笑っていただろう。

「何に？」

　俺の意地の悪い視線に気づき、ニルギンが自らの言葉を検証。やがて苦笑いする。

「やれやれ、引っかかるまいと答えたのが、そもそもの間違《まちが》いですか。竜と人との騙《だま》しあいは、いつも竜の方の分が悪い」

ニルギンの柔和《にゅうわ》な顔の各部品は変わらない。しかし、確固とした威厳《いげん》が現れていた。

アナピヤが怯《おび》えるように、俺の背後へと隠れていく。

「我の変化は完璧《かんぺき》だ。どこから正体を疑っていた？」

人間の喉《のど》から発しているとは思われない、重厚で荘重《そうちょう》な声だった。

「最初から分かっていた。いや、それは嘘《うそ》だ。実は、途中《とちゅう》から薄々《うすうす》気づいていた」

油断なく魔杖剣を掲《かか》げながら、俺は述べていく。

「竜反対派なんて、逆に竜に関心があるということだ。潜入査問官の紋章ってのも竜の咒式《じゅしき》なら偽造《ぎぞう》できるだろう。それに戦闘《せんとう》の度《たび》にアナピヤを守ったことも、幸運を装《よそお》ってはいたが何度もやりすぎだ」

切っ先をニルギン、もはやムブロフスカであることを隠そうともしない、その鼻筋へ突《つ》きつける。

「あの大破壊《だいはかい》でヒルルカが傷一つ付いていないとか、ようするに、おまえは場面場面で人の限界を微妙《びみょう》に越《こ》えていた」

刃《やいば》を突きつけながら、俺の弾劾《だんがい》が続く。

「ムブロフスカだと名前だけ言われて、おまえは竜だと断定した。いつかはその逆もあった。自分の名前だから、無意識に既知《きち》のものだと思ってしまった。俺、そしてギギナとアナピヤも、竜の名前まではおまえに話していない」蛇足《だそく》も付け加える。「まあ、偶然《ぐうぜん》現れた超《ちょう》高位の咒式《じゅしき》士《し》という可能性もなくはないから、類推で適当に言ってみただけ。間違っていても、おまえの正体を明かす、そのきっかけにはなる。そろそろ話したい頃合《ころあ》いだろう？」

俺の指摘《してき》に、ムブロフスカが溜《た》め息を吐《つ》く。

「人とは、嘘でも何でも言うということを忘れていた」

俺は肝心《かんじん》の質問をする。

「それで、長命竜が何の用だ？」

ムブロフスカの全身から、圧倒《あっとう》的な咒力《じゆりよく》が噴出《ふんしゆつ》する。

「決まっておろう。我が眷属《けんぞく》たるニドヴォルクとエニンギルゥド、イムクアインの仇《かたき》を取るためだっ！」

夜の大気が震《ふる》えるほどの密度を持った咒力の放射に、俺とアナピヤは息もできない。

喘《あえ》ぎながらも、俺は吐き捨てる。

「ムブロフスカ、俺に騙されたお返しはやめろ」

咒力の嵐《あらし》の中で、俺は笑《え》みすら浮《う》かべて続けてやる。

「顎《あご》の傷痕《きずあと》を治療《ちりよう》もせずに残しているのは、俺への暗示だ。あの時のムブロフスカは、アナピヤを傷つけまいとしていた。だから、不本意に正体が見破られた時も、アナピヤの敵ではないと、傷痕で証明する気だったんだろう？」

俺は初めてムブロフスカに遭遇《そうぐう》した時に、その顎に炸裂《さくれつ》した砲弾咒式《ほうだんじゆしき》を思い出していた。

「だからさっきの台詞《せりふ》は脅《おど》しだ。それでなければ、俺にも分かるように正体の片鱗《へんりん》を見せる行動などしない」

「まったく、なんて可愛《かわい》げのない人族だ」

ムブロフスカの咒力《じゅりょく》の放射が霧散《むさん》。俺とアナピヤは前のめりになりつつも、何とか踏《ふ》みとどまる。

「その通りだ。ニドヴォルクとエニンギルゥドは、我が主たる白銀龍《はくぎんりゅう》ギ・ナランハ様から離反《りはん》した反動派で、むしろ敵だ。イムクアインの行動も賢龍派としては容認《ようにん》できない」

「竜《りゅう》にも派閥《はばつ》調整があるとはね」

同情を装《よそお》った俺の嘲弄《ちょうろう》に、ムブロフスカが力なく笑う。

「ついでに言えば、我ら竜族も関《かか》わっている。咒式士《じゅしきし》最高諮問《しもん》法院の潜入《せんにゅう》査問官という身分は本物だ。あの組織の成立には、我ら竜族も関わっている。ただ、ダズルクやグィデトなどといった前線の人間たちは、夢にも知らぬがな」

今度は、俺が愕然《がくぜん》とする番だった。

咒式士の監査《かんさ》機関に、竜の意志が関与《かんよ》しているとはね。

逆に、あそこまで国家権力の介入《かいにゅう》を拒否《きょひ》し公正な組織を運営することは、人間には無理なのかもしれない。

竜の瞳《ひとみ》に浮かぶ苦笑いが、疑念に変わっていった。

「だが、我がムブロフスカと分かっていたなら、汝《なんじ》の『何の用だ?』という最初の問いは、何の意味があったのだ?」

俺は言いよどむ。問いに答えないと話が進みそうもない。仕方なく正直に言うことにした。

「いや、長命竜《ちようめいりゆう》をおちょくれる機会なんか、滅多《めつた》にないだろうなぁと思ったら、つい我慢《がまん》できなくなって……」

俺の発言と同時に、ムブロフスカの瞳に憤怒《ふんぬ》の炎《ほのお》が燃えあがり、そして風に吹《ふ》かれたように消え去った。

竜は何度目かの溜め息をついた。

「汝の会話を真似《まね》していたのだが、潜入捜査官《そうさかん》としてのニルギンは廃業《はいぎよう》だな。一番恐《おそ》ろしいのは人間、ということか」

「うわぁ、ありふれているけど、人間以外に言われると腹が立つ言葉だなぁ」

長命竜に呆《あき》れられるとは、俺は根性悪《こんじようわる》な方なのだろう。ニルギンとしての喋《しやべ》り方が、俺の真似だったという事実にも少し傷ついていたり。

「汝の手に〈宙界の瞳〉があると気づいた時も、我が眼《め》を信じられなかった」

俺は驚愕《きようがく》しつつ、質問を返す。

「そういや、これはいったい何なんだ？　〈大禍つ式《アイオーン》〉もおまえら〈竜〉も追っている物らしいが？」

右薬指に嵌《は》まった指輪を掲《かか》げる。俺たちの注目に反応したのか、内部への探査を拒否する、強力な咒式干渉《じゆしきかんしよう》結界がさらに力を増した。

咒力波長《じゆりよく》が眩《まぶ》しいのか、ムブロフスカの瞳孔《どうこう》が細められる。

「それは言えぬ。むしろ我にも分からぬと言った方が正確だ」

沈黙《ちんもく》。夜の街で、俺とムブロフスカが互《たが》いの真意を探《さぐ》ろうとしていた。

「何かの導き、世界の果てを開く門らしきものだと推測されているが、確かではない。どこぞの呪式士《じゅしきし》が門を開いたと聞いたこともあるが、不吉《ふきつ》なものであることに変わりはない」

次々と放り出された真相に、俺の脳は混乱してきた。

会話の流れに置いていかれていたアナピヤが、前へ出る。

「あの、それで、どうして長命竜さんが、あたしなんかを守るんです？　呪式士たちも、どうしてあたしを狙《ねら》うんです？」

アナピヤの問い。ムブロフスカは深い海の色をした瞳で、少女を見据《みす》えていた。

「おまえを守るため、人の姿を取るのも我が誓約《せいやく》だ。だが、我の口からは……」

「本当のお父さんが言っていた〈架《か》け橋〉という言葉に関係があるの？」

ムブロフスカは、無言でアナピヤの問いかけに耐《た》えた。だが、内心の激しい動揺《どうよう》は隠《かく》せていない。人間への変化《へんげ》を維持《いじ》できず、瞳孔が針のように細まっていた。

「……そのとおりだ。おまえは竜と人をつなぐ者として生まれた」

ムブロフスカの鼻孔《びこう》と口から、蒸気となった高温の溜《た》め息が吐《は》かれる。

「大昔、白銀龍ギ・ナランハは、竜と人の間の争いを無くそうと、人と竜の因子を融和《ゆうわ》させた存在を造られた。この我の因子を使って……」

「じゃあ、ニルギンさんに感じていた優《やさ》しい雰囲気《ふんいき》は……」

アナピヤの目が見開かれる。

「ああ、我はおまえの遠い先祖だ。だからこそおまえを探し、その後は側《そば》で見守りたかったのだ」

ムブロフスカが重々しくうなずく。

「竜は仲間を裏切らず、見捨てない。まして遠いとはいえ子孫のためならば、死地にも飛びこもう」

アナピヤは麻痺《まひ》したように、立ちつくしていた。自分が人間ではないと宣告されたのだ。自分を愛する者がいたのだが、それゆえに今の状況《じょうきょう》になったという事実。愛と憎悪《ぞうお》がアナピヤの内部で軋《きし》みをあげているのだろう。少女を支えるように、脇《わき》に抱《だ》き寄せる。

衝撃《しょうげき》の事実を聞いたとしても、実感し判断できるのは時間がたってからだ。今は麻痺したままでいるべきだ。

「長い間に人々の間に浸透《しんとう》し、二つの種族を結びつけずとも、〈架け橋〉となるはずだった。だが、世界に散った異能力の徒、〈架け橋〉の血族はほとんど絶えていた。残るはバルティアとその娘《むすめ》たる幼いおまえ、そして従姉《いとこ》のアティーティアの三人だけになっていた」

ムブロフスカは、憎悪するようにメトレーヤを見渡《みわた》した。

「しかし、竜の力と権能が、呪式《じゅしき》研究者どもの要《い》らぬ関心を招いてしまった……」

そこから先は、アナピヤや俺も知っていた。義父母は、アナピヤとアティを実験材料としていたのだ。

「おまえを失った罪を償《つぐな》うべく、竜の誓約に従って人の姿をとり、我はおまえを探した。そしておまえの記憶《きおく》を探す旅に従った。だが、その記憶はあまりに過酷《かこく》なものだった」

アナピヤの目には戸惑《とまど》いと、そして憤怒が生まれていた。

「あなたが、あなたの授《さず》けた力のせいで、お父さんは、アティとあたしは……」

「済まぬ。百万言を費《つい》やしても償いきれることではない」

竜の謝罪には真摯《しんし》な響《ひび》きがあった。だが、アナピヤの心を何も救いはしない。

「そもそも、あたしを狙う理由、竜《りゅう》の力と権能って何なの？　あたしは、これからどうしたらいいの？」

アナピヤは誰《だれ》かに問うていた。だが、千年以上を生きたムブロフスカといえど、軽々しく答えられない問いだった。

悠然《ゆうぜん》とした動作で、ムブロフスカが右手を挙げる。その手の寸前で、無音で襲《おそ》いかかってきた巨体《きょたい》が停止していた。

巨大な拳《こぶし》が竜の掌《てのひら》の前で停止している。背後には金属の肌《はだ》が続き、球形の胴体《どうたい》に、無機質な目。ダズルクが使っていた〈護法数鬼《ごほうすうき》〉の姿があった。

ムブロフスカの咒式《じゅしき》干渉結界と護法数鬼を構成する咒力《じゅりょく》が、金属を擦《こす》りあわせるような軋り声をあげる。

だが、人間の咒式士《じゅしきし》たるダズルクの咒力が長命竜の莫大《ばくだい》な咒力に瞬時《しゅんじ》に敗北。護法数鬼の拳の先から数列に分解されていく。

声をあげることもなく、咒式疑似《ぎじ》生物は夜に散乱していった。同時に絶叫《ぜっきょう》。

ムブロフスカが振《ふ》り返ると、ビルの陰《かげ》から、隙間《すきま》から、十数人の屍葬呪兵《しそうじゅへい》が列をなして行軍してくる。

次々と呪式《じゅしき》が撃《う》ちだされてくるが、爆風《ばくふう》も雷撃《らいげき》も、ムブロフスカの掌の周囲で消失し、俺たちへは届かない。

呪式士《じゅしきし》どもの間にダズルクが指揮を執《と》っているが、メルツァールはいない。隠れて操《あやつ》っているのだろう。

「話は後だ。我が死者どもを引きつけている間に、ここから逃《に》げよ」

俺がうなずくかどうか迷っていると、ムブロフスカの横顔が崩《くず》れる。慌《あわ》ててアナピヤを抱《かか》えて、後ろへと飛び退《の》く。

「誓約の遂行途中《すいこうとちゅう》だが、さすがに本来の姿で相手をせねばなるまい」

ムブロフスカの顔が、天の月へと届かんばかりに伸《の》びる。そして輪郭《りんかく》が爆発的に太く巨大になっていく。

ビルの三階にまで伸びた鋼色《はがねいろ》の顎《あご》が現れると、顔の銀鱗《ぎんりん》が、下の巨体へと向かって広がっていく。

長く太い首、厚い胸板《むないた》。巨木のように逞《たくま》しい前脚《まえあし》と後脚。そして長い尻尾《しっぽ》の先まで鋼の鱗《うろこ》が覆《おお》っていく。

隙を逃《のが》さず、ビルの屋上から呪式剣士《じゅしきけんし》たちが急降下攻撃《こうげき》をしかけていく。魔杖剣《まじょうけん》の先端《せんたん》に紡《つむ》がれていた雷撃や爆裂《ばくれつ》が竜《りゅう》の鱗に向かう。しかし、呪式干渉《かんしょう》結界で減殺された威力《いりょく》では、不完全にしか貫《つらぬ》けない。

　ダズルクの腕《うで》が振り上げられるとともに、咒式剣士《じゆしき》たちが蜘蛛《くも》のように手足を広げて、竜の巨軀《きよく》に摑《つか》まる。

　同時に、路上の咒式士《じゆしきし》たちが咒式を放射した。

　爆裂や鋼の槍《やり》が、味方の死者の体を貫通《かんつう》。爆散させながら、ムブロフスカの体に命中。それは、死人の体を通り道とすることによって、咒式干渉をほぼ無効化する攻撃。

　自らの命を省《かえり》みない死者の兵団だからこそ可能な、凄絶《せいぜつ》な対竜戦術だった。

　咒式の殺到《さつとう》に対し、ムブロフスカは平静な顔のままだった。

　冷間線引き鋼線、俗《ぞく》にピアノ線といわれ、鋼製の線を引き延ばす塑性《そせい》過程で強化処理したもので、結晶《けつしよう》がナノメルトル単位で微細《びさい》化されている。そのため、あらゆる鉄鋼の中で最高の引っ張り耐性《たいせい》を持つ。

　化学鋼成系第五階位〈張鋼甲装障軀《レアルフ》〉で発生させる鋼線が、ムブロフスカの鱗の下には、恒常《こうじよう》的に何重にも張りめぐらされていたのだ。

「同じ咒式査問官として、汝《なんじ》らを哀《あわ》れに思う。だから、せめて我が手で死者の眠《ねむ》りに戻《もど》してやろう」

　竜は巨体を振って、まとわりついた咒式剣士たちを振りほどく。ビルの壁面《へきめん》や、アスファルトの上に、死者たちが叩《たた》きつけられ、重装鎧《よろい》ごと骨まで砕《くだ》ける。

　それでも、神経系が全滅《ぜんめつ》しなかった死者たちが緩慢《かんまん》に立ち上がり、竜へと向かっていく。

「疾《と》く行くのだ」

竜の雷《いかずち》のような声に打たれて、俺はアナピヤの手を取って走り出す。

「ヒルルカを忘れるな。ギギナが心配するだろう」

悪戯《いたずら》めいた竜の声に、俺は慌てて進行方向の椅子《いす》の背凭《せもた》れを摑み、走りを再開。

立ちふさがる屍葬呪兵《しそうじゅへい》。俺が魔杖剣を掲《かか》げると、頭上から大瀑布《だいばくふ》が降ってくる。

頭蓋《ずがい》が足先まで圧縮される一撃に、血飛沫《ちしぶき》があがる。竜の長大な尾《お》の一撃だと気づいて、俺は肉塊《にっかい》の傍《かたわ》らを走り抜《ぬ》ける。

逃走《とうそう》する俺の背に、爆裂や呪式獣《じゅしきじゅう》の咆哮《ほうこう》に混じって、竜の声が投げかけられる。

「汝が持つ〈宙界の瞳〉に気をつけよ。それはいつか汝に仇《あだ》をなす。そしてアナピヤを守るのだ！」

怒号《どごう》と轟音《ごうおん》を背に、俺とアナピヤは走っていく。

真円の月は、不自然なまでに皓々《こうこう》と照っていた。走る俺たちの月影《つきかげ》がアスファルトに長く延びていく。

アナピヤが転げそうになり、手を伸ばして支える。

「ごめ、なさい。あたし、もう……」

荒《あら》い呼吸の間から、アナピヤが言葉を吐《は》き出す。

自分の無力さに、少女の眼《め》には涙《なみだ》まで浮《う》かびそうだが、必死に泣くまいと堪《こら》えているのが分かった。

「気に、するな。俺も限界、だ」

俺の速度に合わせて、喉《のど》から心臓が出そうなほど疾走《しっそう》したのだ。アナピヤの足では、よく走った方だ。

俺にしても、全身の裂傷《れっしょう》や骨折が限界に達し、脇腹《わきばら》の傷口まで開いて出血しはじめていた。竜に治療《ちりょう》でも頼《たの》めば良かったと、今さらながらに思う。

よく考えるとギギナの治癒咒式《ちゆじゅしき》の出番なのだが、肝心《かんじん》な時には居やがらない。とりあえず止血帯で傷を塞《ふさ》ぎ、造血咒式《ぞうけつじゅしき》を発動。動けるようになるのを待つ。

手近にあった金属の柱に背を預け、尻《しり》を落とす。ヒルルカに座りたかったが、血で汚《よご》すとギギナに殺される。

面倒《めんどう》なヤツ。

俺が不敵な笑《え》みの演技をすると、アナピヤも汗《あせ》に塗《まみ》れた笑みを返してくる。

遠い咆哮が夜を震《ふる》わした。ムブロフスカが屍葬咒兵《しそうじゅへい》を蹴散《けち》らしているのだろう。

「だけど、あたしに授《さず》けられたという竜の力と権能って何なんだろ？」

呼吸が落ちついたアナピヤが、疑問を呈《てい》する。

「あたしは死んだはず？　でも、ここに生きている？　本名はメルティアなのに、自分をアナピヤっていう名前だと覚えていたのはどうして？」

発した疑問がさらなる疑問を呼んだらしく、アナピヤの眉間《みけん》に懊悩《おうのう》の皺《しわ》が刻まれる。

「何か思い出せそう。喉まで出かかっているのに出てこない……」

「後で考えよう」

アナピヤの疑問を、無理やり断ち切るべきだと判断。

「後はムブロフスカか、ギギナが何とかする。俺たちは悠々自適《ゆうゆうじてき》で回復を待ち、安全なこの場所で待っていれ……」

携帯《けいたい》が振動《しんどう》する。見ると、ジヴからの呼び出し。

また、バモーゾの詐術《さじゅつ》か。

いや、待てよ。

俺たちの周囲でそびえる柱と、頭上に続く歩道橋には見覚えがある。

視線をアスファルトに落とすと、地面に咲《さ》いた血肉の花、バモーゾの死体が見えた。

気味悪さに立ち上がると、死体が動いたように見えた。目眩《めまい》かと思って目を凝《こ》らすと、俺の背筋に氷塊《ひょうかい》が滑《すべ》りおちる。

両断され、頭部を吹《ふ》き飛ばされた死体。その亡骸《なきがら》の胸部に亀裂《きれつ》が入る。俺たちの目前で亀裂が広がり、女陰《にょいん》のような真紅《しんく》の裂《さ》け目から、孵化《ふか》するように何かが伸《の》びていった。

肉色の粘液《ねんえき》が交じりあい、形をなしていく。血と粘液に塗れた青黒い髪《かみ》、鼻筋、肩《かた》、それは自らの亡骸から生まれる、バモーゾの裸《はだか》の上半身だった。

「や、あ、ガユス」

真紅の唇《くちびる》から粘液を零《こぼ》す様は、淫靡《いんび》な艶《なまめ》かしさがあった。

携帯を投げ捨て、魔杖剣《まじょうけん》を掲げるよりも早く、バモーゾの影が俺の足元まで伸びていた。寸前でアナピヤを突《つ》き飛ばすが、影が跳《は》ね上がり、蛇《へび》のように俺の四肢《しし》にまとわりつき、全身を拘束《こうそく》する。魔杖剣の引き金を引こうとしたが、動かない。漆黒《しっこく》の百足《むかで》が、人差し指まで拘束していたのを確認《かくにん》するだけ。

視線を戻すと、自らの死体からバモーゾが足を引き抜き、歩みはじめていたところだった。月明かりの下、一糸まとわぬ青年が俺の方へと歩いてくる、奇怪《きかい》な光景。本物のジヴからの呼び出しの音だけが響《ひび》いていた。

死体と青黒い背広が蠢《うごめ》き、アスファルトに零れる。漆黒の絨毯《じゅうたん》が走り、歩くバモーゾの足首に追いすがり、絡《から》みついていく。

闇色《やみいろ》の帯が、足首から脛《すね》、胴体《どうたい》から胸と駆《か》け登り、青白い裸身《らしん》を覆《おお》っていく。復活者が眼前に到達《とうたつ》し、携帯を踏《ふ》み割る。そして背広が完成。襟元《えりもと》で色を変えて白に染まり、シャツを造るという芸の細かさ。

背広が微細《びさい》な青黒い蟲《むし》の集合体だと確認してしまい、吐き気がした。

「てめえ、何回邪魔《じゃま》して何回死ねば気が済むんだ？　脳を破壊《はかい》すれば、肉体復活の咒式《じゅしき》も使えないはずだろうが？」

「愛《いと》しいガユスに会うためなら、僕は何度でも復活しよう♪　なんてのは嘘《うそ》だけどね」

バモーゾが自らの首の後ろに魔杖短剣を当て、両手で一気に引き切る。断面から鮮血《せんけつ》を吐き出しながら、頭部が落下。頭部の粘着質《ねんちゃくしつ》な視線が、唖然《あぜん》とした俺へと注がれる。場違《ばちが》いに明るい笑みのままに転がる顔。その微笑《びしょう》を胴体から伸びた足が踏みつぶす。

眼球が飛び出し、血と脳漿《のうしょう》が零れ、そのすべてが黒々とした粒《つぶ》に変化。踏みつぶした足へと吸収されていく。

見上げると、首の断面から青黒い頭髪《とうはつ》が生えていた。続いて白い額に嘲弄《ちょうろう》の瞳、鼻梁《びりょう》に真紅の唇、そして細い顎《あご》。バモーゾの頭部が伸び上がってきた。

「はい、復活完了《かんりょう》」

俺は知覚眼鏡《クルークブリレ》で可能性を検索《けんさく》した。

超耐久《ちょうたいきゅう》力を生む呪式《じゅしき》だけでは、あの致命傷《ちめいしょう》からは復活できない。つまり、生体生成系第七階位〈似我複模転活生法《ネルガツル》〉の呪式が働いているのだ。

タマバエという蠅《はえ》は、幼虫の体内の卵子から多数の幼体が発生する幼生生殖《せいしょく》を行う。子供は母親の体を喰《く》いながら成長し、その体を喰い破って生まれる。その原理を人体に応用したのが、バモーゾの呪式だ。

常に自己受精して自分の複製を作り、全体として思考を共有。その死とともに呪式が起動し、自らの肉体を喰って復活するのだ。

いわばバモーゾの体は、呪式で超耐久力を付加された数十万から数百万もの群体生物で構成されている。幼虫が未分化細胞《さいぼう》で、成虫が筋肉や神経、血管や内臓の擬態《ぎたい》を行うのだ。

再生不可能な数まで蟲が減らない限り、何回でも蘇生《そせい》する。その思考も、脳細胞ではなく、蟲としての集合意識で代替《だいたい》させている。バモーゾは、すでに人間であることを辞《や》めた最悪の怪《かい》物《ぶつ》だったのだ。

慄然《りつぜん》として言葉を失う俺の前で、究極の蠱蟲士《こちゆうし》たるバモーゾが嗤《わら》う。

「さーて、ガユスとの約束を果たさないびゃっ⁉」

〈請願者《せいがんしや》ヤンダル〉の鋭《するど》い刃《やいば》が、バモーゾの左脇腹《ひだりわきばら》に突き立っていた。肋骨《ろつこつ》の間を抉《えぐ》るように刀身を押しこんでいくのは、必死の形相のアナピヤだった。

「おおっ、健気《けなげ》だねぇ♪」

感心と嘲弄の瞳《ひとみ》が、憎悪《ぞうお》と使命感に燃えたアナピヤの双眸《そうぼう》を迎《むか》える。

「ガユスを離《はな》せ、この変態っ！」

「イ・ヤ♪」

次の瞬間《しゆんかん》、バモーゾの長い脚《あし》が振《ふ》られ、アナピヤの顎を蹴《け》り上げる。

少女の痩軀《そうく》が宙を舞《ま》い、受け身も取れずに落下し、アスファルトに転がる。魔杖短剣が転がる耳障《みみざわ》りな音が、夜の街に鳴り響く。

倒《たお》れたアナピヤの鼻孔《びこう》からは、鮮血《きら》が溢《あふ》れ、呼吸もできずに呻《うめ》いていた。

「僕って、君のような弱者が大っ嫌いなんだ」

バモーゾが踊《おど》るように跳ねて、アナピヤの前に左足を着地。均衡《きんこう》を取るように振った右の爪《つま》先《さき》をアナピヤの腹部、胃の辺りに叩《たた》きこむ。

今度は、黄褐色《おうかつしよく》の胃液を吐《は》きながらアナピヤが転がっていく。

「弱っちいくせに誇《ほこ》りとか意見とか持っている。そんなものは弱者にはいらない。僕のような強者の、尻穴《しりあな》か足裏でも舐《な》めているのがお似合い♪」

回転したバモーゾが、アナピヤの吐瀉物《としゃぶつ》に塗《まみ》れた顔を踏みつける。革靴《かわぐつ》の下で、可愛《かわい》らしい少女の顔が苦痛と無力さに軋《きし》む。

「僕は雌《めす》に触《ふ》れるのも嫌いだ。裏切り、卑屈《ひくつ》で雌臭《めすくさ》い。おまえなんか、汚《きたな》らしい脳漿を撒《ま》き散らして死ね！」

踏みつけた踵《かかと》に、凄《すさ》まじい力が込められようとする。

「はっ、てめえが汚らしいっての」

俺の叫《さけ》びに、アナピヤの頭から踵を退《の》けたバモーゾ。

「冷静に自省してみろ。おまえの言動の一つ一つが気色悪くて、劣等感《れっとう》丸出しだ」

踊るように回転して、バモーゾが跳躍《ちょうやく》。俺の眼前へと戻《もど》ってくる。

バモーゾの漆黒《しっこく》の瞳が、真正面から俺を覗《のぞ》きこむ。

「何か言った？」

俺は嘲弄の笑《え》みを浮《う》かべる。

「すまん、あまり近くで喋《しゃべ》らないでくれ。人間から出る臭《にお》いとは思えないほど、口臭《こうしゅう》が酷《ひど》い。何か目にしみる」

「うんうん、あのちっさい雌を守るために挑発《ちょうはつ》してくるなんて、ガユスは優《やさ》しいなぁん。よし、僕はその気高い意志を尊重しようっ！」

俺の悲鳴が、夜気を貫《つらぬ》く。

ユラヴィカに切り裂《さ》かれた左脇腹の傷口。血の気を失った傷口に、バモーゾの白い指先が差しこまれていた。出血が再開し、身を捩《よじ》る度《たび》に鮮血が弾《はじ》ける。

バモーゾの指先が、傷口から引き抜《ぬ》かれる。俺の血に塗れた白い指先が、バモーゾの口許《くちもと》に翳《かざ》された。そして、蛇《へび》のような舌先が、指先の血を舐めとる。

「ああ、やっぱり美味《おい》しい。ガユスの血って甘ーい♪」

紅《くれない》の舌は、丹念《たんねん》に血を舐め取っていき、バモーゾの表情は法悦《ほうえつ》の極《きわ》みとでもいったものになっていた。

「ガユスの血も堪能《たんのう》したし、次はいよいよお待ちかね、生体解剖《かいぼう》～♪」

バモーゾが、腰《こし》の後ろから魔杖短剣《まじようたんけん》を引き抜く。重々しい鉈《なた》のような刀身に、鮫《さめ》の牙《きば》のように細かい刃が並んだ鋸《のこぎり》状《じよう》の刃だった。

「何度もした約束を覚えてる？　四肢《しし》を切断して、目をつぶして、犯《おか》し、『バモーゾ様、早く殺してください』が、口癖《くちぐせ》になるようにしてあげるって約束ぅ」

俺によく見えるように、凶悪《きようあく》な刃を眼球の寸前に突《つ》きつけてくるバモーゾ。

「こんな太くて硬《かた》いものが、ガユスに突き立つかと思うと、僕、すっごく興奮してきたよ♪」

確認《かくにん》したくもないが、バモーゾの股間《こかん》の布地が、突き破らんばかりに押し上げられていたのが見えた。息を整えながら俺は笑ってみせる。さぞ引きつった笑みだろうが。

「すごい名案が、ある。俺とおまえの役割を交換《こうかん》してみるっ、てのはどうだ？」

「拷問《ごうもん》されるのは僕も大好きな遊びだけど、それはもう少し後でねんっ♪」

バモーゾの爽《さわ》やかな笑みとともに、鉈が打ち下ろされる。

俺の左太股《ふともも》に半ばまで刺《さ》さった刃。一拍遅《いっぱくおく》れて傷口から噴出《ふんしゅつ》する鮮血《せんけつ》と、唇《くちびる》から放たれる獣《けもの》のような太い絶叫《ぜっきょう》。

「痛い？　痛い？　でも、も〜っと痛くなるよ？」

バモーゾの手が水平に引かれる。鋸の刃が、俺の太股の筋肉繊維《せんい》を引きちぎる。血に濡《ぬ》れた鋸の刃に、細かい桃色《ももいろ》の肉片と、黄色の脂肪《しぼう》、切れかかった神経繊維が絡《から》みついていた。

その光景に、脳から血液が引いていき、純粋《じゅんすい》な痛みに体が勝手に跳《は》ねる。

「まだ、手前に引いただけなんだから、昇天《しょうてん》しちゃダメだよ。早漏《そうろう》は嫌われるよっ♪」

バモーゾが心配そうな顔をしながら、鋸を前に戻し、新鮮《しんせん》な激痛が生まれる。

痛いその痛みをそれ以上の痛みが乗り越《こ》え狂《くる》いそうで熱い痛い痛い早く発狂《はっきょう》してくれ痛い人間はこんな痛い痛みには耐《た》えられない痛いっっ！

俺の精神が崩壊《ほうかい》する寸前で、鋸の往復運動が停止する。

口の端《はし》から涎《よだれ》と泡《あわ》を流しながら、俺は自らの足を眺《なが》めていた。

鋸が刺さったままの太股からは、血と熱が流れだしている。太股の激痛以外に感覚が存在せず、思考が痛みしか紡《つむ》がない。

「はーい、狂うのはなし。ここで一息入れましょう。はい、深呼吸。それともいっそ殺してあげよっかな？　嘘。楽しいことは長く長く、やらないとね」

バモーゾの笑みは、俺の内部を覗こうとする笑みだった。

残酷《ざんこく》な人間は、この手の笑みを浮かべる。他人の痛みを想像できないのではなく、分かるからこそ笑える。人間だけが浮かべる笑み。

「さて、前にも聞いたけど、僕が殺す相手を好きになるのはどうしてだと思う？」

「変態の内面に、興味などあるわけないだろうが。いや、性格の方の原理、は説明してやれる」

意識が飛び去っていきそうなのを堪《こら》えて、俺の唇は言葉を吐き出す。

「おまえの不死身を生んでいる咒式《じゅしき》は、自家受精で、それが原因で腐《くさ》った性格が生まれる」

アナピヤ、この間に逃《に》げてくれ。だが、遠く大通りに倒れたアナピヤは、いまだ動かない。

朦朧《もうろう》とした意識で、何事かをつぶやいているだけ。

呼吸を整えて、俺は何とか分析《ぶんせき》の刃《やいば》を連ねる。

「その極度の近親交配は近交弱勢と呼ばれ、遺伝性疾患《しっかん》や奇形《きけい》、発育不良が起こりやすい。おまえの歪《ゆが》んだ性格は、分かりやすい症例《しょうれい》だ。つまり、生物的な衰退《すいたい》を避《さ》けるためには、意識的に他人の遺伝子情報を取り入れる必要がある、欠陥品《けっかんひん》の命だ」

「ご高説をありがとう。でもそれはたかが生物学的な理由でしかない」

バモーゾが愉快《ゆかい》そうに笑う。空気の振動《しんどう》が、俺の傷に障《さわ》る。

「好きな人を殺すのは哀《かな》しいことだ」

笑いを秘めた瞳《ひとみ》が一転、狂喜を孕《はら》む色に変わり、自己の世界に埋没《まいぼっ》していく。

「すっごくすっごく哀しいことで、僕の胸が、張《は》り裂けそうに痛む。だからこそ、それは僕を悲劇の主人公にしてくれる」

怖《こわ》い。心の底から怖い。バモーゾとはまったく会話が成立していない。こいつは真性の異常者だからだ。

反抗《はんこう》すれば、極限の痛みと恐怖《きょうふ》で発狂したうえで、バモーゾの玩具《おもちゃ》にされるだろう。だから俺は、この場で最適の返事をしてやる。

「よし、これ、から二人で、病院に行こ、行こう。そこで、おまえに安楽死用の毒薬を、処方して、も、もらおう」

自らの妄想《もうそう》を否定されても、バモーゾは笑《え》みを浮《う》かべていた。加虐心《かぎゃくしん》を隠《かく》そうともしない笑顔だ。俺一人だったら、一秒以下でバモーゾに屈伏《くっぷく》していただろう。だが、この状況《じょうきょう》で俺は助からない。ならば、アナピヤが逃げる時間を少しでも稼《かせ》ぐ。運が良ければ、ギギナかムブロフスカの到着《とうちゃく》が間にあう。合理主義とはそういうものだ。

「僕としては、そういう返事だと次がやりやすい」

バモーゾが満面の笑顔で取り出したのは、金属板の塊《かたまり》。

一振《ひとふ》りすると、四角形の枠《わく》が組み上がり、何条ものワイヤが張られる。どう見ても茹《ゆ》で卵を輪切りにする道具だ。ただし、大きさは通常のものの五倍はある。

「卵料、理で、も作ってくれ、れるわけ、か？　俺、は男の手料理など食べな、い、狂信的信念を、持ってい、るんだけど？」

バモーゾが、無言で首を左右に振る。俺の右の太股を束縛《そくばく》していた百足《むかで》が隙間《すきま》を空け、バモーゾが料理器具で優《やさ》しく挟《はさ》む。

「どうするか分かっているくせに。もう、素直《すなお》じゃないんだから♪」

恥《は》じらう乙女《おとめ》のような言いぐさとともに、変質者の白い手が機械を押しこむ。ワイヤが、防刃《ぼうじん》ジーンズの布地ごと太股に食いこみ、血の珠《たま》が浮かぶ。

バモーゾの横顔は、歪んだ喜悦《きえつ》に輝《かがや》いていた。

「知ってる？　最悪なことって、常に次に起こることなんだよ？」

「少し落ちつけ。話し、あおう。なあなあで話せば人は分かりあえるし、金なら少しは出……」

「ダメん♪」

上半身を乗せて、バモーゾが一気に押しこんでくる。

ジーンズと皮膚《ひふ》が破れ、ワイヤが肉を割り、雷撃《らいげき》のような激痛に脳髄《のうずい》が灼《や》かれる。

ワイヤによって断ち割られた幾《いく》つもの断面に、薄《うす》い脂肪層《しぼうそう》と桃色《ももいろ》の筋肉が覗《のぞ》く。鮮血《せんけつ》が噴出し、バモーゾの顔を朱《しゅ》に染めていく。

拷問器具《ごうもんきぐ》が、さらに押しこまれる。重大な血管が切断され、ワイヤが硬《かた》いものにあたる。大腿骨《だいたいこつ》の表面にワイヤが食いこむ感触《かんしょく》。

俺の思考が爆発《ばくはつ》する。

痛みとは壊《こわ》れた細胞《さいぼう》が痛みを起こすブラジキニンなどの発痛物質とプロスタグランジンE2などの発痛促進《そくしん》物質を出しそれがある程度の量になるとポリモーダル受容器を刺激《しげき》し電気信号に変換《へんかん》され脊髄《せきずい》と視床《ししょう》を経て大脳皮質の体性感覚野に達しそこではじめて痛みを感じ……。

痛みを論理に分解して耐えようとし、そこで俺の自制心は崩壊した。

声なき絶叫《ぜっきょう》をあげる俺は、罠《わな》にかかった小動物のように激しく身を捩《よじ》る。鼻水や涙《なみだ》が垂れ流されるが、止めようもない。死の恐怖より、今この瞬間《しゅんかん》の痛みが全身を支配していた。

「あはははは、ガユスって可愛《かわい》い！　可愛すぎて、僕、イっちゃう！」

明滅《めいめつ》する視界で、バモーゾの声だけが響《ひび》く。

叫《さけ》ぶことすらできない。激痛のあまりに握《にぎ》りしめた手と噛《か》みしめた奥歯が、硬直《こうちょく》しきっていたのだ。

ようやく、真紅《しんく》の世界が色を取り戻《もど》していき、無惨《むざん》に断ち割られた自らの太股《ふともも》が確認《かくにん》できた。比喩《ひゆ》ではなく、血の海が出来ていた。これだけ出血すれば、失血死も遠くない。

身じろぎすると、食いこんだままのワイヤが太股内と大腿骨の表面に擦《こす》れて、新鮮《しんせん》な激痛を生みだす。

顔を上げると、背を反らし痙攣《けいれん》するバモーゾの姿があった。その白い喉《のど》まで、返り血に染まっていた。

荒《あら》い息を吐《は》きながら戻ってくる、拷問者の血塗《ちまみ》れの美貌《びぼう》。

「あはははっ、思わず連続で三発も射精しちゃった♪」

「報告、する、な。き、き気色、悪い。あと、あと、おまえだけは、絶対に死な、死なす」

硬直した顎《あご》のため、舌先だけで強がりを吐き出すしかできない。

「また僕の子宮で子供ができちゃう。これって、僕とガユスの子供だねっ♪」

自分の腹部を撫《な》でながら、バモーゾが嗤《わら》う。横目で確かめると、アナピヤの姿が消えていた。

やっと逃《に》げてくれたのだろう。よし、俺の心配は解決した。

「おま、えが殺す相手を、好きになるってのは、少し違《ちが》う、な」

顎の硬直を解きほぐし、喉の奥から必死の返答を絞《しぼ》り出す。バモーゾの鼻先に、初めて不機《ふき》嫌《げん》そうな皺《しわ》が浮かんだ。

「好きになった相手に受け入れられないのが怖い、から、返答の前に殺しているだけ、だ」

俺の反撃《はんげき》は、バモーゾの心に傷を与《あた》えることしかない。

「おまえは、誰《だれ》にも、愛されない」

「へ、え、安っぽい精神分析《ぶんせき》」

「ならば、おまえを愛してくれる者の名を、誰《だれ》か一人でも教えてくれないか？」

バモーゾの血腥《ちなまぐさ》い吐息《といき》が、俺の鼻筋に吹《ふ》きかかるまで接近してくる。呼吸を整えて、言葉を叩《たた》きつけてやる。

「おまえの名を愛《いと》しげに呼び、抱《だ》きしめ、喜びと哀《かな》しみを共有する人間。そんな上等な人間は、今まで誰一人として寄ってこなかっただろう？　その原因を教えてやろうか？」

内面を覗くような視線を向けてやると、バモーゾの顔に戸惑《とまど》いが現れてくる。

「望みの愛が手に入らないから、手にした他人に悪意と憎悪《ぞうお》を向ける。そんな自分でも愛せない自分、安っぽい自己嫌悪《けんお》を裏返しにすることしかできない虫けらを愛するなど、人間には不可能だ」

それは俺自身の過ちを指し示していた。一方的で不毛で、何も与えない関係。相手と向かいあわず、分かちあわない愛。

自らの傷を抉《えぐ》る言葉だが、バモーゾの顔からも軽薄《けいはく》な笑《え》みのいっさいが剝《は》ぎとられていた。

自己を省《かえり》みたこともなく、それを避《さ》けていた虫は、俺以上に心を抉られたらしい。

「死ぬまで一匹《ぴき》で暗闇《くらやみ》を這《は》いずっていろ。それが決定されたおまえの惨《みじ》めな生だ！」

「……殺すよ、ガュス」

俺の左太股に刺《さ》さっていた鋸が引き抜《ぬ》かれ、激痛が疾《はし》る。背後へと飛び跳《は》ねて、バモーゾが血塗れの魔杖短剣《まじようたんけん》を引き抜き、咒式《じゆしき》が発動。

バモーゾの胸板《むないた》から、濁流《だくりゆう》のように黒い染《し》みが零《こぼ》れ落ち、青黒い霧《きり》となって空中に拡散していく。

黒い体に無機質な複眼。それは、おびただしい数の蠅《はえ》だった。

蟲《むし》たちの顎が噛みあわされ、翅《はね》が振動《しんどう》する微細《びさい》な音が夜気を震《ふる》わす。

「僕の体や服を構成する咒式蠅《よう》だ。卵を産みつけられ脳や内臓の中から喰《く》われて、発狂《はつきよう》しながら死ね！　そして僕となって生まれ変われっ！」

叫びとともに貪欲《どんよく》な蠅どもが、俺の方へと空中突撃《とつげき》を開始してくる。一匹一匹の、無機質な複眼までもが確認できた時にも、俺は空虚《くうきよ》だった。

俺を産卵管で突《つ》き刺し、食い散らかすはずの蟲が二手に分かれて眼前を通りすぎていき、小さな死神が反転。

「あえ？」

間延びした声を出したバモーゾへ、青黒い霧が襲《おそ》いかかっていく。

数千匹《びき》の食肉蠅が、強靭《きょうじん》な顎を白い肌《はだ》に突き立て肉を喰らい、産卵管を突き刺していく。

バモーゾの魂《たましい》が砕《くだ》けるような悲鳴が響きわたるが、青黒い霧に覆《おお》われて姿は見えない。絶叫とともに、指先まで青黒い蟲に覆われた魔杖短剣が天に突きあげられ、火を噴《ふ》く。

生体生成系第二階位〈蟲殲殺《ムドウ》〉により、殺虫植物が発生。ピリジルメチルアミンを放出していく。

その物質は、哺乳《ほにゅう》動物の神経受容体への親和性が、昆虫《こんちゅう》類へのものより低いため、哺乳《ほにゅう》類にはごく低い毒性しか持たない。しかし、昆虫類の神経細胞《さいぼう》は極度の興奮状態をもたらし、神経伝達が阻害《そがい》され、眼前の蟲どものように死に絶えていく。

死神の衣装《いしょう》を脱《ぬ》ぎ捨てたバモーゾは、惨憺《さんたん》たるありさまだった。

自身を構成する蟲を殺し、滑《なめ》らかだった白い肌は喰い破られ、真紅の肉を見せていた。瞼《まぶた》や鼻の頭もなくなり、美貌どころか、人類だったとも信じられない、無惨な肉塊《にっかい》へと変わり果てていた。

肉体再生呪式《にくたいさいせいじゅしき》を発動するバモーゾの動きが停止する。

額や頬《ほお》や顎に突起が浮《う》かび上がる。続いて肩《かた》から胸、腹から足にまで、肉色の全身に小さな腫瘍《しゅよう》が生まれる。

月光に照らされて、おびただしい腫瘍の中に何かが蠢《うごめ》いているのが透《す》けて見えた。

魂が凍《こお》るようなバモーゾの悲鳴。

数千の腫瘍が破裂《はれつ》し、血と膿汁《のうじゅう》とともに中から蝿たちの子供が生まれる。微細な蛆虫《うじむし》たちが体を捩《よじ》り、小さな軋《きし》り声をあげる。

その一匹一匹の先端《せんたん》の頭部が、主人たるバモーゾの面影《おもかげ》を宿していたのに気づき、俺は嘔吐《おうと》感を抑《おさ》えるのに必死だった。

絶叫《ぜっきょう》をあげつづけ、バモーゾは全身を掻《か》きむしるが、分身どもは本体を喰いちらかしていく。真紅《しんく》の口腔《こうこう》を蛆虫で溢《あふ》れさせたバモーゾが、声もなく倒《たお》れる。バモーゾの意識の消滅《しょうめつ》とともに、俺を拘束《こうそく》していた百足《むかで》どもの縛鎖《ばくさ》が緩《ゆる》み、アスファルトに落下する。節足動物の咒式《じゅしき》結合が解かれ、塵《ちり》に帰る。

足の痛みを堪《こら》えて立ち上がると、バモーゾという食卓《しょくたく》はまだ喰い荒《あ》らされていた。見る間に、蛆虫たちは翅を広げて成虫になり、蝿が再び宿主に卵を産みつけて絶命する。再び人面蛆虫が生まれ、バモーゾの死骸《しがい》を喰っていく。

なぜかは分からないが、咒式そのものに裏切られ、体を構成する虫をここまで破壊《はかい》されては、復活もクソもない。

バモーゾが力尽《ちからつ》き、咒力《じゅりょく》が消滅。咒力の供給を断たれて、蛆虫と蝿の体の構成分子が崩壊《ほうかい》していく。

残ったのは、骨格にこびりついた肉の切れ端《はし》と、わずかな蟲だけになったバモーゾの死骸だった。

「ガユスっ！」

負傷と失血のあまり倒れそうになる俺を、アナピヤが支えてきた。

「逃《に》げろって、言っただろうが」

「あたし、頑張《がんば》ったの、思い出したの。ガユスを助けたくて……」

俺が笑って見下ろすと、アナピヤが泣きながら、俺の胸に顔を埋《うず》める。だが、その手には魔杖短剣が握《にぎ》られていなかった。

少女の力では、俺を支えきれず倒れそうになる。さらに力強い手が、俺の襟《えり》を掴《つか》んで立たせていた。

見上げると、ギギナの白皙《はくせき》の美貌《びぼう》が、月光に照らされていた。

「軟弱者《なんじゃくもの》め」

労《いたわ》りのない台詞《せりふ》とともに、いくつもの治癒《ちゆ》咒式《じゅしき》が発動し、俺の傷が塞《ふさ》がっていく。

「自分が必要とされてから登場するって、相変わらず性格悪いね。あと演出しすぎ」

俺の軽口にも、ギギナは無言で治療《ちりょう》を続けた。脇腹《わきばら》やバモーゾの拷問《ごうもん》による両の太股《ふともも》の傷痕《きずあと》も綺麗《きれい》に修復され、一息つくとギギナが俺を放《ほう》り出す。よく見ると、ドラッケンの左手にはヒルルカが掴まれていた。

「てめえ、椅子《いす》を確保してから、俺を助けやがったな？」

「優先順位どおりだが、何か問題が？」

ギギナの薄《うす》ら笑いに、再び倒れそうになる俺を、アナピヤが支える。少女の瞳《ひとみ》が涙《なみだ》に濡《ぬ》れていて、俺の胸が痛む。

「だから、大丈夫《だいじょうぶ》だって……」

「思い出したの。思い出してしまったの……」

左脇から俺を支えるアナピヤから、小刻みな震《ふる》えが伝わる。

「何を？」

だが、アナピヤの震えは尋常《じんじょう》ではなかった。まるで一人で氷点下の世界に立ちつくすような、激しい震えだった。すでに、支えているのがどちらか分からない。

顔からは完全に血の気が引き、すべてに絶望しているかのように、双眸《そうぼう》からは表情が消えていた。

「お、ね、お願い。本当のことを知っても、あた、しを、嫌《きら》、嫌いにならないでね？　お願いだから、お願いだからっ！」

俺はギギナと視線を合わせて、異常事態を確認《かくにん》しあう。アナピヤを抱《だ》き寄せ、何かは分からないが、少女の心を守る言葉を探す。

「どんなことがあっても、俺が君を嫌いになるわけないだろう？」

「違《ちが》うの、それ自体が違うの。許して、お願い、あたしを嫌わないで……」

蒼白《そうはく》となったアナピヤの顔を見下ろすと、背後のバモーゾの死骸が跳《は》ね上がる。骨まで覗《のぞ》く手には、魔杖短剣《まじょうたんけん》が輝《かがや》く。

俺が反応するよりも早く、魔杖剣が喉《のど》に突《つ》き刺《さ》さった。

バモーゾの喉に。

凄《すさ》まじい呪式《じゅしき》が発動する気配が、夜気を満たしていく。そのまま、禍々《まがまが》しい刃《やいば》がバモーゾの上顎《うわあご》を貫《つらぬ》き、脳まで達する。

「なぜ、僕が僕の、喉を?」

鮮血《せんけつ》を噴《ふ》き上げ、バモーゾの頭蓋《ずがい》の中で再度の殺虫呪式《さつちゅうじゅしき》が発動。口腔から白煙《はくえん》を曳《ひ》きながら、バモーゾが背後へと倒れる。黒血と濡れた音を飛びちらせながら、断末魔《だんまつま》の痙攣《けいれん》を続けるバモーゾ。

その目や鼻や耳から蟲《むし》の群れが這《は》い出ていく。蟲たちの歩みが停《と》まり、脚《あし》を縮こまらせ、腹部を見せて転がる。同時にバモーゾの痙攣も止まった。

思考を維持《いじ》するために集めていた最後の蟲たちも、ついに死に絶えたのだ。

「ガユスに手を出すヤツは、みんな死ぬの。あたしがガユスを守るの。人に決められるのではなく、あたしが決めたいのっ!」

俺の胸の中で、アナピヤが泣いていた。

そして、彼女の全身を包む隠蔽呪式《いんぺいじゅしき》が崩壊し、強大で複雑な多重呪式の光が零《こぼ》れていく。

「アナピヤ……」

俺とギギナは硬直《こうちょく》していた。バモーゾの悪意など比べようもない、全身を貫く恐怖《きょうふ》だった。

アナピヤの全身から放たれている呪式の組成式が、俺には分かってしまった。

ドーパミン、セロトニン、アセチルコリンといった性反応を司《つかさど》るとされる物質、そして、恋《れん》愛《あい》ホルモンと言われるフェニール・エチル・アミン類は、アンフェタミンやメタンフェタミンといった覚醒剤《かくせいざい》と類似《るいじ》した構造と作用を持ち、興奮を導くとされている。

それらは、ドーパミンがシナプス前部に再吸収されるのを防ぐことによって、より多くのドーパミン伝達をうながし、恋愛の興奮状態をもたらす。また、ドーパミンの前駆《ぜんく》物質であるLードーパの発生で、性欲の昂進《こうしん》を起こさせる。脳の快感中枢《ちゅうすう》、つまり視床下部《ししょうかぶ》内側核《かく》、黒質尾《び》状核《じょうかく》などに作用し人の感情を狂《くる》わす。

超伝導《ちょうでんどう》体の効果を利用した、超伝導量子干渉《かんしょう》素子を使った、高感度磁気測定法。それは脳信号による磁気的信号を、非接触《ひせつしょく》で計測する読心術。脳のどの辺りの部位が、どのくらいの強さで活動しているのかが分かるのだが、思考が読めるわけではなく、その時の精神状態に応じた信号を読み取るだけだ。

だが、恋《こい》に落ちている人間の波形と法則性を掴むことで、同じ波形を磁気干渉で引き起こせば、対象の脳内に恋愛感情を発生させることができる。そして、非線形系などで微弱《びじゃく》な周期的変動や信号に雑味が加わると、元の信号が増幅《ぞうふく》される確率共鳴と呼ばれる物理現象となる。

神経系や人類の海馬などの神経回路は、非線形であり、確率共鳴が起こりえるため、記憶《きおく》の発現に関《かか》わっているとされるのを読みとる。

そのすべての超高度呪式《じゅしき》が、一つの目的に向かって作用する。

「アナピヤ、おまえがやっているそれは、それは、禁断の精神操作《せいしんそうさ》呪式《じゅしき》だ……！」

これらの呪式が禁忌《きんき》とされているのは、他人の内部を覗き脳と心に強力に干渉するからだ。

そして、不可能とされている。

もっとも呪式抵抗力《じゆしきていこうりよく》が高いとされる脳、しかも俺のような高位呪式士《じゆしきし》の脳へと作用する貫通《かんつう》力《りよく》と隠蔽《いんぺい》が可能な莫大《ばくだい》な咒力《じゆりよく》など、人類には存在しない。

あるとすれば、竜《りゆう》の権能、〈異貌《いぼう》のものども〉への絶対支配。そしてアナピヤは竜の血族。

俺の内部で、アナピヤと出会ってからの出来事が組みあわさっていく。

世界のすべてが、反転していった。

少女の肩《かた》を握《にぎ》りしめながら、俺は震えが止まらなかった。指の力に、アナピヤが顔を苦痛に歪《ゆが》める。

「最初から、出会った瞬間から、おまえが心を操《あやつ》っていたのか？」

アナピヤが首を振《ふ》る。

「違う、違うの！」

アナピヤは泣いていた。

「あたしが愛して欲しい時、その人を守りたい時に勝手に作動するの。あたしはそういう風にできているの。それを、さっき、あなたを助けようとして思い出したの！　そしてそして、あなたを……」

だが、俺の心は急速に凍《こご》えていく。

「コルッペンと旅芸人一座の英雄《えいゆう》的なまでの自己犠牲《ぎせい》も、おまえが操ったのか！」

「止《や》めてっ！」

「俺の奇妙《きみよう》な心の変化も、おまえへの愛情も、心を覗いて、おまえ自身が仕向けたのかっ！

エルヴィンも、ボスホクも、あらゆる人々の好意を強制したのかっ！」

「お願い、もう止めて……」

「ジヴらしくない言動と、すれ違《ちが》い。ジヴの心を操ったのも、おまえの仕業《しわざ》かっ！」

「違うの、ごめんなさいっ！　あたしはガュスに愛して欲しかったから、呪式《じゆしき》が勝手に発動していたのっ！」

俺は少女との思い出に吐《は》きそうになる。

アナピヤとの口づけも、汚《けが》れた記憶に変わっていた。

少女の両の瞳《ひとみ》から、透明《とうめい》な涙《なみだ》が流れていった。

途端《とたん》に、俺の胸が甘美な同情に締《し》めつけられる。だが、アナピヤの全身から放たれる、不完全な咒式が目に入った。

「てめえは、まだ俺の心を操ろうとするのかっ！」

俺本来の感情の、肌《はだ》が粟《あわ》立つような寒気や生理的嫌悪《けんお》感を逆撫《さかな》でされる怖気《おぞけ》、そして、少女の咒式によって引き起こされた、魂《たましい》すら捧《ささ》げてもいいと思えるほどの愛情や、犯《おか》して自分のものにしたい激烈《げきれつ》な欲情とが、同時に脳内で荒《あ》れ狂っていたのだ。

感情と思考が引き裂《さ》かれる苦痛。両手で頭を抱《かか》えると、干渉が和《やわ》らいだ。

そこで俺は右手の指輪に気づいた。

確かロルカによると、恐《おそ》ろしく強力な咒式結界が内部への探査《たんさ》咒式《じゆしき》を防ぐという話だった。

頭の近くに持ってくると、アナピヤからの咒式をも弱める。

そのまま右手で額を抱えていると、圧倒的《あっとう》な嫌悪感が打ち勝ち、俺は傍《かたわ》らの小さな体を突《つ》き飛ばしていた。

少女はアスファルトの上に手をつき、呪式《じゅしき》は完全に停止した。乱れた髪《かみ》の房《ふさ》の間から、少女は俺を見上げていた。

少女の海色の瞳《ひとみ》には、涙もなかった。

ただ、深海の底よりも深い絶望と、圧倒的な虚無《きょむ》だけがあった。

少女は跳《は》ねるように立ち上がり、脱兎《だっと》のごとく逃《に》げ出した。逃げる途中で、魔杖短剣《まじょうたんけん》を拾う。短剣をお守りのように抱《だ》きしめて、こちらを見つめてくるも、俺は無視した。

アナピヤは顔を歪め、再び走っていく。

青い月光が降りそそぐ、アスファルトの上、頭の両脇《りょうわき》の髪の房が揺《ゆ》れているのが見えた。そして、建物の陰《かげ》に去っていくのを見送るばかりだった。

右手で額を抑《おさ》えたまま、俺は夜の街に立ちつくしていた。俺の中に冷静さが戻《もど》ってくる。少女を拾ってから、初めて明快な思考を取り戻したようだ。

ギギナが長く重い吐息《といき》を吐いた。

「追わないのか？」

「殺す価値もない。あんな化け物など、メルツァールの死者どもにでも引き裂かれればいい」

俺の沸騰《ふっとう》するような叫《さけ》びに、ギギナはさらに重い吐息を吐いた。

「まさか助けろとでも？　ドラッケン族はお優《やさ》しいことで」

俺は毒々しい笑《え》みを浮《う》かべていただろう。ギギナは黙《だま》っていた。

あんな怪物《かいぶつ》など、死者たちに捕《つか》まり、実験でも何でもされてしまえばいい。俺が助けてやる理由などどこにもない。

今の思考の何かが引っかかる。思考が明瞭《めいりょう》になるにつれて、俺は大事なことに気づいた。

「やはり追うぞ！」

俺は走り出していた。少女の消えた方向へと。

どうして、こんなにも俺は愚《おろ》かなのだろう。

アナピヤは辛《つら》い記《き》憶《おく》を取り戻したのだ。不完全な発動で能力が暴露《ばくろ》してしまっては俺に憎悪《ぞうお》される。そうと分かっていても、咒式《じゅしき》を使ったのだ。

ただ、俺を助けたいがために。

他人の感情を操れても、自分の感情を操ることに意味はない。

最初に助けた以降は、ベイリックや市当局でも頼《たよ》ればよかったのだ。

だが、アナピヤは俺を選んだのだ。

それは恋《こい》ではないかもしれない。

咒式の呪縛《じゅばく》から解き放たれた俺の感情も、そんなものではなかった。

ただ、一人の人間としての彼女を守りたいのだ。

俺は全力疾走《しっそう》し、夜の街を駆《か》け抜《ぬ》けた。

自分自身の愚かさを振り切るように。

建物の間を走り、俺は必死にアナピヤの姿を探した。

大通りにはいない。交差点の真ん中で、俺は叫んだ。

「アナピヤっ！　俺だ、ガユスだ。すまない、頼《たの》むから出てきてくれっ！」

白刃《はくじん》が俺の眼前に突き出される。屠竜刀《とりゅうとう》を握《にぎ》るギギナの白い美貌《びぼう》を見上げ、次にその切っ先の方向へと視線を戻す。

「そちらから、アナピヤの声が聞こえてくる」

刃《やいば》が指し示す、ビルとビルの隙間《すきま》へ駆けこむ。

配管やゴミ屑《くず》が散乱する路地。壁《かべ》にぶつかりそうになりながらも少女の姿を探す。

暗い路地の奥、そこにだけ青い月光が射《さ》しこむ一角に、少女の細い足が見えた。

駆け寄ると、アナピヤは建物に背を預けて、足を投げ出していた。

瞳は何も写してはおらず、魔杖短剣を抱きしめて全身を痙攣《けいれん》させていた。その可愛《かわい》らしい唇《くちびる》からは、譫言《うわごと》が吐き出されていた。

「ああ、すべてを思い出した。すべてはあたしのせい、あたしが、あたしがみんなを殺して、この街を……！」

アナピヤの記憶が、精神を崩壊《ほうかい》させる寸前に追いつめていたのだ。

俺はアナピヤを抱きしめて、正気を取り戻させようとする。

「ガユスっ！」

ギギナの叫びが聞こえたが、遅《おそ》かった。

アナピヤの全身から洪水《こうずい》のように咒印《じゅいん》組成式が噴出《ふんしゅつ》する。放たれた咒式《じゅしき》が、アナピヤをかかえる俺の全身に絡《から》みつき、精神へ侵入《しんにゅう》してくる。

俺とアナピヤの精神が絡みつき、捩《よじ》りあわされていく。感覚が溶解《ようかい》し、思考が混濁《こんだく》し、どこまでが俺で、どこからがアナピヤか分からな……。

14　穢《けが》れた真実

あなたは、あなた自身を信じてはいけない。あなたの心は、真実よりも自我を保つ方を優先し、そのためなら平気で嘘《うそ》をつく。美しい思い出は、常に深層意識という不誠実な演出家の作品だ。

ジェミナイ・メルクリン「優しい仮面」同盟暦《れき》一二三年

耳障《みみざわ》りな音。

頭に響《ひび》いて、いっこうに鳴りやんでくれない。

頭痛で意識が戻ってきて、それが車輪が床《ゆか》に擦《こす》れる音だと分かった。

わたしは担架《たんか》に乗っている自分に気づいた。頭と足元で、作業服の二人が担架を進ませていたのだ。

廊下《ろうか》の右手は、斜《なな》めの壁となっており、矢印のついた灯《ひ》が後ろに去っていく。残った右目だけでも見えた。

そして、致《ち》死量《しりょう》の毒で死んだはずのわたしが、なぜか生きていることに安心した。

担架に乗せられているということは、これから治療《ちりよう》が始まるのだ。お義父《とう》さんとお義母《かあ》さんが、わたしを見捨てなかったということに、涙《なみだ》が出そうになる。

廊下の途中《とちゆう》で担架が止まった。斜めの壁に備えつけられた黒い扉《とびら》。何か怖《こわ》い。

扉の横には金属の箱があった。

「到着《とうちやく》。検体は認識番号〇七二一－A、メルティアと。しっかし、これで何人目だ？」

「人間に動物、異貌《いぼう》のものどもに竜《りゆう》、そして擬人《ぎじん》まで、弄《いじ》っては殺していく。一体、何を目的に実験をしているんだか」

呆《あき》れた声を出した作業員さんが、鍵《かぎ》を操作しているのが見えた。甲高《かんだか》く鳴る音とともに、黒い扉が左右に開いていく。

扉の向こうの闇《やみ》からは、すごい臭《にお》いがした。何かが腐《くさ》っているような臭い。わたしは薄目《うすめ》で穴の中を見下ろし、また失神しそうになる。

扉から落ちた照明に照らされる、肉色の山。その表面をネズミや虫が這《は》い回っているのが見えた。

さらに山の中腹から、何本もの青白い手や足が突《つ》き出しているのが見え、毛髪《もうはつ》が抜け落ちた人間の頭部が転がっていた。

死体の穴から糸を引いて落ちた眼球が、わたしを見上げていた。

「早いところ廃棄口《はいきこう》に片づけちまおう」

「最厳重廃棄指定死体だからな。めんどうだが、そこの封印箱《ふういんばこ》を開けろ」

作業員さんたちが、指先一つ動かせないわたしの体を、担架から持ち上げる。行き先は、黒塗《くろぬ》りの柩《ひつぎ》のような長い箱。開かれた中には、何かが入っていた。わたしの体が後ろに振《ふ》られ、前に戻《もど》されると同時に空中に投げ出される。

わたしは背中から箱の中へと落とされ、続いて額を側面に打ちつける。

目だけを上げると、箱の蓋《ふた》が閉じてきて、作業員さんたちの姿が小さくなっていく。徐々《じょじょ》に狭《せば》まっていく光。重々しい音とともに蓋は閉じられ、いっさいの光が消えた。

(出して、ここから出して！　わたしが何をしたのっ？)

叫《さけ》ぼうとしたが、わたしの舌は痺《しび》れて声を出せない。弱々しく手を伸《の》ばし、暗闇《くらやみ》の中で扉の合わせ目を探す。指を差し入れ開けようとするが、力がまったく入らない。

「俺たちを恨《うら》むなよ」

男の声が遠く響き、わたしの視界が傾《かたむ》く。急に体が浮《う》き上がるような感じ。

(ゴミ捨て場へ落とされた！)

わたしは、必死に柩に手を突っ張って衝撃《しょうげき》に備える。

穴の中の腐肉《ふにく》の上に落ちたとはいえ、落下の衝撃はすごかった。柩の中で、わたしの体が柔《やわ》らかで固い塊《かたまり》と跳《は》ね回り、全身が打ちつけられる。

全身の痛みに、声にならない呻《うめ》き声が出た。痛い。すごく痛くて、世界が赤い。右手を額に当てると、熱い水。血だ！

悲鳴をあげようとすると、柩がさらに傾斜《けいしゃ》し、滑《すべ》っていく。跳ねる柩の中で悲鳴をあげ、最後に頭の後ろを打ちつけた。

いっしょに入れられた、柔らかくて固い何かにぶつかったので、気を失わなくて済んだ。

全身の痛みに呻いていたら、ようやく何が起こっているのかが分かってきた。

(わたし、捨てられて埋《う》められたっ!)

意識がはっきりしてきて、怖くなってきた。まわりの何かを押し退《の》けるように手を伸ばす。蓋を開けようとするけど開かない。

怖い怖いよ。指先で蓋の裏を掻《か》きむしる。だけど硬《かた》い表面に爪《つめ》が取れて、十本の指先からは血が出ていく。それでも止められない。わたしの口が金切り声をあげ、掻きむしり続ける。

剝《は》がれた爪と血が塗《ぬ》りつけられた蓋も、暗闇では見えもしない。力を失ったわたしの手が、柩の床に落ちる。

真っ暗な世界。額の血が混じった涙と鼻水が、わたしの頰《ほお》を伝わっていく。

落ちついてくると、箱の中もすごい臭いだった。息もできない。もしかして!?

探険用の燐寸《マッチ》を、耳元の髪《かみ》に隠《かく》し持っていたのを思い出す。慌《あわ》てて取り出し、震《ふる》える手を押さえて燐寸を擦《す》る。小さな火が、柩の中を照らした。

そこには灰色の肌《はだ》、逆方向に曲がった関節、虚《うつ》ろな目。わたしと同じような子供たちの死体が、柩の中に放りこまれていた。

死体の一人の硝子《ガラス》のような瞳《ひとみ》。わたしの喉《のど》から、声にならない悲鳴があがる。燐寸を取り落としそうになるけど、必死に耐《た》える。

従姉《いとこ》で親友のアティが、いっしょに埋葬《まいそう》されていた。お義父さんに命乞《いのちご》いをしたアティも、殺されて捨てられたのだ。

「ご、ごめんなさい、ヒッ、ごめんなさいアティ。わたしが、ヒグっ、弱い、から、ヒッ、悪い子だから、こんな目に……」

掠《かす》れた声とともに、わたしの両目から涙が流れていく。小さな燐寸の光も燃え尽《つ》き、闇がすべてを塗りつぶしていった。

「これはお仕置きよわたしが悪いことをしたから強めのお仕置きをさせられているだけだからわたしがいい子にしていれば出してもらえるからわたしはいい子だから出してもらえる」

わたしは助けを待った。

ひたすら待った。

ただひたすらに。


暗闇。目を開けても閉じても何も変わらないが、目が覚めた。

闇、暗闇、漆黒《しっこく》。一面の暗黒。

無音、静寂《せいじゃく》、静謐《せいひつ》。わたしの呼吸と耳の裏の脈拍《みゃくはく》だけが感じられる。

両手を広げると、少し広げたところで柩の両側に触《ふ》れられる。足を伸ばしても先には届かない。体を足先にずらして進むと、ようやく爪先《つまさき》が壁《かべ》に触れる。

大きな柩に入れられたから、死体といっしょに入れられても、女の子のわたしにはちょっと余裕《よゆう》があるのだ。だけど、肘《ひじ》や腕を伸ばすと、死体に触ってしまう。押しつぶされるような感じが、わたしの心を壊《こわ》そうとしてくる。

「怖《こわ》い、怖い。助けて、助けて、ここから出して、出してよっ！」

柩の蓋に向かって、手と膝《ひざ》、足先を叩《たた》きつける。だけど硬い金属の蓋は、わたしの願いを撥《は》ねつけるだけ。

叩きつけた手が痛い。動きを止めて、傍《かたわ》らへと投げ出す。心細さからか、前よりも柩の中が広くなったような気がする。

横向きに膝を抱《かか》えて、わたしは痛みと恐怖《きょうふ》に耐える。

暗闇の中で、時だけが過ぎていく。

(そうよわたしは死ぬんだわ。暗闇の中で一人。でもいいや。生きていてもいいことなかったし。みんなはわたしをイジメるし、お義父《とう》さんは犯《おか》してくるし。それに、世の中にはもっとヒドい死に方をする人がいる。砂漠《さばく》のウルムンとかいう国では殺されたり飢《う》え死にしたり、神聖イージェス教国だと神様の悪口を言っただけで生皮を剝がれて火炙《ひあぶ》りにされるし、それでなくても異貌《いぼう》のものどもに生きながら食われる人もいるし。わたしの死に方も最低だけど、そこまで最低でもないし、すぐに終わる。そこでアティに謝ろう。心から謝ろう。そしたら、本当のお父さんにも会える。アティと同じところへ行ける。会いたい、すごく会いたい)

ふと気づいた。爪が剝がれた指先が蓋《ふた》に当たったのに、その痛みを感じなかった。投げ出した時も平気だった。

黒い世界の中で、恐《おそ》る恐る左右の指先を重ねてみる。硬い爪の感触《かんしょく》があった。

それ以前に変な点があることに気づき、わたしの体に手を伸《の》ばす。

服の上からでもお腹《なか》が閉じられているのが分かった。震える手で、自らの顔に触れてみる。

滑《なめ》らかな肌、鼻も瞼《まぶた》も頬も以前と変わらぬ位置にあった。目も二つある。

そういえば、本当のお父さんは、魔杖剣《まじょうけん》がなくても物の構成を変えてしまう力を持っていた。

もしかしたら、わたしの体が勝手にそうやっているのかもしれない。怪我《けが》や手術跡《あと》が治って痛くなくなって良かったと安心し、次の瞬間《しゅんかん》、わたしは愕然《がくぜん》とした。

自分は、傷と飢えと酸欠のどれかで数日で死ぬのだろうと思っていた。でも、なぜかいっこうに死なない。

爪が治っているのと同じことが、わたしの体全体で起こっているとしたら？

土砂崩《どしゃくず》れで埋められたお父さんが、一ヵ月も経《た》って掘《ほ》り出されても、生きていたことを思い出した。まわりの土や空気の構造を変化させて取りこみ、命を維持《いじ》したのだと言っていた。

〈竜《りゅう》〉や〈禍《まが》つ式〉のように何年もできるわけではないけど、それでもその気になれば、わたしの一族は何ヵ月かは平気だとも言っていた。

まわりの死体が小さくなって、柩《ひつぎ》の中が広がったように感じているのは、気のせいではなかったのだ。

この暗闇《くらやみ》の中、自分の体が周囲の死体を吸収し、恐ろしく長く生きられることに気づいた。

「止《や》めて、わたしの体、わたしを生かさないで！　一人はイヤ、お父さんもアティもお友だちもいないのはイヤ、誰《だれ》ともお話できない、川で泳げないのはイヤ、一人は、一人はイヤーっ！　早く、わたしを早く死なせてっ！」

　わたしは絶叫《ぜっきょう》した。何時間も叫《さけ》んで、喉が意味のある言葉を出せなくなった。

　血を吹《ふ》いた喉が完璧《かんぺき》に治され、また叫びつづける。

　怖くて怖くて、両手で喉を掻《か》きむしる。だけど、傷口はすぐに治っていった。


（これは夢。悪い夢なんだ）

　わたしは闇の中で、必死にそう考える。

　何日、何週間を過ごしたかも分からなくなった。ひたすら目を閉じて、自分の中だけを見つめていた。

　わたしは未来を夢想しはじめる。

（これは試練なの。誰かがわたしをここから助けてくれる時に、お話を盛りあげるための神様の試練。助けてくれるのは男の人で、顔が良くて背が高いの。同い年の男の子は頼《たよ》り無いから、少し年上がいいな。わたしはもう処女じゃないけど、大人の男の人なら気にしないし。それで、少し世を拗《す》ねてるんだけど、本当は優《やさ》しい人で、救い出したわたしの手を取って微笑《ほほえ》んでくれるの。わたしはその人の胸の中で『怖かったけど、今は大丈夫《だいじょうぶ》』って笑いながら言うの。それは今っ！）

　わたしは、これ以上ないくらいの必死の願いをこめて、目を開けた。

何一つ変わらない、昏《くら》く冷たい静寂《せいじゃく》。

圧倒《あっとう》的な質量の闇が、わたしを包んでいた。

幼い夢想が粉々に砕《くだ》かれ、わたしは絶叫した。

無明の闇の底で、誰にも届かない絶叫をあげつづけた。

涙《なみだ》を流し悲痛な泣き声をあげても、助けなど訪《おとず》れなかった。


わたしの目は、闇を見つめていた。

叫ぶのも蓋を叩くのも止めた。

恐怖と孤独《こどく》に疲《つか》れて眠《ねむ》ると、悪夢がやってきた。真っ暗な宇宙空間に、たった一人で永遠に浮《う》かんでいるという悪夢。

恐怖に跳《は》ね起きても、悪夢と現実の境目は存在せず、地続きだった。

わたしの心が軋《きし》んだ。

(助けて、助けて。誰か、誰かわたしと会って。誰かわたしを見て、お話しして。わたしといっしょに笑いあったり、ふざけたり、叱《しか》ってくれたり、ご飯を食べたりして!)

流した涙が、わたしの体の力ですぐに肌《はだ》に吸収され、すぐに生命を維持する力となっていくのが分かる。

わたしの心に亀裂《きれつ》が入る。

(助けて、助けて。誰かわたしを必要として、わたしを愛して。誰かがわたしの手を握《にぎ》ってくれたら、わたしはその人を愛する。心から愛する。その人のためなら何でもするっ！）

だが、静かな闇は何一つ変化せず、誰の返《こた》えもなかった。

そして、わたしの脳の中で、何かが決定的に砕ける。

注意を喚起《かんき》する視床《ししょう》が変更《へんこう》され、現実感覚が消失。注意からの解放指令を出し、空間認識《にんしき》を行う頭頂葉が書き換《か》えられる。両者の均衡《きんこう》を取る、中脳の上丘《じょうきゅう》が変えられていく。意味や関係性に振《ふ》り分けて保存する、側頭葉が改変される。頭頂葉に保存され整然と並べられた記憶《きおく》、世界の鏡像たる内的世界が崩壊《ほうかい》。一点ずつ捉《とら》える思考が停止され、すべてが均等に並び、空間の連続性が消失する。前頭葉と側頭葉によって生まれた言語が、逆流していく。全体像が多次元的に折り畳《たた》まれ、永遠が埋《う》めつくし、無限小が消滅《しょうめつ》していく。

わたしは、自分の意識が変化し、拡大していくのを感じた。わたしから溢《あふ》れる何かが、柩を貫《つらぬ》き、外へと漏《も》れだしている。

それは、柩の蓋《ふた》を外から触《さわ》っているような、奇妙《きみょう》な感覚だった。

感覚を宙に遊ばせていると、何かに触《ふ》れたような気がした。

（飢餓闇繁殖血温度飢土金属飢餓毛皮繁殖違和感歯恐怖警戒闇警戒闇）

翻訳《ほんやく》しようもない異質な思考が、わたしの脳裏《のうり》に浮かぶ。

（何、今の？）

わたしの疑念は、上からの物音に取って代わられた。何かが蓋を齧《かじ》っている音。どうやら鼠《ねずみ》か何かが外にいるらしい。

(何かの奇跡《きせき》で開けてくれないかな)

わたしが願っていると、蓋の上で鼠が這《は》いまわっているのを感じた。そして、蓋を閉じている鍵《かぎ》が外れた小さな音。他《ほか》の鍵も開いていくのが分かった。

すごい偶然《ぐうぜん》！　喜びながらも、急いで蓋を両手で押しのける。金属の蓋が土に落下する重い音と、鼠たちが逃《に》げていく鳴き声が耳障《みみざわ》りだった。

闇色《やみいろ》の大気を、胸いっぱいに吸いこむと、氷の針が両肺を刺《さ》すようだった。同時に吸いこんだ腐臭《ふしゅう》に胸が詰《つ》まり、咳《せ》きこむ。

放《ほう》りこまれた時に見た、死体や廃棄物《はいきぶつ》が周囲にあるんだろう。

わたしは叫びたいのを堪《こら》えた。

そこで、感覚が鋭敏《えいびん》になっている自分に気づいた。呼吸している空気の窒素《ちっそ》や二酸化炭素や酸素、その原子核《げんしかく》や電子までもがはっきりと感じられるような気がした。

わたしは柩の外へと素足《すあし》を踏《ふ》み出す。足の裏で土と死体がつぶれ、腐《くさ》った汁《しる》が溢れる感触《かんしょく》に怖気《おぞけ》が疾《はし》る。だが、必死に堪えて立ち上がる。

長いこと横たわっていたため、膝《ひざ》が笑ってしまう。何とか手と足を地について、姿勢を支える。そして、周囲の斜面《しゃめん》に手をかけて上を目指す。

指先と掌《てのひら》の下で死者の腐肉と廃棄物がつぶれ、腐汁《ふじゅう》が顔や体に跳ねるのが分かった。だけど、そんなことを気にしていられなかった。

わたしは誰《だれ》かに会いたかった。誰かに自分を気づいて欲しかった。

屍肉《しにく》の斜面を登りきり、廃棄口《はいきこう》に到達《とうたつ》する。手探《てさぐ》りで扉《とびら》を探し、硬《かた》い表面を見つけ、狂喜《きょうき》する。扉を叩《たた》いてみるが開かない。

助けを求めようとするが、口からは掠《かす》れた吐息《といき》しか出ない。

わたしの求めるままに、感覚の触手は伸《の》びていき、扉の外を歩く意識体を感知。接触に飢《う》えていたわたしは、歓喜《かんき》に任せて感覚を伸ばしていく。

電気的信号と脳内物質の羅列《られつ》に目眩《めまい》がするが、脳の中の何かが翻訳していく。

（ああ忙しい実験は上手くいかない組成式の第三八三六から四八四六までを変更してあの店のリッテーシャはいくら貢げば振り向いてくれるのやら乳アズルピさんって何か怖い尻眠いああ忙しいやはり今夜は擬人でも抱くかこの実験は何のためなのかよく分からない何で俺がこんな廃棄所の管理をしないといけないんだ今日はアズルピさんが上級研究員を緊急招集して早く辞めたい擬人のあの作り物の笑顔はどうにもなぁ）

わたしの脳に他人の感情と思考が逆流し、莫大《ばくだい》な情報量に発狂《はっきょう》しそうになる。吐《は》き気に耐《た》えて、内容を必死に分析すると、若い研究者さんが外にいるらしい。

（助けて、助けて。わたしをここから出して。わたしとお話しして手を取って！）

声にならない声で叫《さけ》んだが、鉄扉《てっぴ》に阻《はば》まれては聞こえるわけもなかった。

沸騰《ふっとう》するような憤怒《ふんぬ》が、わたしを支配した。怒《いか》りが不可視の触手に力を与《あた》え、若い研究者さんの脳へと進入していく。

（お願い、開けてっ！）

(ああ眠いあれ扉を開けないとでもここは廃棄所で開けないとダメだ開けてはいけない開けなくちゃ怖い開けようすぐに開けよう)

若い研究者さんの手が伸ばされ、何重もの量子鍵が解除される。

重々しい音を立てて、わたしの眼前の扉が開いていく。糸ほどの光が、腕《うで》、肩幅《かたはば》と広がっていき、完全に開放される。

眩《まぶ》しい光がわたしの網膜《もうまく》を灼《や》く。長い時間がかかって明順応が起こり、目が物の輪郭《りんかく》を捉えていく。

わたしの目を灼いたのが、天井《てんじょう》に埋めこまれた蛍光灯《けいこうとう》。廊下《ろうか》は左右に長く続いている。わたしの正面で、恐怖《きょうふ》に目を見開いて立ちつくしているのが、扉を開けてくれた若い研究者さんだ。

(開けてくれてありがとう)

わたしがお礼を言うと、研究者さんが怯《おび》えたように辺りを見回し、最後にわたしへと恐怖の視線を向けてくる。

「何だ、頭の中で声が？　これはおまえがやったのか？」

若い研究者さんから、恐怖を司《つかさど》るアドレナリンの分泌《ぶんぴ》と畏怖《いふ》の感情が溢《あふ》れ、わたしに叩きつけられた。

「止《や》メ、て、怯えなイで。お礼を言ヒたかっタだけ、なの」

恐怖の波長に耐えながら、わたしは言った。久しぶりに他人と話したので、声が嗄《しわが》れていた。

わたしは自分の体を見下ろす。自分でも分からないほどの長い間、廃棄所に放りこまれていたその姿は、ひどい有り様だった。

衣服の前がはだけたまま。肌《はだ》は汚《よご》れきっており、腐臭と土の臭《にお》いが自らの鼻をついた。少女らしい羞恥心《しゅうちしん》が蘇《よみがえ》ってきた。

こんな姿で人前に出るなんて、すごく恥《は》ずかしい！

「あの、着替《きが》えとか、体を洗う所はありませんか？」

今度は上手く言えたし、可愛《かわい》らしく微笑《ほほえ》むこともできた。波動が右を示す。

「ああ、そっちに更衣室《こういしつ》があるんですね」

「予知？　いや、俺の心を読んだ？」

研究者さんの強張《こわば》った顔が恐怖に歪《ゆが》んでいく。

「そうか、俺を操《あやつ》ったのもおまえか⁉」

男が腰《こし》の魔杖剣《まじょうけん》を引き抜《ぬ》き、白刃《はくじん》を突《つ》きつけられた。わたしは、自分の恐怖を抑《おさ》えようとして弁明する。

「あ、あの、その読めるとかじゃなくて、何か朧《おぼろ》げに感情と意志が感じられ……」

「うわ、うわああああああっ！」

恐怖や怯え、怒りや敵対心などの入り混じった波長を撒《ま》き散らしながら、男が剣を振《ふ》り下ろしてくる。剣術の素人《しろうと》の、体重の乗っていない刃だったけど、わたしの小さな左肩《ひだりかた》を割るには十分だった。

肩を覆《おお》う薄《うす》い三角筋が切断され、肩甲骨《けんこうこつ》の上部、肩峰にまで刃が達する。痛覚神経が悲鳴をあげ、わたしの思考を貫《つらぬ》く。

（熱い痛い熱い痛い熱い痛いなんでこんなことするの痛いわたし何も悪くないのに痛い仲良くして熱い欲しいだけなのに）

「俺の頭の中で喋《しゃべ》るなっ！」

血に濡《ぬ》れた刃を、男が振りかぶる。

（怖い痛いのはイヤ怖い止めて怖い死ね死ぬのはイヤ怖いそうよ死ねおまえが死ね）

混乱した刃は、わたしの首筋へと向けて振り下ろされてくる。

死ぬの、わたし？　いや違《ちが》う！

（おまえが死ねっ！）

男の刃が回転、軌道《きどう》が奇妙《きみょう》に変化し、自らの胸に突き立てられる。

「え、俺？」

呆気《あっけ》に取られた声を出した男の両手が柄《つか》を逆さに握《にぎ》り、凄《すさ》まじい力で押しこんでいく。豚《ぶた》の悲鳴をあげながら、刃は薄い胸板《むないた》を貫通《かんつう》した。小さな血泡《ちあわ》混じりの溜《た》め息を吐《つ》いて、男はその場に崩《くず》れ落ちた。

「わたしにヒドいことをするからよ」

痙攣《けいれん》しながら死に瀕《ひん》する男を、わたしは冷たい目で見下ろす。肩口の傷が自動的に修復されていく熱を感じていた。

流れ出る死者の血潮が、わたしの素足《すあし》に触《ふ》れ、熱さを感じたかのように跳《は》ね退《の》く。熱病に冒《おか》されたように、わたしの全身が震《ふる》えだした。

わたしは首を左右に振る。これは現実じゃないと思いたい。

「違う、わたしはそんな、ただ思っただけよ。怖《こわ》いから死ねと、ただそれだけなのに……」

わたしは悲鳴をあげ、裸足《はだし》でその場を逃《に》げ出した。


泣きながら、わたしは歩いていた。裸足で冷たい床《ゆか》を歩いていく。ところどころ封鎖《ふうさ》されている廊下を歩き、手近な扉《とびら》に入る。

そこがどこか気づいて、息を呑《の》む。

そこは、かつてわたしが解剖《かいぼう》され凌辱《りょうじょく》された最終実験室。白衣の研究者たちが振り向いて、あの時の顔を並べていた。

(バカな恐怖あれは驚愕実験体失敗〇七二一－A)(六ヵ月も前に恐怖処置され怪物放棄されたはずだ怖い!)(アズルピ所長が処置した失敗恐怖なぜバカな!)

膨大《ぼうだい》な声が、わたしの頭蓋《ずがい》内で大反響《だいはんきょう》する。その中に、自分を凌辱した記憶《きおく》と嘲《あざけ》りの波長を感じた。わたしの心に恐怖《きょうふ》と恥辱《ちじょく》が生まれ、憤怒《ふんぬ》と憎悪《ぞうお》に変わっていき、そして炸裂《さくれつ》した。

〝死ねっ! みんな死ねっ!〟

憎悪と殺意の爆発《ばくはつ》。膨大な咒力《じゅりょく》がわたしの全身から放たれ、目も眩《くら》むような爆光が、研究者たちに襲《おそ》いかかる。剝《む》きだしの咒力が脳に注がれ、男たちは激しく痙攣しながら棒立ちになり、床に倒《たお》れる。

レブルは両手を掲《かか》げていた。震える指先が、自らの目の前まで迫《せま》る。

「嫌《いや》だ、そうだ、止めてくれ、一刻も早く死にたい。違う、こんなことはしたいしたくないからしたいっ!?」

指先を自らの眼《め》へと突きこみ、激痛にレブルの悲鳴があがる。しかし、自分の意志とは関係なく、指先の侵入《しんにゅう》は止まらず、眼窩《がんか》を囲む骨を割りながらも進んでいく。自らの指先で脳まで抉《えぐ》り、レブルは血の海に倒れた。

芋虫《いもむし》のように身を捩《よじ》るシジークは、自らの手で自らの首を絞《し》める。恐《おそ》ろしい苦痛に顔を歪め、土気色に変化していきながら、窒息死《ちっそくし》していく。

ザウッは、逆さに持った手術刀を自らの喉《のど》に当てる。

叫びとともに、信じられない膂力《りょりょく》で一気に引き下げる。勢いに砕《くだ》けた手術刀が落下し、金属音をあげて跳ねる。同時に、左右に開かれた胸や腹から、小腸や肝臓《かんぞう》が零《こぼ》れ落ち、黒血とともに床にブチ撒けられる。

同様に、極限の苦痛を生む開腹自殺をしていくゲネブとボッシーノ。その中心で、わたしが呆然《ぼうぜん》として立っていた。

喉どころか、首まで切り裂《さ》いたグリストルの鮮血《せんけつ》が、わたしの顔に降りそそぐ。

「み、んな、ど、うして？」

「成功だ、権能が出現したっ！　やはり人間の血が混じると、同族とみなすのだっ！」

声に振り返ると、硝子窓《ガラスまど》の向こうで、アズルピ義父《とう》さんとイナヤ義母《かあ》さんがいた。二人は狂《きょう》喜《き》していた。

「これは君がやったんだ。君の精神操作呪式《せいしんそうさじゅしき》で、こいつらは自殺したのだ。君が望めば誰《だれ》でも意のままだ！」

「わたし、わたし、そんなつもりじゃ……！」

「何を謙遜《けんそん》する。これは人類の進歩だ。竜《りゅう》どもの持つ支配の権能を手に入れたのだ。そして、人類から争いはなくなる。君は最初の御使《みつか》いとなるのだっ！」

　わたしの喉から、野獣《やじゅう》のような咆哮《ほうこう》が迸《ほとばし》る。

　膨大な呪力《じゅりょく》が発生し、無目的に周囲の量子作用定数に干渉《かんしょう》、研究室内の電子機器や呪式機関が、紫電《しでん》をあげて弾《はじ》け飛んでいく。

「いかん、実験室の干渉能力を大幅《おおはば》に越《こ》えているっ！」

「制御宝珠《せいぎょほうじゅ》はどこっ⁉」

　お義父さんとお義母さんが悲鳴をあげ、硝子窓の奥へと逃げだす。同時に轟《とどろ》くような警報が響《ひび》きわたっていく。

「待、って、待ってよ、お義父さん、お義母さん！　わたしを置いて、いか、ないでっ！」

　義父母の後を追って、わたしは歩きだす。涙《なみだ》と鼻水がとめどなく溢《あふ》れて、胸が痛かった。

　頑丈《がんじょう》な合金扉がわたしの眼前で閉じられ、前進を阻《はば》む。泣きながら小さな手で叩《たた》くと、呪式が迸り、電子と呪式の鍵《かぎ》を司《つかさど》る量子頭脳がわたしに従属する。

　泣きじゃくるわたしの前で、分厚い特殊《とくしゅ》合金の扉が左右上下に開いていく。

警報が金切り声をあげる廊下《ろうか》の奥に、逃げていく義父母の背中が見えた。追おうとすると、手前の廊下から人影《ひとかげ》が溢れてくる。

わたしが立ちつくしていると、積層鎧《よろい》に身を固めた警備兵たちが現れる。楯《たて》で壁《かべ》を作り、その隙間《すきま》から魔杖剣《けん》の群れを突《つ》き出す。

警報とともに点滅《てんめつ》する赤色灯が、銀の刃《やいば》を鮮血色に染めていた。

「投降しなさい、実験体〇七二一－A！　呪式《じゅしき》を停止し、投降しなければ強行手段を取る！」

わたしの前髪《まえがみ》を掠《かす》め、空を灼《や》く雷撃《らいげき》が疾《はし》っていく。髪が焦《こ》げるイヤな臭気《しゅうき》も気にせず、わたしは立っていた。そんなことはどうでもよかった。

「今のは警告だ。我々は本気だ。大人しく縛鎖《ばくさ》につけ、実験体〇七二一－A！」

警備兵たちは油断なく魔杖剣を突きつける。先端《せんたん》には、さまざまな抑制《よくせい》・拘束呪式《こうそくじゅしき》が展開していた。

「わた、わたしは、実験体〇七二一－Aなんか、じゃない……」

下を向いたわたしの口から、低い声が吐《は》き出される。

黒い溶岩《ようがん》のような感情。灼熱《しゃくねつ》の憤怒が、爆発した。

「わたしは人間だっっ！」

圧倒《あっとう》的な咒力《じゅりょく》が不可視の激流となって、わたしの全身から迸る。

警備兵たちの咒式干渉装置や、咒式抵抗力《ていこうりょく》など薄紙《うすがみ》のように突き破り、脳に侵入していく咒式。

警備兵たちは、互《たが》いに向かって魔杖剣を掲げていく。何とか意志に反した動きを止めようと、全身の筋肉が震《ふる》えている。だが、刃は確実に持ち上がっていく。

「や、止《や》めろ、化け物っ！」

呪式《じゆしき》が自らに向けて放射。爆風《ばくふう》と紅蓮《ぐれん》の炎《ほのお》が通路を埋《う》めつくす。肉片《にくへん》と内臓が飛び散り、焦げた人体が転がる。床《ゆか》に広がる血と脳漿《のうしよう》が、わたしの足を浸《ひた》す。

「怖《こわ》い、怖いの！　傷つけないで、ヒドいことをしないで、わたしを恐れないで！　でないと、わたしは、わたしの意志に関係なく怖がってしまう！」

両手で顔を覆《おお》い、わたしは泣き叫《さけ》びながら歩いていく。

廊下の奥から、警備兵たちが殺到《さつとう》してくる。躊躇《ちゆうちよ》もなく呪式が放射されるよりも早く、わたしの呪式が届いていた。

泣きじゃくるわたしが通りすぎる左右で、警備兵たちが、自らに呪式を発動して絶命していった。

双眸《そうぼう》から涙を零《こぼ》しながら、わたしは走り出す。

「誰か助けて、お願い、わたしを助けてっ！」

その間にも、呪式は濁流《だくりゆう》のように四方八方へと放射される。物陰《ものかげ》に隠《かく》れ、待ち伏《ぶ》せをしていた警備兵たちに絡《から》みつき、自殺させていく。

研究所の正面扉《とびら》が開かれ、メトレーヤの全景が広がる。

真夜中のメトレーヤに戒厳令《かいげんれい》の警報が響きわたり、騒然《そうぜん》としていた。研究所の敷地《しきち》から逃走《とうそう》していく車の群れ。

「置いて行かないで！」

追いすがるわたしの全身から、呪力《じゅりょく》が噴《ふ》き出し、車の群れに喰《く》らいつく。

制御を失った車が蛇行《だこう》し、入り口の鉄の門扉《もんぴ》に、壁に激突《げきとつ》して炎上《えんじょう》していく。

「わたしは悪くない、わたしは悪くないっ！」

背後の研究所から爆発音が追いかけてくる中、わたしは、塀《へい》に囲まれた敷地を飛び出す。

敷地の外でも、呪式《じゅしき》に捕《つか》まった車が炎上していた。重い車体の下から這《は》いだす二人。

胸に広がる安心感。

「お義父《とう》さん、お義母《かあ》さんっ！　助けてっ！」

後退《あとじき》るお義父さん。その手には子猫《こねこ》が抱《だ》かれていた。

「よ、寄るな化け物っ！」

駆《か》け寄ろうとしたわたしの足が、凍《こお》りついたように硬直《こうちょく》する。義母の言葉は、わたしの心を一瞬《いっしゅん》で凍《こご》えさせた。

「ち、違《ちが》うのメルティア、今のはね……」

「そうだ、少し待てメルティア」

煤《すす》に汚《よご》れた顔に、イナヤとアズルピが追従の笑《え》みを浮《う》かべる。引きつった二人の顔を、わたしは無感動に眺《なが》める。こんなに惨《みじ》めったらしい顔だと、初めて知った。

脱出《だっしゅつ》しようとしている人々の物音や叫びが遠く響いていた。

「お義父さん、お義母さん、わたしには二人の考えが分からない。でも、感情は分かってしまうの……」

わたしの中で、幼い愛が裂《さ》けた。裂け目からは、救いようのない闇《やみ》が覗《のぞ》いていた。

「二人の心は、わたしを嫌《きら》っている。憎《にく》んでいるっ！」

わたしの咒式《じゅしき》が、逃《に》げようとしたアズルピとイナヤの全身に絡みつく。不可視の力の洪水《こうずい》に巻きこまれながら、二人の足は、燃えあがる車へと向かっていた。

夫婦は涙と鼻水と涎《よだれ》を垂れ流しながら、絶望の哄笑《こうしょう》をあげる。

「だからどうしたっ！　あなたなんて、最初から実験体としか思っていないわよっ！」

「誰《だれ》が、おまえのような怪物《かいぶつ》を愛せる！」

アズルピが手の中の猫を掲《かか》げる。

「この猫のアナピヤの方が、よほど愛せるっ！　だから我ら夫婦の名を合わせた名前をつけたんだっ！」

アズルピとイナヤの足が同時にアスファルトを蹴《け》って、紅蓮と黒の混じった炎の中へと身を踊《おど》らせる。絶叫《ぜっきょう》と哄笑をあげながら、夫婦は全身の肉を灼《や》かれていく。

主人の手の中から猫が逃げ出し、炎《ほのお》の塊《かたまり》となって走り去る。

次第《しだい》に弱まる両親の叫び。断末魔《だんまつま》の声は、すぐに消えていった。

炎と異臭《いしゅう》を前に、わたしは一本の棒のように突っ立っていた。

歯が震えだし、その震えが全身へと伝わっていく。震えを押さえるように、両手で自らを抱き締《し》め、地に両膝《りょうひざ》をつく。

「誰かわたしを愛して……」

両手の五指が、剝《む》きだしの両腕《りょううで》を掴《つか》む。血の気を失うほど強い力をこめられた十本の指先の爪《つめ》が、肌《はだ》に突《つ》き立つ。柔肌《やわはだ》が破れ、真紅の血を流させる。

「誰かわたしを愛して……」

肌を破る小さな爪が肉を抉《えぐ》り、それでも力は緩《ゆる》められない。そうしなければ、わたしの心が砕《くだ》けてしまうから。

「お願い、誰かわたしを愛してっ！　心から愛してっ！」

わたしの喉《のど》が天を仰《あお》ぎ、慟哭《どうこく》が放たれる。今までとは比べようもない圧倒的な咒力《じゅりょく》が噴出《ふんしゅつ》し、巨大《きょだい》な柱を突き立てる。

天へとそそり立つ咒式の柱が、極大の花弁を散らし、幾千《いくせん》もの流星となってメトレーヤの研究施設《しせつ》全体へと降りそそいでいく。

メトレーヤのあちこちで人々が狂《くる》い、咒式を紡《つむ》いで殺し、自殺していくのが感じられた。

炎上し、焼け落ちていく街角を、わたしは歩んでいく。

その間も膨大《ぼうだい》な咒式が紡がれ、周囲へと荒《あ》れ狂い、新たな死者を生む。

「こんな記憶《きおく》はいらないそうよ全部悪い夢よこんな記憶はいらないこんな事実はなかった、なかったのっ！」

呪文《じゅもん》のように口ずさみながら、わたしの足は勝手に進んでいく。わたしの全身から放たれていた呪力《じゅりょく》の嵐《あらし》が反転、自分自身へと向かってきた。

「そうよわたしは優《やさ》しい養父母や親切な人々に囲まれて平和に生きていたメトレーヤは楽園みたいな場所だったヒドい目に遭《あ》っていたのはアティとメルティアみんなに犯《おか》されて殺されて地下に捨てられたのは可哀相《かわいそう》なアティとメルティア」

わたしの目には現実が映っていなかった。すべては嘘《うそ》なのだから、見る必要もない。

炎上する街に転がる、一匹《ぴき》の猫の死骸《しがい》に目が止まった。

それは、両親の手から逃げた、わたしの猫。

「わたしは、あたしは違う」

倒《たお》れた瓦礫《がれき》の下で、猫は赤黒い腸をはみ出させていた。

眼窩《がんか》からはみ出した眼球が、わたしを見上げている。

口許《くちもと》が、引きつるように歪《ゆが》むのが分かった。

「あたしはアナピヤ、可愛《かわい》いアナピヤ。子猫のように愛されるアナピヤ」

両手で、自らの体を抱《だ》きしめる。

「みんなにお義父さんとお義母さんに大切にされていたあたしは愛されていた幸せだったとても幸せだったの」

不可視の触手《しょくしゅ》がわたしの脳に侵入《しんにゅう》し、電気信号とホルモンを書き換《か》え、神経系を再配列していく。自分自身に向かっていた呪式《じゅしき》が急速に静まっていき、始めから何も存在しなかったかのように消失する。

メルティアからアナピヤになったわたし。だけど自分を保てず、火の粉の舞《ま》う夜風に体が揺《ゆ》れる。

自重を支えきれなくなるほど大きく傾《かたむ》き、ついに倒れた。道の端《はし》で頭を打ち、水路に落ちていく。

水飛沫《みずしぶき》が見えたと思ったら、真っ黒な水の中にいた。冷たく無慈悲《むじひ》な世界が、わたしの心を包んでいた。

俺の意識とアナピヤの心が重ねられ、どちらがどちらの心なのか、分からなくなってくる。

そして、二人の心と過去が入り混じっていく。

鏡が割れるように世界が砕け、様々な光景が乱舞《らんぶ》する。

隣《となり》に座ったアレシエルが数式を書きとめていき柔らかな髪《かみ》が腕《うで》に触《ふ》れ、寝台《しんだい》に一糸まとわぬ姿で横たわるクエロが猫《ねこ》のような欠伸《あくび》をして見られていたことに気づいて怒《おこ》ったような顔をし、小さな銀髪《ぎんぱつ》の子供が鏡に向かって楽器を奏《かな》で、背後に立つ美しい影《かげ》が少年の薄《うす》い肩《かた》に手を添《そ》え、腕の中で眠《ねむ》るジヴの髪が風に揺れ何かを食べる夢を見ているのか唇《くちびる》が微笑《ほほえ》みを描《えが》くように動く。

「ガユスっ！」

音の波が俺の鼓膜《こまく》を振動《しんどう》させるが、入り乱れていく映像は止まらない。

アレシエルが口から鮮血《せんけつ》を零《こぼ》し、視界が涙《なみだ》に曇《くも》り、炎《ほのお》の中で何かが燃えて、「な で、て わ」というきれぎれの言葉は涙とともに、クエロが俺の胸に穂先を突き立て、いくつもの黒い手が肌を這《は》い、「私は行くわ。あとガユス、一刻も早く死んでくれる?」と去っていく後ろ姿に、声?

「取りこまれるな、軟弱眼鏡《なんじやくめがね》っ!」

音の波が声であり、意味の連なりだと認識《にんしき》できた。

重力と触覚《しよっかく》が回復していき、霞《かすみ》が晴れるように視覚が回復していった。

最初に、青い刺青《いれずみ》と銀の双眸《そうぼう》が見えた。

俺は、ギギナの右手に前髪を摑まれていた。

「うるさい、起こしかたを考えろっ!」

酩酊《めいてい》しているような状態だったが、俺は弾《はじ》かれたようにギギナの腕から逃《のが》れる。俺の背筋に悪寒《おかん》が走っていた。

「いや、すまん。呼びかけて、引き戻《もど》してくれたのは分かっているが……」

アナピヤの精神感応に引きずられ、俺の記憶までもが呼び出されたのだ。思い出したくもない最悪の記憶が。

「分かっている。貴様をアナピヤから引き離《はな》した時、私も記憶を追体験させられた」

椅子《いす》のヒルルカを起こしながらのギギナの鋼《はがね》の声。その顔が青白くなっていたのに気づいた。

ギギナも俺と同様に、クエロの、ジオルグ事務所崩壊《ほうかい》の日の記憶、そして自らの過去を呼び出されたのだ。俺の知らない記憶がいくつかあったが、それがギギナの記憶なのだろうか？　眼前のアナピヤが起き上がってきたのが見え、急いで駆《か》け寄る。

「アナピヤ……」

少女の瞳《ひとみ》は、俺と記憶《きおく》を追体験したことを知っていた。

俺も理解していた。

呪式《じゅしき》発動時のアナピヤの脳内では、あなたと、彼・彼女と、あたし。視床《ししょう》と、頭頂葉と、中脳の上丘《じょうきゅう》のそれぞれの機能分離《ぶんり》が消失しているのだ。

だからこそ、他人の心と同調し、自分に巻きこむ力があるのだ。

俺自身の体と精神の体験ではないから、切り離せるのだが、それでも深い恐怖《きょうふ》と傷痕《きずあと》を心に刻んでいた。

記憶が完全に蘇《よみがえ》った今、あのギギナですら、平静を完全に保ててはいないくらいだ。アナピヤ自身こそ拭《ぬぐ》いがたい恐怖を感じているに違《ちが》いない。

痛みと背信、哀《かな》しみと殺戮《さつりく》。

そして絶対的な無窮《むきゅう》の孤独《こどく》。

仮想体感した俺ですら、思い出すことすら忌《い》まわしい。

誰《だれ》にも想像もできないほどの地獄《じごく》が、アナピヤの中で荒《あ》れ狂《くる》っているのだろう。

少女の目は、助けを請《こ》うように俺に向けられていた。

「アナピヤ、君の過去はあまりに過酷《かこく》だ。だが……」

だが、何だ？　何が続けられる？　アナピヤのメルティアとしての過去を追体験して、俺自身の精神も変化していた。

愛情を裏切られ、傷つけられ、他人が憎悪《ぞうお》の対象にしかならない。

無力さに耐《た》えきれずに見つめると、少女の唇からは言葉が零れだした。

「誰もあたしなんて愛してくれない。義理の両親ですら、あたしを愛してくれなかった。だから、あたしは無意識に人を操《あやつ》ってきたの」

アナピヤはそれでも愛を欲していた。

どんなに人を憎悪し拒絶《きょぜつ》しても、人の心は人を欲する。

人は、一人では生きられないのだ。だからこそ人は、騙《だま》し、奪《うば》い、殺しても、人を、心を手に入れたがる。

それらの方法では、絶対に手に入れられないと分かっていても。

俺も間違ってしまった。ジヴを、クエロを、アレシエルを。どうしたらいいかも分からずに、失ってしまったのだ。

そして、メトレーヤ研究機関は、間違った方法を押し進めてしまった。その間違った愛情の獲得《かくとく》方法を、アナピヤは押しつけられてしまったのだ。

アナピヤの震《ふる》える唇が言葉を紡《つむ》ぐ。

「ガユス、お願い」

唇という傷痕から零れる、鮮血のような懇願《こんがん》だった。

「あたしを愛して。メルティアでもアナピヤでもなく、そしてどちらでもある、目の前のこのあたしを！」

アナピヤの眼差《まなざ》しは、真っ直《す》ぐに俺へと向けられていた。

呪縛《じゅばく》が解かれた今、残念ながら血縁《けつえん》に対するような愛情や、傷ついたものへの慈愛《じあい》の心はあっても、俺はアナピヤを愛せない。一人の女としては愛せない。

出来るなら、アナピヤを愛してやりたかった。しかし、愛情は恣意的《しい》に湧《わ》いてくるものではないのだ。

「……アナピヤ。俺は君を愛している」

俺は強引《ごういん》にアナピヤを引き寄せ、必死に唇《くちびる》を重ねる。

口づけは、俺の不実を糊塗《こと》するように長かった。

唇を離すと、アナピヤが微笑《ほほえ》みを浮《う》かべていた。

すべてに絶望するような、寂《さび》しい笑《え》みだった。

「優《やさ》しい嘘《うそ》だね」

アナピヤが俺の手から逃《に》げるように立ち上がった。

「だけど、残酷《ざんこく》だよ」

そしてもう一度だけ微笑んでから、駆けだしていった。

俺とギギナは、彫像《ちょうぞう》のように動けなかった。寂しい笑顔の残滓《ざんし》が、路地に漂《ただよ》っているかのように。

一拍《いっぱく》以上遅《おく》れて、ようやく跳《は》ねるように立ち上がり、アナピヤの後を追いかける。

アナピヤは人の感情を読めるのだ。

俺の偽善《ぎぜん》からの嘘が、彼女の心をまた傷つけてしまったのだ。

路地から出ると、屍葬咒兵《しそうじゅへい》が立ちふさがっていた。

憤怒《ふんぬ》が湧きあがり、多重爆裂咒式《たじゅうばくれつじゅしき》が、そいつの胸元《むなもと》で炸裂《さくれつ》。肉片《にくへん》と血霧《ちぎり》を巻いて、吹《ふ》き飛んでいく。

アナピヤを失ってはならない。アナピヤはアレシエルでジヴでクエロ、俺の失った愛のすべてなのだ。


背後からは、爆裂音や竜《りゅう》の怒号《どごう》が遠く響《ひび》く。

殺戮を隠《かく》そうともしない夜の街を、アナピヤは泣きながら走っていた。

この世に自分を愛せる人間はいない。

それは、この世に自分が必要がないことを示していた。

「お父さん、あたしを助けてお父さんっ！」

養父母にも親友にも、知りあった人々にも見捨てられたアナピヤには、恐《おそ》らくは死んだ父しか縋《すが》れるものはなかった。メトレーヤ以前にまで、精神が退行していたのだ。

アナピヤが足を止めると、広場に出ていた。

石畳《いしだたみ》が広がる瀟洒《しょうしゃ》な円形広場だった。

アナピヤの胸に感情が込《こ》みあげ、身を折った。耐《た》えきれなくなって、嗚咽《おえつ》をあげた。

誰もいない夜の底で、少女はただ一人で泣いていた。

「竜に屍葬兇兵団《しそうじゆへいだん》を全滅《ぜんめつ》させられ、逃《のが》れてみれば、なんたる僥倖《ぎようこう》！」

嗄れた声に、涙《なみだ》に濡《ぬ》れたアナピヤの顔が跳ね上がった。

広場に孤影《こえい》を落としていたのは、屍葬士のメルツァールだった。

白い蓬髪《ほうはつ》や仮面は焼け焦《こ》げ、左腕《ひだりうで》は炭化した断面を覗《のぞ》かせていた。

「おまえを捕《と》らえれば、私の望みは叶《かな》うっ！」

仮面の裏で叫《さけ》び、老兇式士《じゆしきし》が疾走《しつそう》する。残った右手がアナピヤの肩《かた》を摑《つか》む寸前。不可視の力が老人の痩軀《そうく》を貫《つらぬ》き、停止する。

「誰でもいい、死ねっ！」

「生ける人間の思考にまで干渉《かんしよう》する力だとっ⁉」

アナピヤの兇力《じゆりよく》に、老人の兇力が全力で抵抗《ていこう》する。

だが、脳を侵《おか》され、電気的信号と脳内物質が操作され、思考が塗《ぬ》りつぶされていき、メルツァールの残った右腕が緩慢《かんまん》に掲《かか》げられる。

「百人の死者すら操つる儂が、力負け、するだ、と？　これは、〈支配者《ヘルシヤア》〉職、の権能ではない……」

神経系のナトリウムイオンとカリウムイオンの電位差が操られ、老人の手の中の魔杖錫《まじようしやく》が、喉元《のどもと》へと突《つ》きつけられる。

「そ、そんなものを越《こ》え、ている、これは……！」

老人は、叫びとともに魔杖錫で自らの喉を突き刺《さ》す。黒血が月を背景に噴《ふ》きあがり、倒《たお》れる。遅れて落ちた仮面が、乾《かわ》いた音を立てる。

アナピヤの足元で、自らが流した血の海に沈《しず》み、苦鳴をあげるメルツァール。火傷《やけど》で爛《ただ》れた顔。だが、僅《わず》かに覗く地肌《じはだ》は老人ではなく、壮年《そうねん》の男のものだった。

「老人かと思ったら、意外と若いのね」

少女の冷たい視線が、死にゆく咒式士《じゅしきし》を見下ろしていた。

「どうでもいい。もう死になさ……」

「メルティア、済まない。私はおまえを探してやれない……」

メルツァールのつぶやきに、アナピヤの咒式《じゅしき》が途切《とぎ》れる。唇からは、掠《かす》れた声が漏《も》れていた。

「メルティア、メルティアって、あたしの小さい時の呼び名。メーティーの本名をどうして知ってるのっ⁉」

アナピヤの叫びに、炎《ほのお》に爛れた顔の中の目が、大きく見開かれる。

「メーティー？　まさ、か、そんな、私が探してい、た娘《むすめ》が、標的だ、と？」

アナピヤが瀕死《ひんし》の咒式士に縋りつく。その目に混乱が広がっていく。

「そうだ、私はバルティア、いや違《ちが》うメルツァール？」

「バルティアは、あたしのお父さんの名前っ！　やっぱりお父さんなんだよっ！」

「記憶《きおく》が、おかしい。そうか、儂《わし》の、私の記憶は……」

呼吸が止まり、命の灯火《ともしび》が急速に消えていく。

「イヤ、お父さん、死なないでっ！」

「メルティア、聞きなさい……」

焼け爛れたバルティアの顔。瀕死の苦痛の中から、言葉が紡《つむ》がれる。

「よく聞きなさい。今すぐここから、逃げろ。これ、は、すべては罠《わな》だ。やつは、やつらは私を使っ……」

「お父さんっ……！」

父の目に優《やさ》しい光が浮かぶ。伸《の》ばされた赤黒く爛れた手が、アナピヤの頰《ほお》に触《ふ》れ、冷えていく体温を伝える。

そして、指先は朽《く》ちるように石畳に落ちた。軽い音が跳ね、それっきり広場は静まりかえっていった。

バルティアは絶命していた。アナピヤは凍《こお》りついたように動けなかった。

長い時間がすぎ、ようやく震《ふる》えだす。

「イヤだ、いやだよう。お父さん」

アナピヤは父の亡骸《なきがら》に縋って、必死に揺《ゆ》する。冷たくなっていく体は、少女に答えを返しはしなかった。

アナピヤの小さな手が素早《すばや》く動き、魔杖短剣《たんけん》を掲げる。

「起きて、起きてよ。生き返ってよ、お父さんっ！」

組成式もなく、アナピヤは魔杖短剣の引き金を引く。

何度も何度も。莫大《ばくだい》な呪力《じゆりよく》の放出が大気を振動《しんどう》させる。破壊《はかい》の力ならば、一つの都市を壊滅《かいめつ》させるほどの巨大《きよだい》な呪力。

「呪式《じゆしき》は何でもできるんでしょ！　お父さんを助けてっ！　あたしの力よ、あたしに不幸を呼び寄せるだけじゃないところを見せてっ！　お父さんを助けてっ！」

だが、〈請願者《せいがんしや》ヤンダル〉は、無目的な干渉を行うだけだった。失われた命を呼び戻《もど》す呪式の紡ぎ方をアナピヤは、人類はいまだ知らない。

それでもアナピヤは引きつづけた。

「一度でいい、たった一度だけでいいから、奇跡《きせき》を起こしてっ！」

六発の呪弾《じゆだん》がすべて無意味に発動され、撃鉄《げきてつ》が空虚《くうきよ》な音を鳴らす。

アナピヤの指が止まった。

父は蘇生《そせい》しなかった。奇跡は起きなかった。ただ、絶対の沈黙《ちんもく》を貫《つらぬ》き、横たわるままだった。

アナピヤの手が痙攣《けいれん》し、魔杖短剣が落下する。切っ先が石畳《いしだたみ》を叩《たた》き、倒れる。短剣が転がる軽い音がし、やがて収まった。

再び、静寂《せいじやく》が辺りを満たしていく。

「あ、ああ、あたし、あたしが？」

震える少女の唇《くちびる》が言葉を紡いだ。まるで、分かりきっていることを自らに問いかけるように。

「あたしが、本当のお父さん、お父さんを殺した……!?」

現実を拒否《きよひ》するように、アナピヤの海色の双眸《そうぼう》には何も映っていなかった。

少女の後頭部と首筋に、鋭《するど》い痛みが疾《はし》った。

「そう、実の父親を殺してしまうとは、とてもいけない子だねアナピヤ」

背後からの呼びかけ。動こうとしたが、冷たい金属がアナピヤの脳を凌辱《りょうじょく》し、全身を麻痺《まひ》させていた。

「アナピヤと呼ぶか、メルティアと呼ぶか悩《なや》んだよ。しかし、混乱を避《さ》けるために、今のアナピヤを優先しよう。何ともお似合いで、痛々しい名前でもあるしね」

声の悩みは、場違いなものだった。

「さて、可愛《かわい》いアナピヤ。下賤《げせん》な攻性咒式士《こうせいじゅしきし》どもを集め、ここまで来るのに苦労した。誇《ほこ》りに囚《とら》われたユラヴィカ。歪《ゆが》んだ愛しか持てないバモーゾ。優しきチェデック。アインフュンフ、つまりは逃《に》げ出した実験体のアリーシャと、遺伝子から複製した姉妹《しまい》どもまで捜《さが》し出すのは、さすがに骨が折れた」

身動きひとつできずに、アナピヤは後頭部と首から流れる血液の温かさを感じていた。

「暴走する刺客《しかく》どもを、メルツァールとの一人二役で監視《かんし》し、誘導《ゆうどう》するのは大変な手間だった」

声は楽しそうに独白を続ける。

「愛を無くしたおまえが、市井《しせい》の間で人を愛する気持ちを思い出すまで待ち、それから刺客という配役でおまえの記憶を戻させる。不確実にすぎるが、おまえの能力は微妙《びみょう》すぎ、一歩間違えれば本来の用途から外れる」

アナピヤは視線だけを動かして、背後の声の主を探そうとする。

「メルツァールをおまえに殺させ、精神崩壊《ほうかい》させる時期が難しかったのだが、これも上手《うま》くいった。そう、おまえの咒力《じゅりょく》に洗脳され支配されずに、操作宝珠《ほうじゅ》を撃《う》ちこめる距離《きょり》まで近づくのが、最大の難点だった。果実の成長は嬉《うれ》しいが、収穫《しゅうかく》の時期は実に難しい」

アナピヤの目がメルツァールの死体に戻り、衝撃《しょうげき》を思い出して小さく痙攣する。心理的重圧で呼吸困難に陥《おちい》り、みるみる顔が青白くなる。

「おっと、精神の壊《こわ》れ具合が重篤《じゅうとく》すぎて、これでは使えないな。よし、心安らぐ事実を一つ教えてあげよう」

背後からの声は、撫《な》であげるように優しく語る。

「メルツァールが君の父親、バルティアであるのは本当だ。ただ、七年前のシタールの襲撃《しゅうげき》の時に死んだのも、また事実だ」

アナピヤの小さな肩《かた》が跳《は》ね、掠《かす》れた呼吸音が戻る。

「よろしい。少しは罪悪感が減少したようだね。私の心理治療《ちりょう》も捨てたものではない」

少女の背後から、人影《ひとかげ》が歩み出てくる。月光を背にし、漆黒《しっこく》に塗《ぬ》りつぶされた影。

「しかし、どうして誰《だれ》も気づかないのだろうね。死者を操《あやつ》るものが、死者であってはならないという咒式《じゅしき》理論はない。おまえの脱走《だっそう》とともに、保存していた父親に思考と記憶《きおく》を制御《せいぎょ》する宝珠を載《の》せ、傀儡《くぐつ》として蘇生させた。私の指令を自分の意志と勘違《かんちが》いさせたから、実によく動いてくれた」

月光の中で、影の顔が振《ふ》り返る。アナピヤの喉《のど》から悲鳴が漏《も》れる。

「あ、アズルピ、お義父《とう》さんっ？」

アナピヤの叫《さけ》びに、義父が三日月のような笑《え》みを浮《う》かべる。

「やはり、あなたがすべてを……」

アナピヤの驚愕《きょうがく》を観客の喝采《かっさい》だとでもいうように、アズルピが満足そうにうなずく。

「まだ私を父と呼んでくれるか」

「誰が、おまえなどっ！」

激昂《げっこう》した叫びをあげ、アナピヤが操作宝珠の拘束《こうそく》に抵抗《ていこう》する。途端《とたん》に、唇《くちびる》や鼻孔《びこう》から血を流して痙攣する。

「無理だな。その宝珠はおまえの制御専用に作ったもので、おまえの支配能力をおまえ自身に跳ね返す。私の意志を載せてな」

アズルピが掲《かか》げた魔杖剣《まじょうけん》の先端《せんたん》から、緻密《ちみつ》な咒式《じゅしき》が少女の脳につながっていた。

それでもアナピヤは、双眸に憎悪《ぞうお》と憤怒《ふんぬ》の光を宿して必死に抵抗する。咒力《じゅりょく》が膨《ふく》れあがり、拘束咒式が軋《きし》む。

アズルピが顎《あご》の下に手を当てて、愉快《ゆかい》そうに嗤《わら》う。

「アナピヤよ。メルツァールのように、またお父さんを殺すのかい？」

言葉の一撃の前に、アナピヤの瞳《ひとみ》が恐怖《きょうふ》に塗りこめられた。精神が屈伏《くっぷく》し、瞳からは意志の光が急速に消えていく。

アズルピが止めていた息を吐《は》く。

「危ないところだった。脳に直接作用していても抵抗できるとは。丹念《たんねん》に精神的外傷《トラウマ》を作っておいて正解だ」

アズルピが右手の魔杖剣を掲げて、高らかに哄笑《こうしょう》する。

「さあアナピヤ、私のために働きなさい。そしてこれからは……」

地響《じひび》きが起こり、広場の石畳の上の紙屑《かみくず》や塵が揺《ゆ》れる。

アズルピが白衣ごと振り返ると、ビルとビルの間から、巨大《きょだい》な爬虫《はちゅう》類のような長い顔が突《つ》き出る。続いて突き出された前脚《まえあし》が振り下ろされ、厚い石畳を割り砕《くだ》く。

そして、長命竜《ちょうめいりゅう》ムブロフスカが威容《いよう》を広場へ現していく。

銀鱗《ぎんりん》に覆《おお》われた肩、胴体《どうたい》、長い尾《お》。巨大な質量が、広場の空気を圧迫《あっぱく》していく。

「そこまでだ外道《げどう》。アナピヤを離《はな》せ」

雷鳴《らいめい》のような声が、アズルピへと降ってくる。

「さすがに〈長命竜《アルター》〉。現れただけで、私の寿命《じゅみょう》が縮む」

アズルピの顎《あご》に冷や汗《あせ》の雫《しずく》をつくる。震《ふる》える手が電光となって、アナピヤの薄《うす》い両肩を摑《つか》み、自分の前に引き出す。

「だがな、アナピヤを手に入れた今、おまえですら私の敵ではない。〈暴帝〉の力の前にひれ伏《ふ》せっ！」

叫びとともに、アナピヤから膨大《ぼうだい》な咒力《じゅりょく》の奔流《ほんりゅう》が放たれ、ムブロフスカの咒式干渉《じゅしきかんしょう》結界の表面に激突《げきとつ》。

凄《すさ》まじい咒式《じゅしき》と、それを無効化しようとする咒式が、互《たが》いを喰《く》らおうとしていた。作用量子定数を変化させられた大気が、星の断片《だんぺん》となって散乱し、夜の広場を照らす。

「アナピヤっ、行けっ！」

アズルピが魔杖剣の先端に紡《つむ》いだ制御咒式《せいぎょじゅしき》を強化する。アナピヤの脳に限界以上の負荷がかけられ、眼窩《がんか》や鼻孔や唇《くちびる》から鮮血《せんけつ》が迸《ほとばし》る。

咒印《じゅいん》組成式がさらに重ねられ、咒力《じゅりょく》の光が、夜を貫《つらぬ》く光を炸裂《さくれつ》させる。

ムブロフスカを凌駕《りょうが》する咒力が吹《ふ》き荒《あ》れ、咒式干渉結界が崩壊。何重にも張られていた結界が、次々と貫通《かんつう》されていく。

そして膨大な咒式が、ムブロフスカの頭部へと収束していく。夜に轟《とどろ》く絶叫《ぜっきょう》をあげながら、ムブロフスカが苦悶《くもん》に身を捩《よじ》る。

巨体《きょたい》が踏《ふ》みしめた石畳《いしだたみ》が割れ砕け、振られた首が広場を囲む建物の壁《かべ》を破砕《はさい》する。

天空の月を喰らわんとするように、垂直に伸《の》ばされる竜《りゅう》の首。巨大な牙《きば》の間からは、途切れることなく苦鳴が漏れていく。

長い叫びが引き潮のように遠く弱くなっていき、ついに途絶えた。

竜の長首が巨大な半円を描《えが》いて、広場に叩《たた》きつけられる。

地上最大・最強の生物たる長命竜が、ついにアナピヤの力の前に屈《くっ》したのだ。

アズルピの唇から、汚泥《おでい》が煮立《にた》つような笑声が響き、高らかな哄笑へと変化していった。

「この力で戦争は変わる。〈暴帝《ゲバルト・ヘルシャア》〉に完全に統制され、一つの意識に従って動く、呪式士《じゅしきし》や竜や禍《まが》つ式の軍団。それは戦術を理解し、一糸乱れぬ統制で動く、無敵の軍団」

彫像《ちょうぞう》となった竜の足元で、魔杖剣を杖《つえ》のように振り回したアズルピが嗤う。

「いや、そんなことは、本来の目的の付属物《ふぞくぶつ》にすぎない。私は、〈ベギンレイムの尻尾《しりお》〉は、ついに〈小天使《エンゲルフィン》〉を手に入れたのだから」

世界に向かって、アズルピは高らかに宣告した。

「肉を持つ神の御使《みつか》い、主人を支配する奴隷《どれい》の誕生。そう、これからは世界に楽園が……」

「……ない」

低い声が石畳に零《こぼ》れ落ちた。

「おまえ、いらない」

はっきり聞こえたアナピヤの低い声に、アズルピが振《ふ》り向く。動揺《どうよう》のままに制御呪式《せいぎょじゅしき》を発動するが、発動する端《はな》から無効化されていった。

「そうか、竜の呪力《じゅりょく》を取りこんで抵抗《ていこう》をっ⁉」

アズルピの絶望色に塗《ぬ》りこめられた悲鳴に、少女の顔が持ちあげられる。

「死ね」

そこにあったのは、殺意が煮《に》えたぎる溶鉱炉《ようこうろ》の瞳。

圧倒《あっとう》的な視線の力に心臓を射貫《いぬ》かれ、アズルピが呆然《ぼうぜん》とした瞬間《しゅんかん》。男の上半身が真紅《しんく》の霧《きり》となって消失した。

槍《やり》の穂先《ほさき》のような五本の爪《つめ》が、血の雫《しずく》を垂らして浮《う》かんでいた。竜の爪の下方では、内臓を左に垂らした下半身が立ちつくしていた。

間欠泉のように血液を噴き上げていたが、急に自分が死んだことを思い出したように、軽い音を立てて倒《たお》れる。

一拍遅《いっぱくおく》れて、アズルピの上半身が、広場を囲むビルに激突する濡《ぬ》れた音が続いた。

「これが、結末？　長年の研究、が？」

二階の壁の血と内臓の染《し》みになりながら、アズルピが疑問を吐き出す。

追ってきた竜の尻尾が、壁面《へきめん》ごとアズルピを叩きつぶし、粉塵《ふんじん》と轟音《ごうおん》を巻きあげる。コンクリと金属の破片《はへん》の中で、アズルピは肉片となり、惨《みじ》めに絶命した。

崩落《ほうらく》する瓦礫《がれき》から、銀鱗に覆われた尻尾が引き抜かれていく。

竜の前で夢遊病のように立ちつくしたアナピヤが、義父の死に嗤《わら》っていた。

音が存在しない、乾《かわ》いた嗤い。

アナピヤの頭上で、竜の無機質な瞳《ひとみ》が天の満月を見ていた。

15　寂しい夜の〈暴帝〉

「本当に言いたいこと」は、言った後に「その言葉では摑みきれない」という否定形で現れる、奇妙《きみよう》な消失点である。それはすべての事象の先に存在する。

物事が終わった後の否定形でしか、人は生きられない。

コズ・グランデン「幻想《げんそう》の非線形」皇暦《こうれき》三七七年

メトレーヤに轟く大音声《だいおんじょう》を辿《たど》って、俺とギギナが走る。椅子《いす》のヒルルカを隠《かく》してきた後なので、ギギナの疾走《しっそう》は風よりも速い。

ビルとビルの間を抜けて、開けた場所へと飛び出る。

広場。石畳の中央に、ムブロフスカが荘厳《そうごん》な彫像となって立ちつくしていた。

一方で、広場を囲む建物の一角が破壊《はかい》されていた。鉛直《えんちょく》方向の大地には瓦礫が山をなしており、血塗《ちまみ》れの手と顔が別々の場所から突《つ》き出ている。

死者の顔には見覚えがある。特徴《とくちょう》のない平面的な顔。

映像記録とアナピヤの記憶《きおく》と同調した時に見た、呪式《じゆしき》医師アズルピの顔だった。

一歩を踏み出そうとして、ムブロフスカの足元の石畳の上に、死体があったのに気づく。

自らの首を魔杖錫《まじようしやく》で貫いていたメルツァールが、血の海に伏《ふ》していたのだ。

死体の前には白銀の刀身。アナピヤが持っているはずの、魔杖短剣《たんけん》〈請願者《せいがんしや》ヤンダル〉だった。

「何、が、あったんだ？　勝手に解決、したのか？」

死体と魔杖短剣を前にし、混乱しきった問いが俺の口から放たれた。世の中のほとんどの出来事は、自分とは関係のない所で起こり、終わってしまう。どこまでも観客にすぎない俺は、今度もそうだと思いたかった。

「……その者こそバルティア」重々しい軋《きし》り声。ムブロフスカが、天空から言葉を投げ下ろしてきた。

「死してなおメトレーヤに操《あやつ》られた竜《りゆう》の血族。実の娘《むすめ》に会っても分からぬように、記憶と思考を操作されていた」

「こ、これがアナピヤの実の父か……」

死した男の爛《ただ》れた顔は、確かにどこかアナピヤに通じる面影《おもかげ》がある。生前に付けていた奇怪《きかい》な仮面は、アナピヤに気づかれないためのアズルピの計略だったのだろう。

「しかし誰《だれ》がバルティアを殺した？　アズルピか？　でもアズルピも殺されているし。そうだ肝心《かんじん》のアナピヤはど……」

異常に気づき、最後まで続けられなかった。ムブロフスカの瞳は、どこをも見つめず虚空《こくう》を彷徨《さまよ》っていたのだ。

「……アナピヤはどこだ？」

正体の分からない焦燥感《しょうそう》に心臓を摑《つか》まれ、俺は周囲を見回す。広場のどこにも少女の姿はなかった。

「竜と人との融和《ゆうわ》などというお題目のために、アナピヤを犠牲《ぎせい》にし、てはならない。そう覚悟《かくご》して、してい、たの、だが……」

ムブロフスカの顔に苦痛の色が浮《う》かび、眼球が反転する。戻《もど》ってきた縦長の瞳孔《どうこう》が、上下左右に狂《くる》ったように踊《おど》りだす。

「迅《と》く、我、を殺せ。肉体を破壊、しろ。父親と義父を殺し、たアナピヤ、は崩壊《ほうかい》し、あれは、もう人、も、竜も憎《にく》……」

ムブロフスカの口腔《こうこう》の中、赤い舌が凍《こお》りついたように停止した。

時の流れが止まったかのような、不自然な静寂《せいじゃく》。

遠く、小さく、鼻唄《はなうた》が聞こえてきた。

見上げると、銀鱗《ぎんりん》に覆《おお》われた竜の頭部から、細い足首が下がっていた。

天空の月を背に従えて、アナピヤが竜の額に腰掛《こしか》けていた。夜風が吹《ふ》き抜《ぬ》け、アナピヤの頭の両脇《りょうわき》で、柔らかな髪《かみ》の房《ふさ》が揺《ゆ》れる。

青白い月光に、可憐《かれん》な目鼻だちが浮かび上がっていた。

「アナピヤ、無事だったのか」

思わず安堵《あんど》の声を漏《も》らす。

「さあ、帰ろう。ここにはもう何もない」

天に浮かぶアナピヤへと手を差し伸《の》べると、ギギナの広い背中が前にそびえていた。

「ガユス、何か奇妙だ」

屠竜刀《とりゅうとう》を伸ばしながらの、ギギナの険しい声。

俺も気づいていた。広場を包む大気が変わりはじめていた。超《ちょう》熱量で空気分子がイオン化していくような緊張感《きんちょう》。悪寒《おかん》に肌《はだ》が粟立《あわだ》っていく。

「くだらない竜の理想とやらのせいで、あたしはこんな運命を背負わされた……」

俺たちの上空で、アナピヤは歌うようにつぶやいた。

「くだらない人間の欲望のせいで、あたしはこんなに壊《こわ》れてしまった。義父を殺し、実のお父さんをもう一度殺しちゃった……」

アナピヤの瞳が、俺たちを見下ろす。

俺とギギナの背筋を突き刺す衝撃《しょうげき》。アナピヤは何か違《ちが》うものに変化していた。

「ねえ、ガユス。あなたも、みんなも、あたしの何が気に入らないの？　翠《みどり》の瞳《ひとみ》じゃないから？　白金の髪じゃないから？　大きな胸じゃないから？　大人じゃないから？」

途端《とたん》にアナピヤの体が変化していく。肌が艶《なまめ》かしさを増し、髪と瞳の色素が落ちていく。背が少し伸び、豊かになった両の乳房《ちぶさ》が布地を押し上げる。体全体が、優美な女の曲線を描《えが》いていく。

少女のアナピヤは、そこに存在しなかった。

それはジヴやアレシエル、クエロの部分の似姿をとりながら、アナピヤの面影を残した非人間的なまでの美しさを持った女。まさに俺の理想を体現したかのような、女神《めがみ》の姿だった。

大人びた眼差《まなざ》しの中にだけ、元と変わらぬアナピヤの激情が揺らめいていた。

「ねえ、教えて！」

アナピヤの叫《さけ》びとともに、精神支配咒式《せいしんしはいじゆしき》が夜気を駆《か》け抜け、俺の脳に触《ふ》れてくる。

「違、う、そうじゃな、い」

痺《しび》れるような圧迫感《あつぱくかん》に、舌が満足に動かない。傍《かたわ》らのギギナも圧力に硬直《こうちょく》している。

粘《ねば》つく大気に右手を掲《かか》げる。指輪の干渉結界《かんしようけつかい》が、アナピヤの支配に抵抗《ていこう》を開始。

激烈《げきれつ》な力の波濤《はとう》が、夜に散乱した。

アナピヤの顔が仰《の》け反り、前のめりに倒《たお》れる。白金の髪が紅茶色を取り戻し、成長した骨格が縮小していき、艶かしい曲線が消失していった。

華奢《きやしや》な肩《かた》が震《ふる》え、アナピヤは成熟しきらない少女の姿に戻っていた。乱れた髪の間から、俺たちを見下ろす瞳があった。

「……誰もあたしを愛してくれない。こんなに頑張《がんば》っているのに、心も体も捧《ささ》げているのに、あたしを利用しただけ。心から愛してくれない、誰も、誰も！」

少女の双眸《そうぼう》には、純粋《じゆんすい》な憎悪《ぞうお》しかなかった。

この世のすべて、無垢《むく》な赤子から、原子や素粒子《そりゅうし》まで、何者の存在も許さない無限の憎悪だった。途端に莫大《ばくだい》な咒力《じゅりょく》が放射され、大気を硬質化《こうしつ》させるような殺意が充満《じゅうまん》していき、息苦しくなる。

「愛してよっ！」

アナピヤの叫びに斉唱《せいしょう》するように、足の下のムブロフスカが轟《とどろ》く咆哮《ほうこう》をあげる。振動《しんどう》する大気を切り裂《さ》き、竜《りゅう》の右前脚《みぎまえあし》が振《ふ》り下ろされる。

俺とギギナが寸前までいた石畳《いしだたみ》に、巨大《きょだい》な前脚の柱が突《つ》き立つ。破砕《はさい》された石の破片《はへん》と衝撃波が、俺たちの全身に吹きつけた。一瞬《いっしゅん》でも指輪の抵抗が遅《おそ》ければ、身動きできないままに肉片になっていただろう。

破片の弾幕《だんまく》の向こうに、ムブロフスカの無機質な瞳と、アナピヤの鬼相《きそう》が現れた。

「アナピヤぁっ！」

「ガユスぅっ！」

叫ぶ俺の身体《からだ》をギギナが抱《かか》え、〈空輪龜《ゲメイラ》〉を発動。筋肉の躍動《やくどう》が伝わり、急速後方飛翔《ひしょう》。颶《ぐ》風《ふう》をまとった竜の左前脚が、俺の前髪を掠《かす》めていった。

背後のビルの壁面《へきめん》に、ギギナの両足裏が着地。

「ガユスとの話を邪魔《じゃま》するな、ギギナっ！」

追尾《ついび》する竜の尾《お》が消え、次の瞬間、壁《かべ》から大音声《だいおんじょう》が鳴り響《ひび》く。俺とギギナが分かれ、広場の石畳に転がっていく。

分断された分厚い煉瓦《れんが》の壁が、粉塵《ふんじん》を巻きあげながら崩落《ほうらく》していくのが見えた。

「アナピヤっ！」

「あの小娘《こむすめ》、本気、だ」

相棒の苦しげな声に気づき、横目でギギナを確かめる。

尾の先端《せんたん》が左肩を僅《わず》かに掠めていたらしく、肩の甲殻《こうかく》装甲が粉砕《ふんさい》。肉が弾《はじ》け、折れた鎖骨《さこつ》が飛び出していた。

竜の巨体《きょたい》から繰《く》り出される一撃一撃が、致死《ちし》の破壊《はかい》力。しかも、巨大質量がギギナでさえ躱《かわ》せないほどの高速度で放たれ、個人の防御《ぼうぎょ》など粉微塵《こなみじん》にするのだ。

「いいから死ねっ！」

アナピヤの叫びと竜の怒号《どごう》が重なり、夜気を震わす。殴りつけるような音に、俺とギギナが硬直。竜が驀進《ばくしん》を開始した。莫大な質量が、ありえない速度で襲来《しゅうらい》。傷ついたギギナと俺が、必死に右へと転がっていく。

壁に衝突《しょうとつ》するはずの竜の巨軀《きょく》は、四肢《しし》で石畳を突き破《やぶ》りながらも急停止。方向転換《てんかん》し、右体側の鱗《うろこ》で煉瓦壁を削《けず》りながらも、逃走《とうそう》する俺たちを追撃してくる。

さらに逃走しようとしたが、重傷のギギナが遅《おく》れる。天空から瀑布《ばくふ》のように降ってくる竜の右前脚。

反射的に咒式《じゅしき》を紡《つむ》ぎ、放っていた。

〈劣吁婁鎗弾射《エリゴール》〉で生みだされた、劣化《れっか》ウラン製の高速の悪魔《あくま》。咒式化戦車の正面装甲をも貫《かん》通《つう》する一撃は、干渉結界で量子的に分解されながらも、竜の胸元《むなもと》へ激突。

突進の勢いが僅かに減殺され、苦痛に巨体が揺《ゆ》らぐ。その隙《すき》に、俺とギギナは広場の反対側まで後退する。

だが、ナノ結晶《けつしよう》金属の鱗までは何とか破壊するが、その下の皮膚《ひふ》、冷間線引き鋼線の何重もの層に砲弾《ほうだん》が阻《はば》まれていたのだ。俺の最大貫通力を誇《ほこ》るこの咒式《じゆしき》でさえ、ムブロフスカの多層の防御力を突破《とつぱ》できないとは。

「ガユ、ス……？」

砲弾の衝撃《しようげき》が精神に作用したかのように、アナピヤが幼い顔を引きつらせていた。

竜の頭部の上で、アナピヤの全身が震えだす。その震えが、血の気を失った唇《くちびる》まで達した。

「あなたも、あたしを、裏切り傷つける、の……？」

竜の頭部のアナピヤが両手で顔を覆《おお》って、静かに咽《むせ》び泣きはじめた。

俺とギギナが戸惑《とまど》っていると、長い嗚咽《おえつ》はいつしか反転し、喉《のど》を鳴らす笑い声に変わっていった。

両手の指の隙間《すきま》から、アナピヤの双眸が覗《のぞ》いていた。

海色の炎《ほのお》の瞳。そして唇の間からは白磁の犬歯が覗き、呪《のろ》いの叫びが発せられる。

「許さない、許さない、ゆううううるるるうさないいいいいいいっ！」

狂乱《きようらん》の絶叫《ぜつきよう》。ムブロフスカの巨体の周囲に、六つの〈劣吁婪鎗弾射《エリゴール》〉の咒印《じゆいん》組成式が、青白い燐光《りんこう》を描《えが》いていた。咄嗟《とつき》に俺とギギナが空中に跳《は》ねる。

「やれ、ムブロフスカっ！」

身を折った俺の両足元や左肩の上、ギギナの右脇《みぎわき》や銀髪《ぎんぱつ》の先の空間を、何かが飛翔していく。音よりも速い質量が引き起こす衝撃波に、俺の鼓膜《こまく》と全身が叩《たた》かれ、轟音《ごうおん》。

左右に分かれて俺とギギナが転がると、広場を囲むビルの壁面が、白煙《はくえん》を噴《ふ》きあげていた。白煙の向こうに六つの大穴が穿《うが》たれ、その向こうにも、同様に穴を開けられたビルの壁が覗いていた。

続いて、大穴によって向こうの五階建てのビルが自重を支えきれなくなって、折れるように手前に倒《たお》れる。衝撃で、手前のビルまで折れ、崩壊《ほうかい》を開始。莫大な質量が俺たちの上に倒れてくるっ！

俺とギギナは必死の形相で、広場から全力で退避《たいひ》していく。

巨大な建物が倒壊《とうかい》し、耳を聾《ろう》する大音声と瓦礫《がれき》と粉塵が背後から追いかけてくるなか、俺たちは、大通りへと飛んでいた。

ギギナと俺が伏《ふ》せて、横薙《よこな》ぎの瓦礫の被弾《ひだん》面積を減らし、ギギナの甲殻鎧《よろい》と〈尖角嶺《センガ》〉の穂《ほ》先《さき》が落下物を防ぐ。断続的に落下してくる瓦礫が、ギギナの背を打ちすえ、その下の俺へと重々しい衝撃を伝える。

粉塵と爆煙《ばくえん》が吹《ふ》き荒《あ》れ、視界を塞《ふさ》ぐ。

夜風が吹き、幾《いく》らか視界が晴れてくる。ギギナの剛腕《ごうわん》がビルの窓枠《まどわく》を押し退《の》け、何とか立ちあがる。

「生きているか？」

　ギギナの身体《からだ》は白く染めあげられていた。俺も同様の姿なのだろう。

「一応ね。ちなみにギギナを殺したヤツに、百イェン進呈《しんてい》というおもしろ企画《きかく》がある。ギギナ本人も挑戦《ちょうせん》してみないか？」

「私が挙手したら、愉快《ゆかい》すぎる自殺志願者だろうが」

「ギギナのバカ、やる前から諦《あきら》めるなんて！」

「貴様の、局所的に言語を曲解する癖《くせ》を凶器《きょうき》で矯正《きょうせい》したいな。今すぐ」

　濛々《もうもう》とした粉塵と白煙に包まれ、俺たちは互《たが》いに怯《おび》えを糊塗《こと》するような軽口を叩く。すでに刃は前方へ向けていた。

「ダメね。ガユスやギギナはちっちゃいから、あんな小さな弾《たま》だと当たらなーい」

　広場を覆う粉塵の中、三階ほどの高さに、アナピヤの可憐《かれん》な顔が浮《う》かんでいた。

　何が小さなものか。俺の数十倍の竜《りゅう》の咒力《じゅりょく》で大きさを変更《へんこう》された劣化ウランの砲弾は、一抱《ひとかか》えできそうもないほどの直径で、巨大戦艦《せんかん》の主砲なみの威力《いりょく》だった。

　ビルを紙細工のように破壊した力を見るまでもなく、個人の反射的な防御咒式《ぼうぎょじゅしき》などでは絶対に防げない。

　ギギナが屠竜刀《とりゅうとう》を両手持ちの長さに伸《の》ばし、完全臨戦態勢に入り、膝《ひざ》を撓《たわ》める。俺はその前に立って、ギギナの攻撃《こうげき》を阻止《そし》する。

「ガユス、アナピヤは私たちを殺す気だぞっ！」

「分かっている、だが、だがアナピヤはっ！」

背中で答えながら、俺は迷っていた。

アナピヤと過ごした数日間が、その思い出が、俺を迷わせていた。

俺の前で服を着てみせた恥《は》ずかしそうな顔、意地悪されて拗《す》ねた顔。川辺で、この時を忘れないと言った幸せそうな笑顔《えがお》。そして必ず守り、泣かせないと誓《ちか》った約束。

俺には殺せない。

アナピヤは何も悪くはない。彼女に何の責任があるはずもない。何か、何か方法があるはずだ。俺の頭が悪いから分からないだけで、何か方法があるはずなのだ。だが、俺の裏側は、並《へい》行《こう》思考で巨大呪式《きょだいじゅしき》を紡ぎはじめていた。

「アナピヤ、止《や》めよう。俺たちが争う理由はないっ！」

俺の叫《さけ》びが夜気を切り裂《さ》き、アナピヤへと放たれる。アナピヤは何かを考えるように押し黙《だま》っていた。

「そうだ、小さな目標には大きな攻撃をしちゃおうっ！　行けムブロフスカっ！」

アナピヤが何かに気づいたように、毒々しく微笑《ほほえ》む。ムブロフスカの口腔《こうこう》に白光が灯《とも》ったのが見え、俺の背筋に怖気《おぞけ》が疾《はし》る。

「ギギナ、横っ！」

俺の絶叫よりも早く、ギギナが反応していた。俺の襟首《えりくび》を掴《つか》んで飛燕《ひえん》のごとく横飛翔《よこひしょう》、脇道《わきみち》へ逃《に》げこむ背後から、閃光《せんこう》が差しこんでくる。

沸騰《ふっとう》したタングステンが、大通りで荒れ狂《くる》う。

竜の息吹《いぶき》。それは化学鋼成系第七階位〈煌皇鈁沸灼鑾瞋息《アー・モーン》〉と同じ原理で合成された、沸騰するタングステン。五七〇〇度を越《こ》すそれに、純粋《じゅんすい》酸素が加えられ急激な酸化反応、つまり燃焼が起こり、六〇〇〇度という太陽表面と同じ超《ちょう》高温の白い炎《ほのお》となった。

かつてムブロフスカが手加減していたというのは嘘《うそ》ではなく、俺が発動していた〈遮熱断障檻《フォエニク》〉が、熱と衝撃《しょうげき》で破壊《はかい》される。

そう、〈遮熱断障檻〉の耐熱《たいねつ》を支えるハフニウム多層装甲《そうこう》は、約二二二七度の融点《ゆうてん》までしか耐《た》えられないのだ。

化学練成系第五階位〈絶熱断障万殻《マティムシン》〉の二重展開で、セラミックを多層展開し、俺とギギナの身体を包みこんでいなければ、即死《そくし》していただろう。

比重の重い沸騰タングステンは、掠《かす》めただけでも耐熱殻《かく》に凄《すさ》まじい衝撃を加えた。球形の檻《おり》は路地の奥へと転がり、内部の俺とギギナを翻弄《ほんろう》した。

打撲《だぼく》と打ち身などは問題ではなかった。耐熱殻の内部には、肉が焼ける異臭《いしゅう》が充満《じゅうまん》し、視界が真紅《しんく》に染まる激痛に、俺の口からは絶叫があがる。

衝撃で完全密閉に亀裂《きれつ》が入り、灼熱《しゃくねつ》の金属の一部が吹きこみ、俺の背中と肩《かた》から腹部までを灼《や》いていたのだ。

高熱の金属に喰《く》いつかれた皮膚《ひふ》と肉が、沸騰する血色の泡《あわ》となって弾《はじ》ける痛みと、高位防御《こういぼうぎょ》呪式《じゅしき》の三重展開で脳と神経系が灼き切れていく激痛の共演に、発狂《はっきょう》しそうになる。

だが、呪式《じゅしき》を解除するわけにはいかない。いまだに息吹は吹き荒れ、街を灼いているのだ。呪式が砕《くだ》けた瞬間《しゅんかん》に、俺もギギナも絶命するのだ。

一瞬が永遠となり、永遠が連続するような激痛に耐え、ようやく外の息吹が停止した。

鼻先を、肉と髪《かみ》の焦《こ》げる臭《にお》いが掠めた時、量子作用定数と波動関数への干渉《かんしょう》が停止、耐熱装甲が掻《か》き消える。

途端《とたん》に背後の大通りからの熱風が、全身を叩《たた》く。倒《たお》れそうになる俺を、ギギナが支える。

「根性皆無《こんじょうかいむ》の貴様にしては、よくあの痛みに耐えたな。隠《かく》されていた被虐趣味《ひぎゃくしゅみ》の天才的才能が開花したのか？」

「そ、んな才能は、いらん。俺がギギナを刻み殺す、明る、い未来を想像してたら、何とか耐え、られた」

「白昼夢を見るのは、弱者の数少ない自由だからな。存分に見ろ」

額から冷や汗《あせ》を流してギギナが笑った。痛みを堪《こら》えながら背後を振《ふ》り返ると、この世の終末のような光景が広がっていた。

太陽の表面温度なみの恐《おそ》ろしい熱量に、大通りの建物のコンクリが溶解《ようかい》し、断面を晒《さら》していた。床《ゆか》や壁《かべ》の鉄骨までもが燃えあがり、赤熱した液体となって滴《したた》っている。

物体が、気化を通り越して、プラズマ化していた。

大通りは、タングステンと混ざり合った物質の坩堝《るつぼ》となっており、膨大《ぼうだい》な輻射熱《ふくしゃねつ》で空気が熱せられ、すべてが蜃気楼《しんきろう》のように歪《ゆが》んで見えた。

重金属の息吹の直撃を食らった、大通りの突《つ》き当たりのビルは、完全に破壊されていた。

赤熱した物体と炎が、夜空を赤々と照らしている。まるで百万匹の小鬼が、街中で踊り狂っているような光景。大通りを離《はな》れた脇道。ビルの谷間で、俺とギギナは呆然《ぼうぜん》として眺《なが》めていた。

単純な物質合成のため、組成時間は一瞬で済み、発動時間の長さと攻撃範囲《こうげきはんい》の広さも合わせれば、核融合呪式《かくゆうごうじゅしき》よりも始末が悪い。準戦略級呪式を連発されるような反則技《わざ》だ。

俺たちの倒れている脇道へ、ムブロフスカが顔を突きこんできた。単純だが巨大《きょだい》な呪式《じゅしき》が、すでに口腔に紡《つむ》がれていた。

「第二射が来るっ！」

俺の魔杖剣《まじょうけん》から、〈電乖閻葬雷珠《マーコキアズ》〉が放たれるが、ムブロフスカの干渉結界とすでに合成されていた金属の壁の表面で、星屑《ほしくず》のように弾け、視界を一瞬塞《ふさ》いだだけだった。

ギギナの〈空輪龜《ゲメイラ》〉と筋力による跳躍《ちょうやく》。ビルの壁を蹴《け》り、さらに上空へと急上昇《きゅうじょうしょう》するのと同時に、爆光《ばくこう》が下方を迸《ほとばし》っていた。

熱風と乱気流が叩きつけられてくる。ギギナの屠竜刀が火を噴《ふ》き、生体変化系第三階位〈黒《アル》翼翅《ファス》〉を展開し、姿勢制御。

ギギナに抱《かか》えられた俺は、灼熱の飛沫《ひまつ》を脛《すね》に浴びた激痛を堪えていた。だが、苦痛に霞《かす》む眼《め》を見開き、眼下に広がる光景を見てしまった。

闇《やみ》に沈《しず》んだメトレーヤの街並みには、竜《りゅう》の息吹によって、巨大な炎の交差が描《えが》かれていた。

街を縦横に断ち割る真紅の十字。それは黙示録《もくしろく》の断罪のような、壮大《そうだい》な破滅《はめつ》の光景だった。

炎の交差する地点に、ムブロフスカの威容《いよう》が見下ろせた。対して、竜の頭部に乗るアナピヤの顔が俺たちを見上げていた。

瞳《ひとみ》から放たれた憎悪《ぞうお》の矢が、俺の胸を射貫《いぬ》く。アナピヤは俺たちを憎《にく》みきっている。その絶対の殺意は、心臓を瞬間凍結《とうけつ》させた。

恐怖《きょうふ》の叫《さけ》びとともに、俺は魔杖短剣《まじょうたんけん》マグナスを突き出す。

特殊《とくしゅ》相対性理論に基《もと》づく等価公式に従うと、質量を熱量に換《か》える比率は、理想的化学燃料である水素でもε＝〇・〇〇〇〇〇〇〇一％しかない。重水素と三重水素の相互《そうご》の電磁気的反発力を越え、原子核を衝突《しょうとつ》させる核融合は、理想条件では〇・四％という莫大《ばくだい》な熱量を産む。

その超々熱量の一部を放つ、この〈重霊子殼獄瞋焰覇《パー・イー・モーン》〉を喰らって、生き残れるものなら生き残ってみろっ！

アナピヤの目に笑《え》みが浮《う》かび、咒式《じゅしき》が展開していくが、構わずに極大の爆光を放つ。荒《あ》れ狂う力が、街を眩《まばゆ》い白光で塗《ぬ》りつぶしていく。

威力は不完全とはいえ、俺の習熟度が上がっていたらしく、七階位の咒式を超高速発動しても割れそうな頭痛だけで済んだ。指先からの神経系の痛みも、耐えられないほどではない。

光が去っていくと、超高温で結界範囲内のビルが溶解していた。アスファルトが、煮《に》えたぎるコールタールの大河となっていた。

陽炎《かげろう》のように揺《ゆ》らめく大気の向こうに、巨大な球体が出現していた。核融合の熱量に表面が融解しているが、内部にまでは届いていない。

俺の使った化学練成系第五階位〈絶熱断障万殻《マテイムシン》〉と同じ呪式《じゆしき》だが、その量と厚みの桁《けた》がまるで違《ちが》う。十数メルトルもの厚さで、球体を作っていたのだ。

ビルの容積なみの超巨大質量《ちようきよだい》を発生させるとは、眼前で展開させられても信じられない。

球体の亀裂《きれつ》の間からは、ムブロフスカとアナピヤの苦悶《くもん》の表情が見えた。

さすがに軽くはない傷を与《あた》えたが、俺の必殺の呪式は、単に膨大な質量に半ば以上が防がれたのだ。

絶望していると、沸騰《ふつとう》タングステンの激痛が俺の背に蘇《よみがえ》る。ギギナの黒翼《こくよく》が畳《たた》まれ、〈空輪亀《ゲメイラ》〉を発動。背中から圧縮空気を噴射《ふんしや》して垂直急降下を敢行《かんこう》する。

一拍遅《いつぱくおく》れて、白い閃光《せんこう》となった竜の息吹《いぶき》が放射される。

重力に摑《つか》まれて俺の心臓が縮みあがり、血液の降下で視野狭窄《きようさく》が起こった。ビルとビルの間の、路地のアスファルトが確認《かくにん》できるまでになってきた時、ギギナの黒翼が血飛沫とともに開かれる。

黒い羽を散らしながらも、両翼が空気を摑んで減速。手近にあったビルの窓へと、硝子《ガラス》を破《は》砕《さい》しながら飛びこむ。背中と腹の火傷《やけど》が、気絶しそうな痛みを訴《うつた》えるが無視。

硝子の破片《はへん》とともに前転し、立ち上がると同時に、俺たちは疾走《しつそう》する。埃《ほこり》の積もった廊下《ろうか》を走り、突き当たりの窓を破りながら跳躍。

建物と建物の間の空間を飛翔《ひしよう》する、二つの影《かげ》。小さな通りの上空を慣性のままに渡《わた》りながら、向かいのビルの窓へと再び飛びこみ、転がっていく。

ムブロフスカの咆哮《ほうこう》と、アナピヤの哄笑《こうしょう》が遠く鳴り響《ひび》いていた。

俺とギギナはビルの内部を走り、退却《たいきゃく》していった。


七度の翔破の後に辿《たど》りついた、ビルの一室。俺とギギナは壁に背を預け、荒《あら》く乱れた息を吐《は》いていた。

何かの執務室《しつむしつ》らしく、埃の積もった机や椅子《いす》や書類が散乱したままになっており、窓からの月光に輪郭《りんかく》を照らされている。

窓の外からは、街並みが炎上《えんじょう》する音や竜の咆哮が、遠雷《えんらい》のように轟《とどろ》き、鳴りやまない。

俺は背中と肩《かた》に魔杖剣の刃《やいば》を当てる。大きく息を吸って、一気に走らせ、いまだ蒸気を吹《ふ》きあげるタングステンを、肉ごと削《けず》り落とす。

脳が破裂《はれつ》しそうな痛みに声も出ず、身を折り曲げる。呼吸が止まると、全身を貫《つらぬ》く激痛が急速に引いていく。ギギナの屠竜刀《とりゅうとう》の先が、俺の身体《からだ》に触《ふ》れており、生体強化系第四階位〈消痛《サ》・御癒手《ロス》〉が発動していた。

通常のアミノ酸はL体だが、咒式《じゅしき》で合成される異性体たるD体アラニンを含《ふく》む、デルモルフィンというペプチドは、モルヒネの一〇〇〇倍の鎮痛《ちんつう》作用がある。

「あの、どうして俺が自分の肉を切る前に発動しないわけ？」

鼻水を流しながら、俺はギギナの冷たい美貌《びぼう》を睨《にら》みつける。

「貴様が小者感丸出しの大慌てで治療《ちりょう》したからだろうが。それに、ガユスが苦しむ姿を見るの

えていた。

だが、本来の力を現した〈長命竜《アルター》〉の恐《おそ》ろしさを思い出し、俺は歯の根も合わないほどに震《ふる》
ギギナが続けるいくつもの治癒《ちゆ》呪式《じゅしき》が、二人の傷を塞《ふさ》いでいく。

「うわあ、ギギナって最悪だね。意外性が低いのが残念」

は私の健康法の一つだ。あと安眠《あんみん》にも効く」


竜の身体には、生まれながらに生体系呪式《せいたいけいじゅしき》が働いている。長命竜に至っては、電磁系、化学系、重力系、数法系のすべてを操《あやつ》り、構造学的にありえない巨体《きょたい》を成立させ、超常現象を引き起こす。

ムブロフスカは、特に化学鋼成系に秀《ひい》でた竜で、核融合《かくゆうごう》をも防ぐ鉄壁《てっぺき》の防御《ぼうぎょ》と大規模呪式を使ってくる。

「あれに勝てるわけがない。完全装備の呪式化軍隊の一個大隊が必要だ」

「いや、さらに最悪だ。アナピヤがついていることを忘れるな」

ギギナの言葉に、俺は絶望的な絵を想像した。

もともと、竜は〈異貌《いぼう》のものども〉を従える権能を持っている。それに、竜の呪力《じゅりょく》を利用したアナピヤの精神感応能力が載《の》れば、支配する範囲と数は膨大《ぼうだい》なものになる。

さらには、低位禍《まが》つ式の召喚《しょうかん》を可能にする数法系や、呪式生物を生成する生体生成系などの呪式士《じゅしきし》たちを支配すれば、軍団の数は爆発的《ばくはつ》に増大する。

数千か、数万か。世界を憎《にく》むアナピヤの意志で、完全に統率《とうそつ》された軍団は、一糸乱れぬ完璧《かんぺき》

な戦術連携《れんけい》を行い、精神感応で敵の戦意を打ち砕く。

最終的には、それでも百万の大軍を擁《よう》する龍皇国《りゅうおうこく》が勝つだろうが、一大紛争《ふんそう》になるのは間違《まちが》いない。

国境付近での紛争を、ラペトデス七都市同盟や神聖イージェス教国、バッハルバ大光国が笑《え》顔《がお》で見逃《みのが》してくれるほど優《やさ》しいわけもない。

アナピヤをここで止めなければ、混乱を撒《ま》き散らすことになる。一人の少女の絶望が、地域を破壊《はかい》することになるとは、笑い話にもならない。

「無人の、このメトレーヤで止めるしかない」

ギギナの声に、俺は具体的な対策を考える。

発動の遅《おそ》い核融合咒式《かくゆうごうじゅしき》では見え見えすぎる。それから発動しても、咒式干渉《かんしょう》結界に減殺、竜の咒式《じゅしき》で厚さ十メルトル以上の装甲を展開され、威力《いりょく》の半分以上が防がれてしまう。

後は、強大な咒式で消耗《しょうもう》し動けない俺を、巨大な身体のどこかで撫《な》でてやれば、生ガユスの挽《ひ》き肉、新鮮《しんせん》風味のできあがりだ。

ムブロフスカを倒《たお》すには、展開が速い単純な咒式、しかも咒式自体が超高速度なものが必要だ。電磁系咒式士《でんじけいじゅしきし》の最上級職、雷轟士《らいごうし》たるクエロがいれば、そんな咒式は山ほどあって、俺とギギナが掩護《えんご》するという戦闘法《せんとう》がとれるのだが。

俺は手の中で、鈍色《にびいろ》の円筒《えんとう》を転がす。第七階位の咒弾《じゅだん》だった。

あれしかないか。

「覚えているか？　ラルゴンキンが一度だけ見せたことがある、あの超高位咒式を？」

そのラルゴンキン自身を倒すために原理を研究していたのだが、結局、俺一人では扱《あつか》えないことが分かって放棄《ほうき》していた。

だが、ギギナが協力するなら放つことができる。相変わらず分の悪い賭《か》けだが。

「貴様には、私の問いが理解できていないようだな」

ギギナのつぶやきが、室内の気温を低下させた。

「問題は、私と貴様が、アナピヤを殺せるかだ」

続く言葉の砲弾《ほうだん》は、俺の耳から胸をも貫いていた。

「……殺さなくても、止められるはずだ。もう一度、アナピヤと話してみれば……」

「どのような言葉で？」

俺は絶句していた。

アナピヤの心に、どんな言葉が届くというのだろうか。恐怖《きょうふ》と痛みのあまり、少女へと核融《かくゆう》合咒式《ごうじゅしき》を放った男が、今さらどんな言葉を掛《か》けるというのか。

「どうするか、は分からない。だが……」

誤魔化《ごまか》しだ。俺には、救いの言葉など何一つ思い浮《う》かばない。

ギギナが重い溜《た》め息を吐《つ》く。ドラッケン族の横顔には、重い憂《うれ》いが落ちていた。銀色の髪《かみ》が月光に透《す》けるのを見ていると、背後を鋼が埋《う》めつくす。

ビルの窓の外に、ムブロフスカの鋼の鱗《うろこ》に覆《おお》われた横顔が浮かんでいた。爬虫《はちゅう》類のように無機質な瞳孔《どうこう》が水平に動き、俺とギギナの姿を捕捉《ほそく》する。

弾《はじ》かれたように、ギギナと俺が背後へと跳躍《ちょうやく》。背中で窓硝子《まどガラス》を割りながら、ムブロフスカの口腔《こうこう》が開かれていくのを視界の端《はし》に捉《とら》える。硝子の破片《はへん》とともに廊下《ろうか》に転がり、弾丸《だんがん》となって横へと飛び跳《は》ねる。

白い死の閃光《せんこう》が、部屋と廊下ごとビルを貫通《かんつう》し、駆《か》け抜《ぬ》けていく。向かいのビルが業火《ごうか》で破壊される轟音《ごうおん》が響《ひび》く。

「拡散しない息吹とは、手加減されているなっ！」

俺は階段を駆けおりながら、腰《こし》の後ろから魔杖短剣《まじょうたんけん》マグナスを引き抜く。そして、決心したように、七階位の咒弾《じゅだん》を魔杖短剣マグナスの回転式弾倉《だんそう》に詰《つ》める。

疾走《しっそう》するギギナの横顔に、哀《かな》しい翳《かげ》りが射《さ》す。

「行くぞっ！」

階段の踊《おど》り場から、外へと飛び出し、アスファルトに着地。衝撃《しょうげき》を逃《に》がすために回転。起き上がると同時に疾走を開始し、建物の陰《かげ》を迂回《うかい》していく。

大通りに出ると、ビルとビルの狭間《はざま》に巨大な質量が佇《たたず》んでいる。長命竜は俺たちを待ちうけていたかのようだった。

歩道橋や道を跨《また》ぐ看板の上空に、ムブロフスカの頭部が掲《かか》げられていた。その上に祭壇《さいだん》の供《く》物《もつ》のようにアナピヤが鎮座《ちんざ》している。

ビルの一面を埋めつくした窓が、一枚の巨大な鏡となり、その異様な美を映し出していた。

俺は魔杖剣ヨルガを右手に、魔杖短剣マグナスを左手に握《にぎ》り、アナピヤへと歩を進めていく。

ギギナは屠竜刀《とりゅうとう》ネレトーの柄《え》を伸長《しんちょう》させ、俺の横を歩んでいく。

炎《ほのお》の灯火《ともしび》が、ビルの向こうから漏《も》れていた。

緋色《ひいろ》の炎は街を、夜空を赤く染め、俺とギギナ、アナピヤとムブロフスカの陰影《いんえい》を深くしていた。

「誰《だれ》もあたしを愛してくれない」

アナピヤの唇《くちびる》が、夜を渡《わた》る静かな叫《さけ》びを紡《つむ》ぎはじめた。

少女の腰から下が、鋼の鱗と混じり合っていたのが確認《かくにん》できた。竜の脳と神経系への直接融合をはじめ、完全な支配を開始しているのだ。

こうなっては、先ほどまでのようなアナピヤと竜ではない。会話や合図が必要となるような、微妙《びみょう》な意志伝達の遅《おく》れは、もはや起こらない。

「あたしの力は不完全。心を読んで操《あやつ》り愛を得ても、それは偽物《にせもの》。今なら、バモーゾやユラヴィカ、アリーシャたち。そしてすべての人々の気持ちが心から理解できる」

アナピヤの双《ふた》つの瞳《ひとみ》は、この世のどこをも見ていなかった。夢見る乙女《おとめ》のように茫洋《ぼうよう》とした瞳だった。

「愛って、相手を手に入れたい欲望のことなの。そして、愛する人が自分以外の誰かのものになるのを見るくらいなら、いっそ破壊《はかい》してしまいたいっていう憎悪《ぞうお》に変わる」

アナピヤの視線が、初めて俺とギギナを捉える。

「愛されるなんて受け身な態度は、もう望まない。あたし自身が愛することを決める。あたしが絶対の君主となって愛を与《あた》え、みんなは伏《ふ》してその愛を請《こ》うの……」

それは心の奥底まで貫《つらぬ》くような、強烈《きょうれつ》な熾火《おきび》。

「だけど、あたしは、あたしの愛を受け取らない人間を許さない！　すべて破壊し殺しつくしてやるっ！」

幼い、あまりに幼い想《おも》いに、俺は胸苦《むなぐる》しくなった。

ただ一つの愛以外を否定し、可能性のすべてを狭《せば》める幼さに。その必死さに。

だが、誰でもいいというのなら、人は特定の誰かを愛することができなくなる。博愛主義は、誰も愛していないのだ。

俺も、アナピヤも、誰もがそうなのだ。

「愛しているわガユス。あたしは愛するあなたを手に入れる。心変わりはいっさい許さないし、許せない。だから、あなたを殺し、永遠にあたしだけの思い出にする」

「俺は君を止める。それが俺が君にできる、ただ一つのことだ」

アナピヤと俺の言葉が、天と地で交わされ、死闘《しとう》の開幕の合図となった。

俺とギギナは、脇道《わきみち》へと駆けだしていた。同時に、アナピヤと竜もビルを挟《はさ》んで移動、破砕《はさい》音《おん》が撒《ま》き散らされていく。

同時に俺は咒式《じゅしき》を組みあげはじめる。

砲腔《ほうこう》内圧たるPg＝（F＋Fp）／Sp。Pg＝九七四〇・四五。三〇一四四〇〇F＝質量の加速力〔N〕。四四一〇〇Fp＝質量と砲腔内の接触抵抗《せつしょくていこう》〔N〕。〇・〇〇三一四SP＝質量断面積〔mの二乗〕……。

狭《せま》い通りに出て、俺とギギナは直角に曲がる。近寄ってくる地響《じひび》きを聞きながら、立体歩道や看板の並ぶ下を、ひたすら走っていく。

走りつつも、式を組みあげていく。質量断面積＝Sp〇・〇〇三一四。Sp＝〇・二五＊Dp二乗×三・一四。〇・〇二Dp＝質量直径〔m〕。質量の加速力＝F三〇一四四〇〇。F＝Mp＊A。一・〇Mp＝対象質量〔kg〕。三〇〇〇〇〇A＝質量加速度〔m／secの二乗〕……。

大音声《だいおんじょう》。強引《ごういん》にビルとビルの間を抜けてきた長命竜の巨体《きょたい》。封咒弾筒《ふうじゅだんとう》が、息吹《いぶき》を吐こうとした竜の眼前で破裂《はれつ》。干渉《かんしょう》結界が強力すぎて、発動する前に無効化される。

しかし、すでに超《ちょう》筋力と〈空輪龜《ゲメイラ》〉の圧縮空気によって加速したギギナが、竜の前方に瞬間《しゅんかん》的な移動を成しとげていた。

アスファルトを踏《ふ》みしめる竜の左前脚《ひだりまえあし》が半ばまで切断される。血飛沫《ちしぶき》の下を、屠竜刀を握ったギギナが駆《か》け抜けていく。

息吹を放射しようとした長命竜の首が、ビルの看板に激突《げきとつ》。降りしきる樹脂《じゅし》とネオン管の破片の下を潜《くぐ》り、ギギナと俺は、さらに回りこんでいく。

ムブロフスカの口腔に浮《う》かんだ咒印《じゅいん》組成式が消え、俺たちへと長い尾《お》を放ってくる。

前方へと飛びこみながら伏せた俺とギギナのすぐ上を、竜の尾が亜《あ》音速で通りすぎ、店先や路上の廃車《はいしゃ》を粉砕していく。自動修復された左前脚が地を突き立つ。

竜から降ってくる砲弾呪式《ほうだんじゅしき》も、ギギナが俺を抱《かか》えて後方跳躍《ちょうやく》して回避《かいひ》。砲弾に貫かれ、爆裂《ばくれつ》する車の炎とアスファルトを見つつ、店先の幌《ほろ》屋根の上に着地。

アナピヤもここで息吹を放てば、自らも巻きこまれることに気づき、近距離《きんきょり》戦法に切り換《か》えてきたのだ。

これを狙《ねら》って、高いビルや看板に挟まれて竜の首や尾が自在に動かせず、息吹を放つには不向きな狭い繁華街《はんかがい》へと誘導《ゆうどう》したのだ。

狙うは近距離戦闘《せんとう》。竜の格闘能力に挑《いど》むのは、はっきり言って無謀《むぼう》だ。

だが、遠距離戦闘《せんとう》で威力《いりょく》と連射性と範囲《はんい》に勝《まさ》る竜の吐息《といき》を相手に、防戦一方になってしまうのはもっと最悪だ。

さらにいえば、ムブロフスカが最初に現れた時のように空を飛び、上空から最大出力の死の息吹を連射し、街ごと殲滅《せんめつ》する戦法を取れば、俺たちの勝ち目は皆無《かいむ》。

幌屋根の上の俺たちと、竜の頭部と融合《ゆうごう》したアナピヤが向かいあっていた。

俺は荒《あら》い呼吸の下から、必死に言葉を吐《は》き出す。

「さあ、やれるものならやってみろアナピヤ！　俺の急所はここだ！　ここだけを狙《ねら》えっ！」

「いや、そこで私の胸を指すのは、人として違《ちが》うと思うのだが？」

傍《かたわ》らのギギナが疑問を返してきた。心は折れていないと互《たが》いに確認。

「……あたしを」

アナピヤの顔の部品のすべてが、泣きだすように崩《くず》れる。

「あたしをっ、舐《な》めるなぁぁっ！」

炎《ほのお》と爆煙《ばくえん》を引き裂《さ》きながら、竜の左前脚の爪《つめ》の穂先《ほさき》が突《つ》き出されてくる。すでに飛翔《ひしょう》していたギギナが、上方の看板に着地し、再上昇《さいじょうしょう》。竜の首と、驚愕《きょうがく》の表情をしたアナピヤめがけて、屠竜刀《とりゅうとう》を振《ふ》り下ろす。

首が軌道《きどう》を変え、鱗《うろこ》を削《けず》られるだけでギギナの刃《やいば》の直撃《ちょくげき》を回避。連動して閃《ひらめ》く右前脚を、ギギナが竜の首を蹴《け》って逃《に》げる。

空中に弧《こ》を描《えが》くギギナの姿。ドラッケンに咒式《じゅしき》を放射しようとする、竜の顔の側面で爆裂が起こる。

大地を這《は》うように走っていた俺の〈曝轟蹂躪舞《アミ・イー》〉の炸裂《さくれつ》。だが、干渉結界が強力すぎて、第四階位もの爆裂咒式《ばくれつじゅしき》が目眩《めくら》ましにしかならない。

アナピヤは、完全にムブロフスカの身体《からだ》と思考を支配したようだ。

ならば、俺たちは勝てる。

路地に飛びこむ俺の背後で、竜の前脚が引き起こした破壊《はかい》の大音声《だいおんじょう》が響《ひび》く。転がりながらも、俺の咒式は続く。質量加速度：Ａ三〇〇〇〇〇Ａ。Ａ＝Ｖｏ／ｔ。三〇〇〇Ｖｏ＝質量の砲《ほう》口《こう》での初速〔ｍ／ｓｅｃ〕。〇・〇〇一ｔ＝質量の加速時間〔ｓｅｃ〕

回転の終わりから疾走《しっそう》へと移る俺の隣《となり》に、いつの間にかギギナが並走《へいそう》していた。狭い広場で巨躯《きょく》を旋回《せんかい》させ、竜が俺たちを追ってくる。

看板や街路樹、空中回廊《かいろう》が破壊され、雪崩《なだれ》となって降りそそいでくる。

ギギナが哄笑《こうしょう》をあげて走る。

「愉快《ゆかい》だ。実に愉快だ。これだけ強大な竜と戦えるとは、ドラッケン族の誉《ほま》れ。ユラヴィカも悔《くや》しがっているだろうよ！」

ギギナは、アナピヤを竜と認識《にんしき》することを自らに強制していた。俺にはそれが出来るのか？

瓦礫《がれき》の雨を転がって避《よ》けながらも、俺は咒式《じゅしき》を紡《つむ》いでいく。質量の加速時間：t〇・〇〇一。t＝Lg／Va。一・五Lg＝質量経過長（砲腔《ほうこう》長さ）〔m〕。一五〇〇Va＝質量の砲身内での平均初速度〔m／sec〕

体勢を整えようとした竜の脚が廃車に、肩《かた》が看板に激突する。

「ああ、もうっ、全部が邪魔《じゃま》っ！」

アナピヤの叫《さけ》びとともに、ムブロフスカの全身から、夥《おびただ》しい光条が放たれる。竜の全身が回転し、月光を宿した白い線が数百の円を描く。

街路樹に、廃棄《はいき》された車体に、街灯の鋼管に、ネオンの灯《とも》らない看板に斜線《しゃせん》が刻まれ、思い出したかのように切断面から傾斜《けいしゃ》していく。繁華街を落下物の轟音《ごうおん》が埋《う》めつくしていった。

化学鋼成系第五階位〈亞晶斬絃糸圏《ハルーファ》〉で、髭結晶化《ひげけっしょう》したアルミニウム酸化物である、アルミナウィスカー繊維《せんい》の糸が合成される。その引っ張り強度は二一ギガパスカルであり、通常のアルミナ繊維の約九倍の強度を持つ、極細《ごくぼそ》の刃が旋回したのだ。

通常は一〇数本程度しか生成できないのだが、長命竜《ちょうめいりゅう》の莫大《ばくだい》な咒力《じゅりょく》が数百本の合成を可能にしていた。

その常識外れの白線の群れが荒《あ》れ狂《くる》い、繁華街のあらゆる物体が刻まれていく。ギギナに突き飛ばされた俺の頬《ほお》や脇腹《わきばら》を光が掠《かす》め、数十条の血飛沫が迸《ほとばし》る。

激痛に転がると、俺の身代わりに街灯が何十もの破片《はへん》に変えられ、その頂天からギギナが跳躍しているところだった。

旋回した銀の光芒《こうぼう》が、ギギナへと殺到《さっとう》していく。

「ギギナっ！」

俺が反射的に放っていた〈電乖闇葬雷珠《マーコキアズ》〉が、空中のギギナの前方を貫通《かんつう》していく。アルミナウィスカー繊維は、融点が二〇五〇度にもなるため、プラズマほどの高温でないと破壊もできないのだ。

俺の隣へと着地するギギナに向かって、死神の網《あみ》が降りそそぐ。プラズマ弾《だん》を連発し、屠竜刀が剣《つるぎ》の嵐《あらし》となって、数百の刃を破壊していく。

ここには戦う理由がない。アナピヤも俺たちも、物語の主人公のように何かを守るためになど戦ってはいない。

ただ、互いに互いを殺さないと生き残れないというだけの戦い。歩兵の戦いだけがあった。

砲身内での平均速度：Ｖａ一五〇〇。Ｖａ＝〇・五＊Ｖｏ。三〇〇〇Ｖｏ＝砲口初速〔ｍ／ｓｅｃ〕。砲身円筒《えんとう》厚三〇・六〔ｍｍ〕　ｔ＝Ｄｉ／二＊（（σａ＋Ｐ）／（σａ－Ｐ））＊〇・

五一乗）二〇Ｄｉ：円筒の内径〔ｍｍ〕。一一〇〇〇σａ：円筒材質の許容応力〔ＭＰａ〕。九七四〇・四五Ｐ：円筒に掛《か》かる内圧〔ＭＰａ〕

極細の刃に切断され、降りそそぐ看板や街灯の破片。プラズマ弾や爆発《ばくはつ》。隙間《すきま》から放たれる竜の左前脚《ひだりまえあし》の一撃。俺とギギナは横へと逃げ、車が玩具《おもちゃ》のように破砕《はさい》される。引き戻《もど》される竜の左前脚に合わせ、ギギナが突進《とっしん》していく。連動する右前脚の薙《な》ぎ払《はら》いも、ギギナの銀髪《ぎんぱつ》を掠めていくだけ。

竜の尾《お》が左から襲来し、ギギナの身体の端《はし》を捉《とら》える。肩口《かたぐち》から胸元《むなもと》の甲殻鎧《こうかくよろい》が爆《は》ぜ割れ、血の軌跡《きせき》を描きながら、後方へと吹《ふ》き飛ぶギギナ。

宙を舞《ま》うギギナが、俺が差し出した腕《うで》を摑《つか》む。衝撃《しょうげき》は減殺されずに、路地の両脇《りょうわき》の壁《かべ》を削りながら吹き飛ばされていく。

俺とギギナは、繁華街《はんかがい》の外れの広場へと転がっていった。

装甲と防刃繊維《ぼうじんせんい》ごと切り刻まれて、俺たちの全身は血塗《ちまみ》れだった。ついでに高位咒弾《じゅだん》を使い果たし、低位咒弾しかない。残るは魔杖《まじょう》短剣マグナスの第七階位が二発のみ。

全身の傷が、熱病のような悪寒《おかん》と激痛を大合唱していて、気が遠くなりそうだ。ギギナを受け止めて、左肩も脱臼《だっきゅう》している。

ギギナにしても、尾の直撃を躱《かわ》して即死《そくし》を防いだだけで、瀕死《ひんし》の重傷だ。

「み、みるみる出血して、体重が減る。こ、の減量法は、効果、抜群《ばつぐん》だな」

片肺がつぶれたギギナの声は、命の灯火《ともしび》が消えようとしているように掠れていた。

「痛みと命の、危険がなけ、れば、流行《はや》るかも。ギギナの場合は、耳と耳の間、の余計なものも捨てて痩《や》せ、ろ」

外れた肩を無理やり治した俺の声も、死者のような声色《こわいろ》だった。

アナピヤよ、確かに大きく重い質量は強大な物理力だ。

だが、力はそれだけではない。そして刃に隠《かく》した組成式は止まらない。砲の効率：χ四五二一六〇〇効率〔kJ／kg〕。χ＝E／P。四五二一六〇〇E：砲口熱量〔kj〕。一P：発射薬総質量〔kg〕。

大音声《だいおんじょう》に振《ふ》り返ると、狭《せま》いビルとビルの間を巨軀《きょく》で削《けず》りながら、ムブロフスカが突進してくる。

起き上がった俺の背中に、ギギナの鮮血《せんけつ》と胸板の熱さを感じた。ギギナの両腕が前方に屠竜《とりゅう》刀《とう》ネレトーを突《つ》き出し、俺の魔杖剣ヨルガと魔杖短剣マグナスが刀身に添《そ》えられていた。

切っ先は、長命竜の胸元へ向けられていた。

砲口熱量E：四五二一六〇〇〔kJ〕。E＝〇・五＊M＊Vの二乗。一・〇〇四八M＝対象質量〔kg〕。三〇〇〇V＝初速〔m／sec〕。ついに隠蔽《いんぺい》も限界だ。

ギギナの掲《かか》げた屠竜刀ネレトーの先端《せんたん》に、俺の巨大咒式《じゅしき》が顕現《けんげん》。最終組成式が全貌《ぜんぼう》を現していた。

生成された弾丸《だんがん》は、直径二〇ミリメルトルで全長八センチメルトル。密度二〇グラムル毎立方センチで、重量一〇〇四・八グラムル。

これを当てるために、自分を身動きできない路地に挟《はさ》んだのだと、アナピヤが気づいた。そしてどんな呪式《じゆしき》だろうが、干渉結界《かんしょう》と装甲で防御《ぼうぎょ》してやろうと、少女の目が哄笑。呪式で金属壁《へき》が合成されていく。

敗北を予測できないアナピヤが哀《あわ》れだった。

アナピヤとの思い出が俺の脳裏《のうり》を駆《か》けめぐる。そんな少女を手に掛けることに、俺は激しい自己嫌悪《けんお》と虚無《きょむ》を感じていた。

言葉ではアナピヤは止まらない。だから、俺が止める。

次の瞬間《しゅんかん》、砲弾《ほうだん》は秒速三〇〇〇メルトルという超々《ちょうちょう》高速で射出され、同じ力を後方にも射出。前後の力がわずかに釣《つ》りあわず、俺とギギナは後方へと吹き飛んでいた。俺の動揺《どうよう》が現れたのか、弾道がわずかに下にぶれていた。

呪式による気温の上昇《じょうしょう》で音速の八・四倍近くにまでなったとはいえ、その超々高速の弾丸は、三〇メルトルの大気を切り裂《さ》き、不完全な結界と呪式の装甲を貫通し、竜の胸元に着弾。厚さ四〇センチメルトルの超高硬度《こうこうど》鋼の鱗《うろこ》と装甲、冷間線引き鋼線をも貫《つらぬ》く。

そこで莫大な運動熱量と超破壊力《はかいりょく》が、ムブロフスカの体内に吐《は》き出され、弾《はじ》けるっ！

耳を聾《ろう》する大音声。

飛散した肉と血の砕片が、竜の背後にブチ撒かれていた。大通りから広場が、真紅《しんく》に染められていた。

ムブロフスカの胸元には、大穴が穿《うが》たれていた。

正確には、厚い胸板自体が消失しており、続く胴体《どうたい》から尾までのほとんどの肉が引きちぎられ、破砕されていた。

鱗と装甲の抵抗《ていこう》によって秒速二五〇〇メルトルまで減殺されたが、砲弾の運動力は衝撃波に変換《へんかん》される。音速倍数から演算すると、砲弾の命中点から、頂角が約七四度の円錐《えんすい》形の超衝撃波が発生したのだ。

超衝撃波の絶大な破壊力で、身体《からだ》の半分以上の質量、心臓や内臓のすべてを失った長命竜《ちょうめいりゅう》は、荒廃《こうはい》した伽藍《がらん》のような惨状《さんじょう》を晒《さら》していた。

反動から着地し、俺を支えたギギナの両足が、アスファルトを深く貫通《かんつう》していたことからも、その威力《いりょく》のほどが分かろう。

アナピヤとムブロフスカの口腔《こうこう》から、黒血が吐き出された。同時に巨体が背後へと傾斜《けいしゃ》していき、自らの血と肉の海に倒《たお》れていった。

鮮紅色《せんこうしょく》の大瀑布《だいばくふ》が天へと噴《ふ》きあがり、俺とギギナの全身に、雨となって降りそそいでくる。

長い呼吸を吐いて、俺は血の海に片膝《かたひざ》をつく。七階位の二連発。しかもその一つは、けっして俺の専門とはいえない鋼成系の咒式《じゅしき》。すべての咒力《じゅりょく》と気力を使い果たして、意識が遠くなりそうだ。

意識を失わないために、眼前の破壊の光景を確認《かくにん》する。

位相空間内の変位差で発生する核融合《かくゆうごう》なみの巨大なエネルギーを、砲弾の運動力に変換し、指示力場で導いて撃《う》ちだす咒式。化学鋼成系第七階位〈神威貫綴鈖轟聾砲《アッゼ・ザール》〉の超破壊力。

大きく重い質量は、強大な物理力だ。だが、速度も恐《おそ》るべき力を発揮する。速度の二乗に比例し、破壊力は大きくなるのだ。

絶対速度たる光の速度で動くことは、質量のある物質では不可能だ。だが、光速に近くなればなるほど、運動エネルギーは無限大に近くなっていく。速さは力なのだ。

そして、この呪式砲弾《じゆしきほうだん》の超々高速度は、この地上において何者にも回避《かいひ》や防御は不可能。ラルゴンキン級の巨大な呪式力《じゆしきりよく》と、反動を支える強固な肉体がなければ放てない超呪式《ちようじゆしき》。専門外の俺とギギナでは、二人がかりでようやく発動が可能なのだ。

アナピヤが知識と経験を持った本当の呪式士《じゆしきし》だったなら、ムブロフスカの竜の頭脳が働いていたら、この呪式を正面から防御しようなどと考えなかっただろう。

だが、すべては終わったのだ。アナピヤの悪夢は、俺が終わらせたのだ。

俺の内には、茫漠《ぼうばく》とした空虚《くうきよ》さだけがあった。

屠竜刀を畳《たた》んだギギナも、無言だった。

底無しのやり切れなさを、俺たちは分けあっていたのだろう。

小さな声だった。

現実に引き戻《もど》された俺は、必死に耳を澄《す》ます。

声は、微《かす》かな呻《うめ》き声だった。

「アナピヤっ！」

俺は走り出していた。

張《は》り裂けそうな胸の痛み、裏切りの激痛とともに。

血潮の海と内臓と肉の山を乗り越《こ》え、アナピヤを捜《さが》す。俺もギギナも、瀕《ひん》死《し》の重傷だったが、そんなことはどうでもいいっ！

鈴《すず》を鳴らす声。

血の海の向こうで、いつの間にか戻っていた黒猫《くろねこ》のエルヴィンが鳴いていた。

駆け寄ると、胴体から千切れかかった竜の首が横たわっていた。先端にはムブロフスカの頭部。大鰐《おおわに》のような口からは、鮮血《せんけつ》の大河が流れていた。

「アナピヤを……」

血泡《ちあわ》が弾け、力なく垂れていた舌が痙攣《けいれん》するように動く。

「アナピヤ、を恨《うら》むな。あの子は、我ら、竜の愚《おろ》か、さの犠《ぎ》牲《せい》者《しゃ》だ……」

「分かっている！　アナピヤはどこだっ⁉」

「アナピ、ヤは我の額の上だ、助けて、やってく……」

喘《ぜん》鳴《めい》とともに、ムブロフスカの巨大《きよだい》な瞳《ひとみ》が光を無くしていく。仰《あお》向《む》け近くになっていたムブロフスカの首が、最期《さいご》の力を振《ふ》り絞《しぼ》って横倒《よこだお》しに戻る。

そこで竜の瞳から、明確な意識の光が消えた。

「痛い、痛いぃ。痛い、ようぅ……」

竜の顔の上で、全身を血色に染めたアナピヤが地面に投げ出されていた。

頭を抱《かか》え起こすと、アナピヤは俺の腕《うで》から逃《のが》れようとする。

「イヤ、許し、て、殺さないで……」

「すまないアナピヤ。殺さない、殺さないから動くな、出血が止まらないっ！」

泣き叫《さけ》ぶアナピヤの身体を確認し、俺の息が詰《つ》まった。

地表高くから倒れた衝撃《しょうげき》で頭蓋骨《ずがいこつ》が割れ、側頭部から脳の一部が零《こぼ》れていた。肋骨《ろっこつ》と背骨が折れ、内臓を掻《か》き回して背中と腹部から突《つ》き出していた。

しかも、破壊《はかい》された街灯がアナピヤの心臓と肺を貫《つらぬ》いて、薄《うす》い胸を突き破っていた。

「痛い痛い、苦しいよう……」

アナピヤの咽《むせ》び泣きとともに、口からは血が溢《あふ》れ、胸元《むなもと》を染めた鮮血に真紅《しんく》を足していく。

「痛いよう。ゴメンなさい、ゴメンなさいガユス。あたし、あたし、見捨てられるのが怖《こわ》くて、どうしたらいいのか分からなくて……」

「すまない、すまないアナピヤ……」

双眸《そうぼう》から涙《なみだ》と血を滂沱《ぼうだ》と流しながらも、アナピヤが俺を見上げてくる。

何もしてやれなかった無力さに、俺の心が軋《きし》む。

俺は必死でアナピヤの側頭部を右手で押さえ、脳漿《のうしょう》や血液がこれ以上零れないようにする。

「あた、あたし、死ぬの？　死ぬ死ぬ死ぬ死んじゃうのっ？」

「死なないっ！　絶対死なせないっ！　ギギナ、何とかしろっ！」

俺が叫ぶと、アナピヤに寄り添《そ》ったギギナが、鎮痛咒式《ちんつうじゅしき》すら無視して、全力で治癒咒式《ちゆじゅしき》を発動する。

屠竜刀《とりゅうとう》の先に、限界以上の数の咒印《じゅいん》組成式が灯《とも》り、傷口を修復していく。

「どうだ、アナピヤは助かるのかっ⁉」

「言わせるな。最大限の努力はする！」

片膝《かたひざ》を血の海についたギギナの白晳《はくせき》の額に、焦燥感《しょうそう》が現れていた。

アナピヤの側頭部を押さえる俺の右手は、脳漿と鮮血の生温さを感じていた。

こうなることは分かっていた。長命竜《ちょうめいりゅう》とアナピヤを行動不能にするだけという、都合のいい力は俺たちには存在しない。そしてアナピヤの支配に屈《くっ》することもできなかった。

だからこそ、俺は非情の一撃を放った。愛を求めるだけの少女に。

腕の中でアナピヤが咳《せ》きこみ、血の花弁を散らす。それでもアナピヤが微笑《ほほえ》んだ。

「ガユス、こそ、大丈夫《だいじょうぶ》？　あたしのせいでケガしちゃって……」

「もう喋《しゃべ》るなっ！」

悲痛な笑《え》みに俺は耐《た》えられなかった。大量の出血で、アナピヤの身体《からだ》が軽くなっていくのが分かる。熱かった柔肌《やわはだ》が急速に冷えていくのも。

無慈悲《むじひ》な時間が砂のように過ぎていく。

「意外な展開、いや、これが当然か」

誰《だれ》でもない声が響《ひび》いた。

俺の視線がその声へと向けられた。繁華街《はんかがい》の血と瓦礫《がれき》の向こうに、人影《ひとかげ》があった。

場違《ばちが》いに冷静な瞳に、染《し》み一つない清潔な白衣の長身。

無機質な顔は、過去の映像とまったく変わらなかった。

俺の腕のなかのアナピヤが、掠《かす》れた叫びをあげる。

「お、義父《とう》さん？」

男は、アナピヤに引き裂《さ》かれたはずの咒式医師《じゅしき》アズルピだった。

「ど、うして、おまえ、が？」

驚愕《きょうがく》に打たれながら、俺は問いかけていた。

「どうして君たちは、そこまで愚かなのかね。メルツァールと化したバルティアが操《あやつ》り人形なら、最初の私も操り人形だと考えない理由の方が理解できない」

アズルピが疑問の表情を浮《う》かべる。男の視線が、俺の腕の中のアナピヤを捉《とら》えた。

「アナピヤも失敗か。平均的な男の心理や思考傾向《けいこう》を分析《ぶんせき》したのだが、上手《うま》くいかなかったようだな」

「ど、ういうことだ？」

アズルピの言っていることが、俺には理解できなかった。

独り言に沈《しず》んでいたアズルピが、目を向けてくる。分析するようなアズルピの視線が、俺を射貫《いぬ》いた。

「幼く健康的な色気。容易に支配できそうな肢体《したい》と精神。健気《けなげ》に自分だけを慕《した》う心、悪戯《いたずら》っぽい笑み、そして時には嫉妬《しっと》に拗《す》ねてみせる。そして、過酷《かこく》で可哀相《かわいそう》な過去は、勘違《かんちが》いした男の庇護欲《ひごよく》と同情を誘《さそ》う」

俺の心の柔らかな部分に、解剖《かいぼう》の刃《やいば》が冷徹《れいてつ》に突き入れられていく。

「ガュス、君のような、未成熟で無能で自己に自信のない男の嗜好《しこう》に、アナピヤが適合する確率は、七一・五八％ほどと見積もったのだ。しかし、まだまだ要素と精度が足りなかったようだな」

アズルピが得意気な含《ふく》み笑いを漏《も》らす。

「外見はまずまずだが、中身と行動がまだまだ粗《あら》い。相手に精神感応しても支配が緩《ゆる》いし、自らの心と肉体を改変する力に欠ける。次はそこに注意するか」

アナピヤの震《ふる》えが、俺に伝わってくる。震えは俺に伝染し、舌が疑問を零した。

「何、を言って、いる？」

「そう、アナピヤのすべては私が作った。竜の力？　そんなものだけでは、愛情を化学反応と磁気波形の観点から攻《せ》めるだけだ。アナピヤは、竜が肉を作り、横から拝借した私が、人を愛し愛されるためだけに調整した作品だ」

絶叫《ぜっきょう》。血が滲《にじ》むような悲鳴でアナピヤは叫んでいた。

「違う、違うっ！」

吐《は》き出される少女の叫《さけ》び。

「たとえ、たとえそうだったとしても、あたしがガュスを好きな気持ちだけは、あたしだけのものよっ！」

その眼差《まなざ》しを受け止めて、アズルピが愛《いと》しむように微笑む。

「残念。君がそう考えるように、私が精神傾向を調整したのだ。君の愛情は、記憶《きおく》を消去した後、最初に出会った成人男性にしか向けられないようにしてある。君の過去や一連の事件は、そういう実験なのだ」

月光に向かって、アズルピが宣言する。

「感情や心は神聖不可侵《ふかしん》なもの？　だが、それ自体が分からなくても、感情の発生は要素で説明できる。主役の美しい顔と身体、優《やさ》しく気高い心。対して悪役の醜《みにく》さと卑劣《ひれつ》さの対立。自らの感情を委託《いたく》した主人公が勝つことによって生じる、爽快《そうかい》だったり楽しかったりの波瀾《はらん》の物語。それらの感情を発生させる要素を解析《かいせき》し、人物に持たせる。それだけで人の心は動く」

世界に挑戦《ちょうせん》するように、アズルピが朗々と宣告する。

「君たちの好きなすべてはそうやって作られたものだ。映画や劇の主人公も物語も、美女の微《び》笑《しょう》も、あらゆる商品が。世界はそんな洗脳遊戯《ゆうぎ》で溢《あふ》れているのだ」

アズルピは俺へと視線を戻《もど》す。青い瞳《ひとみ》はどこまでも冷たく、理性の光を宿していた。

俺は、アズルピという存在に圧倒《あっとう》されていた。

「そうだな、もし次に君の前に現れさせるなら、金髪翠眼《きんぱつすいがん》の美女にしよう。年齢《ねんれい》を上げ、胸を膨《ふく》らませ、処女膜《しょじょまく》も再生しよう。後は、アナピヤより、もっと共感させるような背景物語を作れば同情を引けるかな？　それから積極性係数を下げて控《ひか》えめな性格にし、最後に論理中枢《ちゅうすう》係数を下げよう。そして羞恥《しゅうち》係数と性衝動《せいしょうどう》を高めると、恥《は》じらいながらも、男の求めには股《また》を濡《ぬ》らして応じてしまう。そんな都合のよい人形が、一つ出来あがるわけだ」

アズルピの声は、元素記号を暗唱するのと何ら変わらない無機的なものだった。

「何だ、何なんだおまえはっ！」

俺は耐《た》えきれなくなって叫んでいた。

「私は君たちだ。愛という名を装《よそお》った、欲望の神に従順に仕える信徒だ。そして、どこにでもいる〈物を作る者〉の一人にすぎないよ」

胸の前に手を掲げ、アズルピが一礼した。

俺は戦慄《せんりつ》していた。

アナピヤの哀《かな》しみも、苦悩《くのう》も、演出と創作にすぎない。

この男は、心の底からの善意で行っているのだ。すべては俺を、誰かを癒《いや》すために。では、そのためなら何をしてもいいのか？

答えはこの男にあった。たかが欲望に忠実に従うことの、恐《おそ》ろしさのすべてが。

「我らは、もう我ら自身では救われない。神ですら、多種多様な個人を救うには手の数と柔軟《じゅうなん》性が足りない」

アズルピの目に諦念《ていねん》が顕《あらわ》れていた。

「ならば一人一人に合わせた救いが必要なのだ。次世代型擬人たる〈小天使《エンゲルフイン》〉、肉を持つ御使《みつか》い、主人の心を支配しつつ隷従《れいじゅう》する奴隷《どれい》。ただそれだけが、永遠の孤独《こどく》に凍《こご》える人々に楽園をもたらす」

「てめえっ！」

湧《わ》きあがる恐怖《きょうふ》と憤怒《ふんぬ》を咒式《じゅしき》に変換《へんかん》した。爆裂咒式《ばくれつじゅしき》がアズルピの顔面で炸裂《さくれつ》する。爆風《ばくふう》が晴れていくと、アズルピの顔面と肩《かた》が深く抉《えぐ》られていた。爆《は》ぜた肉の断面からは、心《しん》拍《ぱく》とともに血が噴出《ふんしゅつ》する。

「私を殺しても無意味だ」

上顎《うわあご》から上を消失させながらも、器用に喋《しゃべ》ったアズルピが後方に倒《たお》れる。

「なぜなら、それは私ではないからだ」

濡れた音を立てて倒れたアズルピの背後、繁華街《はんかがい》のビルの看板の上に座っていたアズルピが、諭《さと》すように語っていた。

俺の放った〈矛槍射《ベリン》〉の鋼《はがね》の槍《やり》が、アズルピの胸板《むないた》を貫《つらぬ》く。口から内臓出血の朱《しゅ》を噴《ふ》き、現れた姿のままアズルピが落下していく。串刺《くしざ》しになった男が落下するのと同時に、また、どこかから、アズルピの不愉快《ふゆかい》な声が響《ひび》く。

「メルツァールが、一番目と二番目のアズルピがそうだったように、このアズルピの体も、本当の私の中継体《ちゅうけいたい》に過ぎない」炎上《えんじょう》する車の陰《かげ》からアズルピが現れる。「私は一人ではない。何度言ったら分かるのかな？」ビルの隙間《すきま》からアズルピの笑顔が覗《のぞ》く。「分からないから、君たちはどこまでも不様《ぶざま》に踊《おど》らされる」ビルの屋上に腰掛《こしか》けたアズルピが、隣《となり》のアズルピと肩を組んでいた。

炎上した繁華街のあちこちに、白衣のアズルピが姿を現す。

ビルとビルの隙間から列をなすアズルピたち、破壊《はかい》された店先で談笑《だんしょう》するアズルピたち、長椅子《ソファ》に並んで座るアズルピども。

「さて、どれが本当の私、アズルピでしょう？」

特徴《とくちょう》のない無機質な男の顔、顔、顔。百人近い白衣姿のアズルピが、俺たちを包囲していた。

ギギナと俺が魔杖剣《まじょうけん》を掲げるが、どこに向けていいのかも分からない。その間にも、腕《うで》の中のアナピヤは冷たくなっていく。

「実験と検体採取が終了《しゅうりょう》した以上、君たちも用済みだな」

アズルピたちがまったく同じ唇《くちびる》で言葉を紡《つむ》ぎ、繁華街の谷底に多重反響《はんきょう》する。続いて一糸乱れぬ動作で魔杖剣を抜刀《ばっとう》。百もの咒式士《じゅしきし》が、それぞれに雷撃《らいげき》や爆裂《ばくれつ》や熱線の咒式《じゅしき》を多重展開していく。

「我々の手で処分してあげよう」

アズルピたちが一斉《いっせい》に笑う。風に吹かれる葉音のように、笑声が輪唱された。

百もの刃《やいば》の先で燐光《りんこう》を発するのは、数百もの咒印《じゅいん》の光。それは闇夜《やみよ》が真昼に変わるほどの、圧倒的な数の力の光景だった。

光の乱舞の中で、俺とギギナは硬直《こうちょく》していた。

アナピヤ防衛戦のような敵の大規模攻撃《こうげき》を規制する条件もなく、完全包囲の百対二。この状態では、知恵《ちえ》や勇気、いかなる戦術も詐欺《さぎ》も意味がない。

切り抜《ぬ》ける唯一《ゆいいつ》の手段があるとしたら、六か七階位の広範囲《こうはんい》殲滅咒式《せんめつじゅしき》。しかし、それを紡ぐ

時間など許されない。つまり、まったく打つ手なし。

「それでは、さようなら」

アズルピたちの数百もの咒式が放たれる瞬間《しゅんかん》。俺の正面のアズルピたちの笑顔《えがお》が血と骨の塊《かたまり》に変えられ、背後のビルの壁面《へきめん》まで破砕《はさい》された。

鮮血《せんけつ》と粉塵《ふんじん》を巻きあげて引き戻《もど》されたのは、ムブロフスカの右前脚《まえあし》。

同時に驚《おどろ》きの叫《さけ》びをあげようとしたビルの屋上に並ぶアズルピたちが、長い尾《お》の超衝撃《ちょうしょうげき》で破《は》裂《れつ》。さらに右後脚の巨大《きょだい》な爪《つめ》が、右のアズルピたちを引っかけて肉塊《にっかい》へと変える。

俺の腕のなかのアナピヤが、神経繊維《せんい》がつながった竜《りゅう》を操《あやつ》ったのだ。

「許さない、あなただけはっ！」

咒式《じゅしき》と肉体の酷使《こくし》で、アナピヤの全身の傷口から鮮血が噴き出る。

「アナピヤ、止めろっ！　おまえはまだ助かるっ！」

瀕死《ひんし》のアナピヤが咒力《じゅりょく》を集中。ムブロフスカの右前脚がアスファルトに突《つ》き立てられ、体を持ち上げる。長い首が持ち上げられ、アナピヤを抱《だ》き留めていた俺が振《ふ》り落とされる。

胸から下の傷口から、残った内臓と血液が土砂《どしゃ》のように俺とギギナに降りそそぐ。

ムブロフスカの頭部の上で、アナピヤが下弦《かげん》の月を背景に立つ。血塗《ちまみ》れの少女の姿は、まるで復讐《ふくしゅう》の女神《めがみ》のようだった。俺とギギナが竜の側《そば》に飛びこむ。

「死に損ないめが」

生き残ったアズルピたちの攻性咒式《こうせいじゅしき》が殺到《さっとう》。俺たちの眼前で、竜の死力をつくした干渉結界《かんしょう》が呪式《じゅしき》を量子分解。

　だが、瀕死の竜の結界では、続く百近くもの呪式を防ぎきれない。爆裂が肉体を破壊し、雷《らい》撃《げき》が神経を灼《や》き、鋼の槍が内臓を貫く度《たび》に、竜の巨体が痙攣《けいれん》する。側にいる俺とギギナも必死に回避《かいひ》するが、避《よ》けきれずに肉が弾《はじ》け、血が噴き出す。

　ついに竜の右前脚の膝《ひざ》が数十もの熱線に貫通《かんつう》される。アスファルトに折れた膝関節が突き立ち、長い首が折れ、地面に届きそうに下がる。アナピヤの唇から、鮮血混じりの絶叫《ぜっきょう》が迸《ほとばし》る。

「お願い、ムブロフスカさん、あたしに力を貸してっ！」

　ムブロフスカの首が角度を戻し、半ば白濁《はくだく》した竜の瞳《ひとみ》に意志が戻る。

「愛《いと》し子よ、我を許してくれるのか？」

　竜の横顔に砲弾《ほうだん》が突き立ち、頰《ほお》が吹き飛ぶ。

「許しはしない。絶対に、絶対に！」

　憎悪《ぞうお》が滴《したた》るような声だった。だが、アナピヤは意を決したように、息を吸った。

「でも力を貸して欲しいのっ！　くだらない力でも、今だけは必要なのっ！」

　アナピヤの血染めの全身から、さらに血の気が引き、死者の肌色《はだいろ》となっていた。砕《くだ》けた膝を大地に突き立て、竜が体勢を整える。爆裂で鱗《うろこ》が割れ、雷撃に肉を焦《こ》がされても、ムブロフスカの残る呪力《じゅりょく》が口腔《こうこう》に集中していく。

「では、死出の花道を行こうぞ」

「ええ」

竜の返答に、アナピヤが微笑《ほほえ》む。

あまりに清冽《せいれつ》で気高い笑みに、俺は恐怖《きょうふ》した。人間がそんな笑みを浮《う》かべられるはずがない。浮かべてはいけない。

「止《や》めろ、アナピヤっ！」

俺が絶叫し、アズルピたちが揃《そろ》って恐怖の表情を浮かべ、同じ動作で足が後退した瞬間。竜の息吹《いぶき》が放たれた。

白い閃光《せんこう》。沸騰《ふっとう》したタングステンが繁華街《はんかがい》を駆け抜けていく。

熱放射で膨張《ぼうちょう》した大気の圧力で、俺とギギナが飛ばされた。

逃走《とうそう》しようとしたアズルピたちが、干渉結界や耐熱壁《たいねつへき》の咒式《じゅしき》を発動するが、白い光の奔流《ほんりゅう》に呑《の》みこまれていく。様々な防御咒式《ぼうぎょじゅしき》ごとすべてが一瞬の影《かげ》となり、瞬時に輪郭《りんかく》が消失。腕を掲《かか》げ、目をとじた俺の瞼《まぶた》の裏まで、白に塗《ぬ》りつぶされる。

荒《あ》れ狂《くる》う光がやがて弱まり、俺も瞼を開ける。視力も徐々《じょじょ》に戻っていく。

眼前ではビルとアスファルトが溶解《ようかい》し、新しい大通りが作られていた。どれが本体だろうと、一人の断片《だんぺん》も残らない強烈《きょうれつ》な一撃だった。竜の息吹を正面から受け止めることなど、人間には不可能なのだ。

「アナピヤっ！」

俺の叫びとともに、伸《の》ばされた竜の首から力が消失し、輻射熱《ふくしゃねつ》で煮《に》えたぎる自らの血の海に落下する。

力の入らない足を必死に動かして、俺はアナピヤに駆《か》け寄る。唇《くちびる》を噛《か》みしめる俺の腕の中、アナピヤの顔は血の気のすべてが消失していた。

「ギギナっ！」

大急ぎでギギナが治癒呪式《ちゆじゆしき》を再開するが、やがて屠竜刀《とりゆうとう》の切っ先から光が消えた。俺へと向けられたギギナの美貌《びぼう》には、悲痛な何かを堪《こら》えるような表情があった。

「ガユス、アナピヤはすでに……。もう楽にして……」

「言うなっ！　続けろギギナっ！　続けないと殺すぞっ！」

ギギナの硬《かた》い声を、俺の悲鳴めいた叫びが封《ふう》じる。ギギナが疲労《ひろう》した顔で治癒呪式を再開していく。

ギギナの治癒呪式は、アナピヤの苦しみを長引かせているに過ぎない。分かっている、分かっているが！

俺は白蠟《はくろう》と見紛《みまが》うばかりのアナピヤの顔を覗《のぞ》きこむ。

「アナピヤ、なぜ？　俺は君を……」

「仕方ない、じゃない。あたし、ガユスを愛してるんだ、もの」

砕けて四方に曲がった少女の左手の指が、自分の胸に当てられる。

「そう思うよ、うに造られ、た紛《まが》い物でも、安っぽい物語、の登場人物でも、この胸の熱さは、あたしの、あたしだけの本物。そう信じたい、の……」

アナピヤが小さく微笑む。見ると、駆け寄っていたギギナは、治癒呪式から鎮痛呪式《ちんつうじゆしき》に変えていた。俺の視線に、勇猛《ゆうもう》なはずのドラッケンが目を合わさなかった。

アナピヤの叫《さけ》びは続く。

「約束してガユ、ス。あたしの力が、ガユスとジヴーニャさんの心を変えたと、ジヴーニャさんと、戻って……」

「アナピヤ、それは……」

「お、願い、あなたが、どんなに恥《は》ずかしくても、辛《つら》くても、お願い。でないとあたし、あた、しは……」

血泡《ちあわ》混じりのアナピヤの叫びに、俺はうなずいた。バカみたいに何度も、何度も。

「好き、な人を守って、その好きな人に看取《みと》、られ、て、し、死ぬなんて、あたしカッコつけすぎかな？　アティ、も、お父さんも許して、く、くれるかな？」

言葉とともにアナピヤの右手が伸ばされ、震《ふる》える指が俺の頬に触《ふ》れた。その冷たさに俺は絶望の断たれていくのを感じた。

「でも、でも、次、次に生まれ、てくる時は、人形も天使、も、イヤだな。普通《ふつう》の女の人になって、あた、あたしは、愛し愛される、んだ……」

アナピヤの口から、大量の血が迸《ほとばし》る。俺は少女の小さな手を握《にぎ》りしめ、絶叫《ぜっきょう》する。

「愛しているっ！　俺はアナピヤを愛しているっ！」

だが、俺を直線で見つめる少女の目には、心の底からの絶望が広がっていった。

死にゆく少女の心を救いたいと、必死に紡《つむ》がれる俺の言葉。しかし、アナピヤの力は、自身の死に瀕《ひん》してさえ、俺の欺瞞《ぎまん》を残酷《ざんこく》なまでに正確に見破ってしまうのだ。

そう、俺はアナピヤを女性としては愛せない。どこまでも、可愛《かわい》い子供のような存在としてしか愛せない。女たちに向けた愛と何が違《ちが》うのか、俺には分からない。ジヴやクエロに向け、そして……。

いや、書き換《か》えろ、感情を、人格を！　簡単なことだ。脳内物質を調整し、神経伝達信号を変えればいいだけ。そんなことは咒式士《じゅしきし》でなくても可能だ。自意識よ死ねっ！　アナピヤを愛せっ！

だがしかし、その思考と感情の変換《へんかん》の過程自体が、彼女には波形として見えているのだ。

そして、愛することは不可能だった。アナピヤはあまりに似ていたのだ。

アナピヤの細い身体《からだ》が痙攣《けいれん》しだす。小刻みな震えを止めようとしてか、自らの腕《うで》で自らを抱《だ》きしめる。

「……違う、もし生まれ変われ、ても、同じ、な、なんだ。みんな、みんながあた、し……」

海色の瞳《ひとみ》はすでに俺を、この世の何をも見ていなかった。

「イヤだ、やっぱり、死ぬの怖《こわ》いよう。誰《だれ》にも本当、に愛されないま、ま、死ぬの怖い、よう。どうして助けてくれな、いの？　愛、してくれない、の？　……のように、あたしを愛し……、助けてガ……ユ……」

叫びは唐突《とうとつ》に途切《とぎ》れ、アナピヤの目から命の灯《ひ》が去っていった。

黒猫《くろねこ》のエルヴィンが、少女の亡骸《なきがら》に額を擦《こす》りつけた。何の反応もないことに瞳孔《どうこう》を細め、そして哀《かな》しげに小さく鳴いた。

軽すぎるアナピヤの亡骸を、俺は抱きしめる。片膝《かたひざ》をついたまま、ギギナも言葉を喪失《そうしつ》していた。

愚《おろ》かな俺の、空虚《くうきょ》な無言だけが夜気を埋《う》めつくしていた。

メトレーヤの夜の街角。俺たちは自らの無力さに耐《た》えていた。

無慈悲《むじひ》な月光が、俺とアナピヤの亡骸、ギギナを照らしていただけだった。

月よ、俺の血塗《ちまみ》れの足掻《あが》きが、アナピヤの悲しみが、そんなに面白《おもしろ》いのか？

だったらせめて大声で笑ってくれ。

無音で嘲笑《ちょうしょう》するのは止《や》めてくれ。

俺の喉《のど》は、声なき叫びをあげていた。あげつづけていた。

16 我らは凍え燃えゆく

我々は、いつか百億の子となって大地を埋めつくす。
だが、百億の子らは、百億の別の星に住んでいるかのように互《たが》いの声が届かない。百億の子らの、憎しみと悪意でしか繋《つな》がれない百億の孤独《こどく》。
それは無自覚な百億の地獄《じごく》。
ジグムント・ヴァーレンハイト「孤独な星に」皇暦《こうれき》四九四年

俺はただ泣いていた。時が過ぎるのも構わずに、嘘臭《うそくさ》い涙《なみだ》を滂沱《ぼうだ》と流していた。

「人の、子よ……」

掠《かす》れた声に振《ふ》り向く。頭部だけとなったムブロフスカが、瀕死《ひんし》の声を発していた。だが、竜《りゅう》の生存に何も感じていない俺がいた。

「自ら愚かさの責任を少しでも取るべく、我はこの子の冥府《めいふ》の付き添《そ》いとなろう。そう考えていた……」

その言葉にも何も感じない。だが、続く竜の言葉が、俺の心臓の鼓動《こどう》を止めた。

「だが、アナピヤはまだ死にきってはいない。我の力で死の寸前で引き止めている」

俺の思考が蘇《よみがえ》り、記憶《きおく》を辿《たど》る。かつて、ニドヴォルクが死と同時に俺を蘇生《そせい》させたように、長命竜にはそんな常識外れの咒式力《じゅしきりょく》がある。だとしたら！

「蘇らせられるのか？　だったらやってくれ、アナピヤが蘇るなら、俺は何でもするっ！」

アナピヤを抱《かか》え、俺は絶叫していた。

「我の最期《さいご》の力で、アナピヤの肉体を再構成し、魂《たましい》を呼び戻《もど》すことは可能だ。だが、それでいいのか？」

ムブロフスカの問いが、俺を打ちすえた。

「アナピヤはこの世に絶望して去った。竜たる我の愚かさに。そしておまえに裏切られ、愛されないことに」

メトレーヤの夜に、竜の問いが響《ひび》きわたる。

「それでも、おまえは蘇生を望むか？　アナピヤに憎まれ、愛せず、自然のことわりのすべてを曲げて奇跡《きせき》を望むか？」

「俺に、決断しろと言うのか？」

「我には分からない。苦しみから解放され、虚無《きょむ》の世界に旅立つのが、この子の望みかもしれぬ……」

竜の問いは、自らに向かっていたのかもしれない。

俺は躊躇《ちゅうちょ》した。そんな奇跡が実在するのか？　そしてアナピヤは救われるのか？

傍《かたわ》らに立ちつくすギギナへと、助けを求める。しかし、ドラッケンは何も示さず沈黙《ちんもく》しているだけだった。

月光に惑《まど》わされたように、思考は迷っていた。

答えを出せずにいると、眼前の竜の目から急速に力が去っていく。吐《は》き出される言葉も弱々しい。

「時間が、な、い……。早く決め、てくれ……」

俺は最後まで迷い、そしてうなずいた。

ムブロフスカの頭部から、虹色《にじいろ》の咒式《じゆしき》が放たれ、アナピヤの体を囲むように球体を形作る。膨大《ぼうだい》な組成式が球体の裏面を埋めつくし、内部へと噴出《ふんしゆつ》する。それは、俺の頭脳では理解できないほどの超高位《ちようこうい》咒式。

咒式が俺の腕《うで》に抱えられた少女の頭部や胴体《どうたい》、手足につながり、筋骨、肉、神経網と恐《おそ》ろしい速度で修復していく。

滑《なめ》らかな肌《はだ》が、刷毛《はけ》で塗《ぬ》られたかのようにアナピヤを包んでいく。そして虹色の咒式は突然《とつぜん》消失した。

長命竜の鋼色《はがねいろ》の瞳《ひとみ》は、咒式の終了《しゆうりよう》とともに静かに閉じられた。

俺の胸の中で、少女の鼓動が跳《は》ねた。アナピヤの鼓動が強くなっていき、体が熱を帯び、頰《ほお》に血の気が注《さ》してくる。月光が眩《まぶ》しいかのように、アナピヤの瞼《まぶた》が痙攣《けいれん》し、睫《まつげ》毛を揺《ゆ》らす、そしてゆっくりと目を開いていく。

「あれ、あたし、どうして？」

海色の瞳には、疑問符が浮《う》かんでいた。自分の体を見下ろし、そして俺を見上げる。

「か、カッコ悪いなぁ。ぴーぴー泣いて死んだのに、生き返るなんて」

恥《は》ずかしそうに微笑《ほほえ》むアナピヤを、俺は全力で抱《だ》きしめた。

「カッコ悪くてもいいんだ。生きてさえいればっ！」

熱い涙が溢《あふ》れた。ギギナは銀の瞳で俺とアナピヤを見下ろしていた。

それからエリダナへの帰途《きと》についた。いつものようにギギナと俺が喧嘩《けんか》して、アナピヤが笑う。ニルギンのことは少し悲しかったが、冥福《めいふく》を祈《いの》った。

エリダナの事務所で、俺とアナピヤが向かい合っていた。

二人の間で、アナピヤがすべてをジヴに話した。手振り身振りを加えて、熱弁は続いた。

誤解はすべて消えて、俺とジヴは元の鞘《さや》に戻ることになった。ジヴが静かに笑う。

「アナピヤ、私とガユスの仲が戻ったら、あなたはどうするの？」

アナピヤが歯を見せて笑う。

「あたしって、強敵がいるほど燃える女なの。あ、これってギギナの影響《えいきょう》ね。四年か五年後、あたしはジヴーニャからガユスを奪《うば》うから」

「どうぞどうぞ。あんなのいくらでもあげるわよ」

少女の言い方が可愛《かわい》かったので、ジヴが笑っていた。

「余裕《よゆう》みたいだけど、若さには勝てないわよ？　あたしが娘盛《むすめざか》りになった時に、ガユスが抵抗《ていこう》できると思う？」

アナピヤが胸を張り、ジヴの顔に笑っていない笑み《え》が浮かぶ。俺はえらい言われようだ。

ジヴの冷たい視線が、アナピヤの顔から胸へと下がり、突《つ》き刺《さ》さる。

「あら？　こんな所に断崖絶壁《だんがいぜっぺき》が？」

「そ、そんなの今だけよ。未来にはジヴーニャより大きくなるもん」

「子供は胸いっぱいに夢があっていいわね。物理的に胸が膨《ふく》れないのは残念だけど」

二人の女の視線が激突する。

「ジヴーニャみたいな純情気どりより、計算高いあたしの方がガユスには合う。ガユスに育てられる健気《けなげ》な少女を演じながら、ガユスをあたし好みの男に誘導《ゆうどう》し調教してやるわ」

「い、イヤな子ね。あなたにはあげるのは止《や》めよ。絶対にあげたくなくなってきた！」

女同士の嫌《いや》な会話を聞き、平和さに俺の口許《くちもと》が綻《ほころ》ぶのが分かった。


そこで俺は目覚めた。

事務所の応接椅子《いす》で眠《ねむ》ってしまったらしい。向かいには、黙々《もくもく》と屠竜刀《とりゅうとう》の整備をするギギナが座っていた。

「アナピヤは、エリダナ共同墓地に葬《ほうむ》っておいた」

「ああ」

奇跡は起こらなかった。

現実にはムブロフスカは息絶えたままだったし、アナピヤは無惨《むざん》に死んだまま生き返ることはなかった。

俺も悲憤《ひふん》と歓喜《かんき》の涙《なみだ》など流しはしなかった。アナピヤの死体を抱《かか》えたまま、茫然自失《ぼうぜんじしつ》としていただけだった。

ギギナが、アナピヤの死体と俺をヴァンへと力ずくで放りこみ、運転してエリダナに戻《もど》った。

眠っては都合のよい夢を見て、目覚めては現実を拒否《きょひ》して眠りに戻ることを、俺はひたすら繰《く》り返していただけだ。

応接椅子で、俺はうなだれているだけだった。ギギナにはアナピヤを殺した俺に掛《か》ける言葉などないし、俺にもユラヴィカに問いをつきつけられたギギナに掛ける言葉などなかった。

砂のような時間だけが過ぎていく。

視線をそらすと、机の上には書類が載《の》っていた。自らの思考から逃《のが》れるように、目は文字を辿《たど》っていた。

三度目に、ようやく文字の羅列《られつ》の意味が理解できた。

それは、エリダナ裁判所からの出頭命令だった。

呼び出しに従って、俺とギギナは裁判所へ出頭した。廊下《ろうか》の長椅子に座って、俺は審判《しんぱん》の開始を待っていた。ギギナは冷たい壁《かべ》に背を預けている。

廊下に反響《はんきょう》する足音。続いて何事かを話す声が聞こえた。淡々《たんたん》と語るギギナの声と、問いただすようなラルゴンキンとヤークトーの声だった。俺は二人の方を見ることができなかった。

足音が近づく。いきなり胸元《むなもと》が摑《つか》まれ、強引《ごういん》に立たされる。

見上げたラルゴンキンの髭面《ひげづら》は、荒《あ》れ狂《くる》う怒《いか》りを隠《かく》そうともしていなかった。

「おまえたちが付いていながら、あの少女を、アナピヤを死なせただとっ⁉」

完全無欠の正論。返すべき言葉は、俺の中には存在しなかった。

ラルゴンキンの横で、ヤークトーの知覚増幅面《ネーメン・マスケ》が小さく左右に振《ふ》られた。

「どうして若者は、この年寄りの確率論や統計論を聞いてくれないのでしょうね」

だが、俺の心には何も響《ひび》いてはいなかった。すべてが遠い異国の話に思えて、現実感がない。

重い空気の中を進んでいるかのような、よくある悪夢の中にいるとしか思えない。

「やめろ」

全員の視線が、一点に収束する。

「もうやめろ」

言葉はギギナの口から出ていた。

「私がいながら、アナピヤを守れなかったのだ。すべての責は私にある」

壁に凭《もた》れたまま、ギギナは瞑目《めいもく》していた。ギギナらしくもない言葉に、全員が事態の重さを嚙《か》みしめる。

「審問《しんもん》を開始します」

場違《ばち》いに明朗な裁判所員の呼びかけが、俺たちの間に響いた。

再度の審判を受けながらも、俺の心は何も感じていなかった。

正面奥に判事席。その左には証言台、右には執達吏《しったつり》がおり、ツェベルン龍皇国《りゅうこうこく》の龍と神剣《しんけん》の国旗と、ラペトデス七都市同盟の七星の旗が掲《かか》げられていた。そのすべてを、俺の両目は視覚情報として捉《とら》えただけ。何の感慨《かんがい》も引きおこさない。

生き残っていた中級査問官のグィデトが俺を糾弾《きゅうだん》し、イアンゴとヤークトーが弁護する理論を滔々《とうとう》と述べていた。

左隣《ひだりどなり》のラルゴンキンが俺の顔を覗《のぞ》きこんで、何か審議《しんぎ》とは関係ないことを囁《ささや》いたようだったが、よく分からない。

俺の口が勝手に何かを答えただけで、内心は別の想《おも》いに囚《とら》われていた。

ひたすら「なぜこうなってしまったのか」という愚考《ぐこう》を繰り返していたのだ。

アナピヤを愛していたら、俺のくだらない無価値な命くらい、差し出してやれただろう。

だが、できなかった。

俺がアナピヤを愛せたら良かったのに。

どうして俺なんかを選んだのか。俺ではない他《ほか》の誰《だれ》かなら、可愛《かわい》いアナピヤを愛せたのに。

愛も憎悪《ぞうお》も、勝手に湧《わ》きあがり、自由にはならない。俺の意志ではない他者のように感じてしまう。

感情とは、俺自身なのか、俺ではない他の何かなのか。どうしていつも俺の自由にならないのか。死にゆくアナピヤを愛することくらい、どうしてできなかったのか。

衝動《しょうどう》や感情は材料に過ぎず、組み立てていく、論理構造としての心。そこまで分かっていても、どうしようもなかった。

この張り裂《さ》けそうな胸の痛みも、汚《けが》らわしいものでしかない。

グィデトが悔《くや》しげに唇《くちびる》を歪《ゆが》め、イアンゴが鼻を鳴らして勝ち誇《ほこ》り、ヤークトーがまだ論理を並べつづけていた。

無罪の審判が下った時も、俺は愚考を繰り返していた。

裁判室の出口で、ラルゴンキンとヤークトーが俺を心配そうに眺《なが》めていたが、ギギナが首を振って拒否する。

ギギナとともに、俺は裁判所の外へと向かう。足元の重力がないような、頼《たよ》りない足取りだった。その間もアナピヤとの思い出が、俺の脳裏で再生しつづけていた。

俺は気づいた。

立ち止まる俺をギギナが不審《ふしん》なものでも見るような目で見つめていた。

「何も終わっていない。アナピヤの悲劇はまだ続いている」

「どういうことだ？」

俺の内部で、煮《に》えたぎるような怒りが湧《わ》きおこる。

「物語は騙《かた》られている」

「やあグィデト」

俺が声をかけると、肥満した黒背広が視線を向けてくる。

「ソレルにアシュレイ・ブフか、こんな所で何をしている？」

裁判所の正面口、大階段の途中《とちゅう》に座った俺と傍《かたわ》らに立つギナ。そして入口から出てきたグィデトが上下に向かいあい、夕暮れに輪郭《りんかく》を溶《と》けこませていく。

「おまえを待っていたんだよ、グィデト」

「意趣返《いしゅがえ》しか」

俺の言葉に嫌《いや》そうな顔をするグィデト。頬《ほお》を不恰好《ぶかっこう》に膨《ふく》らませ悔しげに笑う。

「残念ながら、おまえらへの追起訴《ついきそ》も取り下げられたよ。どこかのお節介《せっかい》な潜入《せんにゅう》査問官が、おまえたちの監査《かんさ》報告をし、取り下げてくれたようだな」

グィデトの表情が、一転して気楽なものになる。

「まあ、禁忌《きんき》咒式士《じゅしきし》のメルツァールの死亡とメトレーヤの確認《かくにん》・殲滅《せんめつ》で、私の功績は輝《かがや》くばかりだ。上官のダズルクは死んだし、私がその後任の上級査問官に就《つ》くのもほぼ決定。すべてが万々歳《ばんばんざい》といったところだ」

グィデトの浮《う》かれた物言いを、俺は黙《だま》って聞いていた。俺の沈黙《ちんもく》にグィデトが怪訝《けげん》そうに目を細める。

「何だ？　私の自慢話《じまんばなし》に嫉妬《しっと》しているのか？」

「いいかげん、小物の演技は止《や》めろ」

俺の押し殺した声に、グィデトが黙りこむ。

大きく息を吸い、吐《は》いた。

「考えてみると、俺たちはいつも誘導《ゆうどう》されていた」

自らの旅の道のりを、俺は再確認していく。

「俺たちが行き先を見失うと、都合よく情報が現れた。エリダナからシタールへ、シタールから修道女カリラエへ、カリラエからメトレーヤへ」

俺は唇を噛《か》みしめる。

「最悪でも、何年も行方《ゆくえ》不明になっていたカリラエの居場所が、俺たちが捜《さが》し出した途端《とたん》に、ヴィネルへと流された時に気づくべきだった。そんな都合のいいことが、現実にあるわけがないのに」

困った時には情報の真偽《しんぎ》しか問わず、その出所を考えない。

誰かが情報を流し、それを摑んだ第三者の情報屋の口から話されるだけで、意図的な誘導の痕跡《こんせき》が消える。前にもやられた間接誘導の手口だ。

「考えてみると、おまえの発言が俺たちを誘導していた。エリダナで、ソボスの町で。口を滑《すべ》らせ、その度《たび》にダズルクに怒《おこ》られる小物という演技に騙《だま》された。カリラエという操《あやつ》り人形が間に挟《はさ》まれたため、なかなか分からなかった」

俺は唇を噛みしめる。

「時間制限を設けることで逃《に》げ道を絶たれていることにも気づかずに、俺たちは情報を読みとったと思いこまされ、進むべき方向を決定した。その直後に詳細《しょうさい》な情報が知らされても不審とも思わない。なぜなら、俺たちの意志と能力だと勘違《かんちが》いさせられていたからだ」

自らを賢《かしこ》いと思っている間抜《まぬ》けを騙すのは簡単だ。

自分が真相を見破っていると思わせるように、嘘《うそ》を撒《ま》くだけでいい。この世は、訳知り顔で搾取《さくしゅ》されている、そんな俺のような間抜けで一杯《いっぱい》なのだ。

こんな詐欺《さぎ》の基本に、何度引っかかれば俺は気が済むのか。

「そう、誘導の主軸《しゅじく》たるメルツァールの操作は、常に近くに呪式《じゅしき》の使い手が必要だ。それがアズルピであり、その死で解決したと思うのが当然だ。だが、そうではないとしたら使い手は誰だ？　メトレーヤに、あの場にいた者、そして生き残ったのはおまえしかいない」

俺は続けるしかなかった。

「おまえは恐《おそ》ろしい。愚鈍《ぐどん》な物言いと少女愛好趣味《しゅみ》の下劣《げれつ》さ、弛緩《しかん》しきった肥満体。そのすべてが他人を油断させ、事件の主筋には関《かか》わらない、数合わせの背景の人物と侮《あなど》らせるための計略だ」

推測に推測を重ねる。だが、俺は確率を侮らない。

「これは、アナピヤを造ったものと同じ思考だ。要素をもって他人の心理を操り、誘導していく人形遣いの手管。カリラエもイナヤも、眼前のグィデトですらおまえの別の姿なのだ。いや、アズルピですら、どこかの企業《きぎょう》に研究資金を出させるための、おまえの仮の姿の一つにすぎない」

俺が言い終わる前にギギナが動き、グィデトの退路を塞《ふさ》ぐ。

目を閉じたグィデトが、喉《のど》を鳴らして笑う。それは愉快《ゆかい》さを隠《かく》さない罪人の笑い。

細い目、締《し》まりのない口許《くちもと》と、その丸顔の部品は何一つ変わらない。だが、仮面を脱《ぬ》ぐようにグィデトが変貌《へんぼう》していった。

「論理に破綻《はたん》と飛躍《ひやく》がありますが、正解です、とでも言っておきましょうかね」

開かれた目は、別人のものだった。

強靭《きょうじん》な悪意を宿す瞳《ひとみ》は、俺の心胆《しんたん》を寒くさせた。

「おまえは、本当は誰《だれ》なんだ？」

不可解な圧力に凍《こお》りつく舌を動かし、問いかけた。こいつの正体が何者なのか、まったく分からない。

「心を操る者、傀儡《くぐつ》の支配者、そこまで分かっていても、まだ私が誰かと問うのですか？」

俺とギギナは、愕然《がくぜん》としていた。

まさか、そいつは死んでいるはずだ。二十二年も前に、咒式《じゅしき》査問官によって施設《しせつ》も研究理論も破壊《はかい》された。本人も殺され、遺体も確認されている。

「あり得ない、おまえがギルフォイルなんて。傀儡師ギルフォイルはすでに……」

言った瞬間《しゅんかん》、俺は気づいていた。グィデトがギルフォイルの表情で笑う。

「本当に何度でも騙される人ですね。そう、死んだギルフォイルは本物ではありません。私の人形だとすると辻褄《つじつま》が合う。それを信じるか信じないかは、君たちの自由ですがね」

傀儡師ギルフォイル・アガイア・フェンサードが、俺たちの眼前に立っていた。

俺は思い出してしまった。そして、無音の衝撃《しょうげき》に打たれたように硬直《こうちょく》した。

今回の事件と、二十二年前のギルフォイル事件。いや、そもそも四十四年前のトリトメス事件は、まったく同じ経緯《いきさつ》ではなかったか？

いくら秘密にしていても、研究が複雑で大規模になると、人員の入り替《か》わりや資材や物資の搬入《はんにゅう》から、国家や咒式《じゅしき》査問官に嗅《か》ぎつけられる。

そこで自身に危険が迫《せま》ると、人形遣《つか》いは、意図的に施設と人員の破滅《はめつ》を導いたのだ。情報や捜査《そうさ》から、咒式査問官によって禁忌《きんき》咒式《じゅしき》が確認《かくにん》される。施設と資料が破壊され、関係者が全滅《ぜんめつ》させられる。

だが、過去の武装査問官もギルフォイルの人形だとしたら？

その仮定を推《お》し進めると、禁忌の研究が完全に破壊されたと誰が証明できる？　研究の資料と結果だけは、あらかじめ運び出されていたとしたら？　不在の証明は不可能に近い。

眼前の何者かは、この物語を繰《く》り返して世界を欺《あざむ》いていたのだ。事件と解決を操作して、犯人役と名探偵《めいたんてい》役を同時に演じていたのだ。

自分たちの満足する分かりやすい勧善懲悪《かんぜんちょうあく》の結末を見せられて、観客は大満足。わずかばかりの爽快《そうかい》感を得て、後は忘れさってしまう。

研究者は自分が死んだように見せかけた後、また別の人間の顔で、別の闇《やみ》の中で人形を作りつづけていく。

俺は恐怖《きょうふ》していた。だが、傀儡遣《くぐつ》いは何事もないように、グィデトの顔で笑う。

「私は世間で言うような悪人ではない。人の心を解明し、救うことを目指しているただの凡人《ぼんじん》だ。それは君も知っているだろう？」

共犯者に向けるような笑《え》みに、俺は総毛立つ。

「おまえはどこまで……」

「今回の状況《じょうきょう》と人物の設定が気に入らないのなら、また次の実験が開始されるだけだ。〈小天使《エンゲルフィン》〉の心と肉体の設定が変えられ、他《ほか》の誰かの前に現れるだろう」

グィデトの、いやギルフォイルの叫《さけ》びは止まらない。

「いつか我々と我々の研究は、愛と欲望を一つの方程式で表すだろう。容貌《ようぼう》と精神傾向《けいこう》と、台詞《せりふ》と仕種《しぐさ》と、背景物語。すべての要素を加減乗除するような美しい方程式で、君たちに愛という名の夢を与《あた》えるだろう」

俺とギギナは、精神の怪物《かいぶつ》たちと出会ってきた。長命竜《ちょうめいりゅう》ニドヴォルク、モルディーン枢機卿《すうきけい》長《ちょう》、天才咒式《じゅしき》博士レメディウス。

怪物たちは、俺には理解できないが、それでも自らの高い理想と哲学《てつがく》を貫《つらぬ》いていた。それこそ命と魂《たましい》を懸《か》けて闘《たたか》った。

だが、こいつは違う。自らは決して矢面《やおもて》に立たず、ただ平凡な欲望を求めるだけ。

ギルフォイルの内部には、闇などない。

この人物にあるのは、どこまでも平坦《へいたん》な心と、白々と照らされた剥《む》き出しの空虚《くうきょ》さだけ。そして、自らが生んだ物語の円環《えんかん》、閉じた世界で生きつづける巨大《きょだい》な凡人。英雄なき時代に溢れる小者が凝結したような人間だった。

「おまえは、おまえだけは……」

「それではお別れだ。このグィデトの体と地位がもう使えないのは、残念だが仕方がない」

グィデトが別人の表情で笑い、その酷薄《こくはく》な笑みが途中《とちゅう》で停止した。肥満体が弛緩し、崩《くず》れるように階段に倒《たお》れた。

裁判所の前で死体に戻《もど》ったグィデト。周囲の通行人が気づいて、騒然《そうぜん》となる。

眼前のグィデトですら本体ではなく、ただの操り人形。どこまでも人を愚弄《ぐろう》している。

「また会おう。一足先に私は楽園に向かっていく。少し後で、君たちも全人類も我が許で恩恵《おんけい》に預かるだろう。その時には歓迎《かんげい》しよう」

人波のどこからか、場違《ばちが》いな笑声《しょうせい》が響《ひび》く。通行人の誰かが、ギルフォイルの中継《ちゅうけい》人形なのだ。

俺とギギナは、必死に本体を探す。だが、倒れたグィデトの脱け殻《がら》に集まってくる人々が壁《かべ》となってしまう。

世界を嘲《あざけ》るように、グィデトの死体は氷結した笑みのままだった。

「こんな強力な咒式《じゅしき》を遠隔《えんかく》発動できるわけがない。ヤツは、いつも俺たちの近くで隠《かく》れて、人形を操《あやつ》っていたはずだ」

俺とギギナは疾走《しっそう》する。階段を駆《か》け降りて、人形遣いの姿を捜《さが》した。

「あいつは許さない、絶対に生かしておかない！」

俺の胸は、黒い怒《いか》りに沸騰《ふっとう》していた。


壁の四方を覆《おお》う、いくつもの受像装置の画面が、中継を中止し、砂嵐《すなあらし》を映し出す。

「これで実験は終了《しゅうりょう》だ」

宝珠《ほうじゅ》を連ねた魔杖剣《けん》が呪式《じゅしき》を紡《つむ》ぐのを停止し、男が長い息を吐《は》く。光を抑《おさ》えられた室内には、巨大な呪式装置があった。画面の前に、一人の男が座っていた。


画面の明かりだけが光源となり、男の疲《つか》れた顔を浮《う》かびあがらせていた。

「ベロニアス商会の上層部も満足するかな」

「さあ、それはどうかしら？」

投げかけられてきた女の声に、男が振《ふ》り返る。そこには闇に映《は》える灰白色の髪、燐光《りんこう》を宿した瞳《ひとみ》があった。

「クエロか」

「そちらはアズルピ、いやベロニアス商会の呪式医師か、それともギルフォイルと呼んだ方がいいかしら？」

「どれでも。私は誰《だれ》でもあるし、誰でもない。本当の名も体もすでに捨てた」

クエロの猫科《ねこか》の瞳に、ギルフォイルの答えが返される。

球形の椅子《いす》に座っていたのは、平凡な男だった。

どこにも特徴《とくちょう》のない平坦な顔。道ですれ違っても誰も思い出さず、いや、差し向かいで会話しても翌日には忘れ去られる。そんな凡庸《ぼんよう》な雰囲気《ふんいき》の男だった。

球形の椅子からギルフォイルが立ち上がる。呼応するようにクエロが室内の中央へと歩み出ていく。

「君が最後まで見届けに来るとは、ラズエル社はベロニアス商会を信用していないようだな」

「両社の共同実験とはいえ、手綱《たづな》は渡さない。それがカルプルニア刀自《とじ》の意向で、私の流儀《りゅうぎ》」

クエロの揶揄《やゆ》するような声に、ギルフォイルが小さく笑う。男の両手が天に届けとばかりに高々と広げられ、喜色に輝《かがや》く。

「だが、長くかかったが、次の課題が分かってきた。楽園は遠くない」

語りはじめるギルフォイルに対し、クエロが疑念の表情を返す。

「精神と心を操る方程式は、まだまだ研究の余地があるが、けっして不可能ではない。ベロニアスとラズエルの両社が組めば、いつかその咒式《じゅしき》は完成するのでしょうね」

クエロの声音は興奮からは遠く、落ちつき払っていた。

「ラズエルは、今は亡《な》きレメディウスの特許だけではいずれ行きづまる。だから天才の死後は、この技術に賭《か》けていた。精神制御咒式《せいしんせいぎょじゅしき》は見込みがあるから、両社が引き継《つ》ぐわ」

「引き継ぐ？　私自身が研究を続け、完成させるが？」

ギルフォイルの疑問を無視し、クエロが狭《せま》い室内を進む。それは、まるで間合いを測る豹《ひょう》のような歩みだった。

「結局は、竜の因子を持つアナピヤという個体の力に依《よ》るだけのもので、大量生産には向かない。あなたの研究も、要素の解析《かいせき》だとか楽園だとか、本筋からは逸脱《いつだつ》しだしている」

クエロの足が止まり、相手へと顔を向ける。

「だから、あなたはもう要《い》らない」

その双眸《そうぼう》は、すでに凍《こお》れる殺意を隠そうとしてはいなかった。

「私はあなたの処分を両社から任された。レメディウスの時といい、気分の悪い仕事だわ」

「小娘《こむすめ》が舐《な》めるな。この私を誰だと思っている！」

ギルフォイルが球形の椅子を蹴《け》って、突進《とっしん》する。

「私こそ勝利者、楽園の創造主だっ！」

魔杖剣を振り抜《ぬ》き、幾重《いくえ》もの雷撃咒式《らいげきじゅしき》がクエロに殺到《さっとう》していく。


疾走する俺たちを、街並みが迎《むか》える。

飛行船の腹には、立体光学映像の美女が酒杯《しゅはい》を掲《かか》げて、酒を買えと微笑《ほほえ》む。ビルの屋上には、人体部品の交換《こうかん》を謡《うた》った擬人《ぎじん》の風俗店《ふうぞくてん》の看板が、性を買えと手招きしていた。

自らの戯画《ぎが》を見ているようで、吐き気がしてきた。

街の大気を切り裂《さ》く閃光《せんこう》とともに、轟音《ごうおん》が響きわたった。街角の人々の全員と、俺たちの視線が音源へと集中する。

「グラウディ倉庫街の方向だっ！」

俺とギギナが走り出す。

ルルガナ内海からの潮風を鼻孔《びこう》に感じながら、埠頭《ふとう》のグラウディ倉庫街に駆けこむ。

倉庫が並ぶ広い敷地《しきち》。その中央で、輸送車の荷台が炎上《えんじよう》していた。軽合金の車体に電子の火花が絡《から》みつき、屋根が吹《ふ》き飛んでいた。

炎上する車体を背景に、人影《ひとかげ》が倒《たお》れている。

平凡《へいぼん》な顔、平凡な中肉中背の男。雷撃を受けたらしく黒焦《くろこ》げの死体となっており、胸板《むないた》には魔杖短槍《まじようたんそう》が突《つ》き刺《さ》さっていた。

柄《え》を握《にぎ》るのは、細い縦格子の背広に身を包んだ女咒式士《おんなじゆしきし》。軽蔑《けいべつ》の色を浮かべた笑《え》み。それはクエロの横顔だった。

「クエ、ロ……?」

「あら、ガユスにギギナ。ようやくご到着《とうちやく》?」

「どういう、ことだ、どう、しておまえが?」

クエロの顔は無感動だった。魔杖短槍を動かして、輸送車に貫《つらぬ》き留めた死体を抉《えぐ》る。

「身も蓋《ふた》もなく要約すれば、こいつが黒幕の役、ギルフォイルとかいう骨董品《こつとうひん》。用済みなので私が始末した」

愛を唱えた男は、黒焦げの肉塊《にっかい》となっていた。

五人の咒式士を操《あやつ》った六人目、咒式《じゆしき》査問官にまで操り人形を忍《しの》ばせ、愛を数値化しようとした怪物《かいぶつ》。

ギルフォイルの最期《さいご》は、あまりにもあっけなかった。

「影《かげ》に廻《まわ》られると面倒《めんどう》だけど、真正面からでは〈処刑人《しょけいにん》〉の私の相手ではなかったわ」

クエロが魔杖短槍の引き金を引く。電磁雷撃系第五階位〈雷霆散它嵐牙《アガロス》〉が発動し、ギルフォイルの死体と輸送車の車体に紫電《しでん》が這《は》い回る。

クエロの誘導《ゆうどう》のまま、発狂《はっきょう》した電子頭脳に導かれ、輸送車が動きだした。

坂道で加速していく輸送車は、突撃《とつげき》するような速度で埠頭を走り抜けた。加速した車体は、そのままの速度でルルガナ内海へと飛翔《ひしょう》。一拍遅《いっぱくおく》れて、高い水柱を噴《ふ》き上げた。

水柱の頂上が重力に引かれて反転、豪雨《ごうう》となって俺たちと人影に降りそそいだ。

雨の紗幕《カーテン》の中から、クエロの押し殺した笑声《しょうせい》が響《ひび》く。

電光が散乱していき、革靴《かわぐつ》の爪先《つまさき》が覗《のぞ》いた。

背後に沈《しず》む車の方向を見ながら、クエロが笑っていた。

「くだらない楽園とやらで、永遠に苦しみなさい。愛の伝道師さん」

謎《なぞ》めいた笑みとともに、クエロの瞳《ひとみ》が俺へと向けられる。黒檀《こくたん》の色をした深淵《しんえん》の瞳。

俺の方は、何が何やら分からなかった。

「何が、どうなっているんだ？」

「あなた、まだ気づいていないの？　すべては、私が処刑人として義務を果たしただけよ」

「嘘《うそ》、だろ？」

信じたくはなかった。昔の恋人《こいびと》がそこまで変貌《へんぼう》していた事実を。

だが、俺はその可能性を知っていて無視していた。クエロと別れた直後に、カリラエの居場所がヴィネルの情報網《じょうほうもう》に飛びこむ。そんな可能性など皆無《かいむ》に等しいという事実を。

「楽しんで誘導したわ。殺しあい寸前で別れた女が、それでも自分の心配をしてくれる。そんな都合のいい話を信じるなんて、頭の悪いあなただから通じたんだけどね」

クエロが悪戯《いたずら》でも見つかったような顔で、俺に微笑む。

「ギルフォイルの計画には反吐《へど》が出るわ。自分たちのくだらなさを棚《たな》に上げて、愛せ、癒《いや》せ、満足させろ。ガユス、あなたと同じ豚の欲望だわ」

紫電をまとった穂先《ほさき》が燐光《りんこう》を帯びていた。淡《あわ》い光が、クエロの獰猛《どうもう》な笑みに悪鬼のような陰《いん》影《えい》を刻んでいる。

「アナピヤって小娘も、あなたのような小物を守って死ぬなんて浮《う》かばれないわね」

「クエロ、止《や》めろ」

俺の恫喝《どうかつ》めいた声に、クエロは獲物《えもの》を見るような、冷たい瞳を返してきた。

クエロがこんな目をした時は要注意だ。初めて敵を殺した時、俺と互《たが》いに魔杖剣《まじょうけん》で貫きあい、別れを告げた、あの時の瞳だった。

「ああ、ごめんなさい。あなたが裏切り、守れなかったという方が正解ね」

ダメだ、言うな。その続きを言わないでくれ。

俺の内心の絶叫《ぜっきょう》を詰《なじ》るように、クエロの唇が残酷《ざんこく》な言葉を紡《つむ》ぐ。

「そう、アレシエルやジオルグの時のように……」

クエロの呪《のろ》われた言葉を封《ふう》じるためなら、何だってしてやる。

真紅《しんく》の怒りとともに〈重霊子殼獄瞋焰覇《パー・イー・モーン》〉を、脳内の神経が灼《や》き切れていくほどの超高速《ちょうこうそく》で紡ぐ。引き抜《ぬ》かれた魔杖短剣《たんけん》マグナスに残っていた、最後の第七階位の咒弾《じゅだん》に、憤怒《ふんぬ》が点火。

クエロの握る見知らぬ魔杖剣が、何重もの干渉結界《かんしょう》を展開させる。だが、構わず極大の光を放つっ！

俺の怒り《いか》が爆発《ばくはつ》した。

「クエロっ！」

荒《あ》れ狂《くる》う爆光《ばっこう》がクエロに襲《おそ》いかかり、眩《まばゆ》い白で埠頭《ふとう》を塗《ぬ》りつぶしていく。

光が去っていくと、左右の倉庫の壁面《へきめん》が抉られたように溶解《ようかい》し、超高熱で埠頭のコンクリの一部が硝子《ガラス》質化していた。俺は違和《いわ》感を覚えていた。何か威力《いりょく》が不完全なのだ。

そして、陽炎《かげろう》のように揺《ゆ》らぐ大気の向こうに、退屈《たいくつ》そうなクエロの表情があった。

クエロの前面に展開していた巨大咒式《きょだいじゅしき》に、愕然《がくぜん》とする。

二つの同じ向きの電磁場を発生させると、磁場が絞《しぼ》られて細くなる。そこに荷電粒子《りゅうし》が侵入《しんにゅう》すると、電場の強さと電荷との積、および粒子の速度と磁場の強さの方向量の積と電荷との積で、螺旋《らせん》を描《えが》きながら反射する。

だが、プラズマの速度が螺旋速度を一定以上越《こ》えると、鏡状態の磁場で反射しきれずに崩壊《ほうかい》し、この方式の核融合炉《かくゆうごうろ》は他の方式に取って代わられた。

しかし、電磁電波系第七階位〈雷環反鏡絶極帝陣《アッシ・モデス》〉の咒式《じゅしき》は、失敗した核融合炉の数万倍という超磁場を、限定空間内に発生させる。その複数の鏡磁場の両端《りょうたん》を輪にして、断面方向に回転、環《わ》の円周方向の磁場と遠心力の影響《えいきょう》で、円周方向に動く荷電粒子は外向きに滑《すべ》り、環の上下で分極させられる。

結果、超々高熱と爆風ですら、超々磁場とプラズマの壁《かべ》に方向を逸《そ》らされてしまうのだ。それはクエロ級の電磁《でんじ》系呪式士《けいじゅしきし》にしか不可能な、究極の防御呪式《ぼうぎょじゅしき》。

だが、ここまで完璧《かんぺき》に防がれるなんてありえない。核融合呪式《かくゆうごうじゅしき》が、いつもの半分の出力も現れていない。これではまるで……。

「呪式《じゅしき》がお上手になったわね。でも、私に勝てると本気で思っていたの？」

嘲弄《ちょうろう》の声に思考が断ち切られ、痛みが湧《わ》きおこる。

自分の軽率さに後悔《こうかい》していた。傷を抉《えぐ》られたくらいで、かつての恋人を殺そうとする、自分の心のあまりの脆弱《ぜいじゃく》さに。それこそがクエロが責めたことだというのに。

たたずむクエロの瞳が、俺を見据《みす》える。

跳躍《ちょうやく》していたギギナが熱風を突《つ》き破って、クエロに飛びかかっていた。

重いギギナの一撃を、雷速《らいそく》で閃《ひらめ》いたクエロの魔杖短槍《まじょうたんそう》が受け止める。空中で捻《ねじ》られ、ギギナがコンクリの地面に叩《たた》きつけられる。

弾《はじ》かれるように退避《たいひ》するギギナ。俺と並んで、クエロの追撃に備える。

追い打ちも放たずに、クエロの左手は悠然《ゆうぜん》と短槍を下げていた。

「返し刃を放てないほどとは。ギギナ、私がいない間に腕《うで》を上げたわね。エリダナ一の呪式剣士の称号《しょうごう》を、譲《ゆず》ってあげた甲斐《かい》があるわ」

「譲られた訳ではない。私が私の力で勝ち取ったものだ」

　クエロの声に、ギギナの顔が歪《ゆが》む。

　昔からクエロは強かった。後衛の遠隔咒式《えんかくじゅしき》と戦術、前衛の近接咒式《きんせつじゅしき》と剣技を兼《か》ね備えた、完成された攻性咒式士《こうせいじゅしきし》だった。

　だが、ここまで強くなっているなんて。先ほどの咒式防御壁《ぼうぎょへき》といい、尋常《じんじょう》ではない超高速展開だった。それはまるで……。

　俺の疑問に答えるように、クエロの右手が魔杖剣を握《にぎ》っているのが見えた。

　素朴《そぼく》ながら、繊細《せんさい》な美しさを秘めた長い刀身。クエロの周囲に、幾重《いくえ》もの咒式干渉《かんしょう》結界と演算咒式《えんざんじゅしき》が発動していた。

　俺の膝が勝手に震《ふる》えだしていた。あり得ない。だが、この絶望的な圧迫《あっぱく》感を感じさせた人物は後にも先にも一人しかいない。俺の唇《くちびる》は最悪の予想を紡いでしまった。

「これは、レメディウス級の……」

「正解。これはレメディウスの魔杖剣の最高傑作《けっさく》〈内なるナリシア〉よ。ちょっと凄《すご》い咒式無効化力でしょ？　レメディウスと同じ、とはいかないけど、近い力を使えるようにしてくれるわ」

　俺は背中を貫く氷柱《ひょうちゅう》を感じていた。傍《かたわ》らのギギナも、圧力に気圧《けお》されていた。

　核融合咒式《かくゆうごうじゅしき》の威力《いりょく》が弱められた理由と、レメディウスの死因が同時に分かった。この超魔杖剣を手にした〈処刑人《しょけいにん》〉のクエロと、魔杖剣を無くして弱体化したレメディウスが対峙《たいじ》すれば、勝敗は明らかだ。

愛した少女の名の魔杖剣をレメディウスに手放させるために、クエロがどのような汚辱《おじょく》に満ちた手段を使ったのか、想像したくもない。

「さあ、始めましょう。仕事ついでに、すべてのくだらない因縁《いんねん》をここで断ってやる」

言葉とともに、左手の魔杖短槍と右手の魔杖剣が掲《かか》げられ、双《ふた》つの切っ先に、〈雷乖天極輝《アリ・オ》光輪斬《クス》〉の咒式《じゅしき》が瞬間《しゅんかん》的に紡《つむ》がれていた。

神をも殺す、超高熱・高圧の双子の円盤《えんばん》。高温のプラズマと、励起《れいき》されたカリウムやセシウム原子の炎色《えんしょく》反応による紫光《しこう》が溢《あふ》れ、迫《せま》ってきた夜の闇《やみ》を駆逐していく。

クエロと戦う方法を、俺とギギナは必死に探していた。

レメディウス級の干渉結界を崩《くず》せるような、強大な咒式が手持ちにない。ギギナがクエロの体勢を崩し、そこに〈重霊子殻獄瞋焔覇《パー・イー・モーン》〉をブチ込むのが、唯一《ゆいいつ》の手段だった。それをクエロの挑発《ちょうはつ》に乗って見え見えの動作で放ってしまい、防がれてしまった。

しかもクエロに展開の先手を取られていた。クエロの使用する雷撃《らいげき》系自体が光速を誇《ほこ》り、俺たちに向けられた二つの咒式は、奇襲《きしゅう》を許さない。

〈内なるナリシア〉を使っても、クエロの干渉結界はレメディウスより数段は落ちる。だが、攻撃力《こうげきりょく》はクエロの方が高い。まさにクエロは、超級の咒式士《じゅしきし》となっていたのだ。

闘争《とうそう》も退却《たいきゃく》もままならない、完全な手詰《てづ》まり。

俺の首筋や背中に冷や汗《あせ》が流れる。ギギナにしても、屠竜刀《とりゅうとう》を握ったまま動けなかった。俺かギギナかの死を囮《おとり》にするしか活路がない。

埠頭《ふとう》の潮風になぶられながら、俺たちの時は止まっていた。

「やめた」

クエロが軽い調子で言い、強大な光が、紡がれた時と同様に一瞬にして消失し、埠頭に夕闇《ゆうやみ》が戻《もど》っていく。

急激に消失した圧迫感に、俺たちは大きな息を吐《は》いた。

「いったい、何がおまえをそこまで変えてしまったんだ」

乾《かわ》ききった口腔《こうこう》の中で、何とか舌を動かした。呪《のろ》いの言葉を聞いたように、クエロの眉根が嫌悪《けんお》感でひそめられる。

「あなたたちよ。あなたとギギナが変えたのよ。あの時、あの戦場で」

クエロの声は強張《こわば》っていた。激情の噴出《ふんしゅつ》を、全身の力で押し止《とど》めているようだった。

俺やキギナの脳裏《のうり》には、あの時の光景が蘇《よみがえ》っていた。

ジオルグが死に、ストラトスが廃人《はいじん》となり、ギギナが誇りを曲げて敗走し、俺が瀕死《ひんし》のクエロを抱《かか》えて逃《に》げた、絶望の戦場が。

俺たちの沈黙《ちんもく》に、クエロの唇が震える。

「どうして助けてあげなかったの、助けてくれなかったのよ!?」

あの日と同じ言葉とともに、あの日と同じように、クエロの両目から涙《なみだ》が零《こぼ》れ落ちていた。

「私を戦友と思っていたのなら、本当に愛してくれていたのなら、あの時の愚《おろ》かな私を殺すべきだった。それだけが私の望みで救いだった」

押し殺した声は、俺の知らないクエロの声だった。

感情が氷結した顔は、俺の知らないクエロの顔だった。

もっとも強く、もっとも賢《かしこ》く、そしてもっとも優《やさ》しかったクエロ。だが、眼前に立っていたのは別の女だった。

俺たちが、いや、俺がクエロを変えてしまったのだ。

「できない、できなかったんだ！」

俺は叫《さけ》んでいた。心の奥底に何年も封《ふう》じていた言葉だったが、耐《た》えきれなかった。

「あの時の俺にとっては、尊敬するジオルグよりも、弟のようだったストラトスよりも、相棒のギギナよりも、俺自身よりも！　クエロ、そう、君だけが大事だったんだ！」

その言葉こそがクエロを傷つけると分かっていた。だが、言わずにはいられなかった。

クエロの唯一の敗北と失敗。それはジオルグの命とストラトスの心を犠牲《ぎせい》にし、ギギナの誇りを曲げさせた。俺は師と戦友を裏切り、クエロを連れて逃げた。

クエロのすべて、正義感も誇りも、愛も友情も。そして帰る場所すら、俺は奪《うば》ってしまったのだ。

「クエロ、本当に愛していたんだ。俺にはそれ以外なかったんだ」

俺の言葉を契機《けいき》に、クエロの涙が枯《か》れ果てていった。

「やはり、あなたは気づいていなかったのね。あの時、本当は何が起こっていたのかを」

「何、があったか、だと？」

俺の唇は、疑問を漏《も》らしていた。隣《となり》のギギナも当惑《とうわく》しきった顔をしていた。

そして、クエロの表情からは、人間としての最後の何かが焼け落ちていった。

「師と仲間を、私の愛を裏切ったあなたを許さない。私を生かしたあなたの愛を憎《にく》む。あなたの間違った優しさを憎悪《ぞうお》している」

復讐者《ふくしゅうしゃ》の声が、自らを笑うように発せられた。

「私は、あの黄金の時と愛よりも、強く激しく、あなたと結びついている。そう、憎悪や怨《うら》みも、私たちがつながる形の一つなのよ。時には、それが唯一の手段となる」

女の瞳《ひとみ》には漆黒《しっこく》の炎《ほのお》。それは何にも染まらない色だったことを思い出してしまった。

「あなたたち、特にガユスを楽に殺しては、私の絶望と苦痛は治まらない。あなたのために無《む》惨《ざん》に死に、殺されていった者たちの復讐の対価には遠すぎるっ！」

俺の死と苦痛を熱望する、狂的《きょうてき》なまでのクエロの想《おも》い。それは至上の愛にも似た憎悪だった。

過去を水に流し、大切な今を生きろと言うのは簡単だ。だが、過去と関係なく、今だけを生きられる人間などいない。今この瞬間だけを語れる人間などいないのだ。

俺も、クエロも、誰一人として。

夕陽《ゆうひ》の緋色《ひいろ》はすでになく、大気に闇が充満《じゅうまん》していく。

「クエロ、私は何も言い訳はしないし、どこにも逃げない。それがドラッケン族の、ユラヴィカの呪いだ」

ギギナとクエロが対峙《たいじ》していた。超咒式士《ちょうじゅしきし》たちは、視線で殺そうとするかのように、互《たが》いの双眸《そうぼう》を真正面から覗《のぞ》きこんでいた。

俺は、ギギナのようにクエロの目を見ることができなかった。

そう、今までの俺なら。

俺はクエロへと視線を向ける。

真っ直《す》ぐにかつての恋人《こいびと》、現在の仇敵《きゅうてき》を見据《みす》える。

「いつでも来い。敵でも味方でも、俺はあの事務所で待っている。決着はつける。どのような形であれ」

クエロの瞳が、嘲笑《ちょうしょう》から泣きだしそうな色彩へと変わる寸前。すべては夜の闇に呑《の》まれていった。

「そう、そうするわ。これは始まり。私と、あなたたち二人との地獄《じごく》の戦いの始まり。〈処刑人《しょけいにん》〉たる私が、私だけが、物言わぬ死者たちの無念を晴らせるのだから」

クエロの瞳が闇を反射し、沈《しず》んでいく。

「私が蒔《ま》いた最後の刺《とげ》が、あなたを傷つけることを願うわ。私と同じくらいに、あなたの心を傷つけることを……」

嘲笑するように、あるいは祈《いの》るように。

クエロのつぶやきが闇に零れ、散っていった。

俺とギギナだけが、夜の闇に取り残された。

エリダナの街に灯《とも》りはじめた幾万《いくまん》の明かりも、俺たちには遠かった。

17 別れゆく季節

賛美する者は、それを知らない。

軽蔑《けいべつ》する者は、それを受け取れない。

語る者は、そもそも資格がない。

それは誰にも摑《つか》めない。

ボラフェス・リド「**狭間《はざま》**について、**我らの認識《にんしき》**」**同盟暦《てき》**三六年

陽光が降りそそぐ、エリダナ共同墓地。芝生《しばふ》が敷《し》きつめられた敷地には、白や灰色の墓標が一定間隔《かんかく》で林立していた。

墓地の片隅《かたすみ》、ひときわ小さな墓標の前に、俺とギギナは立っていた。

小さな光輪十字を象《かたど》った墓標には「アナピヤ・レヴィナム・ソレル　生年不詳《ふしょう》〜四九七年七月二十二日没《ぼっ》」と刻まれていた。

墓前には魔杖短剣《けん》〈請願者《せいがんしゃ》ヤンダル〉が、ギギナによって安置されていた。

ラルゴンキンに裏から働いてもらい、ベイリックとイアンゴに無理に法的な手続きをしても

らって、アナピヤを俺の養女として登録し、埋葬《まいそう》したのだ。

アナピヤにとっては、子供として扱《あつか》われるのは不本意だろう。だが、どんな法的欺瞞《ぎまん》を駆使《くし》しても、俺たちに出来ることはここまででしかなかった。

最後まで、俺はアナピヤの想《おも》いに答えてやれはしなかった。

「ギギナ」

俺は我知らず相棒に呼びかけていた。唇の動くがままに続ける。

「おまえだけが、アナピヤから逃《に》げずに、常に真正面から向かいあっていたのかもな」

「ああ、そうかもしれぬな」

長い沈黙《ちんもく》。

ギギナが躊躇《ためら》うように、口を開いた。そして苦痛に呻《うめ》くように告げた。

「そうせねばならなかったのだ」

漠然《ばくぜん》としすぎたギギナの答え。俺は何が同じなのかは分からなかった。

アナピヤに問うてみたかったが、答えがあるはずもなく、小さな墓標はたたずんでいた。

泣くことだけは許されない。許されることもない。

ただ、陽射《ひざ》しは暑く、風が吹《ふ》き渡《わた》っていく。

乾《かわ》いた墓地を踏《ふ》む足音。視線だけを横に向けると、女が歩いてきていた。

手に小さな花輪をさげ、喪服《もふく》に身を包んだジヴーニャだった。

俺とギギナの姿を見つけて、足が止まっていた。白い頬《ほお》は緊張《きんちょう》のために硬直《こうちょく》し、泣きはらした目が真っ赤に充血《じゅうけつ》していた。

「私は去ろう」

ギギナが俺の傍《かたわ》らを通りすぎていく。ジヴと一人で向かいあうのは心細かったが、後を追うこともできない。

墓地の芝生の上で、立ちつくすジヴと悠然《ゆうぜん》と歩くギギナが交差する。

怒《いか》りか悲しみか、何かをギギナに言おうとしたジヴの唇《くちびる》が震《ふる》え、凄《すさ》まじい自制心でそれを押しこめた。

どちらもお互《たが》いを見ることもなかった。ギギナだけがいつもと変わらずに歩み、去っていくだけだった。

ジヴが歩みを再開し、俺へ、いや、アナピヤの墓標へと向かってくる。

俺は墓標へ視線を戻《もど》し、ただ突《つ》っ立っていた。ジヴは何も言わずに左隣《ひだりどなり》に屈《かが》み、光輪を宿した十字印の肩《かた》に、花輪を掛《か》けた。

アナピヤに似合いそうな、向日葵《ひまわり》を小さな白い花で囲んだ可憐《かれん》な花輪だった。

「アナピヤは何を、何の救いを信じていたの?」

前を向いたままで、ジヴが嗄《しわが》れた声を出す。俺は咄嗟《とっさ》には返答できなかった。

自らの胸を抉《えぐ》るように、ただの事実を告げるしかなかった。

「何も、信じさせてやれなかった」

「そう……」

それっきり、ジヴは何も言わずに立っていた。俺も、ジヴも、祈りの言葉が思いつかなかったのだ。

二人の間の長く重い静寂《せいじゃく》。

「クエロさんに聞いたわ」

ジヴのつぶやきが、二人の間の地面に零《こぼ》れた。

「アナピヤが私とガユスの心を操《あやつ》ったことも、酷《ひど》い過去も」

「そうか」

俺は虚《うつ》ろな声を出していた。ジヴとクエロが出会ったとしても驚《おどろ》かない。クエロが言っていた最後の刺《とげ》とは、このことだろうか。最後までやってくれる。

「アナピヤは、いい子だった」

ジヴの声は震えていた。

「厚かましくて馴《な》れ馴れしくて嘘《うそ》つきで、でも真っ直《す》ぐで必死で。ただ、愛され愛したかっただけだったわ」

ジヴの涙声《なみだごえ》に、俺は引き寄せられた。緑の瞳《ひとみ》は涙を懸命に堪《こら》えていた。

「どうして、どうしてあの子が死なないといけないの⁉　教えてよガユス、どうしてあなたとギギナがいて、救ってあげられなかったの⁉　強い咒式士《じゅしきし》のあなたたちがいて！」

俺の胸へとジヴの拳《こぶし》が放たれる。凄まじい痛さだった。胸を叩《たた》く拳は、俺の弱さを抉るような痛みをもたらした。

「すまないジヴ、すまない。俺は愚《おろ》かだから騙《だま》され、弱いから仇《かたき》も討《う》てなかった。アナピヤを愛せなかったんだ……」

唇は空虚《くうきょ》な譫言《うわごと》をつぶやくだけだった。

俺は、少女の愛が怖《こわ》かったのだ。何にも囚《とら》われない直線の愛が。

愛して欲しいくせに、愛されると怯《おび》えて躱《かわ》してしまう。それが俺だ。真の意味では、他者と向かいあえない。

ジヴの激情の拳を、俺は黙《だま》って受け止めていた。拳が止まり、ジヴが手で顔を覆《おお》う。

「分かっている、ガユスにもどうしようもなかったって分かっている。私なんかあの子に嫉妬《しっと》して、優《やさ》しくすることすら出来なかった。その場にいても何ひとつ出来なかったってことも分かっている。だけど、だけど……」

ジヴは声をあげて泣いた。子供のように身も世もなく泣いた。儚《はかな》い硝子《ガラス》細工に触《さわ》るかのように、俺はジヴの頭を優しく抱《だ》き寄せた。

「アナピヤの死の罪は、俺が背負う。だから、君は俺を責めてくれ」

俺の胸でジヴは泣きつづけた。透明《とうめい》な涙がシャツから胸に滴《したた》り、熱い温度を感じた。

泣くことを許されない俺の代わりに、ジヴが泣いてくれたのだ。ジヴのこの熱さが、俺の胸に伝わればいいのに。そんな身勝手な想《おも》いが、俺の内にあった。

ジヴの頭を抱きしめたまま、長い長い時間が過ぎた。ようやく彼女の涙が止まり、洟《はな》を啜《すす》っていた。

「いいよジヴ。俺の服で拭《ふ》けば」

ジヴは躊躇することなくそうした。そのまま、俺の胸板《むないた》に深く鼻先を埋《うず》めた。

白金の髪《かみ》に包まれた頭頂を眺《なが》めながら、俺は決断した。

身が引き裂《さ》かれるような痛みに耐《た》え、俺は告げる。

「さあ、もう離《はな》れよう。別れた二人が抱き合っているのは、君の新しい恋人《こいびと》に悪い」

「あの人とは別れたわ……」

顔を埋めたままのジヴが鼻声で答えた。常にアナピヤの側《そば》にいた俺と違《ちが》って、ジヴの洗脳が長く続くわけもなかったのだ。

「アナピヤの呪式《じゅしき》があったとはいえ、私の心に、ガユスを憎《にく》む気持ちがあったのも確かだわ。あなたに対する不信と不安が抉り出されただけ」

ジヴが顔を伏《ふ》せたままで息を吸い、そして吐《は》いた。

「そして、あなたがクエロさんを裏切ったことも、本人から聞いた。あなたの歪《ゆが》みの元凶《げんきょう》、妹のアレシエルさんとのことも」

「そうか」

俺は腑抜《ふぬ》けた返事をしていた。

「あなたはいつもそう。人を愛したつもりで、その弱さと優しさで傷つけ、殺し、死なせてしまう。あなたの最低の生きかたと汚《けが》れた愛の正体を聞かされ、正直吐き気がした。あなたは昔から何ひとつ成長していない」

ジヴの言葉はどこまでも真実だ。

「あなたのしたことを私は許さないし、許せない。絶対に。いますぐ死ぬべきだとも思う」

俺の胸に両手を突《つ》っ張って、ジヴが言い放った。その顔は伏せられたまま、怒りと恐怖《きょうふ》に震えていた。俺はただ突っ立っていた。

クエロ、おまえの勝ちだ。おまえの刺は刃《やいば》となり、決定的に俺を刺《さ》し貫《つらぬ》いた。

俺の汚濁《おだく》を、ジヴにだけは知られたくなかった。それが破られればどうなるか。クエロ、おまえが望んだとおりの結果だ。

俺もジヴも、とっくに知っていたのだ。問題と疑惑《ぎわく》を先延ばしにしていた俺たちは、こうなることが分かっていた。

アナピヤの力も、クエロの言葉も、俺たちの行き違いを早めただけにすぎない。俺とジヴは、互《たが》いに互いを傷つけ、だからこそ必死に傷つけないようにしていた。それは、どこまでも向かいあえない関係だった。

ジヴが俺を許した女を演じ、俺も愛を請《こ》う男を演じれば、二人は元《もと》に戻るのだろう。

だがもし、二人が戻ったとしても、アナピヤを死なせた、いや、正確に言おう。アナピヤを殺した俺を、過去と嘘を、ジヴは心のどこかで許せないだろう。何もできなかった自分に耐えられないであろう。

俺はそんなジヴの哀《かな》しい瞳を見る度《たび》に、負い目を感じるだろう。

甘く幸せな時間を過ごすたびに、内臓を灼《や》かれるような罪悪感に襲《おそ》われるだろう。

俺の胸に両手を突き立てたまま、ジヴが震《ふる》えていた。

「だけど、あなたを憎むのと同じくらいの強さで愛していたことも確かなの。私の恋人だったのは、意地悪で優しくて、びっくりするくらい平凡《へいぼん》な男、ただのガユスだったから。だから、どうしていいのか分からなかった」

「君の優しさに甘えて、俺は恰好《かっこう》つけすぎていたのだろうな」乾《かわ》いた舌をうごかして、何とか続ける。「もっと早く君と向かいあうべきだった。傷つけあい、分かちあい、同じ方向を見るべきだった」

ジヴの頭が上がり、緑の双眸《そうぼう》で微笑《ほほえ》む。それは柔《やわ》らかな笑《え》みだった。

俺は空々しい紛《まが》い物の愛を拒否《きょひ》する。

砂糖と蜂蜜《はちみつ》をふりかけた甘い夢を拒否する。

怪物《かいぶつ》ギルフォイルが提示した、都合のいい癒《いや》しの物語を拒否する。

「アナピヤならこう言うでしょうね『互いに愛していてこうなるなんて分からないよ』って」

「ああ、曖昧《あいまい》に馴《な》れあうのが男女なのだろうな」

ジヴは微笑みつづけていた。

確かにアナピヤなら、そんな子供にしか出来ない真っ直《す》ぐな告発をするだろう。しかし、俺たちは子供のように真っ直ぐには生きられないし、大人のように馴れあうこともできない。

俺とジヴの視線が結ばれ、静かな墓地で言葉もなく向かいあっていた。

心臓と耳の後ろの血流の音が、世界のすべての音だった。陽光は残酷《ざんこく》なまでにのどかだった。

何も劇的なことが起こらない風景。

夏は、哀しみや悲劇には向かない季節なのだろう。

黙ったまま、俺は手を伸《の》ばした。拒否するようにジヴが身を捩《よじ》る。震える体を、俺は強引《ごういん》に、そして力をこめて抱《だ》き寄せる。

互いに傷つくまいと、俺はクエロの手を離した。クエロも俺から離れた。

向かいあわないままの月日は、無限に乱反射して増幅《ぞうふく》する憎しみしか生まなかった。

長く重い沈黙《ちんもく》。

ジヴの双眸は、俺を見ていた。俺の目はジヴを見ていた。だから告げよう。

「俺は、ジヴを愛していたよ」

「私も、あなたを愛していたわ」

それは決別の言葉だった。二人は、曖昧でしかし決定的なものを感じていたのだ。そして、俺とジヴが本当に向かいあい、心を分かちあった瞬間《しゅんかん》でもあった。

俺はジヴの細い顎《あご》に手を掛《か》け、上を向かせた。

目を閉じたジヴが震えていた。俺も震えていた。

唇《くちびる》には甘い感傷。そしてそれ以上の罪の苦痛が、俺とジヴの胸の中に生まれていた。

俺たちは震える唇を重ね、別れの契約《けいやく》を交《か》わしていた。

ジヴの体ごと、俺はすべてを優しく抱きしめた。

今までの二人の軌跡《きせき》を抱きしめるように。より激しい痛みを求めるように。

俺たちは、しばらくそのまま抱きあっていた。意を決したように同時にうなずき、体を離《はな》した。それだけで、半身が裂《さ》かれるようだった。

「じゃあな、ジヴ。幸せにな」

「ええ、ガユス。あなたも」

俺は小さく笑い、ジヴも微笑み返す。

子供の幼さと大人の気遣《きづか》いで、俺は何度も間違《まちが》ってきた。今度も間違ったのだろう。

そして、互いに背を向けてそれぞれの道へと歩きだす。

歩みを進める俺の胸には、思い出が荒《あ》れ狂《くる》っていた。

だが、裏切りも憎《にく》しみも、そして別離《べつり》も、自己を全否定するものではない。

俺とジヴは、初めて等価の人間として向かいあった。別れの結論は、これまでにない確かな感情の交流だった。

その傷心こそが俺にジヴを、ジヴに俺を、真に理解させたのだろう。

しかし、内心の気取った台詞《せりふ》は、真実を指してなどいない。

俺の胸からは鮮血《せんけつ》が溢《あふ》れていた。一歩ごとに別れの血痕《けっこん》が刻まれ、距離《きょり》が離れていくごとに痛みが激しくなる。

この後、俺は別れの痛みに呻《うめ》き、転げ回るだろう。孤独《こどく》の辛《つら》さに泣き叫《さけ》ぶだろう。幾晩《いくばん》も幾晩も。そしてジヴも同じように泣き明かすだろう。

必然であり、人間としての本当の関係であっても。それが二人の選択《せんたく》で、俺にしては上出来

すぎるほど綺麗《きれい》な別れであっても。
だが、それでも。
俺は唇を強く嚙《か》みしめていた。
俺の中の痛みは、俺自身を後悔《こうかい》することを、もう許しはしない。

18　永い痛み

未来は劣化《れっか》であり、過去は未成熟であり、現在は単なる通過点。

完全になった時、人は熱力学的に死ぬ。

それは長い長い死の痙攣《けいれん》。

ジグムント・ヴァーレンハイト「鏡と環《わ》」皇暦《こうれき》四八四年

事務所には、いつもの俺たちがいた。

俺は咒式具《じゅしきぐ》を棚《たな》に収め、対してギギナは邪魔《じゃま》するように資料を引き出していた。平気な顔をしていても、別離の傷口は鮮血を流しつづけている。だが、辛く悲しい一人の夜も、少しだけ慣れた。

開け放たれた窓と玄関口《げんかんぐち》から、夏の風が吹《ふ》き抜《ぬ》けていく。涼《すず》やかな風が、胸の奥に触《ふ》れ、去っていった。

「結局、何だったんだろうな。アズルピにギルフォイル、クエロ。そして……」

資料の頁《ページ》をめくる、ギギナは返事をしない。

ふと、ギギナが開いていた資料に目が止まる。ギギナも同様に動作を止めていた。

そこには古い写真。ジオルグ・ダラハイド事務所の面々が、若い顔を揃《そろ》えていた。

「すべては幻覚《げんかく》だ」

ギギナが静かに本を閉じた。過去を切り捨て、そして慈《いつく》しむようだった。

「人間は、感覚器官を通した脳内の信号でしか世界を捉《とら》えられない。視覚は三八〇から七七〇ナノメルトルの波長の光まで、聴覚《ちょうかく》は約二〇から二〇〇〇〇ヘルツルまで、嗅覚《きゅうかく》は嗅覚細胞《さいぼう》が約二〇〇〇万から五〇〇〇万個、味覚を司る味蕾《みらい》は約八〇〇〇個しか存在しない」

ギギナの白い右手が掲《かか》げられ、指先が開かれる。

「指先の感覚点は一平方センチあたり、触覚《しょっかく》で九から三〇、冷点は七から九、温点で二、痛点で六〇から二〇〇と決まっている。そこから伝えられる電気信号や物質を、大脳皮質の一四〇億と小脳の一〇〇〇億個の細胞で処理・変換《へんかん》することでしか、世界と関《かか》われない」

ギギナの鋼《はがね》の目が、俺へ向けられた。

「その矮小《わいしょう》な感覚器官と思考の幻想《げんそう》を、人は現実と呼んでいるだけなのだ」

「論点が違うような気がするが、ドラッケン族式の悟《さと》りか？」

疲《つか》れたように、俺は椅子《いす》に向かう。

「いや、私の決意だ。聞き流せ」

ギギナが投げ返してきた。

応接椅子に身を沈《しず》め、俺は天井《てんじょう》を眺《なが》めていた。ギギナも向かいの椅子に座る。

窓や玄関から微風《びふう》が吹きこみ、頬《ほお》を撫《な》でていった。

家族愛という虚構《きよこう》がなければ、家族は他人。貨幣《かへい》という概念《がいねん》がなければ、経済は成り立たない。言葉という戯言《たわごと》がなければ、何も伝えられない。

誇《ほこ》り高き戦士という役割を自らに強制せねば、ギギナもユラヴィカも存在できない。

そして、愛情という幻想に頼《たよ》らなければ、俺とジヴも結びつけなかったし、向かいあって別れることもできなかった。

「なぜ幻想を楽しむのか」という疑問は、「なぜ人生を楽しむのか」と同じ問いを呼ぶだろう。

幻想の街で、我らは互《たが》いに騙《だま》し騙されて、生きていくのだろう。そして、自分を騙しているうちに、ついには自分が何者だったかも思い出せなくなる。

いつしか愛されるより、愛することの方が簡単で確実だと考えるかもしれない。自らが愛の主体となって、操作し支配する立場を選ぶ者もいるかもしれない。

哀《かな》しく邪悪《じやあく》で、そしてどこまでも平凡《へいぼん》な人形遣《つか》いのように。

我らは、欠落を埋《う》める幻想を、愛を求める。肉も役割も越《こ》えた他者、魂《たましい》で結ばれる他者を。

だが、純粋《じゆんすい》で対等な魂の関係など、どこにも存在しない。

永遠に裏切らない他者を求めるのは、他者と自分を同化させたいという欲望に他《ほか》ならない。

そう、我らは、誰《だれ》かを見つめ、その瞳《ひとみ》の中に映る自分の鏡像、それを見つめる自己でしか己《おの》れを確かめられない。等価になった自己と他者との距離がなければ、話はできず、抱《だ》きしめられもしないのだ。

ならば、俺は喜んで幻想に騙され、自らを埋める欠片《かけら》を捜《さが》し求めよう。

だが、屈《くつ》しはしない。

自らの欠落をそのままに肯定《こうてい》する安易さを放棄《ほうき》する。満ち足りてしまう虚《むな》しさを知り、欠落を埋める欠片を自ら放棄する。それでも何かを捜し求めている。

だからこそ、我らは惑《まど》い、それゆえに生きつづけられるのだ。ジヴと俺の道が交わり、離《はな》れていくように。

俺とジヴは安易な充足《じゅうそく》を捨て、またそれぞれの欠片を捜し、それぞれの道を歩いていくのだろう。

今はまだ無理だが、いつか、彼女の幸せを願えるようになりたい。一抹《いちまつ》の痛みとともに。そして、心から。

俺の足元で、温かいものが動いた。

見下ろすと猫《ねこ》のエルヴィンが欠伸《あくび》をしていた。エリダナに戻《もど》ってから、俺の回りに寄ってくるまでには慣れてきたようだ。

手を伸《の》ばしてみると、小さい牙《きば》で嚙《か》まれた。黒猫は貴婦人の所作で玄関口へ去っていく。

俺は苦笑《くしょう》しつつ、街へと消えていく尻尾《しっぽ》を見送った。心を理解するには、まだまだ俺は初心者らしい。

「それで、この決裁はどうなる？」

いつものように、ギギナの提示してきた領収書は、俺の予想の遥《はる》か上をいきやがる。

「ギギナ、金が湧《わ》いてくる咒式《じゅしき》はないんだと、いつになったら分かるんだ？　おまえからも言ってやってくれ、なあアナピ……」

思わず横へと視線を向けて、俺は言葉を続けられなかった。ギギナも無言で事務所の奥を眺めるしかなかった。

そこには不在。

何もなく、窓から差しこむ陽光の中で、埃《ほこり》が舞《ま》っているだけだった。

あの少女が、向日葵《ひまわり》のように笑っていることはなかった。

最初から一夏の幻《まぼろし》だったように、アナピヤは死んだのだ。

心臓を刺《さ》し貫《つらぬ》くような激しい痛み。今までの俺だったら、目を逸《そ》らしていただろう。

だが、俺は耐《た》えた。

真っ直《す》ぐにアナピヤの不在を見据《みす》えた。

向かいのギギナの鋼の視線も、激情に揺《ゆ》らめきながらも逸れることはなかった。

アナピヤは俺が殺した。

ジオルグのように、ニドヴォルクのように、ヘロデルのように、レメディウスのように。

そして、アレシエルと数えきれない他の死者たちのように。俺の幼心とクエロの優《やさ》しさとともに。

言い訳はしない。

だから、俺を恨《うら》んで憎《にく》んで、心臓を刺し貫いてくれ。

毎夜の悪夢に、亡霊《ぼうれい》となってでも出てきてくれ。

そこでなら、永遠の痛みとして君を愛せるから。


エリダナから遠い海の底を、私の柩《ひつぎ》が漂《ただよ》っていた。

私は、保護液に浮《う》かぶ脳と脊髄《せきずい》と神経系だけの姿で、玉座の中にいる。

クエロやガユスたちは勘違《かんちが》いしてくれたが、咒式《じゅしき》医師ギルフォイルですら私の体の一つにすぎない。

ギルフォイルの体を使って、私の本体たる球形の椅子型《いすがた》の玉座を、海中に逃《のが》れさせたのだ。

では私が何者であったのかというと、私自身ですら忘れてしまった。

ギルフォイルであったり、トリトメスであったり、ベギンレイムであったりした気がするが、もう思い出せない。遠い昔に、何かを求めていたことだけは覚えているが、今となってはそれが何だったのかすら思い出せない。

どうでもいいことだ。

しかし、ギルフォイルが咒式中継《ちゅうけい》基地と私の移動を司《つかさど》る体であったのも確かで、外界への通信と干渉《かんしょう》手段のいっさいが失われてしまった。

だが、問題は何もない。長命竜《ちょうめいりゅう》ムブロフスカの死体から回収した脳組織は、その咒力《じゅりょく》で私に半永久的な寿命《じゅみょう》をもたらしてくれる。

竜の強大な咒力は、眠《ねむ》りなどという愚鈍《ぐどん》な休息すら駆逐《くちく》し、一日中、私の意識を覚醒《かくせい》させている。それは外界の闇《やみ》と完璧に隔絶《かくぜつ》された、永遠の昼の世界。

肉体の感覚を無くすと、徐々《じょじょ》に脳に変調をきたすというが、同等の刺激《しげき》を生み出すことくらいはできる。アナピヤを孤独《こどく》に発狂《はっきょう》させ、病的なまでに愛を求めさせるように仕向けたのだが、私にはそんな愚《おろ》かな迷妄《めいもう》は起こらない。

そう、私の記憶《きおく》を補助する記憶素子には、膨大《ぼうだい》な数の人形の少女たちの人格が詰《つ》まっているのだ。今この瞬間《しゅんかん》も、アナピヤから採取・複製した脳組織は、数百、数千人の美女や美少女となり、私の心を読んで、最適の返答をしてくれる。私に愛を告白し、頬《ほお》を染めて恥《は》じらいながらも裸身《らしん》を晒《さら》している。

後には何万、何百万の美女と美少女が控《ひか》えている。飽《あ》きてくれば、美男や美少年の方で遊んでもいい。

この楽園が、一瞬も休むことのない私の意識の中で永遠に続くのだ。

そう、私は勝ったのだ。

私の作った愛すべき人形理論は、確実に世界に受け入れられ、広がっていく。

憎んだり嫉妬《しっと》したり僻《ひが》んだりする人間、そんな面倒《めんどう》で吐き気を催させるだけの他人とは関《かか》わらなくてもよくなるのだ。互《たが》いに互いの無能さや卑《いや》しさがやりきれず、人の間に争いは絶えない。だが、これからは私の小さな天使たちが人々の間に入り、癒《いや》していくのだ。

寂《さび》しい時は話し相手になり、性欲のすべてを受け止めてくれる。辛《つら》くて単調な労働も引き受けてくれる。

人類の闘争《とうそう》の根源たる、愛と生殖《せいしょく》の競争から解き放つには、こうするしかない。この方法でのみ、人は自由になれるのだ。

人形たちの力で、いつかは戦争も貧困も消え、この世の苦痛のすべてがなくなるだろう。私は人類の恒久平和を築いた偉人《いじん》として、記憶されることになるだろう。

そして、眠ることなき永遠の楽園に到達《とうたつ》した私こそ、先駆者《せんくしゃ》であり、真の勝利者なのだ。

いずれはすべての人類が、私と同様の永遠の楽園に住むことになるだろう。

クエロだの、ガユスだの、ギギナだの、あいつらは苦悩と絶望の人生を、唯一《ゆいいつ》無二の現実だとでも思って生きていけばいいのだ。

何が向かいあう真実の関係だ。出会いと別れだ。くだらない人間どもと古臭《ふるくさ》い現実ごっこを、いつまでもやっているがいい。

私は傍観者《ぼうかんしゃ》だ。世界のくだらなさを嘲笑《ちょうしょう》している至高の勝利者なのだ。

万能《ばんのう》感に酔《よ》いしれ、私は勝利に笑っていた。これ以上に完璧《かんぺき》な勝利など存在しない。

だが、心のどこかから、巨大《きょだい》な空虚《くうきょ》さが湧《わ》きあがってきた。私の笑いはどこに向けられているのだろう？

世界を嘲笑したつもりでも、世界は私を一顧《いっこ》だにしない。

他者を拒絶《きょぜつ》したつもりでも、私だけでは私の輪郭《りんかく》を確認《かくにん》できない。

私は不安になってきた。

誰《だれ》か、私と話してくれ。誰でもいいから私を見てくれ。私は他者に関わりたい、何かをなし、話したい。肯定《こうてい》し否定し、協力し競争し、愛し憎悪《ぞうお》しあいたい。

だが、それらのくだらない人間の営みを行う可能性は、私には存在しない。自らで可能性のすべてを断ち切ったのだ。私に出来るのは、完成しきった繭《まゆ》の中でまどろむことだけなのだ。

これが、この孤独が、アナピヤの感じた恐怖《きょうふ》なのか？

私は脳内物質のβ－エンドルフィンやセロトニンの量を増やして、不安を追いやる。

恐ろしい可能性に、私は気づいてしまった。

このような孤独と退屈《たいくつ》の恐怖が湧き起こるたびに、この後、何千、何万、何億回もの脳内調整を行わないとならないのか？

「大丈夫《だいじょうぶ》よ、あなたは私が癒してあげる」

金髪《きんぱつ》の美女が私の心を読んで、もっとも好ましい笑い方で微笑《ほほえ》む。

「そうよ、あなたは偉大で素晴《すば》らしい存在だから」

赤髪の美少女が私の心を読んで、もっとも欲しい言葉で褒《ほ》めたたえる。そして、私を癒し慰《なぐさ》めようと、幾千《いくせん》もの人工人格が一斉《いっせい》に騒《さわ》ぎだす。

「愛しています」「好き」「心から愛しています」「優《やさ》しくしてあげる」「愛しているわ」「誰よりも愛しているよ」「大好きだよっ」「愛している」「いつまでも一緒《いっしょ》に」「愛して」「抱《だ》きしめてあげる」「愛しています」「愛してくれたら、愛してあげるから、愛して」

やめろ、やめろ、やめろ、やめろ、やめろ、やめろやめろやめろやめろやめろっ！

反論するふりは出来ても、最終的には私に従う人工人格たちに、嫌悪感《けんお》しか抱けなかった。私の作った人格と物語は、私の予想を何一つとして越《こ》えない。自尊心の充足《じゅうそく》も肉の快楽も、どこまでも私が設定したとおりなのだ。

そこには意外性も希望もなかった。そして絶望すらも。

永遠の楽園が、予定調和の牢獄《ろうごく》にすぎないことに気づいてしまい、私は早くも耐《た》えきれなくなりはじめていた。

外部感覚機関が、海流が強くなったことを私に知らせた。ルルガナ内海の激しい海流が、私の玉座を楽園ごと南東へと押し流していく。

計算では数日のうちに外洋に達し、さらに流されていくだろう。どこまでも、どこまでも。

宝珠《ほうじゅ》を起動。複雑な地形と海流から予測される柩の進路を、大急ぎで演算する。

オーセラル大洋を永久に回遊する可能性が、九・二二八九％。大洋を抜《ぬ》け、南極に到達して氷塊《ひょうかい》の一部となる可能性が、五・四〇八二％。

深度一五〇〇〇メルトル以上とされる、前人未踏《みとう》のマリマル海溝《かいこう》の底に落ちていく可能性が、八二・二五〇三％。

私は、その他の可能性の計算を止《や》め、軌道《きどう》修正をしようとする。だが、すべての干渉《かんしょう》と移動手段が作動しない。クエロから受けた雷撃咒式《らいげきじゅしき》で、移動機器が破壊《はかい》されていたようだ。

私の脳を戦慄《せんりつ》が刺《さ》し貫《つらぬ》く。

詰めの甘いガユスはともかく、〈処刑人《しょけいにん》〉と呼ばれるクエロ、あの天才レメディウスすら葬《ほうむ》った非情な女が、ギルフォイルが本体だと信じていたのだろうか？　本当にそんなマヌケなのだろうか？

もしかして、より過酷《かこく》な処刑のために、私の本体を載《の》せた車が逃《に》げるに任せたのではないだろうか？

恐怖のあまり、脳内物質の過剰分泌《かじょうぶんぴ》で自死を決行する。だが、その程度は竜《りゅう》たちの脳組織が緊急阻止《そし》し、一瞬で自動修復してしまう。

私は気づいてしまった。ムブロフスカの脳組織と咒力《じゅりょく》は、私の脳をいつまで生かすのだ？　百年？　千年？

話によると、〈龍〉と呼ばれる存在は、万年を遥《はる》かに越えて存在しているという。

私は、眠《ねむ》ることも、思考を停止することもできず、明瞭《めいりょう》な意識を保ったまま、それだけの年月をただ一人で生きるというのか？

アナピヤとムブロフスカ、これが、永遠の牢獄が、おまえたちの復讐《ふくしゅう》なのか？

大賢者よ、これこそがあなたの予想した敗北なのか？

嘲笑の幻聴《げんちょう》が、遠く聞こえたような気がした。

私は願った。玉座が船底に引っ掛《か》かったり、海底地震《じしん》に巻きこまれたりして、私の脳が一瞬《いっしゅん》で修復不可能なまでに破壊されることを必死に願った。

だが、その願いが叶《かな》う可能性は、かぎりなく低く、統計学的には無とされる数値だ。

私は笑った。

笑っていることに笑った。

発狂《はっきょう》しそうな意識。

だが、竜たちの脳組織が呪式《じゅしき》を紡《つむ》ぎ、私の脳内物質と神経伝達の異常を修復し、完璧《かんぺき》に正常に戻《もど》す。アナピヤの力が、私の心を読みつつ支配し、慰《なぐさ》める。

発狂など許されず、どこまでも明晰《めいせき》な意識のまま、私は私の孤独《こどく》を受け止めさせられた。

肉体も魂《たましい》も持たない美しい人形たちに囲まれ、竜の脳組織により半永久的な命を与《あた》えられ、私は存在しない唇《くちびる》で叫《さけ》んだ。

唇があったとしても、海の底にいる私の声は誰《だれ》にも届かない。

それでも絶叫《ぜっきょう》した。

絶叫しつづけた。

誰の返事もなかった。

ただ、空疎《くうそ》な永遠だけがあった。

あとがき

五巻です。五回目となると、いいかげんにした方がいいのでしょうが、知りません。

日本にはいろんな娯楽作品があって、何を買うか困ります。メジャー作品だと凡人《ぼんじん》すぎるし、名作主義はイタタタさんですし、隠《かく》れた作品の発掘《はっくつ》とやらもダルい。

……という末期なアナタには、コノ本がオススメだヨ！（通販《つうはん》番組の外人なみの不自然さで）。この辺りのマイナーさで手を打っておくと良いでしょう。

何が「良い」のかというと、ええと、私の都合（だけ）が！　この身勝手さ、いや勇気を褒《ほ》めることが、停滞《ていたい》する日本を活性化させるとか、何かそこら辺じゃないですかね？

遅《おく》れたのには、いろいろと事情があったのですよ。風水とか、長期金利の上昇《じょうしょう》とか。嘘《うそ》。よーするに、本人が無理だと言ったら無理だし、予知能力なんて人類には存在しないし、上下巻の途中《とちゅう》で担当さんが交代したりする密室トリックなのです。ボニータ（キムタクの愛犬）も尿《にょう》漏《も》れしますよ。私の忠誠心も呂布なみです。IIの設定なら、名馬ですぐに裏切ります。

こんな感じで、小説をベロンベロンにナメきった態度でいきたいです。ナメきった感オンリーの小説なので、そーゆー長所を伸《の》ばしてもらわないと困りますよ。本当に。

数少ない読者の方にはすいません。協力者は上巻と共通の方々＋高瀬《たかせ》彼方《かなた》さん。合わせてすいません。いろいろと。

自分がサービス業だと、完っ全に忘れていましたね。風俗嬢《ふうぞくじょう》のような作り笑顔を忘れてはなりません。「この店のサービスはなってねーぞ。また説教しにくるからな！」といった感じでも、またのご来店を笑顔でお待ちしております。

それでは機会があればまたどこかで。

脳関係参考資料『脳と意識の地形図』（リタ・カーター　藤井留美＝訳　原書房《しょぼう》）

されど罪人《つみびと》は竜《りゅう》と踊《おど》るV

そして、楽園《らくえん》はあまりに永《なが》く

浅井《あさい》ラボ

角川文庫 13443

平成十六年八月一日　初版発行

発行者——井上伸一郎

発行所——株式会社角川書店
東京都千代田区富士見二—十三—三
電話 編集(〇三)三二三八—八六九四
営業(〇三)三二三八—八五二一
〒一〇二—八一七七
振替〇〇一三〇—九—一九五二〇八

印刷所——暁印刷　製本所——コオトブックライン

装幀者——杉浦康平

S 165-5　ISBN4-04-428905-0　C0193

角川文庫発刊に際して

角川源義

第二次世界大戦の敗北は、軍事力の敗北であった以上に、私たちの若い文化力の敗退であった。私たちの文化が戦争に対して如何に無力であり、単なるあだ花に過ぎなかったかを、私たちは身を以て体験し痛感した。西洋近代文化の摂取にとって、明治以後八十年の歳月は決して短かすぎたとは言えない。にもかかわらず、近代文化の伝統を確立し、自由な批判と柔軟な良識に富む文化層として自らを形成することに私たちは失敗して来た。そしてこれは、各層への文化の普及滲透を任務とする出版人の責任でもあった。

一九四五年以来、私たちは再び振出しに戻り、第一歩から踏み出すことを余儀なくされた。これは大きな不幸ではあるが、反面、これまでの混沌・未熟・歪曲の中にあった我が国の文化に秩序と確たる基礎を齎らすためには絶好の機会でもある。角川書店は、このような祖国の文化的危機にあたり、微力をも顧みず再建の礎石たるべき抱負と決意とをもって出発したが、ここに創立以来の念願を果すべく角川文庫を発刊する。これまで刊行されたあらゆる全集叢書文庫類の長所と短所とを検討し、古今東西の不朽の典籍を、良心的編集のもとに、廉価に、そして書架にふさわしい美本として、多くのひとびとに提供しようとする。しかし私たちは徒らに百科全書的な知識のジレッタントを作ることを目的とせず、あくまで祖国の文化に秩序と再建への道を示し、この文庫を角川書店の栄ある事業として、今後永久に継続発展せしめ、学芸と教養との殿堂として大成せんことを期したい。多くの読書子の愛情ある忠言と支持とによって、この希望と抱負とを完遂せしめられんことを願う。

一九四九年五月三日

〈ファンレターのあて先〉
〒102-8177 東京都千代田区富士見2-13-3
角川書店 アニメ・コミック編集部気付
「浅井ラボ先生」係

奨励賞受賞作!
角川スニーカー文庫

飛び交う銃弾の嵐！
斬り裂く光刃の煌めき!!
最も危険なところにコイツがいる！
アルティメット・ファクター
Ultimate Factor
軌道上のキリングゾーン
気鋭が描くスタイリッシュ・ヘヴィアクション
椎葉 周
illustration●山本ヤマト
スニーカー文庫
SNEAKER BUNKO

月巫女《つきみこ》のアフタースクール

月にあって世界を統べる【月巫姫《カグヤヒメ》】の護衛士《サテライツ》をめざす女子高生・凜。ある日、凜は亡くなった親友そっくりの少女が誘拐される現場を目撃する。少女はなんと、お忍び中の【月巫姫】本人だったのだ！　凜は、救えなかった親友のぶんも、必ず彼女を救うと誓うのだが――!?

少女たちの失われた約束がすべてを貫く
浪漫的ＳＦアクション
――発動！

著・咲田哲宏
イラスト／松竜

スニーカー文庫
SNEAKER BUNKO

――それでも、
ここで生きようと思った。
完全隔離下の戦場に送られた少年少女たち――
人はその地獄を「北関東隔離戦区」と呼ぶ!
ディバイデッド・フロント
DIVIDED FRONT
高瀬彼方
KANATA TAKASE
イラスト／山田秀樹
Ⅰ 隔離戦区の空の下
Ⅱ 僕らが戦う、その理由
スニーカー文庫
SNEAKER BUNKO

著／椎野美由貴
イラスト／原田たけひと
第6回角川学園小説大賞〈大賞〉受賞作！
バイトでウイザード
流れよ光、と魔女は言った
滅びよ魂、と獅子はほえた
蘇《よみがえ》れ骸《むくろ》、と巫女《みこ》は叫んだ
滅《めっ》せよこの想い、と彼女は哭《な》いた
彷徨《さまよ》えわが現身《うつしみ》、と亡者《もうじゃ》はうめいた
長編版、シリーズ5冊好評発売中！
双子の高校生“魔法使い”を狙う陰謀を、精霊の力ではねのけろ!!
スニーカー文庫
SNEAKER BUNKO

岩井恭平
イラスト:四季童子
強く、熱く、激しく——
究極のバトル・ゲームが起動する!
第6回角川学園小説大賞〈優秀賞〉受賞作
消閑の挑戦者
しょうかんのちょうせんしゃ
パーフェクト・キング
永遠と変化の小箱
シリーズ2冊、絶賛発売中!
スニーカー文庫
SNEAKER BUNKO

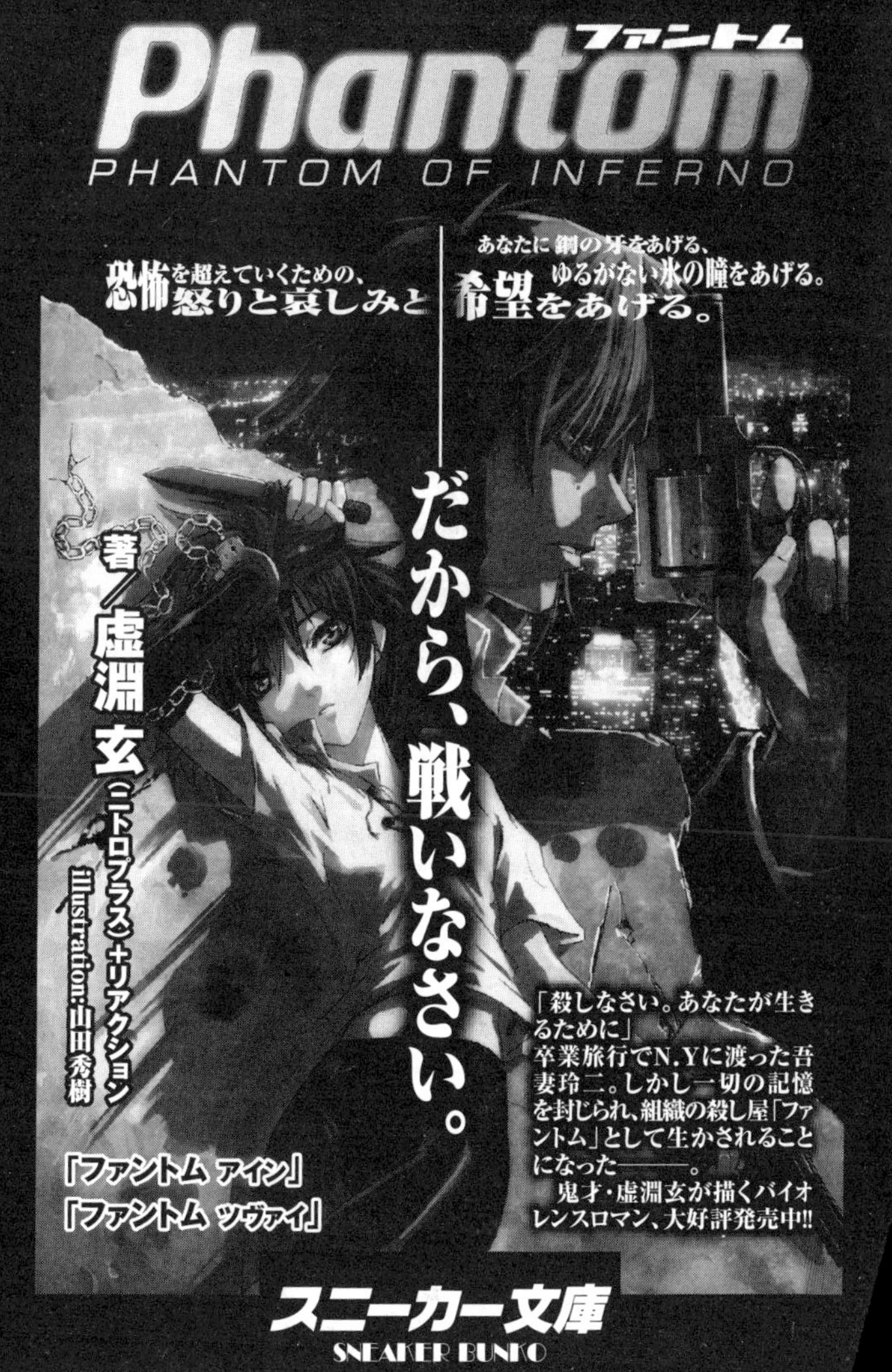

Phantom
ファントム
PHANTOM OF INFERNO
あなたに鋼の牙をあげる、
ゆるがない氷の瞳をあげる。
恐怖を超えていくための、怒りと哀しみと希望をあげる。
だから、戦いなさい。
著／虚淵玄（ニトロプラス）＋リアクション
illustration:山田秀樹
「殺しなさい。あなたが生きるために」
卒業旅行でN.Yに渡った吾妻玲二。しかし一切の記憶を封じられ、組織の殺し屋「ファントム」として生かされることになった———。
鬼才・虚淵玄が描くバイオレンスロマン、大好評発売中!!
「ファントム アイン」
「ファントム ツヴァイ」
スニーカー文庫
SNEAKER BUNKO

明日のスニーカー文庫を担うキミの
小説原稿募集中!

スニーカー大賞

(第2回大賞『ジェノサイド・エンジェル』)(第3回大賞『ラグナロク』)(第8回大賞『涼宮ハルヒの憂鬱』)

吉田 直、安井健太郎、谷川 流を
超えていくのはキミだ!

異世界ファンタジーのみならず、
ホラー・伝奇・SFなど広い意味での
ファンタジー小説を募集!
キミが創造したキャラクターを活かせ!

イラスト/TASA

角川 学園小説大賞

(第6回大賞『バイトでウィザード』)(第6回優秀賞『消閑の挑戦者』)

椎野美由貴、岩井恭平らの
センパイに続け!

テーマは〝学園〟!
ジャンルはファンタジー・歴史・
SF・恋愛・ミステリー・ホラー……
なんでもござれのエンタテインメント小説賞!
とにかく面白い作品を募集中!

イラスト/原田たけひと

上記の各小説賞とも大賞は――
正賞&副賞100万円+応募原稿出版時の印税!!

※各小説賞への応募の詳細は弊社雑誌『ザ・スニーカー』(毎偶数月30日発売)に掲載されている応募要項をご覧ください。(電話でのお問い合わせはご遠慮ください)

角川書店